STEPHAN M. ROTHER

DIE KÖNIGSCHRONIKEN
**EIN REIF VON BRONZE**

ROWOHLT POLARIS

Originalausgabe
Veröffentlicht im Rowohlt Taschenbuch Verlag,
Reinbek bei Hamburg, April 2018
Copyright © 2018 by Rowohlt Verlag GmbH,
Reinbek bei Hamburg
Umschlaggestaltung und Motiv
Hauptmann & Kompanie Werbeagentur, Zürich
Satz Guardi PostScript (InDesign) bei
Dörlemann Satz, Lemförde
Druck und Bindung CPI books GmbH, Leck, Germany
ISBN 978 3 499 40357 6

Für Tante Urmel
Ursel Schimke, geb. Rother (1927–2017)

**Ik gihorta dat seggen,**
**ðat sih urhettun ænon muotin,**
**Hiltibrant enti Haðubrant untar heriun tuem.**
sunufatarungo iro saro rihtun.
garutun se iro gudhamun, gurtun sih iro suert ana,
helidos, ubar hringa, do sie to dero hiltiu ritun.

Ich hörte davon erzählen,
dass sich als Herausforderer allein begegneten
Hildebrand und Hadubrand zwischen zwei Heeren.
Sohn und Vater richteten ihre Rüstung,
strafften ihre Gewänder, gürteten sich ihre Schwerter um,
die Helden, über die Panzerringe, als sie zum Gefechte ritten.

*(Hildebrandslied)*

# PROLOG

## DAS KAISERREICH DER ESCHE: SALINUNT
## EINIGE JAHRE ZUVOR

Drückende Schwüle lagerte über der Küste des Südlichen Meeres. Der heisere Ruf eines Graureihers scholl über die brackigen Wasser. Winzige leuchtende Käfer schwirrten in taumelndem Flug über den Lagunen dahin, die zu Füßen der Mauern von Salinunt das Ufer säumten.

Irgendwo am nächtlichen Himmel stand der fingernagelschmale Mond der Athane, doch voller Umsicht hatte die Göttin einen Wolkenschleier vor ihr Gestirn gezogen, sodass kaum ein Schimmer des silbernen Lichtes einen Weg auf den Spiegel der Wasserfläche fand. Auf eine Viertelmeile war die *Ra'qissa* an die Wälle der Stadt herangekommen, geschickt gegen die Nachtbrise kreuzend. Keiner der Wächter, die hinter den Zinnen patrouillierten, hatte sein Signalhorn ertönen lassen. Die Bürger schliefen, während sich ein Schiff unter den blutroten Segeln der Korsaren ihrem Hafen näherte.

Voller Anspannung beobachtete Teriq, wie der Ra'is des Seglers mit dem Feuerstahl Funken schlug. Atemzüge nur, und die Glut biss sich im Zunderpäckchen fest. Mit einer geübten Bewegung brachte der Kommandant das Flämmchen an den Docht der Öllampe, und schon breitete sich Licht aus, ließ zunächst seinen hennagefärbten Kriegsbart aus der Dunkelheit treten, dann immer größere Abschnitte an Deck des Seglers. Licht, das den Wächtern auf den Wehrgängen nicht entgehen konnte, wenn sie in diesem Moment hinaus auf das Wasser blickten. Das aber würde nun nur noch eine geringe Rolle spielen.

Nicht für sie nämlich war das Zeichen bestimmt. Teriq glaubte vor sich zu sehen, was sich in diesen Augenblicken in den Schatten außerhalb der Landmauern zutrug, dreihundert Fuß vielleicht von der Stelle, an der die Bollwerke aus dem Boden strebten, unbezwungen seit den Tagen des Propheten selbst.

Das Blasrohr würde kaum dicker sein als der Zeigefinger des Kriegers, der es an die Lippen führte. Noch einmal schmaler die glitzernde Phiole, die er bedächtig in den Schilfhalm hatte gleiten lassen. Jetzt wartete er. Wartete, bis auch die geringste Brise sich gelegt hatte, bevor er Luft holte, sich aufrichtete, den Atem mit aller Kraft in das Rohr stieß, um sich auf der Stelle zurück in die Deckung fallen zu lassen.

Im selben Augenblick zerschellte die Phiole an den Quadern des Mauerwerks. Donner hallte über das Wasser, als sich die flüssige Flamme aus ihrem Gefängnis befreite, mit einer Gewalt, der die Fundamente aus den Tagen der alten Kaiser nichts entgegenzusetzen hatten. Ein Wogenkamm bäumte sich unter dem Druck der Entladung in den Ufergewässern auf, pflanzte sich fort in die Bucht hinein. Teriq schrie auf, als die Woge nach der *Ra'qissa* packte, der Segler für Atemzüge zum Spiel der Dünung wurde. Als wollte das Schiff seinem Namen Ehre machen: *Ra'qissa – Tänzerin.*

Doch der Tanz, den es auf dem Wasser vollführte, währte nur kurz. Kaum dass der Segler wieder sicher im Wasser lag, wandten sich sämtliche Augen dem Ufer zu, wo eine Wand von Flammen emporgeschossen war, über die Mauerkrone hinweg in den nächtlichen Himmel hinein. Unaufhaltsam griff die Lohe nach den Straßenzügen jenseits der Wälle von Salinunt. Rauch legte sich über das Firmament, Schreie ertönten aus der Dunkelheit und trieben auf das Meer hinaus.

Es sollten nicht die letzten bleiben in dieser Nacht.

Es war das sechste Jahr des Krieges. Teriq war noch ein Kind gewesen, als das Ringen begonnen hatte. Das Ringen um die Macht und den rechten Glauben. So weit seine Erinnerung zurückreichte, waren die Heiligen Männer durch die Städte und Dörfer gezogen und hatten die Söhne Mardoks unter das blutrote Banner des Propheten gerufen zum Kampf gegen die Fremdlinge aus dem Kaiserreich, die den fruchtbaren Küstensaum des südlichen Kontinents besetzt hielten, jenen Landstrich, in dem Mardoks Füße gewandelt waren. Und wie siegreich waren sie in den ersten Jahren jenes Krieges gewesen, hatten den Kaiserlichen die gesamte Küste des Festlandes entrissen. Mit Ausnahme von Cynaikos. Die gesamte Insel Atabas. Mit Ausnahme von Escalon. Das gesamte mächtige Mauricia. Mit Ausnahme jener der Meerenge vorgelagerten Lande. *Zu* viele Ausnahmen, auch im sechsten Jahr des Krieges noch.

Teriqs Vater hatte niemals ein Geheimnis daraus gemacht, was er vom Krieg und den Heiligen Männern hielt. Krieg war schlecht für das Geschäft, und was schlecht für das Geschäft war, konnte weder nach dem Willen Mardoks des Propheten sein noch nach dem Willen der Silbernen Göttin selbst, möge ihr Licht die Sterblichen erleuchten. Taouane war eine Stadt, die sich zum Glauben an die Göttin bekannte, ihre Priester aber gehorchten dem Wort von Teriqs Vater, der der reichste Gönner ihres Tempels war. Sie hatten keinen Protest erhoben, als er die frommen Wanderer hatte aus der Stadt treiben lassen. Was er vermutlich noch immer tat, mit nur noch größerem Eifer, nur noch größerer Wut, nachdem sein Sohn sich einem von ihnen angeschlossen hatte.

Das war im letzten Monat des Winters gewesen. Nun war der Sommer angebrochen, und der Krieg war in sein sechstes Jahr getreten. Die trockenste Zeit des Jahres stand bevor und Teriq seine erste Schlacht.

Am Anfang war er enttäuscht gewesen. Im Gefolge jenes Heiligen Mannes waren sie an die Küste gelangt, er selbst und alle übrigen, die sich bereiterklärt hatten, dem Ruf der Göttin zu folgen und sich zu den Scharen des Vizirs zu gesellen, den der Rat der Ra'is für dieses Jahr zum Befehlshaber des Aufgebots bestellt hatte, um den Feldzug vorzubereiten. Und der Augenblick schien günstig, hatte der Vizir doch einen bisher unerhörten Plan ersonnen, wie man dem Kaiserreich die hartnäckig verteidigten Bastionen auf dem südlichen Kontinent doch noch entreißen könnte. Mit der größten Flotte, die der Süden je gesehen hatte, würden die Söhne des Mardok über die Enge von Pharos setzen und das Reich auf der anderen Seite des Meeres angreifen, auf dem Boden seiner friedlichsten Provinzen. Damit würde es dem kaiserlichen Seneschall unmöglich werden, Cynaikos und Escalon Hilfe zu senden. Wie ein reifer Apfel mussten sie den Söhnen des Mardok in die Hände fallen.

Jene Flotte war das Entscheidende. Mit ihr würden die Pläne

stehen oder fallen – und das war zugleich die Schwäche jenes Vorhabens.

Denn natürlich besaßen auch die Städte des Kaiserreichs ihre Flotten, das mächtige Carcosa zumal, das über die Küsten jenseits der Meerenge gebot. Mitsamt den kleineren Städten dort, Städten wie Salinunt. Carcosas Macht war in diesen Tagen im Schwinden begriffen. Vendosa, der lästige Konkurrent mit seinen dem Südlichen Meer zugewandten Häfen, drohte der Stadt den Rang abzulaufen – wenn das nicht bereits geschehen war. Die Vendozianer waren schließlich klug gewesen und hatten eben erst den Handelsvertrag mit dem Vizir erneuert, der ihnen sämtliche Privilegien entlang der Küsten des Südlichen Kontinents bestätigt hatte, die nun nicht länger zum Kaiserreich gehörten. Niemals würden sie diesen Vertrag aufs Spiel setzen, um dem verhassten Carcosa zu Hilfe zu kommen.

Der Vizir hatte jede nur denkbare Vorsorge getroffen. Und dennoch würden die gewaltigen Segler Carcosas noch immer eine tödliche Gefahr darstellen, sobald sich die Linie ihres Geschwaders am Horizont abzeichnete. Schwimmende Festungen, die die kleineren Wasserfahrzeuge der Söhne Mardoks überragen würden, die mächtigen Segel wie ferne, eisblitzende Gletscher. Jeder einzelne Mann, der sich dem Aufgebot der Athane anschloss, würde über Sieg oder Niederlage entscheiden.

Und doch war der Re'is der *Ra'qissa* der einzige Kommandant gewesen, der sich bereitgefunden hatte, Teriq an Bord zu nehmen, den Kaufmannssohn, der ungeübt war im Kampf mit der gekrümmten Klinge des Scimitar. Erst sein Geschick mit dem Bogen, an dem er sich seit Jahren auf der Jagd hatte üben können, hatte am Ende den Ausschlag gegeben.

Und selbst da war er sogleich aufs Neue enttäuscht worden, als man die *Ra'qissa* nicht etwa der mächtigen Flotte zugeteilt hatte, die sich in der Meeresenge sammelte, um das Geschwader aus Carcosa zu erwarten. Bis ihm klargeworden war, dass die Mannschaft seines Seglers eine ganz eigene, bedeutsame Aufgabe zu erfüllen hatte: dafür zu sorgen, dass ihre Gefährten nicht Durstes und Hungers starben, während sie der Ankunft der feindlichen Flotte harrten.

Die Küstensiedlungen waren mit nur geringen Besatzungen versehen. Sie mochten ihr Vertrauen auf die gewaltigen Befestigungen setzen, aus einer Zeit, in der nichts auf der Welt der Macht des Kaiserreiches gleichgekommen war. In dieser Nacht würden sie erkennen, wie einfältig dieses Vertrauen gewesen war.

Salinunt brannte, und der Re'is zögerte keinen Augenblick. Er gab Befehl, Kurs auf den Hafen zu setzen, und unter Deck traten die Gefangenen in Aktion, an ihre Bänke gekettet, tauchten die Ruderblätter ins Wasser, alle in einer einzigen Bewegung, lautlos. Wo der hünenhafte Avrem sonst die Trommel im Takt schlug, hob und senkte er nun die Fackel, um den Rhythmus der Ruder vorzugeben. Die Flamme legte einen Schimmer auf seine ebenholzfarbene, schweißglänzende Haut, während die *Ra'qissa* lautlos den Hafenbefestigungen entgegenglitt.

Doch diese Vorsicht wäre überhaupt nicht nötig gewesen. Eine Handvoll Fischerboote war im Schutz der Molen vertäut, der gepflasterte Platz hinter der hüfthohen Kaimauer war leer. Zwei Hafenwächter fielen, von Pfeilen durchbohrt, noch bevor der Segler an den aufgemauerten Anlagen festmachte. Einem von ihnen war es noch gelungen, sein Horn an die Lippen zu führen und das Signal zu blasen: *Feuer! Feinde! Gefahr!*

Das aber würde keinen Unterschied bedeuten. Denn überall in der Stadt dröhnten nun die Hörner durch die Nacht – und jeden verfügbaren Mann riefen sie in jenes Viertel, das in Flammen stand. Dorthin, wo man einen Angriff der Korsaren erwartete.

In späterer Zeit sollte sich Teriq an diese Nacht wie an einen Traum erinnern. An eine Abfolge von Bildern, grell und schmerzhaft aus dem Dunkel gerissen. Der Re'is hatte ihnen Salinunt versprochen mit all seinen Menschen, all seinen Reichtümern. Einzig die mächtigen Speicher voller Korn und Wein waren ausgenommen, denn sie sollten der Versorgung der Flotte dienen. Alles andere gehörte ihnen.

Die Worte der Heiligen Männer klangen Teriq noch immer in den Ohren. Wer sich unter dem Banner des Propheten einfand und in Mardoks Namen die gekrümmte Klinge hob, der war beinahe selbst ein Heiliger Mann. Gebete würden seine Tage füllen, weder Speisen würde er zu sich nehmen noch Wasser, geschweige denn Wein, solange die Sonne am Himmel stand. Falls er feststellte, dass sich seine Gedanken auf etwas anderes richteten als auf seine heilige Aufgabe, auf Frauen gar, jene Schöpfung des Widersachers, ersonnen, um die Gläubigen zu versuchen ... In diesem Fall waren sämtliche Vorschriften auch auf jenen Zeitraum auszudehnen, da der Mond der Göttin am Himmel stand.

Teriq hatte sich auf all dies vorbereitet. Ihm war bewusst gewesen, dass er sich keine Schwäche würde erlauben dürfen, wenn ihm der Lohn zuteilwerden sollte, den die Lehren des Mardok in Aussicht stellten: Sollte er fallen, würde die Göttin ihn in ihren schneeweißen Armen aufnehmen. Sollten die Söhne Mardoks indes den Sieg davontragen, so würden die Bewohner jener Städte, denen sie das Licht der Göttin brachten, sie unter Gesängen in ihren mit Girlanden geschmückten Straßen willkommen heißen.

Dies war unendlich weit entfernt davon.

Sie hatten gut zu essen bekommen an Bord der Ra'qissa und zu trinken, zumal unter der sengenden Sonne des Südlichen Meeres. Als Teriq sich vorsichtig beim Ra'is erkundigt hatte, ob dies nicht den Geboten des Propheten widerspräche, hatte dieser ihn voller Strenge angesehen und darauf hingewiesen, dass sie auf dieser Mission eine einzige Aufgabe hätten: die Eroberung Salinunts zum Lobe der Göttin. Wollten sie diesen Kampf bestehen, durften die Kräfte der Männer unter keinen Umständen geschwächt sein. Die Vorräte, die sie in Salinunt erwarteten, konnten sich als entscheidend erweisen für den Ausgang des Krieges und die Rückeroberung des Heiligen Escalon. Schwächliche Krieger brachten die Rückeroberung Escalons in Gefahr, und was die Rückeroberung Escalons in Gefahr brachte, konnte weder nach dem Willen Mardoks des Propheten sein, noch nach dem Willen der Silbernen Göttin selbst. *Möge ihr Licht die Sterblichen erleuchten.*

Teriq war übel geworden. Wie sehr erinnerten jene Worte an die Einwände seines Vaters.

Zumindest den Wein hatte der Re'is rationieren lassen. Auch er konnte die Kräfte der Krieger schließlich in Mitleidenschaft ziehen. Die Männer aber hatten von nichts anderem gesprochen als von den Frauen, die ihnen preisgegeben wären, wenn Salinunt in ihre Hände fiel. Teriq bezweifelte gar, ob sie allesamt ihre rituellen Gebete verrichtet hatten, dem aufgehenden Mond zugewandt. Er selbst hatte das getan, hatte sich all die Tage hindurch an sämtliche Vorschriften gehalten. Ein einziges Mal, als er geglaubt hatte, die Sinne müssten ihm schwinden in Durst und Hitze, hatte er einen Schluck Wasser zu sich genommen, obwohl es noch nicht Abend war. Und an dieser Schuld trug er schwer.

Und doch war all das noch nicht das Schlimmste gewesen. Das Schlimmste hatte eben erst begonnen.

Teriq rang nach Luft. Sie waren von Bord des Seglers an Land gestürmt. Im Hafen hatte sich ihnen keinerlei Widerstand entgegengestellt, doch von irgendwo ertönten die Laute eines Gefechts: Flüche, Schreie, das Klirren von Stahl auf Stahl. Eingekeilt zwischen Lehmmauern stolperte er in der Schar seiner Gefährten eine gewundene Treppe empor. Die Söhne des Mardok führten Fackeln mit, und für einen Augenblick fiel ihr Licht auf den Körper eines Jungen, jünger als Teriq selbst, auf den Stufen dahingestreckt. Der Leib war von der Kehle bis zum Unterleib aufgeschlitzt, dass die Gedärme ins Freie quollen wie schillernde Würmer.

Die Treppe endete, mündete in ein Gewirr von Gassen, gesäumt von ärmlichen Behausungen. Eine Gruppe von Männern versuchte sich Zugang zu einem der Häuser zu verschaffen, warf sich mit den Schultern gegen das Holz der roh gezimmerten Tür, das binnen Atemzügen nachgab. Eine Gestalt wurde sichtbar: ein hagerer Alter, noch im Schlafrock, eine altertümliche Klinge in den gichtgekrümmten Fingern, die er nur mit Mühe heben konnte. Im selben Moment aber fuhr ein Scimitar auf ihn nieder, drang tief in seine Schulter, ließ ihn schreiend zurücktaumeln. Schreie. Schreie, die sich mit anderen Stimmen, anderen Schreien mischten.

Teriq wurde weitergetragen im Strom seiner Gefährten, ohne Willen, Übelkeit im Bauch. Immer wieder hielten einzelne Männer inne, machten sich an Türen zu schaffen, gaben aber rasch wieder auf. Lohnendere Beute erwartete sie in dieser Nacht, reichere Häuser, berückendere Frauenzimmer als die Fischweiber mit ihren schwieligen Fingern in den Verschlägen des Hafenviertels. Weiter oben an der Anhöhe, auf der Salinunt thronte. Und am höchsten Punkt dieser Anhöhe ...

Der Tempel, dachte Teriq. Das war zu dieser Stunde der einzig richtige Ort für einen Sohn des Mardok auf heiliger Mission. Die frömmste Verpflichtung, die den Gläubigen der Athane auferlegt war, wenn eine Stadt in ihre Hände fiel: das Licht der Göttin im großen Tempel zu entzünden. Es war eine bloße Vermutung, kein Wissen, dass er den Tempel am höchsten Punkt der Stadt finden würde.

Mit einem Mal war er allein auf der Gasse. Eine letzte Gruppe seiner Gefährten war in ein Gebäude mit hoher, verzierter Fassade eingedrungen. Ein Haus voller Dienerschaft, dachte er. Hier würden sie die Frauen finden, nach denen sie auf der Suche waren.

Er brauchte keine Fackel. Das Licht der Brände in den tiefergelegenen Stadtvierteln gab Helligkeit genug. Hin und wieder stieß er auf leblose Körper; einmal glaubte er zu sehen, wie etwas eilig davonhuschte, als er sich näherte. Er war sich nicht einmal sicher, ob es ein Mensch war. Niemand stellte sich ihm entgegen.

Schließlich lag ein freier Platz vor ihm, inmitten der Fläche eine Skulptur auf steinernem Sockel. Er glaubte eine Frauengestalt zu erkennen, wusste aber nicht, welche Gottheit die Menschen in Salinunt verehrten. Welche es auch war: Sie hatte ihre Gläubigen in dieser Nacht nicht beschützen können.

Breite Stufen führten zum Tempel empor, einem Kuppelbau mit vorgelagertem, von Säulen gestütztem Giebel. Wie Blut lag der Widerschein der Brände auf dem Marmor. Für Atemzüge hielt Teriq inne. An seinem Gürtel war eine kleine lederne Tasche befestigt, in der er Feuerstahl und Zunder mit sich führte. Mit Sicherheit würde sich etwas Brennbares im Tempel finden lassen zur Ehre der Silbernen Göttin.

«Möge ihr Licht die Sterblichen erleuchten», flüsterte er. Die Worte schienen in der Weite des menschenleeren Platzes zu verhallen.

Mit langsamen Schritten stieg er die Treppe empor. War es möglich, dass er wahrhaftig der Erste war? Hätte sich nicht der Re'is an diesen Ort begeben müssen, um seine vornehmste Aufgabe zu vollziehen? Die Tempelpforte lag im Dunkel unter dem Portikus, dem auslandenden Vordach des marmornen Baues, doch er spürte keine Angst. Tempel waren heilige Orte, ganz gleich, welcher Gottheit sie geweiht waren. Er hatte keinen hinterlistigen Angriff zu fürchten.

Das Holz des Zugangs war zertrümmert. Ein unsicherer Lichtschimmer fiel in die Schatten unter dem Portikus, und er erfasste einen Umriss, wenige Schritte vom Türdurchgang entfernt: die dahingestreckte Gestalt eines Priesters, dessen blutbesudelte Robe bis über die Knie hochgerutscht war.

Teriq stand reglos. Aus dem Innern der Tempelanlage war undeutlich etwas zu vernehmen. Keine Schreie. Ein Wimmern.

Er musste sich zum Eintreten zwingen, Grauen im Herzen. Ein hoher Kuppelraum, eine doppelte Säulenreihe, die dem Allerheiligsten entgegenführte.

Sie hatten bereits Lichter entzündet, Fackeln, die die Szene unter der Kuppel beleuchteten, während er wie im Traum mit langsamen Schritten nähertrat.

Das Mädchen war jünger als er, die Haut von hellerer Farbe, als er sie jemals bei einem lebenden Menschen gesehen hatte. Mehrere Männer von der *Ra'qissa* umstanden das Opfer, zwei von ihnen pressten es auf den Altarblock nieder, hielten es fest, was kaum noch notwendig schien, denn die junge Frau regte sich nur noch schwach. Eben ließ derjenige, der zuletzt seinen Willen mit ihr gehabt hatte, von ihr ab, gab den Platz frei – für Avrem. Die ungeschlachte Gestalt war auch von hinten von jedem anderen Mann auf dem Segler zu unterscheiden. Mit einem grunzenden Laut machte sich der Aufseher der Rudersklaven an seinem Leibrock zu schaffen.

«Was ...»

Teriqs Stimme war kaum ein Flüstern. Er hatte nicht sprechen wollen, hatte sich umwenden, den Tempel verlassen, die Bilder vergessen wollen, die er doch niemals würde vergessen können.

Avrem wandte sich zu ihm um. Alle wandten sich um. Monströs stand das Gemächt des Aufsehers von seinem Körper ab.

Avrems Augen zogen sich zusammen. Teriq hatte diesen Blick bereits gesehen, Momente, bevor der Aufseher die Knotenschnüre seiner Peitsche auf den Rücken eines Ruderers niederfahren ließ. Dann veränderte sich der Blick, und Teriq wusste, dass der Mann ihn erkannt hatte.

«Das Kaufmannsbübchen! Der Welpe aus Taouane!» Es war etwas in seinem Tonfall, das die Worte klingen ließ wie einen Schlag der Peitsche.

*Der Welpe.* Teriq war der Jüngste an Bord, und die Männer hatten ihn das spüren lassen. Mehrfach war es ihm nur mit Mühe gelungen, sich dem zu entziehen, was sie taten, wenn sie über Wochen *keine* Frauen hatten.

Avrem packte ihn bei der Schulter. Es fühlte sich an, als wäre ein Holzbalken auf ihn niedergefahren. Roh stieß ihn der Hüne auf das Mädchen zu, das auf dem Altarblock lag, die Scham entblößt, besudelt von der Lust der Peiniger.

Die Krieger johlten. Konnten sie wissen, dass er noch keine Frau gehabt hatte? Er hatte nicht mit ihnen gezecht. Er hatte sich geweigert, an ihrer Seite die Schiffsverpflegung in sich hineinzustopfen. Und er hatte sich nicht an ihrem Gerede beteiligt, Gerede, wie sie den Frauen von Salinunt Gewalt antun würden.

Es hatte ihn angewidert, und mehr als alles andere widerte dies hier ihn an. Da lag dieses Mädchen vor ihm, ein hübsches Mädchen mit heller Haut, hellem Haar, wie die Frauen von Taouane es mit allen Schönheitsmitteln nicht hätten erlangen können, und es machte keine Anstalten, sich zu widersetzen, wenn es auch unübersehbar war, dass all dies gegen seinen Willen geschah. Die Augen waren geschlossen, die Lippen schienen sich leicht zu bewegen. Ein Gebet, dachte er. Das Gebet einer Tempeljungfrau an ihren Gott oder ihre Göttin, doch nein, sie war jetzt keine Jungfrau mehr. Die Frauen von Salinunt waren in die Hände der Männer von der *Ra'qissa* gegeben wie alles andere in der Stadt, und auch er selbst war ein Mann von der *Ra'qissa*.

Er riss sich los, mit brennenden Wangen, brennenden Augen, Ekel im Bauch, Ekel vor sich selbst. Das Lachen der Männer folgte ihm, irgendetwas, das Avrem ihm nachrief, bevor ein Schrei ertönte und von der Kuppel widerhallte. Und Teriq wusste, dass er sich dem Mädchen zugewandt hatte.

Würden sie dieses Mädchen am Leben lassen, wenn sie fertig waren mit dem, was sie ihm antaten? Er glaubte es nicht. Seit sechs Jahren herrschte Krieg, und ein Mädchen, das keine Jung-

frau mehr war, besaß nur geringen Wert auf den Märkten von
Menône. Und alles, was er tun konnte, jeder Versuch, sich für
die Gefangene einzusetzen, würde sie nur endgültig zum Tode
verurteilen.

Er taumelte davon, hatte Mühe, nicht über die eigenen Füße
zu stolpern, von Ekel, Scham und Grauen erfüllt, schaffte kaum
die Hälfte der Strecke, die zur Tempelpforte und ins Freie führte.
Schwer musste er sich abstützen, unter seinen Fingern, seiner
Schulter der Marmor einer der Säulen, die den Kuppelbau trugen. Kühle, die wie Eis brannte auf seiner fiebrig heißen Haut.
Schwer rang er um Atem, bemüht, den Boden dieses Ortes, der
den Menschen von Salinunt heilig gewesen war, nicht mit seinem Auswurf zu beflecken. Seine Augen suchten einen Halt
gegen den Schwindel in seinem Kopf, fanden ein Lumpenbündel in den Schatten am Boden, ein Lumpenbündel, das ...

Das Bündel regte sich. Von irgendwo kam ein diffuser Schimmer von Licht, von den Fackeln der Krieger, die unter grobem
Gelächter fortfuhren in ihrem Tun. Und in diesem Licht wurde
eine Hand sichtbar, die den zerlumpten Stoff beiseitestrich. Es
war nicht die Hand eines jungen Mädchens. Sie wirkte alterslos,
und für einen Moment sah er an einem der Finger einen Ring
aufblitzen, einen Ring mit einem Stein von blassvioletter Farbe,
einem Korund aus den Minen im fernen Shand.

«Du bist nicht bei deinen Gefährten?» Es war auch nicht die
Stimme eines jungen Mädchens. Genauso wenig aber war es der
brüchige Tonfall einer alten Frau. Sie sprach nicht laut, doch im
Klang ihrer Worte war eine Fülle, die er nicht hätte beschreiben
können. Und er spürte eine absolute Sicherheit, dass keiner der
Männer von der *Ra'qissa* eines der Worte hätte verstehen können. Und wenn sie noch so aufmerksam gelauscht hätten.

«Warum bist du nicht bei deinen Gefährten?», wollte sie wissen. «Bist du einer, der lieber bei Männern liegt?» Die Worte hätten neckend klingen können, gar herausfordernd unter anderen Umständen.

«Das ...»

Er war im Begriff, sich zu ihr hinabzubeugen wie zu einem Kind, doch im selben Moment richtete sie sich auf. Tatsächlich war sie kaum größer als ein Kind. Deutlich aber hatte sie die Formen einer erwachsenen Frau, so wenig von ihr zu erkennen war. Ein Tuch von derselben dunklen Farbe wie ihr schnittloser Mantel war tief in die Stirn gezogen.

«Das spielt keine Rolle, was ich bin», sagte er und war überrascht, wie ruhig seine Stimme klang. «Es gibt Dinge, die Männer tun, und Dinge, die Männer nicht tun. Ein Sohn des Mardok, der die Klinge für die Silberne Göttin führt, sollte sie noch weniger tun als alle anderen.»

«Eure Göttin gestattet es nicht.» Der Satz war keine Frage. Eher etwas, an das sie sich aus weiter Ferne zu erinnern schien. «Euer Prophet hat es in seinen Schriften so verzeichnet, und das war wohl getan. – Wobei er selbst sich nicht daran gehalten hat. Wenn er sie auch nicht mit der Gewalt von Waffen nahm. Seine Macht war von anderer Art. – Doch nein, du warst nicht dabei. Das kannst du nicht wissen.»

Aus irgendeinem Grund klang auch diese letzte Anmerkung wie etwas, auf das sie sich eben erst besinnen musste. Eine Priesterin, dachte er. Sie musste eine Priesterin jener Gottheit sein, der der Tempel von Salinunt geweiht war. Er spürte die Macht, die von ihr ausging. Doch von den Nöten ihrer Dienerin, mit der die Männer ihren Willen hatten, schien sie keine Notiz zu nehmen.

«Es ist verbunden.» Der Satz kam auf merkwürdige Weise

ohne Anlass. «Alles ist mit allem verbunden. Doch du solltest dich nicht täuschen. Zuweilen ist es auf eine Weise miteinander verbunden, die sterbliche Augen nicht sehen können. Sie aber wacht über ihre Kinder, unermüdlich. Selbst dann noch, wenn sie herangewachsen sind, wird ihre Mutter sie nicht aus dem Blick verlieren.»

«Ihre Mutter?» Seine Brauen zogen sich zusammen. «Eure Gottheit? Oder ... Die Athane?»

«Es spielt keine Rolle, was sie ist.» In einem merkwürdigen Tonfall. Eine Anspielung auf seine Antwort, als sie ihn gefragt hatte, ob er lieber bei Männern läge? Es war beinahe derselbe Satz. Er konnte ihr Gesicht noch immer nicht sehen, konnte nicht ausmachen, ob Scherz in ihrer Stimme lag. «Keine Rolle, *wer* sie ist», murmelte die Fremde. «Die Dinge sind auf eine bestimmte Weise verbunden. Ereignisse treten ein. Sterblichen widerfahren Schicksale, damit wiederum andere Ereignisse eintreten können. Und es liegt kein Jammer darin, weil all das bestimmt wurde vor so langer – Zeit.»

Teriq hatte sich von der Säule gelöst. Die verwirrende Begegnung hatte ihn von seinem Schwindel abgelenkt. Bezog sich ihre Bemerkung über die Schicksale, die Menschen widerfuhren, auf das junge Mädchen, das am heiligen Ort seiner Gottheit Qualen erlitt?

Es war ein sonderbares Gefühl. Alles war sonderbar. Sie waren noch immer im selben Raum mit der Gepeinigten, dreißig oder vierzig Schritte entfernt. Doch wenn alles miteinander verbunden war, verbunden durch eine Abfolge von Ereignissen: Was, wenn das überhaupt keine Rolle spielte? Ebenso hätten sie an jedem anderen Ort sein können oder an jedem anderen Punkt in der – Zeit.

«Es ist ein Netz», murmelte er und war sich nicht sicher, woher nun dieser Gedanke kam. «Eine Spinne kann sich in ihrem Netz in jede Richtung bewegen.»

«Der Weg ist kurz vom Zentrum dieses Netzes zu jeder seiner Begrenzungen.» Ihr Gesicht blieb unsichtbar, doch überdeutlich spürte er ihre Augen auf sich. «Doch von unendlicher Länge für den, der dem Webfaden folgt und nicht erkennt, wie nahe die Dinge beieinanderliegen, immer und immer wieder aufs Neue. Wenn man es denn nur zu sehen vermag.»

«Wer seid Ihr?», flüsterte er. «Dass Ihr es sehen könnt?»

«Die Sagen sämtlicher Völker der Welt berichten von der Dunkelheit, die kommen wird», sagte sie. War das die Antwort auf seine Frage? «Und sie ist nicht mehr fern. Aber wie könnte sie auch jemals fern sein, so dicht wie die Webfäden beieinanderliegen? – Von keinem Vater gezeugt», murmelte sie. «Von keiner Mutter geboren.»

Er spürte Verwirrung. Sah sie ihn dabei an?

«Meine Mutter starb vor zwei Jahren. Mein Vater ist ...»

«Dein Vater war in Sorge um dich. In Sorge, dass geschehen würde, was am Ende tatsächlich geschehen ist. Dass du den Wanderern folgen könntest, die die jungen Männer unter das Banner des Propheten rufen. Aus diesem Grund ließ er sie aus der Stadt treiben, wann immer sie ihre Stimme erhoben. Was dich aber nur ermunterte, mit noch größerer Wissbegierde ihren Worten zu lauschen. Nun, da du fort bist, wird ihn die Sorge nie wieder verlassen. – Die Dinge, die geschehen müssen, werden geschehen. Sterbliche Menschen spüren zuweilen ihre Nähe. Und rufen sie doch nur herbei, wenn sie versuchen, sich gegen sie zu wehren. – Nein, du bist nicht der Gesandte.»

«*Der Gesandte.*» Der Klang des Wortes ließ einen Hauch von

Kälte auf seinen Nacken treten. Natürlich hatte er Geschichten über den Gesandten gehört, der am Ende der Zeit erscheinen würde, um die Söhne des Mardok aus ihren Nöten zu befreien. Und ebenso wusste er, dass die Gläubigen anderer Gottheiten ganz ähnliche Geschichten kannten.

«*Ich aber will ihm einen an die Seite geben*, spricht der Prophet», sagte sie. «*Ihm ein Zeichen zu geben und ihn ein Stück des Weges zu geleiten. Dieser aber soll das Ende nicht schauen.*»

«Ein Zeichen», wisperte er. Die Kälte schien sich zu verstärken.

Sie hob die Hand und streckte ihm etwas entgegen: eine Silbermünze. – Er kniff die Augen zusammen. Nein, es war keine Silbermünze. Eine silberne Scheibe von den Maßen einer großen Münze, und … Seine Hand streckte sich aus, ohne dass er sich bewusst dazu entschlossen hatte, und dann lag das Silberstück in seinen Fingern.

Es zeigte einen Baum, die Äste ineinander verschlungen, auf eine Weise, dass er das Bild auf der Stelle erkannte. Das Bild, das Zeichen, das auf den Bannern ihrer Gegner wehte, Seite an Seite mit dem kaiserlichen Raben. Die Heilige Esche des Kaiserreichs, in deren Ästen die Rabenstadt thronte. Das Zeichen lag sonderbar schwer in seinen Fingern, und auf eine bestimmte Weise war es das Schönste, was er in seinem Leben gesehen hatte.

«Das habe ich nicht verdient», murmelte er. «Ich habe am hellen Tag Wasser getrunken. Und das Mädchen …» Er stellte fest, dass die Schreie verstummt waren, und was auch immer das bedeutete: Es war gut, dass sie schwiegen, so oder so. Es war gut, dass es vorüber war. «Ich bin nicht besser als die anderen. Einen Moment lang habe ich überlegt, ob ich …»

«Es spielt keine Rolle, was du bist», sagte sie, und zum ersten

Mal war er sich sicher, dass echte Wärme aus ihrer Stimme klang. «Du bist jetzt nicht bei ihnen, und es spielt keine Rolle, ob du diese Wahl getroffen hast und deshalb bestimmt wurdest. Oder ob du sie treffen musstest, weil es dir bestimmt war, sie auf diese Weise zu treffen. Du bist der, auf den ihre Wahl gefallen ist, und sie wacht über ihre Kinder. Was auch geschehen mag: Nun wird sie dich niemals verlassen.»

*Sie.* Wer war sie? Die Athane? Die Gottheit dieses Tempels? Eine andere Göttin, eine Göttin, deren Namen er nicht kannte? Spielte *das* eine Rolle? Wie einen Schatz ließ er das Silberstück in die kleine Tasche an seinem Gürtel gleiten. Er hatte bereits bemerkt, dass eine kleine Öse am Rand der silbernen Scheibe befestigt war, durch die er ein dünnes ledernes Band führen würde. Schon jetzt wusste er, dass er dieses Stück bis zum Tag seines Todes um den Hals tragen würde.

Er sah auf. «Ihr ...»

Doch sie war schon fort. Was unmöglich war. Es waren mehr als dreißig Schritte, die zur Pforte ins Freie führten. Eine Strecke, die kein Mensch so rasch hätte zurücklegen können. Kein *sterblicher* Mensch.

Teriq stellte fest, dass er keinerlei Überraschung verspürte.

# LEYKEN

## DAS KAISERREICH DER ESCHE:
## DIE RABENSTADT

*Feuer.*

Es war überall, versengte ihr Haar und ihre Brauen, loderte auf ihrer Haut und füllte ihre Lungen. Sie sah Feuer, sie atmete Feuer. Sie war umhüllt von Feuer, und sie war unfähig, sich zu rühren und die Flammen zu ersticken. Ihre Zunge war gelähmt, ihre Lippen nicht in der Lage, sich zu einem Schrei zu öffnen. Da war ein verschwommener Eindruck, als ob sie auf dem Rücken lag, und beinahe war es …

«Sybaris!»

Unvermittelt reagierte ihr Körper. Hektische Bewegung fuhr in ihre Glieder, ohne dass Leyken ihnen den Befehl gegeben hatte. Ihre Füße stießen die Decken beiseite, ihre Finger rissen an ihrem Nachtgewand, zerrten es von der Brust, wo die Haut zu kochen schien wie von Flammen verzehrt, einem Schwelbrand gleich die rechte Schulter hinauf. Doch als sie hinsah …

Da war nichts. Weder Schrunden noch Schorf noch schwärende Blasen. Eine Ahnung von Licht erhellte das Schlafgemach. Auf Leykens Brust und Schulter war nichts als unversehrte, tiefdunkle Haut, die feucht von Schweiß war, aber nicht einmal warm, als sie sie berührte. Und Schmerzen – Leyken hielt inne. Da waren keine Schmerzen. Da waren niemals Flammen oder Schmerzen gewesen.

«Sybaris?»

Nala stand vor ihrem Lager, die jüngste von Leykens Zofen. Das Mädchen streckte die Hand aus, verharrte dann aber mitten in der Bewegung. Und Leyken war dankbar dafür. Sie war sich nicht sicher, ob sie es ertragen hätte, wenn jemand sie in diesem Moment berührt hätte.

«Ein Traum», flüsterte sie. Noch leiser: «Schon wieder ein Traum. Aber anders diesmal, kürzer und ...»

*Erschreckender*, vollendete sie den Gedanken. Unter Anstrengung versuchte sie ins Hier und Jetzt zu finden, in die Schlafkammer mit den weichen Polstern, dem verschwenderischen Zierrat der silbernen Spiegel, den verzauberten Düften, die den Schweiß der Panik überdeckten, der mit plötzlicher Kühle auf ihrer Haut lag. Leyken fröstelte, schlang die Arme um den Leib.

«*Djalidon?*» Vorsicht klang aus Nalas Stimme, und mit derselben Vorsicht kam sie jetzt näher. *Djalidon – Eis* oder auch einfach *Kälte*. Keine der Zofen beherrschte irgendeine Sprache, in der sich Leyken verständlich machen konnte. Also hatte sie Nala einige Worte in jenem Dialekt gelehrt, dessen man sich daheim in der Oase bediente, in der verzweifelten Sehnsucht, zumindest vertraute Laute zu hören, wo alles andere fremd war. Und doch war es immer wieder ein seltsames Gefühl, diese Laute von den Lippen des Mädchens zu hören, das den Menschen ihres Volkes so unähnlich war, wie es nur möglich schien: kupferrotes Haar, das um ein blasses Gesicht fiel, Stirn und Wangen übersät von einem Heer sonderbarer winziger Tupfer, wie Leyken sie noch nie an einem Menschen gesehen hatte. Nein, weiter konnte man von den Stämmen ihrer Heimat nicht entfernt sein, deren Hautfarbe dunkler Bronze glich.

Von neuem überkam sie ein Schauer, und Nala griff nach den weichen Decken des Nachtlagers, legte eine von ihnen sachte um die Schultern ihrer Herrin. Es machte kaum einen Unterschied; Leyken wusste, dass die Kälte aus ihrem Innern kam. Doch die Geste hatte etwas Tröstliches, und das half ihr.

Sie beobachtete, wie die Zofe sich mit einer angedeuteten Verneigung aus dem Raum entfernte und binnen Augenblicken wieder zurück war, nicht ohne Stolz ein hauchdünnes, bauchiges Glas in der Hand balancierend: eine dampfende Flüssigkeit, ein stark gesüßter Aufguss aromatischer Blätter. Leyken hatte sie in der Zubereitung unterwiesen, und Nala war so aufmerksam, wie sie wissbegierig war. Rasch hatte sie sich die Kenntnis um die unterschiedliche Zusammenstellung der Kräuter angeeignet. Der metallische Duft des Helmkrauts stieg Leyken in die Nase. Es würde einen Teil der Anspannung von ihr nehmen. Es dauerte einen Moment, bis ihr klar wurde, was hingegen fehlte: die nussige Note des Schlafmohns, der sie in einen dämmerigen Zustand der Schwäche versetzt hätte.

Dankbar nahm sie das Glas entgegen und wartete, dass das Aroma der Blätter in das Wasser überging. Nala verharrte schweigend an ihrer Seite. Sie unternahm keinen Versuch, die Sybaris in irgendeiner Weise zu bedrängen, und war doch so überdeutlich in jedem Augenblick bereit, auf die geringste Regung hin alles zu veranlassen, was ihrer Bequemlichkeit dienen konnte – all das mit einer so freundlichen, aufmunternden Miene, dass

Leyken spürte, wie ihr unvermittelt Tränen in die Augen traten. Rasch schloss sie die Lider, wissend, dass die Zofe das verräterische Glitzern schon bemerkt haben musste. Und doch konnte sie nicht anders. Mit einem Mal war sie nicht länger in der Lage, mit noch mehr Mitleid umzugehen, mit neuen schüchternen Versuchen, sie zu trösten. Wie hatte es so weit kommen können? Wie nur war es möglich, dass die Freundlichkeit des Mädchens alles noch einmal schlimmer machte?

Leykens Familie war tot. Kaiserliche Söldner waren über das Dorf ihrer Familie hereingebrochen, hatten die Lehmmauern der Befestigung überwunden, die ihnen so wenig Widerstand hatten entgegensetzen können wie einem Wüstensturm. Alle, alle, die Leyken geliebt hatte, waren unter ihren Klingen gestorben, ihre Schwester Ildris als Einzige ausgenommen, die die Krieger in ihrem Heereszug davongeschleppt hatten, dem Kaiserreich und der Rabenstadt entgegen.

Auch Leyken selbst hatte überlebt, verborgen in einem Versteck im Schilf der Oase, zitternd und atemlos, voller Scham angesichts ihrer Feigheit. Die Schmach wurde kaum gemildert durch das Wissen, dass sie nichts hätte tun können. Nichts, als an der Seite der anderen ebenfalls den Tod zu erleiden – und Schlimmeres dazu. Sie wusste, was die Söldner mit den Frauen ihrer Familie getan hatten. Die fernen Schreie suchten sie bis heute in ihren Träumen heim. Doch die Männer aus dem Kaiserreich hatten sie nicht gefunden. Im bleichen Licht des Morgens waren sie fort gewesen, hatten Tod und Zerstörung zurückgelassen – und Leykens sterbenden Vater. Mit seinen letzten Worten hatte er sie darauf eingeschworen, den Entführern zu folgen, Ildris zu finden und sie zu töten, wie das Gesetz der Oase es verlangte. Denn mussten sie nicht annehmen, dass

Ildris entehrt worden war? Und Leyken hatte gehorcht und war aufgebrochen. Nicht aber um ihre Schwester zu töten. Sondern um sie zu retten.

*Um sie zu retten!* Welche Anmaßung! Welche Vermessenheit! Es drehte ihr den Magen um, und sie spürte, wie Nala besorgt auf sie niedersah. *Retten! Nicht einmal mich selbst kann ich retten!*

Ja, sie hatte die Rabenstadt erreicht, das Herz des Kaiserreichs. Und sie war nicht allein gewesen. Ihr Verwandter hatte die Mission zur Heiligen Esche angeführt, Saif, der Shereef der Banu Huasin. Am Ziel aber waren sie in einen Hinterhalt geraten, und ihre Begleiter, wie Leyken hatte vermuten müssen, waren tot. Doch in diesem Augenblick hatte der Albtraum erst begonnen.

Wie viele Wochen hatte sie in Gefangenschaft zugebracht? Von den Fetzen ihrer Gewänder eher entblößt als verhüllt, gequält vom Hohn ihrer Wärter, angekettet wie Vieh in einer Höhlung der Heiligen Esche, in deren Krone die Rabenstadt thronte. Sie war nicht die Einzige, die dieses Schicksal hatte erleiden müssen. Dutzende anderer Frauen waren mit ihr dort gewesen, Frauen aus fremden und fernen Winkeln der Welt, gefesselt wie sie selbst. Frauen, die eine um die andere gestorben waren im Schmutz und in der Dunkelheit, denn für kein anderes Schicksal schienen die Gefangenen ausersehen als für ein langsames Dahinsiechen in Fieber, in Fäulnis und Finsternis. Leyken würde sterben. Längst hatte sie sich mit dem Gedanken abgefunden – als *er* erschienen war.

Dunkle Locken, eine ausgeprägte Nase, ein hochmütiges Lächeln um die sinnlichen Lippen: Zenon der Sebastos, ein Höfling in kostbarer Robe. Zenon, der unter all jenen Frauen auf Leyken aufmerksam geworden war, aus welchen Gründen auch immer. Sie hatte einen Versuch unternommen, ihn zu fragen, doch ihr Lohn waren Schläge gewesen, und ihre nächste Erinnerung waren diese Gemächer, ihr neuer, prachtvoller Kerker, wo er sie behandelte wie sein Eigentum, einen wertvollen neuen Besitz, den er in verschwenderische Kleider und erlesene Düfte hüllte. Ein verwirrender Mann, von dem dennoch eine Anziehung, eine Faszination ausging, die sie zu leugnen suchte, die sie kaum vor sich selbst eingestehen mochte. Und die dennoch da war.

Zenon war es gewesen, der sie mit der wahren Macht der Heiligen Esche vertraut gemacht hatte. Und so unerklärlich es auch schien, waren es die Kräfte des Baumes, mit deren Hilfe sie Ildris am Ende tatsächlich gefunden hatte. Die Wurzeln der Heiligen Esche reichten in alle Reiche der Welt, und das, was zum selben Ast gehörte, war auf besondere Weise miteinander verbunden. So wie Leyken und ihre Schwester. Es ließ sich mit keinem anderen Wort beschreiben als mit dem Wort *Magie*.

Denn Ildris befand sich nicht in der Rabenstadt. Sie war weit fort, in einem Land Wochen um Wochen noch jenseits der kaiserlichen Residenz. Einem Land im äußersten Norden der Welt, das den Namen Ord trug. Leyken hatte sie sehen können in den Bildern, die die Esche ihr wie in Träumen sandte, wusste nun, dass sie lebte und wo sie sich aufhielt. Und Zenon, was immer er damit anfangen wollte, wusste es ebenso.

Damit war alles anders. Und doch machte nichts einen Unterschied. Ildris war in Gefahr, Leyken spürte es so deutlich, wie sie den Schlag ihres eigenen Herzens spürte, und sie konnte nicht zu ihr gelangen. Denn der Höfling hielt sie fest in den Gemächern, in ihrem Kerker aus Gold, mit Zofen, die ihr jeden Wunsch von den Augen ablasen – ablesen *mussten*. Und auf dem Korridor hatten Zenons Wächter Stellung bezogen, *Variags*, Nordmänner mit abweisenden Mienen. Söldner aus dem Lande Ord womöglich, als wollte der Höfling Leyken zusätzlich verhöhnen.

Ich bin gefangen, dachte sie. Ich bin allein. In ihrem lichtlosen Kerker hätte sie sterben können. Sie wusste, dass der Augenblick nicht mehr fern gewesen war. Sie hätte losgelassen und wäre davongetrieben, davongedämmert in einen endlosen, nicht einmal unangenehmen Traum. Hier aber würde sie leben. Denn wie konnte sie aufgeben, nun, da sie wusste, dass Ildris am Leben war? Sie würde weiterleben und sich an eine Hoffnung klammern, die es doch nicht gab. Der Sebastos der Rabenstadt hatte sie zu seinem Spielzeug erwählt. Niemals, niemals würde er sie gehen lassen.

Erst jetzt öffnete sie von neuem die Augen. Nala hatte ein Licht auf den Boden gesetzt, die Flamme gedämpft durch einen schützenden Schirm, als wären Leuchtkäfer im Innern gefangen. Vielleicht war das ja der Fall, dachte Leyken. Was war unmöglich auf der Heiligen Esche?

Schwäche überkam sie, als die Erinnerungen sich allmählich in den Hintergrund ihres Bewusstseins zurückzogen. Nala wirkte aufmerksam, voller Mitgefühl nach wie vor, nicht aber voller Mitleid. Das war ein Unterschied. Als ob sie auf eine unerklärliche Weise wusste, was in Leykens Kopf vorging, ganz gleich, ob ihre Herrin überhaupt davon sprach, in Worten, die sie ohnehin kaum hätte verstehen können. Als ob sie auch das Ungesagte verstand, bloße Gedanken, ohnmächtige Sehnsucht und Verzweiflung. Erinnerungen, die Leykens Seele beschweren.

Da war eine Verbindung, dachte Leyken. Noch ging sie nicht so weit, dass sie dem Mädchen auf diese Weise hätte Anweisungen erteilen können: *Ich möchte ein Bad nehmen. Bring mir vom duftenden Öl aus Cherson.* Aber das wollte sie auch nicht. Sie wollte keine Dienerin. In Wahrheit wollte sie ebendas, wogegen sie sich beständig wehrte. Und dieses Etwas war nicht Mitleid, dieses Etwas war nicht Trost. Dieses Etwas war *eine Freundin*, dachte sie. Hier im Herzen der kaiserlichen Esche wünschte sie, die alles verloren hatte, sich nichts mehr als einen einzigen Menschen, dem sie vertrauen konnte. Sie wünschte sich, dass Nala nicht allein deswegen um sie war, weil es ihre Pflicht und ihr Auftrag war. Doch wie sollte das jemals möglich sein.

Was, wenn es tatsächlich möglich war?

War da nicht etwas? Etwas, über das sie den gesamten vergangenen Tag gegrübelt hatte, bis sie am Ende in wirre Träume gesunken war, Träume von Feuer.

Es war ein so merkwürdiger Morgen gewesen, der erste überhaupt, an dem ihr erlaubt worden war, ihre Gemächer zu verlassen, um sich in Begleitung der jungen Zofe in der Morgensonne zu ergehen, draußen, hoch in den Zweigen der Esche, wo sich auf einer Terrasse die kaiserlichen Gärten ausdehnten. Dort aber hatte Nala sich unvermittelt entfernt, und stirnrunzelnd hatte Leyken ihren Weg allein fortgesetzt – von Zenons barbarischen Wächtern einmal abgesehen, die ihr auf Schritt und Tritt gefolgt waren.

Sie war in ein kleines Waldstück getreten, einen Hain von Silberpappeln, der rechte Ort, um allein zu sein und nachzudenken. Dort aber waren mit einem Mal kaiserliche Gardisten auf den Weg gestürmt, mit gezogener Klinge wie auf wilder Jagd. Ein kleiner Mann in einem abgetragenen Kittel hatte sie begleitet.

«*Ari*», murmelte Leyken, musste unwillkürlich lächeln. «Ein Gärtner.»

Nala sah sie an. Leyken war nicht sicher: Hatte sich einen Moment lang etwas geregt auf dem Gesicht der Zofe? In dem

Moment, in dem sie Ari erwähnt hatte? Nein, sie musste sich getäuscht haben.

«Ari war freundlich zu mir», sagte sie leise. «Freundlich wie niemand sonst auf der Esche. Außer dir.» Mit einem Blick zu Nala. «Aber was dann geschehen ist, war nicht freundlich. Denn die Gardisten waren tatsächlich auf der Jagd, und ich habe gesehen, wie sie ihre Beute gestellt haben, und es war ...» Mit einem Mal kam das Frösteln zurück. «Es war schrecklich», flüsterte sie. «Es war ein *Schädling*. Ein blinder, sich windender Wurm, der sich in eine Silberpappel gefressen hatte. Dick wie mein Oberschenkel. – Ari hat ihn getötet, doch der Schädling hat geschrien, auf grauenhafte Weise geschrien ...» Sie verstummte, schüttelte den Kopf, noch einmal.

Ari hatte ihr erklärt, welche Gefahr die Schädlinge darstellten in einer Welt, in der alles mit allem verbunden war. Dabei hatte der Krieg noch gar nicht begonnen, wie er gemurmelt hatte. Mit Unterstützung des Heiligen Baumes aber hatten die Menschen der Rabenstadt Düchse und Fachse geschaffen, pelzbedeckte Verbündete im Kampf gegen die Schädlingskreaturen. *Der Mensch ist der Gärtner*, hatte Ari ihr anvertraut. Sie konnte nur beten, dass der Gärtner sich behaupten würde, wenn jener Krieg begann. Wenn die Schädlinge auch auf der Heiligen Esche zur Gefahr werden würden.

Sie hielt inne. Ihre Stirn legte sich in Falten. «Doch warum sollte ich darum beten?», murmelte sie. «Die Rabenstadt ist der Feind. Die Esche ist der Feind, ich bin im Herzen des Feindes.»

Nala rührte sich nicht, sah sie weiter mit undurchschaubarer Miene an, und Leyken schüttelte den Kopf. Ari war jedenfalls ein freundlicher Mann. Ein Netz von Lachfältchen umgab seine Augen, und es waren kluge Augen, auch wenn er den Herren der

Esche im schäbigen Kittel eines Gärtners diente. Wenn er den Kampf gegen die Schädlinge kämpfte, dann musste es ein guter Kampf sein. Ein harter Kampf, in dem der Mensch am Ende nur eine Waffe besaß: das Feuer. Feuer, das die Gardisten an die benachbarten Bäume gelegt hatten.

– *Feuer*.

Die Kälte war wieder da. Und doch war dies nicht der Augenblick, sich der Schwäche hinzugeben, dem inneren Frösteln.

Ihr Blick wandte sich dem Mädchen zu. «Und dann bin ich zurückgekommen in den belebteren Bereich des Gartens und habe nach dir Ausschau gehalten. Denn ich hätte schwören können, dass dort, wo du verschwunden warst, unter einer Gruppe von Bäumen, dass da jemand ...» Sie zögerte. Konnte das Mädchen ihr überhaupt folgen? «Ich hätte schwören können, dass da jemand auf dich gewartet hat. Ein Mann. Ein Mann im goldenen Panzer der Gardisten, der sich nur dir hatte zeigen wollen. – Und dann kamst du zurück, völlig aufgelöst.» Leyken holte Luft. «*Fahd-tschar*. Das hast du gesagt: *Es hat gesucht*. Du kamst eilig von den Bäumen, und ich dachte, du hättest mit deinem Liebsten getändelt und mich so aus dem Blick verloren. Ich dachte, du wolltest mir sagen, dass du nach mir gesucht hättest. Doch das hast du nicht. Du wolltest mir etwas anderes sagen.»

Nala regte sich. Mit angehaltenem Atem verfolgte Leyken, wie sie sich vorbeugte, ihre Herrin dabei im Blick behielt. Die Zofe streckte die Hand aus. Mit dem Zeigefinger berührte sie die Decken des Lagers, deutete eine bogenförmige Figur an, setzte neu an, am selben Ausgangspunkt, und zeichnete einen zweiten, engeren Bogen: eine Mondsichel. Schließlich fügte sie drei kurze Striche hinzu, die sich in der offenen Mondsichel kreuzten: einen Stern.

«Der Stern in der Mondsichel», wisperte Leyken. «Das Zeichen der Banu Huasin. Das Zeichen von Saif, dem Shereefen.» Es war dasselbe Zeichen, das Nala auch an diesem Morgen gezeichnet hatte, in den feinen Sand, nur um es eilig wieder zu verwischen, kaum dass Leyken es gesehen hatte.

Sie sah der Zofe in die Augen und richtete ein stilles Gebet an die Silberne Göttin, die die Herrin der fingernagelschmalen Mondsichel war. *Bitte. Auf welche Weise auch immer: Bitte gib, dass dieses Mädchen mich genau jetzt verstehen kann.* «Ebendieses Zeichen hast du heute morgen gesehen», sagte sie eindringlich, suchte nach einer Reaktion im Gesicht des Mädchens. «Das Zeichen der Banu Huasin. Der Scimitar des Shereefen wird von Generation zu Generation weitergegeben, und in das Heft der Waffe sind die Mondsichel und der Stern graviert. Diese Gravur muss er dir gezeigt haben. Und irgendwie hat er dir verständlich gemacht, dass du mir erzählen sollst, was du gesehen hast. *Wen* du gesehen hast. Dass er nach mir auf der Suche ist.» Ihre Stimme wurde leiser. «Und das hast du getan, obwohl du wissen musstest, dass das mit Sicherheit gegen deine Anweisungen war. Gegen Zenons Befehle. Und du hast es dennoch getan.» Ihre Kehle wurde eng, doch diesmal zwang sie die Tränen zurück. «Du hast es für mich getan», sagte sie. «Eine Freundin für die andere.»

Einen Moment lang musste sie innehalten, bevor sie ihrer Stimme wieder traute. Dann setzte sie von neuem an, jedes Wort überdeutlich betonend. «Dieser Mann war kein kaiserlicher Gardist.» Langsam, die Worte unterstreichend, schüttelte sie den Kopf. «Dieser Mann hat nach mir gesucht, weil er mein Verwandter ist: Saif, der Shereef der Banu Huasin. Wenn du ihn gesehen hast, wenn du mit ihm …» Sie zögerte. «Wenn du mit ihm *gesprochen* hast ...» Schwer holte sie Atem. «Ich muss ihn sehen. Ich muss mit ihm reden. Es ... Alles hängt davon ab.»

Sie sprach die Worte aus, und im selben Moment wusste sie, dass sie die Wahrheit waren. *Alles* hing davon ab, dass das Mädchen eine Rolle als Bindeglied einnahm zwischen Saif und ihr. Dass Nala ihm eine Botschaft übermittelte, sie gemeinsam vielleicht einen Weg fanden, die Heilige Esche zu verlassen. Nicht nur Ildris' Leben hing davon ab und nicht nur Leykens eigenes Leben. Da war noch mehr. Etwas, das erklärte, *warum* all diese Dinge geschahen. Warum kaiserliche Söldner ein abgelegenes Dorf mitten in der Wüste überfallen hatten, weit jenseits der Grenzen des Reiches. Warum sie Ildris verschleppt hatten. Warum man in den Tiefen der Esche fremde Frauen dem Dahinsiechen in einem stinkenden Kerker überließ. Warum der Sebastos der kaiserlichen Rabenstadt ausgerechnet Leyken aus diesem Kerker befreit hatte und ihr Gemächer zur Verfügung stellte, die einer Königin würdig gewesen wären. Und, das Erstaunlichste von allem: Warum er ihr geholfen hatte, herauszufinden, wo Ildris sich aufhielt. Auf irgendeine Weise musste all das einen Sinn ergeben. Warum nur war sie sich so sicher, dass es in jenem Augenblick, da sie diesen Sinn erkannte, zu spät sein würde, unwiderruflich zu spät? Doch ergab das nicht am allerwenigsten Sinn? Zu spät *wozu*?

Sie verscheuchte den Gedanken. Nein, sie durfte nicht darüber nachdenken. Sie wagte nicht zu atmen, während sie Nala beobachtete, auf irgendeine Regung wartete, irgendein Zeichen, ein Wort womöglich, mit dem sie sich verständlich machen würde. Und Nala – trat einen Schritt zurück, beugte sich nieder, griff nach der gedämpft schimmernden Leuchte. Sie nickte Leyken zu, sah ihr auffordernd entgegen.

«Was?» Verwirrt sah Leyken sie an.

Das Mädchen schien einen Moment zu zögern, stellte die Lampe dann wieder ab, trat an ein seidenes Polster. Für den kommenden Tag waren dort verschiedene Gewänder drapiert, aus denen Leyken am Morgen würde auswählen können. Entschieden griff Nala nach einem Umhang von dunklem Samt – einem Stück, auf das die Wahl ihrer Herrin kaum gefallen wäre. Die Luft in ihren Gemächern war zu jeder Zeit von angenehmer Wärme.

Die Zofe wandte sich zu ihr um, fuhr sich mit der Zunge über die Lippen, schien sich zu besinnen. *«Saheb ...»* Sie stockte. *«Saheb-tschar.»*

Leyken starrte sie an. Ein merkwürdiges Gefühl war in ihrem Bauch erwacht. *Saheb-tschar. – Es geht.* Oder *er* oder *sie geht.* Streng genommen war es die Vergangenheitsform: *Sie ist gegangen.* Doch konnte ein Zweifel bestehen, was das Mädchen von ihr erwartete?

Nala hielt ihr den Mantel entgegen, und Leyken ließ die Decken zurückgleiten, stützte sich auf ihr Lager. Wie in einer neuen, anderen Art von Traum erhob sie sich, spürte einen Moment lang Schwindel, doch schon war eine hilfreiche Hand zur Stelle, hielt sie aufrecht, bis Leyken mit einem Nicken anzeigte, dass sie aus eigener Kraft stehen konnte.

«Ich ...» Sie ließ zu, dass der Mantel behutsam um ihre Schultern gebreitet wurde, doch dann, als das Mädchen Anstalten machte, sich der Tür zuzuwenden, die in den Hauptraum der Gemächer führte, versteifte sich ihre Haltung. «Die Wächter!», wisperte sie. «Sie werden uns niemals passieren lassen. Sie stehen Tag und Nacht auf dem Korridor. – Dem Korridor draußen, vor der Zimmerflucht.»

Nala sah sie an, offensichtlich ratlos.

Leyken biss sich auf die Lippen. «Die Nordmänner», sagte sie. Ihre Hände fuhren über ihre Wangen, ihr Kinn, dann weiter bis auf ihre Brust. Orthulf, der Anführer, pflegte sich sorgfältig zu rasieren, doch die meisten seiner Gefolgsleute waren unter ihren wuchernden Bärten kaum auseinanderzuhalten. «Draußen auf dem Gang», sagte sie, hob die Hand, beschrieb eine Bewegung, als ob sie einen Speer schwer auf dem Boden absetzte. «Sie werden uns nicht durchlassen. – Und überall auf den Gängen patrouillieren Gardisten in ihren Panzern aus Gold.»

Hellte sich die Miene der Zofe auf? Schon trat wieder Konzentration auf ihr Gesicht. «*Muh* …» Sie setzte noch einmal an. «*Muh-ta.*» Erwartungsvoll sah sie ihre Herrin an.

Leyken runzelte die Stirn. *Muhta.* Das Mädchen betonte die zweite Silbe und damit die falsche. Und mit dem Kehllaut der ersten hatte jeder Sprecher Schwierigkeiten, der nicht in der Wüste aufgewachsen war. Und dennoch: *Muhta.* – *Anders.*

*Anders?* Leyken verharrte an Ort und Stelle. Sie konnte spüren, wie ihr Herz beschleunigte. Was war anders? Der Weg war frei? Die Wächter waren fort? Aber die Nordmänner hatten sich noch niemals von ihrem Posten entfernt! Oder … Sie kniff die Augen zusammen. «Aber es gibt keinen zweiten Ausgang!», flüsterte sie nachdrücklich. «Jedenfalls keinen, von dem ich weiß», schränkte sie ein. «Wie willst du …»

Nala hob die Hand, sah ihrer Herrin fest in die Augen. Dann wandte sich ab, trat in die Türöffnung, die zum Hauptraum führte. Ein kurzer Blick zurück, ein Zeichen an Leyken, einen Moment zurückzubleiben, dann reckte sie sich vor, schien vorsichtig in sämtliche Richtungen zu spähen. Im nächsten Moment eine neue Geste: *Folgt mir!*

Mit klopfendem Herzen gehorchte Leyken, betrat mit unsicheren Schritten den größeren Raum. Jenseits der hohen Fenster stand der volle Mond am Himmel. Näher als gewöhnlich, so kam es ihr vor. Sein Licht fiel durch das verwirrende Gespinst, das die Fenster füllte, zeichnete geisterhafte Muster auf den Boden, die sich wie im Luftzug zu bewegen schienen.

Rechts von ihr, nur schemenhaft erkennbar, wurde der Raum immer schmaler. Ausbuchtungen der Wände teilten ihn beinahe in zwei Hälften, ganz wie die Höhlung der Heiligen Esche gewachsen war. Der Ausgang befand sich auf der anderen Seite. Dort wechselten sich Zenons Nordmänner zu festen Zeiten ab, hochgewachsene Kämpfer, einer zottiger und wilder als der andere. Und jeder Einzelne bewaffnet bis an die Zähne.

Leyken blieb wie angewurzelt stehen. Bildete sie sich die Geräusche nur ein? Nein, das tat sie nicht. Es war niemals vollständig still in der Rabenstadt. Als ob die Heilige Esche Atem holte in langen, mächtigen Zügen. Doch über das dunkle Rauschen hinweg war es deutlich zu vernehmen: Die Wächter waren auf ihren Posten. Natürlich verstand sie kein Wort, aber sie hörte das Knurren einer Unterhaltung, die harten Laute aus der nebligen Heimat der Männer wie das Gebell großer, unfreundlicher Hunde.

Umkehren! Auf der Stelle umkehren! Sie wollte das Mädchen anflehen, doch kein Ton kam über ihre Lippen.

Feiner Schweiß begann unter ihrem Haaransatz hervorzusickern. Solange sie sich von der anderen Hälfte des Raumes fernhielten, würden die Wächter sie nicht zu sehen bekommen. Und die Männer schienen in ihr Gespräch vertieft. Doch sobald sie schwiegen ... Nala bewegte sich verstohlen und lautlos wie eine Katze mit kupferfarbenem Fell, doch konnten Leykens eigene, schlaftrunkene Schritte den Posten entgehen?

Leykens Gedanken überschlugen sich. Zumindest war eindeutig, in welche Richtung die Zofe *nicht* wollte. Unmöglich, hinaus auf den Flur zu entweichen, wenn die Variags dort lauerten. So widersinnig es schien: Nala musste einen anderen Weg kennen, einen Weg nach draußen. Und doch war es schon gefährlich, dass sich die Frauen auch nur durch die Gemächer bewegten. War es nicht ungewöhnlich, wenn sich dort zu dieser Stunde etwas regte? Was, wenn einer von Zenons Männern sich entschloss, in den Räumen nach dem Rechten zu sehen? Und hatte Leyken nicht beobachtet, wie jener, dessen rechtes Auge eine Klappe aus dunklem Leder verschloss, der ältesten ihrer Zofen begehrliche Blicke zugeworfen hatte? Mit dem freien Auge. Was, wenn er sich entschloss, die üppige Frau vom südlichen Meer in ihrem Quartier aufzusuchen?

Was, wenn die Männer Leyken und ihre Zofe ertappten? Würden sie ihre Absicht nicht auf der Stelle erkennen? Leyken selbst trug einen *Mantel* um die Schultern! Was, wenn sie Zenon von der versuchten Flucht berichteten? Leyken war noch immer seine Gefangene, und er hatte mehr als deutlich gemacht, welche Strafen sie erwarteten, wenn sie sich seinen Wünschen widersetzte. Schläge – und das war noch die harmloseste Aussicht. Die Vorstellung, in die stinkende Hölle ihres Gefängnisses zurückzukehren: Sie würde sterben. Sie würde einen Weg finden zu sterben, *bevor* es dazu kam.

Doch Nala schien zu wissen, was sie tat.

Ein Geräusch erwachte in Leykens Kopf, ein Rascheln, ein Summen, ein bösartiges Flüstern: Was, wenn sie gerade in eine Falle lief? Wenn das Mädchen mit dem Sebastos im Bunde war?

Nicht Leyken hatte die Zofen ausgewählt. Nicht Leyken entlohnte die Frauen, damit sie zu jeder Stunde um sie waren. Was, wenn dies alles eine Probe war?

*Eine Freundin.* Leykens Lippen bewegten sich, lautlos. Nala spähte ins Zwielicht und bekam nichts davon mit. *Eine Freundin.* Eine Freundin lockte man nicht in die Falle, nicht einmal zum Scherz, und ganz gewiss nicht, wenn es um Leib und Leben ging. Weil das unvereinbar war mit der Ehre, und wer hätte mehr von Ehre gewusst als Leyken vom Volk der Oase? Wer dem anderen einen Becher *Shey* reichte, jenen dampfenden, stark gesüßten Aufguss, so wie Nala es getan hatte, der nahm ihn als seinen Freund an und war ihm zur Ehre verpflichtet – eine Verpflichtung, die für beide Seiten galt. Doch wie hätte ein Mädchen mit rotem Haar und blasser Haut davon wissen sollen?

Unvermittelt trat ein Bild vor Leykens Augen: Das Antlitz ihres Großvaters, um dessen erhöhten Stuhl sich die Kinder der Oase versammelt hatten. *Nur derjenige verhält sich der Ehre gemäß,* glaubte sie die Stimme des alten Mannes zu hören, *der dem anderen als einem Mann der Ehre begegnet, bis das Gegenteil bewiesen ist.*

Und dennoch: Unmöglich konnte sie wissen, welche Bedeutung man der Ehre einräumte in jener Gegend der Welt, aus der Nala stammte. Doch war das das Entscheidende? War die Ehre das Entscheidende, wo es um Freundschaft ging? Dieses blasse Gesicht, weiß wie der frisch gefallene Schnee, den ihr die Visionen der Esche gezeigt hatten. Dieses freundliche Gesicht mit dem zuweilen etwas abwesenden Ausdruck in den Augen von tiefem Grün. Das Gesicht einer Verräterin?

Eine Freundin, dachte sie. «*Ein Mädchen der Ehre*», flüsterte Leyken.

Ein Laut. Sie fuhr zusammen. Nala strafte sie mit einem

vorwurfsvollen Blick, beschrieb eine Handbewegung: *Folgt mir!* Entschlossen wandte sich die Zofe nach links, fort von den Wächtern.

Schwindel packte Leyken. Sie musste sich an der Wand abstützen, als sie mit schwachen Schritten gehorchte und kein Geräusch aus ihrem Rücken ertönte. Die Nordmänner hatten sie nicht bemerkt.

Der Hauptraum lag nun beinahe hinter ihnen. Auch auf dieser Seite verengte er sich, einem Flaschenhals gleich, wurde zu einem gewundenen Gang, der abwärts führte zu einer tieferen Ebene innerhalb der Gemächer. Zu jenem Raum, den Leyken als ihren *hamam* betrachtete, in dem sie im Rosenwasser eines alabasternen Beckens versinken konnte, um sich Träumen hinzugeben, denen sie selbst die Richtung geben konnte. Tagträumen, in denen sie wieder zu Hause war, daheim in der Oase, in denen es nichts von dem gab, was sich seit jenem Tage zugetragen hatte, an dem ihre Familie gestorben war. Hinter jenem Raum aber befanden sich nur noch die Unterkünfte der dienstbereiten Frauen. Und kein zweiter Ausgang aus den Gemächern. Warum also bewegte sich die Zofe in diese Richtung?

Nala hielt inne, noch bevor sie die tiefergelegene Ebene erreicht hatte, hob die Hand, wies ihre Herrin, nein, ihre *Freundin* an, ebenfalls zu verharren. Leyken konnte sehen, wie das Mädchen Atem holte, dann langsam in die Knie sank, eine Handfläche auf den sanft abfallenden Boden legte, dann die zweite. Einen Moment lang schien die Zofe nachzusinnen, oder, nein, sie schien zu *lauschen*, bevor sie die Position der rechten Hand korrigierte. Nala schloss die Lider, und …

Es war ein Eindruck kurz wie ein Lidschlag. Wie ein Nachtvogel, der durch das Dämmerlicht huschte, zu rasch, als dass der

Blick der Richtung seines Fluges zu folgen vermochte. Kürzer als ein Atemzug – und doch eine ganze Welt, die vor Leykens Augen aufblitzte.

Eine Stadt. Eine große Stadt mit Häusern aus verwittertem Holz und grauem Stein, mit bunten Dächern versehen. Eine Stadt am Meer, über das sich ein weiter Himmel spannte, an dem die Wolken rasch dahinzogen. Möwen flatterten auf, Handelsschiffe lagen im Hafen vertäut und wurden entladen. Rufe der Seeleute flogen hin und her. Ein stattlicher Mann im pelzverbrämten Mantel blieb vor einem der Segler stehen und zog mit konzentrierter Miene ein Pergament zu Rate. Wenige Schritte entfernt kippte ein Fischweib einen Eimer schmutzigen Wassers und glitzernder Innereien über das buckelige Pflaster, wo die stinkende Brühe in steinernen Rinnen der Kaimauer entgegen und zum Hafenbecken hin abfloss.

Am Rande dieser Mauer erhob sich eine Brustwehr. Und im Schatten dieser Brustwehr befand sich eine Luke aus schwerem Holz. Leyken sah nur die Luke, doch sie wusste, dass sie in eine Folge düsterer Gewölbe hinabführte: Kasematten, in denen sich ein ganzes Heer mitsamt schwerer Kriegsmaschinerie verbergen konnte. Heute standen sie leer, doch einst waren sie angelegt worden, um den räuberischen Nordmännern einen angemessenen Empfang zu bereiten, wenn sie sich auf ihren Langbooten bis in das Hafenbecken vorwagten. Durch schmale Scharten im Mauerwerk ließen sich bleierne Rohre ausrichten, aus denen jene Mixtur geheimer Zusammensetzung schoss, die selbst auf dem Wasser brannte und die Schiffe der Angreifer verschlang. All das aber war heute nicht länger notwendig, weil sich Emporion seit Jahrhunderten einer Zeit des Friedens erfreute. *Emporion* – das war der Name der

Stadt, die von ihren Bewohnern indessen *Westerschild* genannt wurde.

Da war diese Luke. Eine Luke, wie es sie an Tausenden Orten der Welt gab. Ein Scharnier hielt eine der Kanten im Boden fest, während das Holz entlang dieses Scharniers nach oben schwang. Und genau das geschah in diesem Augenblick. Ein Kindergesicht kam aus der schattigen Tiefe zum Vorschein, sah misstrauisch in sämtliche Richtungen. Es war das Gesicht eines Gossenmädchens mit wirrem, kupferrotem Haar, und unter der beachtlichen Schmutzschicht war eigentlich nicht viel zu erkennen von diesem Gesicht, abgesehen von den Tupfern auf der Haut. Tupfer, die nicht selten waren bei Menschen mit heller Haut und rotem Haar. Sommersprossen.

*Sommersprossen.* Das war das Wort für jene Tupfer! Sommersprossen!

*Nala!* Leyken keuchte auf. Das Bild, die Abfolge von Bildern war fort, so rasch sie gekommen war, doch das Mädchen in den Bildern war *Nala*, und was Leyken in diesem Moment gesehen hatte, was schon wieder vorbei war, bevor es vollständig in ihr Bewusstsein rückte: Es war eine *Erinnerung!* Eine Erinnerung nicht etwa in Leykens Kopf, sondern im Kopf des Mädchens! Bilder, die vom Geist ihrer Freundin in ihren eigenen Kopf gewechselt waren! Und auf einen Schlag begriff Leyken: Sie würde nicht auf Worte stoßen, wenn sie sich in Nalas Geist auf die Suche begab. Nicht in Worten, sondern in *Bildern* sprach man auf der Esche miteinander, ohne zu sprechen. Und da war noch mehr als das.

«Bilder», wisperte sie. «So kann man nicht nur miteinander sprechen. So spricht man auch mit der Esche! Man sucht im Kopf nach einem Bild, und dann berührt man das Holz des

Baumes. Und versucht ihm dieses Bild zu zeigen. Und jener Abschnitt der Esche verwandelt sich und nimmt die Form des Bildes an!»

Nala nahm keine Notiz von ihr. Die Stirn des Mädchens lag in tiefen Falten, während es die Position der Finger auf dem Boden um eine Idee veränderte. Ihre Hände hoben sich, und atemlos beobachtete Leyken, wie eine Veränderung vor sich ging. Entlang eines zunächst nur schemenhaft erkennbaren Umrisses schien die Struktur des Bodens aufzuweichen, sich gleichzeitig zu verdunkeln, bis im nächsten Moment längliche Vertiefungen entstanden. Die Form war kein perfektes Rechteck, aber als Nala ihre Hände noch etwas weiter zurückzog, konnte doch kein Zweifel bestehen, worum es sich handelte. Innerhalb der rechteckigen Form wirkte der Boden nun faserig, grob und zerschunden wie raues Holz, an dem sich wenig zartfühlende Hände Jahr um Jahr zu schaffen gemacht hatten. Jetzt löste sich dieser Umriss aus dem umgebenden Boden. An der Seite, an der sich das Scharnier befand, blieb er mit der Umgebung verhaftet, doch die übrigen Seiten hoben sich, gaben den Blick in die Tiefe frei, als die Luke aufschwang wie von Geisterhand.

Eine Treppe war auszumachen. Eine Folge von Stufen verschwand irgendwo in der Dunkelheit. Ein Weg! Leykens Herz überschlug sich. Ein Weg hinaus!

Doch wohin mochte er führen? Sie beugte sich vor, spähte an der Gestalt ihrer Freundin vorbei. Jetzt war das Material zu erkennen, aus dem die Stufen geschaffen waren. Es war ein Werkstoff, der nur selten auf der Heiligen Esche Verwendung fand.

«Stein», flüsterte Leyken. «Stein wie bei den Treppen in den Kasematten von Emporion.»

# BJORNE

## DIE NORDLANDE:
## IN DEN RUINEN VON ENDBERG

Bjornes Nasenflügel zuckten. Da war ein Kitzeln in seiner Nase, ein Kitzeln, das sich nicht vertreiben ließ. Und er wollte die Augen nicht öffnen, er wollte in den Schlaf zurück. Wie ein Krieger das eben wollte, dem das Dröhnen in seinem Schädel klarmachte, dass er am Abend zuvor den Metkrug einmal zu oft hatte füllen lassen. Und ein Krieger war er schließlich. Auf dem großen Thing zu Frühlingsbeginn, kurz nachdem er sein sechzehntes Jahr erreicht hatte, hatten ihm die Jungfrauen die fuchsrote Mähne zum Kriegerzopf geflochten. Ganz wie es in den Nordlanden Sitte war. Und er wusste zwar nicht, wie er gerade auf alle diese Gedanken kam, doch sein Kopf dröhnte jedenfalls, als hätte sein Helm nur mit Mühe dem Hieb einer Streitaxt standgehalten.

Bjorne stutzte. Irgendetwas war nicht so, wie es hätte sein sollen. Seine Lider flatterten.

*Der Hieb einer Streitaxt.* Für einen Atemzug war das Bild in seinem Kopf: die langgezogene, messerscharf geschliffene Barte einer Streitaxt, die in seinem Augenwinkel heranfegte. Und er selbst, der sich mühte, sein Schwert zu ziehen, um den Schlag zu parieren. Doch ein Gedränge schattenhafter Gestalten umgab ihn, es gelang ihm nicht. Der Hieb traf seinen Helm, und dann war Dunkelheit.

Dunkelheit, die nun widerwillig einem tiefroten Schleier wich. Und dem pochenden Schmerz in seinem Hinterkopf, wo die Waffe von der Wölbung seines Helmes abgeglitten war, anstatt ihm den Schädel in zwei Hälften zu spalten.

Bjorne stöhnte. Er versuchte die Augen zu öffnen, aber sie waren wie vom Schlaf verklebt. Seine Hand wollte sich heben, wollte über die Lider fahren, doch er bekam den Arm nicht frei. Etwas Schweres schien auf seinem Körper zu liegen, und langsam, unendlich langsam, während er vollständig ins Bewusstsein zurückkehrte, wurde der Eindruck stärker: der Eindruck, dass etwas ganz und gar nicht in Ordnung war.

Rufe, Schreie waren zu vernehmen. Polternd stürmten schwere Stiefel an ihm vorbei. Ein metallischer Geschmack füllte seinen Mund, von irgendwo kam ein widerwärtiger Gestank nach verschmortem Fleisch. Und das Kitzeln war immer noch da.

Da endlich gelang es ihm, die Lider zu öffnen, und sofort wurde ihm klar, was das irritierende Gefühl verursachte. Eine Haarsträhne war über sein Gesicht gefallen, Teil eines schmutzig grauen Haarschopfs. Dieser Haarschopf wiederum gehörte zu einer hageren Alten, deren Gesicht wenige Zoll von seinen Augen entfernt war, zu einem Ausdruck verzerrt, in dem sich Schmerz, Hass und Triumph in einer unmöglichen Mischung vereinten. Einem Ausdruck, der Grund genug gewesen wäre, die Augen schaudernd abzuwenden. Wäre es nicht überdies das Gesicht einer Toten gewesen. In einer grauenhaften Wunde klaffte die Kehle der Alten auf, und da war ein Glitzern zwischen Knorpeln und durchtrennten Sehnen. Noch immer sickerten einzelne Tropfen Blutes hervor.

Die Tote. Die Alte. *Die Hexe!*

Bjorne fuhr zurück, versuchte sich in die Höhe zu stemmen. Der Körper eines Mannes lag schwer auf seiner Hüfte, und rings um ihn waren weitere Leiber, waren weitere Leichname, leblose Gliedmaßen bohrten sich in seinen Rücken. Mit einem Ächzen wuchtete er den Körper beiseite, richtete sich schwankend auf.

Die Hexe. Eine der Gefangenen, die man in die Jurte geführt hatte, wo Morwa, Sohn des Morda, inmitten seines Gefolges über ihr Schicksal befinden wollte. Morwa, der größte Anführer, den der Norden seit Ottas Zeiten gekannt hatte, Hetmann über das Bündnis des Reiches von Ord und nun, seit diesem Abend, König über jenes uralte Reich des Nordens. Morwa war bereit gewesen, den letzten seiner Widersacher zu vergeben, den Überresten des einst so stolzen Hasdingenvolkes. Bis die Alte die Kapuze ihres Mantels zurückgeworfen, den König und die Seinen geschmäht und verflucht hatte. *Brennen!*, hatten ihre vertrockneten Lippen gezischt. Garben von Feuer waren aus ihren Händen geschossen, der Gestalt auf dem Thronstuhl entgegen. *Ihr werdet brennen!*

Die Flammen hatten Morwa nicht erreicht. Eine der Frauen seines Hofstaats hatte sich dazwischengeworfen, die geheimnisvolle dunkelhäutige Frau aus dem Süden. Von der Lohe versehrt lag sie nun am Boden, wo sich Morwas Gesinde um sie bemühte. Der König lebte, doch die Jarls und Edlen seines Gefolges hatten keine Gnade gekannt. Sie hatten sich auf die Alte gestürzt, ebenso aber auf alle übrigen Gefangenen.

Aber es waren Frauen unter den letzten Hasdingen gewesen! Nicht die Hexe allein, die gleich zu Beginn gestorben war. Waffenlos hatten sich diese Menschen in die Hände ihrer Feinde begeben, hatten zugelassen, dass man sie fesselte und band! Unvermittelt hatte Bjorne eine Entscheidung getroffen, die Entscheidung, sich zwischen die Wehrlosen und ihre Bedränger zu stellen, da niemand anders das tun würde, selbst der König nicht. Morwa hatte auf seinem geschnitzten Stuhl gethront, auf die verletzte Frau gestarrt und dann wie versteinert die Szene verfolgt. Er hatte keinen Befehl erteilt zum Gemetzel zu Füßen seines Thrones, doch genauso wenig hatte er Anstalten unternommen, dem Blutbad ein Ende zu bereiten. Seine Lippen waren verschlossen geblieben, während er reglos dagesessen hatte, das Haar schlohweiß, der Blick irgendwo in seinem Innern verirrt, der Blick eines alten, kranken Mannes.

Tot. Jeder einzelne der Gefangenen war tot, am Boden dahingestreckt. Lediglich Bjorne selbst hatten Morwas Gefolgsleute am Leben gelassen. Schließlich war er einer der Ihren, und natürlich war es kein Zufall gewesen, dass der Axthieb lediglich seinen Helm getroffen hatte. Wie in einer Geste der Verachtung hatten sie ihn zwischen den toten Leibern zurückgelassen.

Düster rückte er den eisernen Helm zurecht. Das Ungetüm besaß nun eine schäbige Delle mehr. Ein Erbstück – sein *einziges* Erbstück als siebter der sieben Söhne seines Vaters: ein verbeulter Helm und eine miserabel ausgewogene Klinge aus matt gewordenem Stahl, geschmückt mit einem Heer winziger Schriftzeichen, bei deren Anblick ihm übel wurde, wenn er sie zu lange betrachtete. Oh, und der Name natürlich, Bjornes eigentlicher Name: Hædbjorn, Hædbærds Sohn. Derselbe Name, den auch der fernste seiner Vorfahren getragen hatte.

Es war eine Ehre, hatte Bjornes Vater betont. Eine Auszeichnung, die einzig einem siebten Sohn zuteil wurde in ihrem Hause, dem Hause der Herren von Thal. Vorausgesetzt, dem jeweiligen Herrn von Thal wurde denn ein siebter Sohn geboren. Solange das nicht der Fall war, schlummerten die Gerätschaften im Allerheiligsten des Großen Tempels. Alle Jahrhunderte wieder erinnerte man sich an sie, wenn es einen siebten Sohn zu beglücken galt, der vom übrigen Erbe daraufhin natürlich ausgeschlossen wurde, von den Palastgebäuden und schmucken Stadthäusern innerhalb der Mauern von Thal, den reichen Ländereien draußen vor den Toren der Stadt. Banale Besitztümer, kein Vergleich zu der Ehre, jenen Namen und jene Rüstung tragen zu dürfen. Jene Klinge zu führen, die der Urahn ihres Hauses hatte an sich bringen können, als er an der Spitze seiner Mannen dem Kaiserreich die alte Festung Thal entrissen hatte.

Eine Ehre! Bjorne hatte die Waffe nicht einmal aus der Scheide bekommen! Keinen einzigen Streich hatte er abwehren können, der nach den gefangenen Hasdingen zielte! Wäre nur nicht erwartet worden, dass er das Monstrum auch tatsächlich führte – oder es zumindest am Gürtel trug, was auf dasselbe hinauslief. Ein Streiter des Bündnisses von Ord führte Schwert oder Kriegsaxt und einen Rundschild dazu. Mit zwei Schwertern dagegen konnte er schlecht herumlaufen. So hatte es sich fast von selbst ergeben, dass sich der Langbogen zu Bjornes Lieblingswaffe entwickelt hatte. Nur dass der Bogen ihm keine Hilfe gewesen wäre, als sich das Gefolge des Königs im Gedränge der Jurte auf die Hasdingen stürzte.

Was aber, wenn der Bogen *jetzt* eine Hilfe sein konnte?

Es roch nach Blut, nach Eisen, nach dem Ruß der Fackeln. Von irgendwo fand ein eisiger Hauch seinen Weg zwischen den

Fellen und Filzmatten hindurch, die die Jurte schützten. Was immer sich ereignet hatte, während Bjorne besinnungslos zwischen den Toten gelegen hatte: Es war noch nicht vorbei. Es hatte gerade erst begonnen. Und die Zeit lief ab.

Die Körper am Boden, die Frauen, die Unbewaffneten: Bjorne wollte nicht hinschauen. Halb blind stieg er über die Toten hinweg. Er hatte schon Erschlagene gesehen, Männer, die im Kampf gestorben waren. *Aber niemals ein solches Gemetzel.*

Die Dienerinnen bemühten sich weiterhin um die dunkelhäutige Frau. Eine von ihnen blickte kurz auf, doch als er sie fragend ansah, schüttelte sie stumm den Kopf. Bjorne war ein Krieger, und auf einen Krieger warteten andere Aufgaben in dieser Nacht. Denn sie alle spürten es.

Es war die Raunacht, die längste, die dunkelste und kälteste Nacht des Jahres. Ein Fluch lag über dieser Nacht, von alters her. Und hier, am Rande der bewohnten Welt, am Rande der Erfrorenen Sümpfe hatte dieser Fluch das Aufgebot des neuen Königs von Ord ereilt, das in den Ruinen von Endberg sein Lager aufgeschlagen hatte, der Stadt der Uralten.

Blut befleckte die Stufen vor dem Thronsitz des neuen Königs von Ord. Die weisen Seher allein vermochten aus Traumbildern den Willen der Götter und die künftigen Geschicke der Sterblichen zu deuten, und doch gab es Zeichen, die so augenfällig waren, dass ein jeder Mann, eine jede Frau des Nordens ihr Gewicht ermessen konnte. Eine Regentschaft, die mit Blut ihren Anfang nahm – wie würde sie enden?

Mit polternden Schritten hatten Morwa und die Seinen die Jurte verlassen. Etwas Schreckliches musste sich ereignet haben, etwas neues Schreckliches. Der König würde jeden einzelnen seiner Streiter brauchen.

Bjornes Schädel pochte, als er sich dem Ausgang des Zeltes näherte. Verbissen kämpfte er den Schmerz nieder. Erwartung lag in der Luft, wie kurz vor Beginn eines Unwetters. Seine Kopfhaut prickelte, als wollten seine Haare unter dem verbeulten Helm sich aufrichten, magisch angezogen von der Gewalt der nahenden Elemente. Er streckte die Hände nach den Fellen aus, die den Durchgang verschlossen, und –

Er kam nicht dazu, sie zu berühren. Mit einer heftigen Bewegung wurden sie beiseitegeschlagen, und ein Gesicht erschien. Ein Gesicht mit einer Haut wie verknittertes Leder, das jahrelang im Freien gelegen hatte. Die Brauen des Mannes starrten vor Eiskristallen, und sein Blick hätte es mit einer Klinge aus tartôsanischem Stahl aufnehmen können: Rodgert, Morwas Waffenmeister, der Anführer seiner Eisernen.

«Wo sind sie?» In barschem Tonfall.

«Was?» Verwirrt sah Bjorne ihn an. «Wer? Ich dachte ...»

«Alric. Fafnar. Die Edlen der Hochländer. Der König sendet die Anführer zu ihren Aufgeboten, um sie heranzuführen.»

«Die Verstärkung aus dem Süden habe ich an Morwas Söhne übergeben.» Bjorne straffte sich. «Mein eigenes Schwert dagegen kann ich dem König ...»

Die Brauen des Alten zogen sich zusammen. Eine kurze, finstere Musterung, die Bjornes zerbeultem Helm galt, der klobigen Klinge an seiner Seite und – er hätte es schwören können – etwas länger seinem Bogen. Und irgendwie auch seinem Gesicht. Dann: «Ihr seid der Sohn des alten Hædbærd.» Ein unfreundlicher Blick. «Euer Vater ist ein Esel.»

Bjorne zuckte zusammen. «Ihr ...»

«Aber er war ein guter Krieger, bevor er fett wurde. – Ihr kommt mit mir!»

«Wohin ...» Doch schon war Rodgert an ihm vorbei, und Bjorne blieb nichts übrig, als sich ihm anzuschließen.

Der Alte war bei der verletzten Frau stehengeblieben, blickte düster auf sie nieder. Ihre Haut, die geheimnisvolle dunkle Haut, hatte Blasen geworfen; eine schreckliche Wunde zog sich über Brust und Schulter. Niemand wusste, wer diese Fremde war, die kein Wort der Sprache des Nordens sprach, ebenso wenig allerdings ein Wort in irgendeiner anderen Sprache. Die Krieger von Bjornes Vater hatten sie am Rande der Öde aufgegriffen, wo sie unter dem Banner des Kaiserreiches reiste, im Schutz einer Eskorte in goldenen Rüstungen. Die Männer aus Thal hatten die kaiserlichen Söldner erschlagen und die Frau in Morwas Feldlager gebracht. Und hier, auf seinem Zug in den äußersten Norden, war sie zur Vertrauten des Hetmanns über das Bündnis geworden, zur Vertrauten des jetzigen Königs – wie auch immer er sich mit ihr verständigte.

Ihre Augen waren geschlossen und ... Nein, war es möglich, dass sie einen Spalt breit geöffnet waren? War die Fremde bei Bewusstsein mit ihren schrecklichen Wunden? Bjorne spürte eine entsetzliche Hilflosigkeit. Zart und zerbrechlich lag die Verletzte am Boden. Jemand hatte ihren Leib bis unter das Kinn mit wärmenden Fellen bedeckt, und das Erschreckendste war die Rundung ihres Leibes, die sich unter diesen Fellen abzeichnete. Die Fremde war schwanger, und ihre Stunde war nahe.

«Man hat nach der alten Tanoth geschickt», murmelte Rodgert. «Der Hexe, Heilerin, was weiß ich.» Seine Hand beschrieb eine Bewegung. Der Heilige Kreis, das Zeichen gegen das Böse? Bjorne war nicht sicher.

«Doch sie wird beim Tross zu finden sein», sagte der Alte leise. «Und der Tross lagert in den Trümmern der Zitadelle, aber noch hinter unseren eigenen Männern aus Elt. Es wird dauern, bis sie eintrifft.» Jetzt lauter, an die Dienerinnen gewandt: «Der König verdankt dieser Frau hier sein Leben. Tut für sie, was ihr könnt!»

Eine der Frauen sah auf: eine Hochländerin, das Haar unter einer Haube verborgen. In ihren Augen stand wenig Hoffnung. Sie blickte zu der Verletzten, dann zu Rodgert. Ihre Zunge fuhr über die Lippen, einen Moment lang unschlüssig. Dann, vorsichtig: «Ihr sucht nach den Anführern? – Die Charusken ... Der Herr Alric ...» Ihr Kinn wies in den hinteren Bereich des Zeltes.

«Wie erwartet.» Ein grimmiges Nicken. Bjorne hatte nicht damit gerechnet, dass die Miene des Alten noch finsterer werden konnte, schon aber wandte Rodgert sich ab, schob sich am Thronstuhl des Königs vorbei, tiefer in die königliche Jurte, eine ausgedehnte Konstruktion aus hölzernen Streben, Bahnen von wollenem Gewebe und schwerem Leinen.

Bjorne lauschte. Die Dienerinnen hatten sich schon wieder der Verletzten zugewandt und stimmten einen tiefen Gesang an, wie ein Wiegenlied. Bjorne konnte nur beten, dass dieses Singen das Leiden lindern würde. Schon aber wurden die Laute unhörbar, wurden übertönt, als von draußen Geräusche zu vernehmen waren: gedämpftes Klirren von Waffen, Männer, die sich bereitmachten. Doch bereit *wofür?*

«Was ...» Er setzte zu einer Frage an, aber eine knappe Geste ließ ihn verstummen. Entschlossen durchquerte Rodgert den Hauptraum der Jurte, schien zugleich aber sorgfältig darauf zu achten, wohin er die Füße setzte. Bjorne schenkte er kaum noch Beachtung, als er an einem der wollenen Behänge innehielt, die den Schlafbereich von dem größeren Raum der Zeltbehausung abteilten. Prüfend strich er über den Saum des Gewebes, das sich knapp über dem Boden hinter dem Gestänge verfangen hatte.

Als folgte er einer Fährte, dachte Bjorne. Wie ein Jäger in der Wildnis, der seiner Beute nachstellte und jedes Geräusch zu vermeiden suchte. Rodgerts Hand lag am Schwertgriff und verhinderte, dass die Waffe gegen den Stahl des Panzers schlug und das Wild aufmerksam machte. Seine Augen gingen in tausend Richtungen, als ob er …

Als witterte er Gefahr. Nein, nicht wie ein Jäger: wie ein Krieger in der Schlacht. Wie der Krieger, der er war, seit den Tagen von Morwas Vater und Vatersvater schon, in all den Kämpfen der Vergangenheit.

So lange Bjorne zurückdenken konnte, hatte er die Skalden geliebt, die reisenden Geschichtenerzähler, die von einem Fürstenhof zum nächsten zogen mit immer neuen, aufregenden Abenteuern. Geschichten über die Siege des großen Morwa zumal, der unter dem stolzen Banner des Ebers von Elt die Völker der Tieflande einte. Atemlos hatte der Junge gelauscht, wenn einer von ihnen in die große Halle des Palastes von Thal getreten war und begonnen hatte, jene Geschichten zu erzählen. War nicht in jeder einzelnen irgendwann die Stunde des getreuen Waffenmeisters gekommen? In jenem Moment, da Morwa das Signal zum Angriff geben wollte, trat Rodgert an seine Seite, warnte ihn, berichtete ihm, dass er irgendwo einen Hinterhalt, ein Versteck des Feindes ahnte. Und der Hetmann lauschte, widerstrebend zunächst, bis er am Ende tatsächlich seine Schlachtpläne änderte. Mit dem Ergebnis, dass der wolfsköpfige Kriegsgott ihm den Sieg und einen neuen Stamm von Verbündeten schenkte, der künftig an seiner Seite focht auf seinem langen Weg zur Königswürde über das Reich von Ord. Und all das, weil er der Sorge jenes alten Mannes Gehör geschenkt hatte, der jetzt vor Bjornes Augen voll Misstrauen den Saum eines Vorhangs musterte, der den Farben nach aus Vindt stammen musste, von der Meeresküste. Als hätten die Näherinnen einen Fluch in die Borte gewebt. Skeptisch glitten die Finger über das Gewebe, bevor der Alte es sinken ließ und erneut in sämtliche Richtungen spähte, als drohe eine neue List des Feindes, ein neuer Hinterhalt.

Verwirrt verfolgte Bjorne seine Manöver. Aber die Schlachten waren geschlagen! Der Krieg war vorbei! Sie befanden sich in der königlichen Jurte, dem Herzen von Morwas Macht. Es gab keine Feinde mehr. Morwas Gefolgsleute hatten die letzten Hasdingen niedergemetzelt.

Unvermittelt stieß Rodgert die Luft aus. «Die Dienerin stammt selbst aus dem Norden», murmelte er. «Es schien mir ungewiss, ob wir ihr trauen können. Doch sie haben tatsächlich diesen Weg gewählt, mehrere von ihnen. Und sie waren in Eile.»

Bjorne starrte auf den Behang, starrte auf den Alten. «Die Edlen der Hochländer? Aber warum in dieser Richtung?» Er stellte fest, dass er flüsterte.

«Weil der König den Weg durch die Felle genommen hat», brummte Rodgert. «Mit dem Hochmeister, mit seinem Sohn Mornag und mit dem Mädchen, seiner Tochter. Und mit Gunthram. – Ich hatte ein Auge auf Gunthram, den Jarl der Jazigen.» Kurz sah er zu Bjorne, und eine düstere Freude schien in seinem Blick zu liegen. «Von seinem Stamm ist nicht viel übrig, nachdem am Ende der großen Schlacht die Hänge der Ahnmutter auf ihn und die Seinen niederstürzten. Seine Krieger hat er verloren – nicht aber seinen Ehrgeiz. Jedes Kind konnte erkennen, dass er hin und her schwankte, für wen er Partei ergreifen sollte.

Doch ein halbes Dutzend meiner Eisernen wird auf jeden seiner Schritte achtgeben. Das sollte ihm die Entscheidung erleichtern. Er wird den Rest seiner Männer an Morwas Seite führen.»

«An Morwas Seite?» Bjorne zog den Kopf ein, als sie unter dem Gestänge hindurch den Schlafbereich betraten. Ein Lager mit wärmenden Fellen, eine Reisetruhe, verziert mit verwirrenden Schnitzereien, die ineinander verschlungenen Ranken glichen, ein Schmuck, der dem Norden der Welt fremd war. Und vielleicht war da auch das Echo eines Duftes. Dies war *ihr* Quartier, das Quartier der dunkelhäutigen Frau, wenn der Heereszug haltmachte.

Eine Öllampe spendete flackerndes Licht. Stumm wies der Waffenmeister auf einen Winkel in den Schatten, wo die Außenhaut der Jurte nur undeutlich zu erkennen war. In einem senkrechten Schlitz klaffte das Gewebe auseinander.

«Ein gerader Schnitt zwischen den Filzmatten hindurch», knurrte er, ließ die Finger für einen Moment über den zerfetzten Stoff gleiten. «Eine gezackte Klinge: Vasconen.»

«Fafnar», murmelte Bjorne.

«Oder sein Bruder Fastred. Beide denken wenig, doch wenn es um ihren Vorteil geht, denken sie gleich. Und die Charusken werden sich an ihrer Seite befinden, Alric und die übrigen Edlen des Stammes. Die Frage wird sein, wie viele ihrer Krieger sich ihnen anschließen werden.»

«Anschließen *wozu*?»

«Die Vergessenen Götter zürnen, Sohn des Jarls von Thal.» Jetzt wandte sich Rodgert zu ihm um, musterte ihn. «Die Dunkelheit ist da. Der große Eber bricht in die Knie, und seine Jungen beißen aufeinander ein, wer sich von seinem Kadaver wird nähren dürfen.»

«Aber Morwa hat seinen Nachfolger an diesem Abend bestimmt: Mornag, den zweiten seiner Söhne.»

«Und wo die Gier erwacht, da schwinden Anstand und Ehre rasch.» Der Waffenmeister nahm seine Worte kaum zur Kenntnis. «Was Generationen von Anführern vergeblich erstrebten: Morwa, dem Sohn des Morda ist es gelungen. Die verstreuten Stämme des Nordens zu einen, sie unter einem Banner zu sammeln. Zum ersten Mal seit sieben Jahrhunderten, seit den Tagen des großen Otta. Weil er es spürte, so viel früher als alle anderen: Dass die Dunkelheit kommen würde, und nur wenn die Völker des Reiches Ord einig wären, würden sie ihr widerstehen. Und am Ende ist sein Werk geglückt. Seit dieser Nacht trägt er den Reif von Bronze, und seitdem sein Sieg sich abzeichnete, hat nur das eine noch sein Herz beschwert in düsterem Grübeln: Welchem seiner Söhne sollte er das geeinte Reich hinterlassen, nun, da seine Kräfte ermatten?»

Rodgert hielt inne. Bjorne spürte seine Augen auf sich, und doch fühlte es sich an, als würde der Waffenmeister durch ihn hindurchblicken.

«Übel habe ich meinem König gedient», murmelte der Alte, den Blick jetzt abgewandt. «Meinem König, der scharfen Auges die Schwächen erkannte, die dem ältesten seiner Söhne eigen sind, Morwen mit seiner goldenen Mähne wie die Helden der alten Zeit! Morwa sah seinen Übermut und sein Ungestüm, ich aber wollte einzig die Entschlossenheit sehen, die Bereitschaft zu raschen, harten Entscheidungen. All das, was in jungen Jahren auch unserem Hetmann, unserem König, selbst innewohnte, dem ich ein Leben lang gedient habe. Übel gedient. Denn ich riet ihm, Morwens Jugend zu bedenken. In glühenden Farben schilderte ich die Begeisterung, die der älteste seiner Söhne in den Herzen der Streiter entfachte. Ich bat ihn, zu bedenken, dass Morwens Weisheit noch wachsen würde mit den Jahren.»

«Das ...» Bjorne fuhr sich über die Lippen. «So geschieht es ja auch zumeist», murmelte er.

Unvermittelt sah Rodgert wieder in seine Richtung. «Anscheinend habt Ihr weniger von Eurem Vater als angenommen.»

Bjorne kniff die Augen zusammen. Sein Vater war ein Esel nach den Worten des Alten. Und er war ein guter Krieger gewesen, bis er fett wurde. War das nun eine *gute* Nachricht?

«Hædbærd, so wie ich ihn kannte, hätte keinen Gedanken verschwendet an die Weisheit dieses oder jenes Thronbewerbers», murmelte der Alte. «Er hätte lediglich daran gedacht, welchen Vorteil er daraus schlagen könnte, wenn zwischen Morwas Söhnen Zwietracht erwächst, während die blutjunge Tochter des Königs voll Neugier in seine Richtung blickt. Und sei es auch die Tochter eines Kebsweibs.»

«Die ...» Diesmal verstummte Bjorne ganz von allein, ohne dass der Alte ihn unterbrechen musste. Die Tochter. Das Mädchen. Von schlanker Gestalt, das Haar von verwirrend unbestimmter Farbe, die Nase in einem leichten Bogen eine Spur vorwitzig nach oben gerichtet. Einige Jahre jünger als Bjorne und eben erst im Begriff, zur Frau zu erblühen, doch er hatte keinen Zweifel, dass sie hübsch werden würde. Sie war ja jetzt schon hübsch. Er war sofort auf sie aufmerksam geworden, schon an jenem Morgen, an dem er in Morwas Lager eingetroffen war mit der Verstärkung aus Thal. Aber nachdem er begriffen hatte, dass sie die Tochter des Königs war, oder doch des *zukünftigen* Königs – was konnte er erwarten als siebter von sieben Söhnen? Er hatte kaum darauf hoffen können, ihr auch nur vorgestellt zu werden.

Ihr. Sölva. Das war ihr Name. Während Morwas Krönung hatte Bjorne sich zwischen den Gästen bewegt, und irgendjemand, Gunthram, der Jarl der Jazigen, der alte Nirwan von Vindt, musste ihren Namen genannt haben. *Sölva*. Natürlich hatte Bjorne mehr als einen Blick in ihre Richtung geworfen, doch ... *Sie* hatte in *seine* Richtung geblickt?

Er stellte fest, dass der alte Krieger ihn nunmehr mit großer Aufmerksamkeit beobachtete. Bjorne räusperte sich. «Ich diene meinem König», sagte er kühl. «Und ebenso werde ich jenem dienen, den er zum Nachfolger erwählt.»

Der Waffenmeister stieß ein Geräusch aus. Ein Ausdruck des Hohns? Offenbar galt er nicht Bjorne.

«Der erwählte Nachfolger könnte seine Würde schneller antreten, als es irgendjemandem von uns lieb sein kann, Sohn des Jarls von Thal. Wenn es aber dazu kommt, dann wird er keine Zeit mehr haben, sich umständlich Weisheit zu erwerben. Der König von Ord muss Weisheit bereits besitzen – und sei es nur die Weisheit, auf die Worte seiner Ratgeber zu hören. So ihr Rat ein hilfreicher ist. – Ohne Not sandte Morwen zwei seiner Späher in gefährliches Gelände. Der Fels brach unter ihnen nieder und begrub sie unter sich. Ich aber riet seinem Vater, seine gute Absicht zu bedenken. Hätte jener Fels nicht statt auf die beiden Späher auf unseren Heerbann stürzen können, wenn wir durch jenen Abschnitt gezogen wären? An den Hängen der Ahnmutter wiederum ließ sich Morwen in ein Scharmützel mit einem überlegenen Trupp der Hasdingen verwickeln, die den Jungen des Ebers nachstellten, unseres Geistertieres. Ein Scharmützel, das in eine Schlacht mündete, die viele unserer Krieger das Leben kostete. Ich aber riet Eurem Vater, Morwens Ehrgefühl zu bedenken. Ist der Eber nicht allen Stämmen des Reiches von Ord heilig?»

Bjorne schwieg. Zumindest hatte Morwa sich stets bemüht, seinen Streitern deutlich zu machen, dass sie in der Stunde der Not beim großen Eber ebenso Zuflucht suchen konnten wie beim Geistertier ihres jeweils eigenen Stammes, der Krähe der Charusken, dem Eisfuchs der Vasconen. Die Bürger in Bjornes eigener Heimat, die Bürger von Thal, besaßen kein Geistertier. Sie brachten ihre Opfer in den Tempeln der Alten Kaiser.

«Und schließlich kam jene Nacht, in der Ihr zu unserem Aufgebot gestoßen seid, mit der Verstärkung aus Eurer Heimatstadt», murmelte der Alte. «Es war dieselbe Nacht, in der im Morgengrauen die Reiter des Spähtrupps zurückkamen, den Morleif angeführt hatte, der jüngste von Morwas Söhnen. Nur seine Reiter kehrten zurück. Den Leib des Jungen führten sie auf einem der Packpferde mit sich, rücklings über den Sattel gebettet wie ein erlegtes Stück Wild. Morleif sei in ein Gefecht verwickelt worden mit versprengten Streitern der Hasdingen, berichteten sie. Das Eis des Nordstroms habe den Hufen seines Rosses nicht standgehalten. Elend sei er ertrunken, ehe sie ihm noch zu Hilfe eilen konnten.» Die Miene des Waffenmeisters verzog sich bei der Erinnerung. «Groß war unser aller Schmerz», sagte er. «Und größer war der Schmerz des Hetmanns von Elt, des künftigen Königs von Ord. Noch einmal größer aber und unbeherrschter war der Grimm seines Sohnes Morwen, wie es schien. Morwen, der seine Klinge zog, bevor ihn irgendjemand daran hindern konnte. Morwen, der die beiden Späher mit harten Worten anfuhr, weil sie nicht an der Seite des Jungen geblieben waren, als er gegen den Gegner stürmte. Und ehe sich's jemand von uns versah, streckte er die beiden mit raschen Schlägen seiner Waffe nieder, weil sie den Tod seines Bruders nicht verhindert hatten. Ihr standet daneben. All das geschah, bevor der Hetmann die Männer anweisen konnte, auf die Vorwürfe Antwort zu geben.»

«Morwa ließ dem ältesten seiner Söhne sein Schwert nehmen», sagte Bjorne leise. «Wie es auch jedem anderen Krieger widerfahren wäre, der sich nicht darauf versteht, seinen jähen Zorn zu beherrschen. Er gab Morwen in Eure Obhut, nicht in Ketten zwar, aber als Euren Gefangenen.»

Der Waffenmeister schnaubte. «Das tat er. Und ich hatte allen Grund, seine Entscheidung gutzuheißen, hatte ich Morwens Tat doch beobachtet, mit nicht geringerem Entsetzen als alle Umstehenden. Und doch: War seine Unbeherrschtheit nicht dem Schmerz über den Tod seines Bruders entsprungen, für den er jene Männer verantwortlich machte, die Morleif, jenes halbe Kind, nicht hatten schützen können? Ich weigerte mich, die Schwere der Tat zu sehen, während ich die Umstände, die sie entschuldigten, bereitwillig anerkannte. – Gewiss», flüsterte er. «Ich hielt ihn in Haft, ließ während des Zuges ein Dutzend der Eisernen an seiner Seite reiten, und des Nachts stellte ich Wachen vor sein Zelt. Doch ich sah weg, wenn sein Kebsweib ihn aufsuchte, die blonde Terve, und meine Männer wies ich an, dasselbe zu tun. Und nur zu gern werden sie diesem Befehl Folge geleistet haben, die sie so oft an Morwens Seite geritten sind auf tollkühnen Zügen in Feindesland. Sie, für die kein anderer von Morwas Söhnen als Nachfolger auch nur in Frage kam. Kein anderer als Morwen, der Erste in der Schlacht und der Tapferste. Morwen, mit dem sie die Entbehrungen des Feldzuges geteilt hatten, wo er gleich ihnen auf dem Boden schlief – während Mornag sein Haupt auf weiche Felle bettete.»

Bjorne neigte den Kopf, war dennoch für einen Augenblick abgelenkt. Mit wachsener Verwirrung hatte er der Rede des

Alten zugehört. In diesem Moment aber war etwas anderes zu hören: Stimmen. Stimmen, die nicht von draußen kamen, sondern aus ihrem Rücken, aus dem Hauptraum der Jurte. Bjornes Herz machte einen unvermittelten Satz. Das Mädchen Sölva war bei der Verletzten! Die alte Tanoth musste eingetroffen sein zu ihrem Versuch, den Fluch der Hasdingen-Hexe aufzuheben. Und nicht sie allein war gekommen – der Lärm um die Zeltbehausung schwoll weiter an. Die Krieger sammelten sich auf der anderen Seite des königlichen Zeltes, am Eingang, ganz wie der Waffenmeister verkündet hatte. Bjorne bezweifelte nicht, dass sich auch Gunthram und seine Jazigen dort einfinden würden. Dafür hatte Rodgert alle Vorsorge getroffen – aber *warum*? Die Worte des Waffenmeisters waren mit jeder Silbe härter geworden, bitterer. Wie eine Geißel, mit der er den eigenen Rücken blutig schlug.

Bjorne war sich nicht sicher: Begriff er, worauf der Alte hinauswollte? «Aber der König hat eine andere Entscheidung getroffen und stattdessen Mornag zu seinem Erben bestimmt», sagte er. «Und nun fordern die Krieger, dass er seinen Entschluss ändern möge? Er möge Morwen aus der Haft holen?»

Wenn der Laut aus dem Mund des Alten ein Lachen sein sollte, lag keinerlei Freude darin. «Schwerlich wird er das tun, Sohn des Jarls von Thal. – Meine Wächter, Junge, sind erschlagen. Morwen ist fort. Fort, wie Alric und die vasconischen Brüder fort sind und so viele der Edlen mit ihnen. Einen einzigen Mann fand ich nahe des Zeltes, in dem ich Morwen in Haft gehalten hatte. Einen Krieger, der zu jenem Teil des Aufgebots gehörte, den Morwen in den vergangenen Monaten geführt hat. Einen Mann, der mir mit zitternder Stimme berichtete, dass kein anderer als Morwen selbst dem jungen Morleif jene beiden Reiter an die Seite gegeben hat, die ihn in der Nacht seines Todes begleiteten. Streiter, die er dem Jungen als große Jäger pries, was sie nach den Worten jenes Mannes aber nicht im entferntesten waren. Und dennoch ritten sie mit Morleif davon, nur sie aber kehrten lebend zurück – bis Morwen sie mit eigener Hand erschlug, noch ehe sie die Stimme erheben konnten, als man sie wegen Morleifs Tod befragen wollte.»

«Er …» War es kälter geworden im Zelt des Königs von Ord? «Morwen könnte …» Bjornes Stimme klang unvermittelt heiser. «Wenn es seine eigenen Männer waren, muss sein Grimm noch größer gewesen sein. Weil er sich selbst einen Teil der Schuld gab, dass diese beiden Männer … die Männer, die er dem Jungen an die Seite gegeben hat … dass sie Morleif nicht …»

«Es gab Gerede im Heerbann.» Die Stimme des Alten war nur noch ein Wispern. «Seit Wochen schon. Die Krieger haben sehr genau hingehört am Tage der Schlacht an den Hängen der Ahnmutter. Allzu deutlich haben sie vernommen, wie Hochmeister Ostil den Hetmann warnte, Morwen zu Hilfe zu kommen, der in die Falle des Feindes getappt war. Morwens Schicksal müsse sich erfüllen, mahnte Ostil. Nichts anderes sei der Wille der Götter. – Aber war dies wahrhaftig der Wille der Götter?, fragten die Krieger. Oder weit eher der Wille Ostils, der ganz eigene Pläne verfolgte? Weil er nämlich mit der Frau aus dem Süden im Bunde sei und mit dem Mädchen Sölva womöglich. Mit allen Mitteln suchten diese drei die Nachfolge Morwens zu verhindern und trachteten stattdessen danach, Morwa zu bewegen, Morleif als seinen künftigen Nachfolger zu benennen. In dem Wissen, dass Morleif zu jung war, um das Reich zu führen. Sodass sie, die selbst nach Macht strebten, ihn nach ihren Wünschen würden lenken können.»

«Aber …» Bjorne schüttelte sich. «Aber Morleif ist gestorben. Wie …»

«Gleichviel! Der Verdacht der Krieger war geweckt. Und ein Heer, dessen Gegner sich wieder und wieder der Feldschlacht entzieht, ist schlimmer als eine Gruppe Waschweiber am Fluss, wenn das Gerede einmal anhebt. Gewiss, Morleif starb. Doch konnten Morwens Anhänger damit sicher sein, dass der Hochmeister und seine Verbündeten ihre Pläne nicht einfach ändern würden? Was, wenn sie sich nunmehr bemühten, stattdessen Mortil auf den Stuhl des Königs zu bringen, den dritten von Morwas Söhnen? Mortil, der seinen Stammesbrüdern fremd geworden ist, nachdem er Monate in den Hochlanden verbracht hat, um den Hauptsitz der Hasdingen für seinen Vater zu halten? Wäre er nicht Wachs in den Händen des Hochmeisters und der Frauen, angewiesen auf ihre Hilfe? Oder Ostil und seine Verbündeten könnten Mornag unterstützen und den König bedrängen, ihn zu seinem Erben zu bestimmen – ganz wie Morwa es nun tatsächlich getan hat. Irgendjemandem könnten sie den Reif von Bronze aufsetzen, den Kronreif des Königreiches von Ord! Irgendjemandem, der nicht Morwen ist!»

«Aber …» Bjornes Blick huschte zur Leinwand der Jurte, wo das Gewebe unter der gezackten Schneide einer Vasconenklinge nachgegeben hatte. «Wer …?», flüsterte er.

«Hochländer, Sohn des Jarls von Thal. Streiter, denen es schwer genug gefallen ist, die Häupter vor Morwa und seinem Bündnis aus dem Tiefland zu beugen. Und doch ist Morwa immer noch ein Krieger wie sie selbst, und der Tapferkeit im Kampf begegnen die Männer des Gebirges stets mit Achtung. Ein Nachfolger aber, den Weiber und greise Seher untereinander aushandeln? Wird ein solcher Mann künftig die Freiheit der Gebirgsstämme achten? Und wer weiß? Mit Sicherheit sind es nicht Hochländer allein, die solche Gedanken hegen. Wo sind die Anführer der Aufgebote aus den Küstenstädten? Eben waren sie noch in der Jurte versammelt, um den gefangenen Hasdingen den Tod zu geben. Nun, da Morwa seine Edlen um sich schart, sind sie fort, nicht anders als Alric und die vasconischen Brüder. Jahr um Jahr sind diese Männer dem Sohn des Morda gefolgt, haben Ruhm erlangt und Beute dazu, während Morwa selbst kaum das Haupt zur Ruhe bettete in seiner Sorge, dass die Stämme von Ord nicht rechtzeitig eins werden könnten, um der Dunkelheit zu widerstehen. Und nun, da diese Dunkelheit gekommen ist und er sein Ende nahen fühlt, wollen sie nicht hinnehmen, dass er aus eigener Kraft jenen seiner Söhne bestimmt, dem er die Bürde seines Vermächtnisses anvertrauen mag. Weil sie selbst sich größere Vorteile davon versprechen, wenn die Kämpfe weitergehen, was unter Morwens Herrschaft unweigerlich geschehen wird. Nicht einen Augenblick wird Morwen zögern, sich an ihre Spitze zu stellen.»

Bjorne schwieg und starrte den Alten an. Der Verdacht war ungeheuerlich, doch wie gespenstisch passte eines zum anderen! Und wenn es einen Menschen gab, der wusste, wie es um die Stimmung unter den Streitern bestellt war, dann war es der alte Rodgert.

«Morwen ist fort», sagte der Waffenmeister hart. «Doch er kann nicht weit sein. Ich war am Torweg, an der aufgemauerten Brücke, dem einzigen Weg hierher, in das, was übrig ist von der Stadt der Uralten. Und damit auch dem einzigen Weg, um die Stadt zu verlassen. Fünfzig Eiserne habe ich dort postiert, mehr als genug, um in den alten Bollwerken auch dem stärksten Heer Widerstand zu leisten, das gegen Endberg anstürmt. Von innen her aber, von der Stadt her, erscheint es durchaus möglich, sie zu überwinden, und doch wird Morwen das nicht tun. Ich kenne ihn, kenne ihn, wie niemand sonst ihn kennt. Ich habe diesen Jungen aus den Armen seiner Amme gehoben und die ersten Hiebe mit dem Holzschwert gelehrt. Morwen wird nicht fliehen. Er wird um sich sammeln, was ihm zu folgen bereit ist, und er wird die Entscheidung suchen, noch in dieser Nacht.» Ein kurzes Innehalten. «Und er wird sie suchen, wie es in den Zeiten der Alten geschah. Er wird seinen Vater nicht etwa bitten, seinen Entschluss zu überdenken, sondern mit der Waffe in der Hand wird er ein Urteil erzwingen. Die eine Schar gegen die andere oder aber –» Ein letztes Verharren. «Oder aber im Zweikampf, der eine Anführer gegen den anderen. Morwen, der beste Schwertkämpfer diesseits der Grenzen zum Kaiserreich, gegen seinen Vater, krank auf den Tod, der sich nur mit Mühe auf den Beinen zu halten vermag.»

Bjornes Finger hatten sich um den Griff seines Schwertes geschlossen. Eis. Seine Finger waren wie Eis. Das Metall der Waffe fühlte sich an wie zu blankem Eis erstarrt.

Unverwandt musterte der Waffenmeister den Riss in der Leinwand des Zeltes. Wie eine Bresche, durch die die Dunkelheit sich Zutritt verschafft hatte in das Herz von Morwas Königreich.

«Kommt Ihr mit mir, Sohn des Jarls von Thal?», fragte der Alte. «Kommt Ihr mit mir, um den Jungen zu töten, den ich aus den Armen seiner Amme nahm und die ersten Hiebe mit dem Holzschwert lehrte?»

# SÖLVA

## DIE NORDLANDE:
## IN DEN RUINEN VON ENDBERG

*Brennen! Ihr werdet brennen!*

Sölva schauderte. Ein Geruch nach Blut und versengtem Fleisch hing in der Jurte des neuen Königs von Ord. Eben wurden die Leiber der Getöteten ins Freie geschafft, und zwei der Eisernen packten den Leichnam der Hasdingen-Hexe an Händen und Füßen. Der Schädel schlenkerte auf widerwärtige Weise zwischen den Schultern hin und her. Noch im Tode lag ein Ausdruck der Genugtuung auf den Zügen der Alten, dass dem Mädchen übel wurde.

Rasch senkte Sölva den Blick. Ildris' Kopf lag in ihrem Schoß. Ildris: Sölva war die einzige unter allen Menschen im Heerbann, die die dunkelhäutige Frau beim Namen kannte. Sölva, die ihr auf so verwirrende Weise nahe war. Und dennoch nichts für sie tun konnte.

Die Brandwunden auf der Haut der Verletzten waren unter wärmenden Decken unsichtbar. Nicht mehr als ihr Gesicht sah hervor, das einen aschgrauen Ton angenommen hatte. Ihre Stirn war eiskalt, und Sölva scheute sich, sie noch einmal zu berühren. Zumindest aber schien Ildris in diesem Moment keine Schmerzen zu leiden. Ihre Miene wirkte ganz und gar friedlich, den schrecklichen Wunden zum Trotz. Friedlich, dachte Sölva, aber so weit fort, dass selbst sie die Frau aus dem Süden nicht länger erreichen konnte, auf jene geisterhafte Weise, die nur zwischen ihnen beiden möglich war, durch bloße Gedanken, in denen sie Worte, Bilder, Gefühle miteinander zu teilen vermochten – solange Ildris bei Bewusstsein war.

Nun aber war sie weit fort. Doch sie lebte. Sölva hatte ihren Pelz abgelegt, ein zobelverbrämtes, kostbares Stück, ein Geschenk ihres Vaters, und ihn zusätzlich über die Kranke gebreitet. Sie konnte sehen, wie sich die Brust der Verletzten unter raschen Atemzügen hob und senkte. Auch das ungeborene Kind war am Leben, hatten die Dienerinnen ihr versichert, Frauen aus dem Hochland, die sich der Verletzten angenommen hatten, während Sölva ihren Vater und ihren Bruder Mornag ins Freie begleitet hatte – wozu? Um in das geisterhafte Zwielicht zu starren, das über den Trümmern der Feste Endberg lag. In wachsender Verzweiflung, unfähig, ins Innere des Zeltes zurückzukehren. Nach allem, was die Hexe Ildris angetan hatte: Was sollte ihr noch helfen als *andere* Hexerei?

Wie lange war es her, dass Terve aufgebrochen war? Kurz entschlossen hatte Sölvas Freundin sich angeboten, die alte Tanoth zu holen, und vermutlich war das wirklich die einzige Hoffnung. Und dennoch stellte sich eine Gänsehaut auf dem Nacken des Mädchens auf, wenn es an die grimmige Alte dachte, die mit ihrem Karren einsam dem Heereszug folgte. Tanoth wusste um Mittel, die mancherlei Leiden zu heilen vermochten, doch ihr

Wissen endete nicht an dieser Stelle. Frauen stahlen sich zu ihr, heimlich und nach Anbruch der Dunkelheit. Frauen wie Terve, die als Trossdirne den Heereszug begleitet hatte, bis Morwen sie zu seinem Kebsweib erwählt hatte. Frauen, die etwas ganz anderes im Sinn hatten als einen Aufguss, der eine Magenverstimmung linderte, oder einen Umschlag heilender Kräuter nach einem schmerzhaften Sturz aus dem Sattel. Der Tränke wegen kamen sie, Tränke, die die Begierde eines Mannes zu erwecken vermochten. Oder solche, die die Folgen aus der Welt schafften, wenn Mann und Frau diese Begierde miteinander gestillt hatten und die Frau mit Entsetzen feststellte, dass daraufhin ihre Blutung ausblieb. Und niemand wollte recht daran glauben, dass die Wirkung einzig auf die Mischung der Substanzen zurückzuführen war. Andere, dunklere Mächte waren hier am Werk. Mächte, die in der Lage waren, einen Menschen vor dem Tode zu bewahren, selbst wenn er Wunden wie Ildris davongetragen hatte? Ganz gleich, welche Schätze die Alte in ihren Vorräten auch hütete, welche Möglichkeiten ihr zu Gebote standen, an die das Mädchen überhaupt nicht denken mochte: Tanoth war noch immer nicht da. Wenn Terve sich nicht beeilte, würde kein Kraut, kein Pulver, keine Beschwörung der Frau und ihrem ungeborenen Kind noch helfen können.

Das Kind. Wie gebannt starrte Sölva auf den bizarr gewölbten Leib der Frau aus dem Süden.

*Du hast es gewusst!* Sie richtete in Gedanken das Wort an Ildris, wie sie es immer tat, wenn sie miteinander Zwiesprache hielten. Diesmal aber würde die Verletzte nichts davon wahrnehmen, tief versunken in ihrer Schwäche. Nichts wahrnehmen von dem Vorwurf, der in den Worten lag. Von Sölvas Verzweiflung, ihrer Verwirrung, ihrem Unverständnis.

*Du musst gewusst haben, was geschehen würde. Dass Gefahr drohte von der alten Hasdingen-Frau. Dass ihr Fluch am Ende nicht meinen Vater treffen würde, sondern dich.* Kaum die Hälfte einer Stunde, bevor es geschehen war, hatte Ildris ihr das Leben ihres ungeborenen Kindes anvertraut. Ihr, Sölva, die ihm näher sei als jeder andere Mensch. *Ihm*, dem Sohn, den Ildris unter dem Herzen trug. Die Frau aus dem Süden vermochte so viele Dinge. Wie sollte sie irren, wenn sie glaubte, einen Sohn zu tragen?

Sölva hatte eingewilligt. Sie besaß nicht Ildris' Gaben. Wie hätte sie ahnen können, dass das Schicksal des Kindes in so kurzer Zeit tatsächlich in ihren Händen liegen würde?

*Warum?* Immer wieder kam dieser Gedanke in ihren Kopf. Ildris war in den vergangenen Wochen zur Vertrauten von Sölvas Vater geworden, zu mehr als einer Vertrauten. Morwa war krank, rätselhaft krank. Nun, zum Ende des Feldzugs, war er nicht länger in der Lage gewesen, seine zunehmende Schwäche zu verbergen. Ausschließlich Ildris' Kräften war es zu verdanken, dass er überhaupt noch am Leben war. Doch warum nur hatte sie ihm geholfen, mit jedem Abend wieder? Die Reiter, unter deren Klingen ihre Eskorte und ihre Zofen gestorben waren, hatten letzten Endes auf seinen Befehl gehandelt, der da lautete, keinen Kaiserlichen entkommen zu lassen, der sich den Grenzen seines Reiches näherte, selbst wenn er dabei nicht an eine schwangere Frau und ihr Gefolge gedacht haben konnte. Doch damit begannen die Fragen bereits: Warum war Ildris in ihrem Zustand überhaupt in der Öde unterwegs gewesen, so nahe den Grenzen des Reiches von Ord? Immer wieder hatte Sölva sich bemüht, die Antwort zu ergründen, doch diese eine Erklärung hatte ihre Freundin ihr verweigert, so viel sie ansonsten auch miteinander geteilt hatten. Warum nur hatte sie Morwa geholfen? Warum hatte sie jetzt gar ihr Leben aufs Spiel gesetzt, jetzt, da ihr Sohn sie brauchen würde, dessen Leben ganz genauso auf dem Spiel stand?

*Bitte!* Stumm richtete Sölva ihre Worte an die Herrin der Winde, die den Frauen beistand, wenn die Stunde herannahte, da sie gebären sollten. *Bitte gib, dass Ildris am Leben bleibt! Dass sie selbst für ihr Kind da sein kann!*

Doch wo nur blieben sie? Wo blieb Terve mit der anderen alten Hexe? Was, wenn sie überhaupt nicht kamen? Wenn man ihnen den Rückweg verstellte? Sölva musste etwas tun, irgendetwas. Schon glaubte sie zu beobachten, wie die Atemzüge der Kranken schwächer und schwächer wurden.

«Edle Sölva?»

Sie zuckte hoch. Eben war sie im Begriff gewesen, die spröden Lippen der Verletzten mit einem angefeuchteten Tuch zu benetzen.

Der Krieger war ein Riese. Wenn er sich auf jene Weise verneigte, wie er das gerade tat, schien das seine Größe nur noch einmal zu betonen, anstatt die gegenteilige Wirkung zu erzielen. Ein Veteran der Feldzüge gen Osten, gegen die Siedlungen am Ufer des Nebelsees. Das fahlblonde Haar war zum Kriegerzopf gebunden, eine ausgeprägte Nase beherrschte ein Gesicht, aus dem sehr deutlich zu erkennen war, dass er den einen oder anderen Kampf hinter sich hatte.

Zwischen Daumen und Zeigefinger hielt er ein Fläschchen aus feinem, azurblauem Glas, das in seinem Handteller schlicht verschwunden wäre.

Erleichtert nahm Sölva es entgegen. «Danke ... Reinhardt.»

«Deinhardt, edle Sölva.»

«Danke, Deinhardt», murmelte sie, musterte das Fläschchen,

nach dem sie den Mann geschickt hatte. Jedenfalls vermutete sie, dass derjenige, der es ihr gebracht hatte, auch derjenige war, den sie gebeten hatte, sich in Ildris' Quartier umzusehen, ob dort ein Gefäß mit duftendem Öl zu finden wäre. Dass es nicht einer seiner beiden Brüder gewesen war, Reinhardt und Meinhardt.

Sie war nicht imstande, die drei auseinanderzuhalten, doch wie die Dinge lagen, würde sie genau das lernen müssen – sobald sie sich daran gewöhnt hatte, dass die Brüder um sie waren.

Die Recken waren aus der Dunkelheit an sie herangetreten, draußen vor der Jurte, einander zum Verwechseln ähnlich. Höflich hatten sie sich vorgestellt: Reinhardt, Meinhardt und Deinhardt. Der alte Rodgert habe sie gesandt, wie sie berichteten. Sie seien von nun an für den Schutz von Leib und Leben der Königstochter verantwortlich.

*Königstochter.* In der Tat war sie die Tochter des neuen Königs von Ord. Nur war ihre Mutter eben nicht Morwas angelobte Gemahlin gewesen, sondern ein bloßes Kebsweib. Von denen hatte er viele, und sie hatten ihm Dutzende von Kindern geschenkt, die nun als Krieger im Heerbann Dienst taten oder einem besonders verdienten Streiter in die Ehe gegeben wurden, wenn es sich um Mädchen handelte. Im Leben hätte sie sich nicht vorstellen können, irgendwann einmal einen eigenen Leibwächter zu erhalten. Und ganz gewiss nicht drei davon.

Sie senkte den Blick. Das duftende Öl war ihr verzweifelter Gedanke gewesen, jetzt aber scheute sie sich, es auf die Verletzung zu streichen.

Ein Räuspern.

Sölva blickte auf. Sie hatte nicht mehr auf Deinhardt geachtet. Doch natürlich: Er stand nun in ihren Diensten, und sie hatte ihm nicht erlaubt, sich zu entfernen.

«Wenn ich Euch einen Rat geben dürfte ...» Er klang hörbar verlegen. «Ihr solltet die offenen Wunden keinesfalls mit dem Öl behandeln. In Vindt, woher wir stammen, meine Brüder und ich, nutzen wir dies.» Er streckte ihr einen abgewetzten ledernen Schlauch entgegen. «Branntwein», erklärte er. «Zwar fürchten die Fieberdämonen einen jeden Branntwein. Dieser hier aber ist wirksamer als alle anderen. Er wird aus Trauben gewonnen, die an den Hängen des Heiligen Berges reifen. Nehmt so viel davon, wie Ihr benötigt.»

«Das ist sehr freundlich von Euch», murmelte sie, als sie den Schlauch entgegennahm. Ein Heiliger Berg? Lag Vindt nicht im tellerebenen Küstenland?

Deinhardt verneigte sich erneut. «Zudem ist er auch bei innerer Anwendung sehr wirksam. Gebt der Verletzten von ihm zu trinken, falls sie erwacht, und er wird sie zuverlässig von ihren Schmerzen befreien.»

Sölva versprach, auch diesen Einsatz zu erproben, sollte die dunkelhäutige Frau wieder zu Bewusstsein kommen. Dass das Gebräu gegen Schmerzen hilfreich war, wollte sie gewiss nicht bezweifeln. Wenn man nur ausreichend davon zu sich nahm, spürte man weder Schmerzen noch sonst etwas mehr. Immer vorausgesetzt, dass man nicht ohnehin schon besinnungslos war. Mit einem erneuten Dank entließ sie den wackeren Mann, sah ihm nach. Wie es aussah, würden Deinhardt und seine Brüder nur allzu schnell Gelegenheit erhalten, ihr Leben zu beschützen.

Denn der bevorstehende Kampf war zu spüren. Sölva glaubte ihn förmlich in der Luft zu schmecken. Morwen, der fröhliche Morwen, der liebste ihrer Brüder, sollte ein Verräter sein, ein Mörder gar, verantwortlich für Morleifs Tod. Sölva hatte gewusst, dass eine Verschwörung im Gange war, die ihren Vater hindern sollte, einen Nachfolger nach seinen Wünschen einzusetzen. Niemals aber, *niemals*, wäre sie auf den Gedanken verfallen, dass Morwen Teil dieser Verschwörung sein könnte. Hatte sie doch geglaubt, den Plan der Empörer zu kennen: ihn, Morwen, aus seinem rechtmäßigen Erbe zu verdrängen.

Das Gegenteil war der Fall. Wie viele der Anführer, jene aus dem Gebirge zumal, würden nun zu seinen Fahnen eilen, würden womöglich die Waffe erheben gegen Morwa, unter dessen Befehl sie so viele Siege errungen hatten in dreißig Jahren der Kämpfe? Sölvas Vater wirkte wie betäubt, seit er vom Verrat des ältesten seiner Söhne erfahren hatte. Mornag indessen war schon im Begriff, den Beweis anzutreten, dass der König sich für den richtigen seiner Söhne entschieden hatte bei der Wahl seines Nachfolgers.

Sölva lauschte. Die Eisernen hatten ihr Werk vollendet. Sie hatten sämtliche Toten nach draußen geschafft und sich von neuem ihren Scharen angeschlossen. Sie war allein mit der besinnungslosen Ildris. Die einzigen Geräusche waren das verhaltene Knistern und Zischen der Öllampen und die schweren Atemzüge ihrer verletzten Freundin – und Mornags Stimme, die durch die schwere Hülle der Zeltbehausung drang, wenn er mit knappen Worten Befehle ausgab. Voller Umsicht hatte er den Edlen Anweisung erteilt, sich mit ihren Streitern vor der Jurte zu versammeln, bis dahin aber jede Konfrontation zu vermeiden, wenn sie feststellten, dass andere Anführer sich für die Seite Morwens entschieden. Er allein würde sich seinem Bruder entgegenstellen: sei es zur Verhandlung, um den Frieden zu wahren, sei es zum Kampf auf Tod und Leben, um den wahren Erben des Reiches von Ord zu bestimmen.

Doch war nicht bereits ein solcher Gedanke eine Torheit? Schließlich war es Morwen, der unter Sölvas Brüdern als bester Schwertfechter im Norden der Welt gerühmt wurde. Und was, wenn er sich erst gar nicht auf die Herausforderung einließ? Wenn er stattdessen darauf bestand, nicht gegen Mornag, sondern gegen seinen Vater anzutreten, der ihn von der Thronfolge ausgeschlossen hatte? Doch nein, wenn sie Morwen auch nur irgendwie kannte: Niemals würde er das tun. Welchen Ruhm hätte er zu gewinnen, wenn er einen Mann niederstreckte, der mehr als das Doppelte an Jahren zählte – selbst wenn dieser Mann der wiedergeborene Otta war? Aber was, wenn er entschlossen war, die Entscheidung in der offenen Schlacht zu suchen? Wie viele der Anführer und ihrer Aufgebote standen überhaupt noch auf der Seite des rechtmäßigen Königs von Ord und seines ausersehenen Erben?

Immer wieder wurden Mornags Worte nun von einem vernehmlichen Scheppern übertönt, wenn sich Scharen der Herbeigerufenen vor der Jurte einfanden. Voller Unruhe horchte Sölva, wie ihr Bruder die Namen der Edlen aufrief.

«*Ardon, Jarl der Männer vom Nebelsee!*»

Sie wartete, wartete voller Anspannung, doch es war keine Antwort zu vernehmen. Ardon war nicht erschienen.

«*Dorgan von den Charusken!*»

Erneutes Schweigen.

«*Alric von den Charusken!*»

Sölva wurde übel. Alric war ein Verräter. Jedem musste inzwischen klar sein, dass er ein Verräter war. Und sie selbst hatte mit eigenen Ohren belauscht, wie er seine Taten plante. Natürlich kam keine Antwort.

«*Eldrac aus den Mooren von Eik!*»

Schweigen.
«*Gunthram, Jarl der Jazigen!*»
«*Hier, Herr.*» Gebrummt. «*Mit vier Dutzend Männern!*»
Sölva erlaubte sich ein winziges Aufatmen, doch schon fuhr ihr Bruder fort. «*Kargat von der Hohen Wacht!*»
Schweigen.
Kälte war in ihrem Körper. *Bitte gib, dass sie sich einfach nur besondere Mühe geben, ihre Aufgebote vollzählig zu sammeln*, formten ihre Lippen, ohne dass ein Ton zu hören war. *Lass ihre Rückkehr sich lediglich verzögert haben. Bitte gib, dass sie sich vor der Jurte einfinden, die Vasconen, Charusken, Jazigen und wie sie alle heißen, die Aufgebote aus Elt und Eik, aus Vindt und Thal, vom Nebelsee und von der Meeresküste.* Doch an wen wollte sie so eine Bitte überhaupt richten? Gewiss nicht an die freundliche Herrin der Winde.

Diese Männer kamen, um zu kämpfen, dachte sie. Nordländer, die ihre Schwerter und Äxte gegen andere Nordländer erheben würden. Jeder einzelne Hieb in diesem Kampf würde ein Schlag gegen jenen Traum sein, den ihr Vater ein Leben lang geträumt hatte, ganz gleich, wessen Hand die Klinge führte, ganz gleich, welchem Mann sie eine Wunde schlug. Ein Schlag gegen den Traum, die Völker des Nordens zu einen, ehe die Dunkelheit kam. In jenem Augenblick aber, da sich dieser Traum erfüllt hatte, lag er bereits in Trümmern, und der Fluch war erwacht. Die Dunkelheit war da. Nichts auf der Welt konnte das Verhängnis mehr aufhalten.

«*Morwen ist fort!*»
Sie fuhr zusammen. Stimmen! Andere Stimmen, und sie kamen nicht von draußen, wo Mornag weiterhin die Namen der Edlen aufrief und Schweigen erntete, ein um das andere Mal.

Sie hielt den Atem an. Die Verschwörer? Ein feiger Angriff aus dem Hinterhalt, während sich das Aufgebot noch sammelte? Mit pochendem Herzen lauschte sie. Die Stimmen ertönten aus dem hinteren Teil der Jurte, und eigentlich war es nur eine einzige Stimme. Jetzt einige Worte, die sie nicht verstehen konnte, doch gleich wieder deutlicher.

*«Ich kenne Morwen. Kenne ihn, wie niemand sonst ihn kennt. Ich habe diesen Jungen aus den Armen seiner Amme gehoben und die ersten Hiebe mit dem Holzschwert gelehrt.»*

Nein. Um eine Winzigkeit ließ die Anspannung nach, doch gleichzeitig überschlugen sich ihre Gedanken. Nein, es waren keine Verschwörer, es war der alte Rodgert. Sie kannte die Stimme des Waffenmeisters, kannte sie nur zu gut. Wer mochte dem greisen Haudegen ins Gesicht sagen, dass es mit seinem Gehör nicht mehr zum Besten bestellt war? Sodass er sehr viel lauter sprach, als ihm das bewusst sein mochte, und seine Anmerkungen beim Kriegsrat manches Mal sogar draußen vor der Jurte zu hören waren?

Doch das hier war kein Kriegsrat. Kein Kriegsrat, wie Sölvas Vater ihn in der Jurte zu versammeln pflegte. Wieder konnte sie die folgenden Worte nicht verstehen. Für einen Moment glaubte sie bereits, dass der Alte mit seiner Rede am Ende war. Dann aber kam es unüberhörbar:

*«Kommt Ihr mit mir, Sohn des Jarls von Thal? Kommt Ihr mit mir, um den Jungen zu töten, den ich aus den Armen seiner Amme nahm und die ersten Hiebe mit dem Holzschwert lehrte?»*

Sölva schlug die Hand vor den Mund. Morwen *töten*?

Schwindel ergriff sie. Sie musste sich mit der Hand am Boden abstützen, als die Bedeutung der Worte vollends zu ihr durchdrang. Morwen, der fröhliche Morwen. Morwen, der sie im Spiel auf den Schultern getragen hatte, als sie ein kleines Kind gewesen war, sodass sie auf ihm hatte in die Schlacht reiten können. Morwen, der darauf bestanden hatte, dass sie den Heerbann weiter in den Norden begleitete, und dafür gesorgt hatte, dass Terve und sie ein Zelt bekamen, das den Unbilden der Witterung standhielt. Morwen ...

Morwen der Verräter. Morwen, der zum Feind geworden war, womöglich schon immer ein Feind gewesen war, ihnen allen etwas vorgespielt hatte, etwas, das er gar nicht war: den unbekümmerten jungen Anführer, dem Wort seines Vaters treu ergeben, wie jeder andere im Heerbann. Morwen, der die Verantwortung trug für Morleifs Tod und in diesem Moment im Begriff war, ihrer aller Leben aufs Spiel zu setzen in einem Kampf der Nordleute gegeneinander, während der Fluch, die Dunkelheit, erwachte.

Aber Morwen *töten*?

«Wäre das ehrenhaft?», flüsterte sie. «*Jetzt?*»

Rodgert war verstummt. Waren sie bereits auf dem Weg, um ihren Plan auszuführen, Morwen zu töten, noch bevor es zur Schlacht kommen konnte? Denn das musste ihr Plan sein: Rein offener Kampf in der Schlacht, auf die sie nur hätten warten müssen. Was sie vorhatten, musste anders aussehen, und unmöglich konnte es jenen Regeln der Ehre Genüge tun, nach denen die Streiter der Hochlande wie der Tieflande ihre Kräfte maßen. Ein dunkler Plan, dachte sie, den sie in die Tat umsetzen würden, Rodgert und sein Verbündeter, der Sohn des Jarls von Thal.

*Hædbjorn.* Der Name ließ an einen ehrwürdigen Alten mit langem weißem Bart denken, wovon er allerdings nicht weiter entfernt sein konnte. *Hædbjorn.* Terve hatte ihr den Namen zugeflüstert: Hædbjorn, Sohn des Hædbærd von Thal, des Mächtigsten unter den Jarls der Tieflande. Jarl Hædbærd war der Bruder von Hædlindt gewesen, der Hetfrau, der verstorbenen Gemahlin ihres Vaters. Und er hütete während Morwas Feldzug in den Norden die Heimat des Königshauses. Damit war mit Sicherheit auch sein Sohn ein sehr mächtiger Mann. Sehr mächtig, dachte sie, und sehr jung für einen Mann von einem solchen Einfluss. Und irgendwie blickten seine Augen traurig in seinem etwas schüchternen Gesicht. Einem hübschen Gesicht. Für einen Jungen. Terve hatte unauffällig auf ihn gewiesen, als die Rede davon gewesen war, dass der König sich mit dem Gedanken tragen könnte, Sölva demnächst zu verheiraten. Eine Vorstellung, die dem Mädchen schon als solche fremdartig erschienen war, doch dieser Junge, Hædbjorn: Eben war ihr durch den Kopf gegangen, dass sie es auf jeden Fall schlechter treffen konnte, wenn man sie denn zwingen würde, eine Ehe einzugehen – als Terve ihr eröffnet hatte, dass Hædbjorn vermutlich im Feldlager des Königs weilte, um für seinen *Vater* um eine neue Braut zu werben. Sölva schauderte. Sie hatte den Jarl von Thal nur ein einziges Mal gesehen, bei dessen Besuch in Elt im vergangenen Winter. Er hatte sich seitlich durch die Tür schieben müssen, die in die Räume ihres Vaters führte. Anders hätte er nicht hindurchgepasst.

Sie schüttelte sich. War all das nicht gleichgültig? War das nicht gleichgültig, wenn Hædbjorn und der Alte sich in diesem Augenblick auf dem Weg befanden, um jenen unter Sölvas Brüdern zu töten, der ihrem Herzen immer am nächsten gestanden hatte? – Und der doch ein Mörder war als Anstifter von Morleifs Tod. Ein doppelter und dreifacher Mörder, nachdem er die Mörder, die er selbst gedungen hatte, mit eigener Hand erschlagen hatte. All das, damit der Reif von Bronze auf seinen Scheitel gelangte. Und am Ende: War Morwens Tod, noch bevor er seine Verbündeten sammeln konnte, um gegen seinen Vater zu ziehen … War dieser Tod nicht das Einzige, was ein Blutbad zwischen den Stämmen des Reiches von Ord überhaupt noch verhindern konnte?

War es das, was es bedeutete, ein Krieger zu sein?, dachte sie. Ein Anführer zu sein? Dann war sie froh und dankbar, dass sie kein Anführer war und niemals gezwungen sein würde, solche Entscheidungen zu treffen und solche Taten zu vollbringen. Andererseits war Hædbjorn ja gar kein Anführer. Die Männer, die er aus Thal herangeführt hatte, hatte er auf Befehl des Königs an Mornag übergeben müssen. Doch selbst wenn das so war …

«Ich hätte ihn niemals für einen Meuchelmörder gehalten», flüsterte sie.

Sie holte Atem. Die Schlacht stand bevor. Rodgert und sein Verbündeter würden Morwen töten oder auch nicht. Morwen würde seine Gefolgsleute sammeln, um über den Heerbann seines Vaters herzufallen oder auch nicht. Auf nichts von alledem hatte sie einen Einfluss. Nichts von alledem war ihre Aufgabe. Ihre Aufgabe war … *wichtiger*. Sie wusste nicht, von woher das Wort stammte, geflüstert in ihrem Kopf, doch auch darüber durfte sie nicht nachdenken.

*Ildris.* Ihre Finger zitterten, als sie die schweren Felle vorsichtig zurückschlug und die schreckliche Wunde auf der Brust und Schulter zum Vorschein kam. Sölva öffnete vorsichtig den Schlauch mit dem Branntwein. Der lodernde Geist des Gebräus schoss ihr in die Nase, ließ sie nach Luft ringen. Mit Tränen in den Augen verschloss sie den Schlauch, ließ ihn sinken.

Nein. Undenkbar, mit dieser beißenden Tinktur die fürchterliche Wunde zu benetzen. «Ich kann es nicht», flüsterte sie.

Sie sah ihre verletzte Freundin an. Nein, sie hatte sich nicht getäuscht: Ildris' Atemzüge waren schwächer geworden. Während Sölva noch hinsah, schien sich das aschene Grau auf ihren Wangen weiter zu vertiefen. Tiefe Schwäche – oder schon mehr als das, Vorboten des nahenden Todes? Ildris' Tod, und damit der Tod ihres Kindes, denn wie würde das Kind in ihrem Leibe leben können, wenn seine Mutter starb?

«Du musst etwas tun!», wisperte sie. Doch was hätte sie tun sollen mit duftendem Öl und einem Schlauch voller Branntwein, der alles nur noch schlimmer machen würde? Sie war nicht die alte Tanoth. Sie war nicht einmal ihre Freundin Terve, bei der sie davon ausging, dass sie zumindest wusste, was zu tun war, wenn es galt, einer Frau dabei zu helfen, ihr Kind zur Welt zu bringen.

«Aber sie werden bald kommen», flüsterte sie in Richtung der Verletzten. «Terve und die … die Alte. Sie wird dir helfen. T-Tanoth.» Kaum dass sie den Namen des unheimlichen Weibes über die Lippen brachte.

Vor allem aber spürte sie, dass es eine Lüge war. Würde die Alte überhaupt kommen? Mit jedem Atemzug wuchs die Gefahr, dass sie nicht mehr rechtzeitig kommen würde. Und wenn sie kam, würde sie Ildris tatsächlich helfen können?

«Du hast meinem Vater geholfen», wisperte sie. «Er wäre lange tot ohne dich, und nun steht er noch immer aufrecht. Und ebenso hast du mir geholfen.» Ihre Stimme wurde drängender. «Mir und dem kleinen Balan, als wir über der Schlucht hingen, an den Ranken des Efeus, die zu zerreißen drohten. Du hast die Hand ausgestreckt nach den Wurzeln der Pflanze, und die Ranken haben sich verstärkt, konnten uns plötzlich tragen. Auf eine Weise, die niemand begreifen konnte. Doch du hast diese Macht, und irgendwie musst du …»

Sie hielt inne. Sie selbst hatte die Hand ausgestreckt, jetzt, in diesem Moment, wie um ihre Worte zu unterstreichen.

Ihre Finger schwebten wenige Zoll über der schrecklich zerstörten Haut. Unter ihren Handflächen konnte sie die Hitze spüren, die von der schwärenden Wunde ausging.

Und Sölva sah die Wunde. Sie reichte vom Ansatz der rechten Brust über die Schulter hinweg, Rücken und Nacken der Frau waren unsichtbar.

Das Auge sah, und die Haut spürte, vermochte Hitze und Kälte wahrzunehmen, vermochte sie zu unterscheiden.

So aber war es nicht. Es war etwas, das sie nicht kannte. Es war beides zugleich, Sehen und Fühlen und die übrigen Sinne womöglich noch dazu. Und gleichzeitig war es mehr als das. Es war …

Ließ es sich in einem Bild beschreiben? Ein Mensch, der im Hafen am befestigten Ufer stand, konnte die Bahnen von Licht sehen, die eine tiefstehende Sonne auf die sanfte Dünung der Wellen warf. Er fühlte den Hauch der Brise, der sich mit der Kühle des Wassers auf seine Wangen legte, und obendrein schmeckte er den salzigen Atem der See.

War es diesem Gefühl vergleichbar, mehreren Eindrücken, die sich zu einem einzigen zusammensetzten? Nein, es ging darüber hinaus. Möglicherweise war es dem Gefühl ähnlich, das einen Fischer befallen musste, der sein Boot geradewegs hinaus auf die Wellen steuerte, bis in keiner Richtung mehr Land zu erkennen war. Dem Gefühl, selbst ein Teil des Meeres zu sein in jenem winzigen Boot, der Gewalt der Wogen ausgeliefert. Es war ein

Gefühl, das Sölva nicht kannte, die erst einmal eine Strecke auf einem Kahn zurückgelegt hatte, von einem Ufer der Flut zum anderen, als der Heerbann ihres Vaters den Strom überquert hatte. Aber diesem Gefühl mochte es ähnlich sein, wenn der Mensch sich in wilden Strudeln ...
Strudel und Riffe, verwirbeltes, tobendes Wasser. *Kochend.* Verzerrt und zerrissen wie ... *Haut.*
Sölva hörte ein Keuchen, und sie wusste, dass es von ihren Lippen kam, doch sie selbst war – anderswo. War Teil eines dahinschießenden, wirbelnden Stroms, dessen gewohntes Bett verlegt war von – *Wunden* – einem Steinschlag, der ihn zwang, sich neue Wege zu suchen durch das – *Gewebe* – Geröll, das den Pfad blockierte.
Bilder. Was sie sah, was sie spürte, war mit nichts vergleichbar, das sie jemals zuvor gesehen oder gespürt hatte, und doch war da ein ferner Winkel in ihrem Geist, aus dem sie all das von außen betrachtete. Ein Winkel, in dem sie wusste, dass ihr Verstand in diesem Moment nach einem Bild suchte, um die Dinge, die so völlig außerhalb seiner Erfahrung lagen, auf eine Weise abzubilden, dass sie einen Sinn ergaben.
Doch das war nicht möglich. Ein reißender Strom, der unvermittelt auf ein Hindernis stieß, würde sich an diesem Hindernis stauen. Der Wasserspiegel würde immer weiter ansteigen, bis entweder der Kamm des Hindernisses erreicht war oder aber bis die Gewalt der Flut das blockierende Geröll zersprengte, die Sperre zerbrach, um sie auf alle Zeit hinter sich zu lassen. Ein Bach, ein Fluss, bewegte sich von seinem Ursprung dem weiten Meer entgegen, um sich in den Fluten zu verlieren, doch niemals kehrte er zu seiner Quelle zurück. Der Blutstrom im Körper eines Menschen dagegen, das war etwas anderes. Er fächerte auf in eine

unendliche Zahl winzigster Adern, den Gräben gleich, wie das Volk sie am Rande der Öde anlegte, um jeden Quadratzoll des Landes mit dem lebenspendenden Nass zu versorgen. Der Wasserstrom indessen verlor sich daraufhin, schloss sich von neuem dem Fluss an und wurde davongetragen, während das Blut eines Menschen mit jedem einzelnen Schlag seines Herzens ...

Sölva war gefangen. Für eine Zeit, die sie nicht zu ermessen vermochte ... und die vermutlich nur wenige Augenblick währte, obwohl ihr der Zeitraum weit länger erschien ... für diese Zeit war sie zu nicht mehr als zum fassungslosen Staunen in der Lage angesichts der Geheimnisse, die sich ihr offenbarten. Das Herz, das sich zusammenzog in einem rasenden Takt. Die Lungen, die der Blutstrom passierte und die ihn *verwandelten*, ihn anreicherten mit lebensspendendem Odium. Die Wunde, die schreckliche Wunde, das Hindernis, das so viel mehr war als ein Hindernis. Gifte, die in den Blutstrom sickerten. Gegengifte, die sie unwirksam zu machen suchten. Vergeblich. Kein Zauber, keine Magie der Welt, nicht die Magie des Körpers selbst würde den Ausgang des Kampfes noch verändern können.

Irgendetwas – jener Teil von Sölva, der die Vorgänge von außen betrachtete – bemerkte Nässe, kleine, kitzelnde Rinnsale von Feuchtigkeit, die sich aus den Augen – ihren eigenen Augen – über ihre Wangen bewegten. Nichts auf der Welt würde Ildris' Leben retten.

*Ildris.*

*Ich höre dich.*

Sölva fuhr zusammen. Um ein Haar warf die Erschütterung sie zurück, zurück in ihren eigenen Leib, doch im selben Augenblick fühlte sie sich ... festgehalten, schlossen sich Finger um ihre Hand. Ildris' Finger.

Sie standen einander gegenüber, die Hände ineinander. Die Frau aus dem Süden war kaum größer als Sölva selbst. Und sie lächelte.

«Ich kann nicht mehr zu dir kommen», erklärte sie wie zur Entschuldigung. «Du musstest zu mir kommen.»

Sölva starrte sie an. «Aber ...» Sie hielt inne und lauschte. «Was ist das?», flüsterte sie. Keine Worte des Geistes, sondern gesprochene Worte. Und ebenso hatte auch Ildris gesprochen, klar und deutlich, mit Wärme in der Stimme und einem Hauch jenes entschuldigenden Tonfalls.

Ildris war unverletzt. Und sie war *nicht schwanger*. Ganz langsam löste das Mädchen die Finger aus den Händen der dunkelhäutigen Frau. Ein Traum? Es musste ein Traum sein. Sie befanden sich in der königlichen Jurte, und Sölva sah das grobe Leinen der Bespannung, sah den geschnitzten Stuhl ihres Vaters, sah das schwere Fass mit vendozianischem Roten, aus dem die Schankmaiden den Gästen beim Krönungsfest kredenzt hatten. Doch all das schien *unsicherer* in seinen Formen als zuvor. Weiter weg möglicherweise? Oder dann doch wieder ganz nahe, sobald sie die Augen darauf richtete?

«Wo sind wir?», flüsterte sie. Ihr Blick glitt über die Gestalt ihrer Freundin. «*Was* sind wir? – Du hast mich zu dir geholt mit deinem Zauber? Ich ... Wenn ich irgendetwas tun kann: Bitte sag es mir! Ich war in den Adern deines Körpers, doch ich weiß nicht, was ich dort tun muss, um dir zu helfen. So wie du dem König geholfen hast. Dem Hetmann. Meinem Vater. – Wie du in den Wurzeln und den Ranken des Efeus warst und sie bewogen hast zu wachsen.»

«Das habe ich nicht.» Das Lächeln blieb auf den Zügen ihrer Freundin. «Das kann ich nicht. Das konnte ich niemals.»

# POL

## DAS KAISERREICH DER ESCHE:
## DIE MARSCHEN ÖSTLICH VON CARCOSA

Das Dorf war zu riechen, bevor es in den Blick kam.
Den ganzen Tag hindurch hatte der Nebel sich nicht gehoben. Die Sicht reichte kaum weiter als bis zu den Rücken der beiden Söldner, die unmittelbar vor Pol und seinem Reisegefährten ritten. Ein undurchdringlicher Schleier von Grau lag über der Landschaft, doch am Ende war das eine Gnade hier draußen, wo sich Flächen farblosen Morasts bis in die Ferne dehnten, wuchernde Sumpfgräser und verkrüppelte, sterbende Bäume. Nichts, das imstande gewesen wäre, das Auge festzuhalten.

*Dies ist ein Land, das den Menschen bereits vergessen hat.* Der Gedanke ging Pol durch den Kopf, und er schüttelte sich, wandte den Blick nach rechts, wo Fra Théus stumm an seiner Seite ritt, einen zerschlissenen Mantel um die Schultern, die faltenzerfurchten Züge beinahe unsichtbar unter der ausladenden Krempe des hohen, spitz zulaufenden Hutes. Seine Augen waren geschlossen, soweit das zu erkennen war, und doch wusste der

Junge, dass er nicht etwa im Sattel eingeschlafen war. Der Alte hatte an der Akademie von Vidin geforscht, wo man der Vergangenheit sämtlicher Provinzen des Reiches nachspürte, ihren Geheimnissen und vergessenen Zaubern. Wo die Wissenden sich in der Beherrschung jener Sinne übten, die über bloßes Hören und Sehen hinausgingen. Sinne, die in der Lage waren, etwas vom Wesen des Landes selbst zu erfassen. Um wie vieles stärker musste er spüren, was die übrigen Angehörigen des Zuges nur erahnen konnten: den Schmerz und die Trauer des versehrten Landes, auf dem der Zorn der Vergessenen Götter lastete.

Möglicherweise lag es daran. Fra Théus war weit fort auf einer Ebene, die sich der Wahrnehmung gewöhnlicher Menschen entzog. Es war Pol, der die Veränderung als Erster bemerkte, und es war tatsächlich der Geruch, der plötzlich ein anderer wurde. All die Tage hindurch hatte sich der feuchte Geschmack von Moder in ihre Kehlen gelegt, bis sie ihn kaum noch wahrnahmen. Ein Geschmack, der nicht allein von Sterben und Tod sprach, sondern noch einmal kälter war, fremder und ferner. Die Anwesenheit von Menschen, lebenden wie toten, schloss er vollständig aus.

Eben davon konnte nun nicht länger die Rede sein. Vielleicht war es eine verirrte Brise: zu schwach, um den Dunst zu vertreiben. Zu schwach, als dass sie auch nur spürbar gewesen wäre. Doch sie trug einen Geruch zu ihnen, den Gestank von menschlichen Ausscheidungen.

Pol zog die Nase kraus. Die Ausdünstungen kamen von vorn. Und damit war ausgeschlossen, dass sich lediglich einer der Söldner erleichtert hatte. Der Anführer der Eskorte war kein Geringerer als Arthos Gil. Wenn es einen Menschen gab, der wusste, wie man eine Kriegerschar strategisch aufstellte, dann war er es, der legendäre Söldnerführer und Verteidiger von Escalon. Was in diesem Fall bedeutete, dass die Männer Anweisung hatten, ihre Notdurft stets am Ende des Zuges zu verrichten, wenn sie ein menschliches Bedürfnis überkam. Dorthin ließen sie sich zurückfallen, und einige ihrer Gefährten wachten dann an ihrer Seite und behielten die Umgebung im Blick. Nicht anders als das bei Anbruch der Dunkelheit geschah, wenn die Reisenden sich um ein qualmendes Feuer scharten, während die Finsternis nach den Gestaden der winzigen Lichtinsel haschte und die Posten in die Nacht über den Sümpfen lauschten.

Denn dieses Land war nicht leer. Heute wurde es von neuen Wesen bewohnt, von kalbsgroßen Froschkreaturen und anderen Geschöpfen, die das Erbe der Menschen angetreten hatten, so weit die Marschen nur reichten. Die neuen Herren des Landes waren allgegenwärtig und doch unsichtbar. Sie scheuten das Licht des Tages in ihren Verstecken unter der Oberfläche der Sümpfe. Ein Gestank aber, der so offenkundig die Anwesenheit von Menschen verriet, konnte sie in Windeseile auf den Plan rufen. Und dann war es besser, sie an einem Punkt zu wissen, den der Zug bereits passiert hatte. Zwar glaubten die Söldner sich jedem Gegner gewachsen, doch der Weg war noch weit bis ans Ziel der Gesandtschaft. Verluste konnten sie sich nicht erlauben.

Der Gestank jedenfalls kam von vorn. Von den Absonderungen einer anderen Gruppe von Reisenden aber konnte er genauso wenig stammen. Zum einen, weil es hier draußen keine anderen Reisenden mehr gab. Zum anderen aber hätte ein Teil der Kreaturen, die in den Tiefen des Morastes hausten, die stinkenden Exkremente als Festschmaus angesehen und binnen Atemzügen verschlungen.

Damit blieb nur eine Erklärung: Irgendwo im nebligen Ungefähr verbarg sich eine menschliche Ansiedlung.

«Aber hier ist nichts mehr», flüsterte Pol. Sie alle bedienten sich in den vergangenen Tagen eines gedämpften, gleichzeitig beinahe zischelnden Tonfalls. Selbst die Laute der menschlichen Sprache schien der Landstrich nur noch widerwillig zu dulden. «Das Wasser ist vergiftet», murmelte er. «Die Felder sind davongeschwemmt, das Vieh an Seuchen zugrunde gegangen. Die Bauern, die früher in dieser Gegend gesiedelt haben, versuchen sich heute in Carcosa durchzuschlagen. Wovon sollten sie hier draußen noch leben?»

«Einige Dörfer haben länger ausgeharrt als andere.» Fra Théus richtete sich im Sattel auf, in einem unübersehbaren Versuch, den Nebel mit den Augen zu durchdringen, ebenso unübersehbar allerdings mit keinem größeren Erfolg als Pol. «Und einige wenige tun das bis heute. Dörfer, deren Bewohner sich weigern zu erkennen, was seit Jahren sichtbar ist. Dörfer am *Rande* der Sümpfe. Doch wir sind besser vorangekommen, als wir das am Anfang hätten erwarten können. Und die Tage sind kurz zu dieser Zeit des Jahres, bieten uns aber immer noch etliche Stunden Tageslicht. Im Norden der Welt muss es jetzt schon stockfinster sein, während es hier ...» Ein Moment des Schweigens, während er den Himmel betrachtete, der sich zunehmend verdunkelte. «Ich vermute, dass wir uns inzwischen nicht weit von der Stelle befinden, an der einst der Lysander floss. Dass sich so tief in den Sümpfen eine Siedlung gehalten hätte ...» Pol glaubte zu beobachten, wie die Hand des Predigers verstohlen das Zeichen des Heiligen Kreises schlug.

Im selben Augenblick kam Unruhe in den Reiterzug. Die Söldner mussten den üblen Geruch ebenfalls bemerkt haben. Die Reiter vor dem Jungen und seinem Begleiter zügelten ihre Tiere, die Männer hinter ihnen schlossen enger zu ihnen auf. Arthos Gil bestand darauf, dass Pol und der Prediger sich stets in der Mitte des Zuges hielten. Wer immer einen Versuch unternahm, sich ihnen zu nähern, würde es zunächst mit dem Gefolge des Söldnerführers zu tun bekommen, gerüstet mit Lanze, Schild und Schwert.

Unmerklich schüttelte Pol den Kopf. Er wusste die Fürsorge durchaus zu schätzen. Doch nahm sie zuweilen nicht etwas übertriebene Züge an? Wenn Théus oder ihn selbst die Blase drückte, verharrte die gesamte Reisegesellschaft in einem schützenden Ring um den Betreffenden, von dem dann ernsthaft erwartet wurde, dass er sich unter diesen Umständen erleichterte. Pol zumindest war bei den ersten beiden Gelegenheiten unverrichteter Dinge wieder in den Sattel gestiegen. Er schloss die Augen. Der sechste Tag hintereinander, an dem sie nichts anderes zu sehen bekommen hatten als Sumpf und Nebel, Nebel und Sumpf in unterschiedlicher Verteilung. Mit jedem Morgen kam ihm stärker zu Bewusstsein, dass das Leben auf Reisen einfach nicht seine Welt war.

Nicht dass er sich womöglich geängstigt hätte! Nicht übermäßig jedenfalls. Wer im *Drachenfuther* aufgewachsen war, der verrufensten Kaschemme der gesamten Rattensteige, ja, der gesamten Unterstadt von Carcosa, der ließ sich schon grundsätzlich nicht ängstigen. Nur war das beständige Schweigen über dem Morast eben etwas vollkommen anderes als das Stimmengewirr in den Gassen der Unterstadt, in denen er die vollen fünfzehn Jahre seines Lebens zugebracht hatte. Einmal abgesehen von den

Besuchen in den reicheren Vierteln, mit den Fingern in anderer Leute Geldbeutel.

Doch er wollte nicht undankbar sein. Er war ein Dieb, da gab es nichts zu leugnen. Und die Gesetze der Freien Stadt Carcosa ließen an Klarheit wenig zu wünschen übrig. Ein grausames Ende am Schmerzenspfahl hätte ihm gewiss sein müssen, hoch auf dem Blutgerüst vor den Augen der erwartungsvollen Menge. Dass es am Ende anders gekommen war, hatte er Fra Théus zu verdanken.

Ebendas aber war eine längere Geschichte, und ihren Anfang hatte sie hier draußen genommen. Hier, wo sich bis vor wenigen Jahren Carcosas fruchtbares Hinterland erstreckt hatte, verwöhnt von freundlichem Regen und freundlicher Sonne. Bis der Zorn der Unsterblichen erwacht war, der Alten, der namenlosen und Vergessenen Götter, die binnen weniger Jahre die liebliche Gegend in einen unwirtlichen Morast verwandelt hatten.

Nun hatten diese Götter Carcosa selbst im Visier. Wenn es über Wochen hinweg wie aus Eimern schüttete, bis sich Teile der Oberstadt von ihrem Felssockel lösten und Teile der Unterstadt unter sich begruben, dann war das ein recht deutliches Zeichen göttlichen Grolls.

Ein Zeichen, das auch Carcosas Bürger umgehend hatten einordnen können. Wo die Verursacher des göttlichen Zorns zu finden waren, hatte gar nicht erst in Frage gestanden. Mit Knüppeln, Katapulten, knisternden Fackeln war die Menge gegen die Zitadelle des Hohen Rates vorgerückt, in der unübersehbaren Absicht, das Gemäuer über den Häuptern der Würdenträger einzuäschern.

Und an genau diesem Punkt war Fra Théus ins Spiel gekommen. Eben noch selbst von einem grausamen Ende am Schmerzenspfahl bedroht, hatte der Prediger eine alte Handschrift hervorgezaubert. *Von keinem Vater gezeugt, von keiner Mutter geboren*: So wurde er in den Überlieferungen vergangener Geschlechter beschrieben. – *Er*, der Gesandte in die Heimstatt der Vergessenen Götter, in dessen Hände Carcosa dereinst in der Stunde der Not sein Schicksal legen würde. *Von keinem Vater gezeugt, von keiner Mutter geboren.*

So lange Pol nur zurückdenken konnte, hatte er die Geschichte wieder und wieder zu hören bekommen: Die Geschichte jenes Tages, an dem er zur Welt gekommen war. Seine Mutter hatte gefiebert. Kräuterkundige Frauen hatten sich um sie bemüht, doch bald schon war ihnen klar geworden, dass keine Hoffnung bestand, wenn sie der Natur ihren Lauf ließen. Weder Mutter noch Kind würden die folgenden Stunden überleben. Eine einzige Chance hatten sie erkennen können, auch nur das Leben des Kindes – Pols – zu retten: ihn aus dem Mutterleib herauszuschneiden. Und genau so war es geschehen. So war er zur Welt gekommen und streng genommen doch nicht *geboren* worden. Und was nun seinen Vater anbetraf, so kam wohl so ziemlich jeder der Seemänner in Frage, die in jenen Tagen im *Drachenfuther* ein und aus gegangen waren. Oder auch keiner von ihnen.

Mit einem Satz: Mit sehr viel gutem Willen schien die Prophezeiung auf ihn zuzutreffen. Und ebendas hatte Fra Théus dem edlen Adorno zu vermitteln gewusst, seines Zeichens Oberhaupt des Hohen Rates von Carcosa. Der Menge vor den Toren gierte nach Adornos und seiner Amtsbrüder Blut. Wenn die Stadtoberen mit dem Leben davonkommen wollten, dann hatten sie noch genau eine Chance: den wütenden Mob auf andere Gedanken zu bringen, indem sie ihm den lang verheißenen Gesandten präsentierten, der am Ende alles zum Guten wenden würde. Und so hatte Adorno eingewilligt, nach einem äußerst skeptischen Blick auf den künftigen Vertreter der Freien Stadt Carcosa, den man eben frisch aus der Kerkerzelle geholt hatte.

Das war der Umstand, dem Pol sein Leben verdankte. Deswegen befand er sich in diesem Augenblick inmitten einer Ehrengarde auf dem Weg durch die Marschen, der Heimstatt der Vergessenen Götter entgegen, verborgen auf den unzugänglichen Höhen von Schattenfall. Was der Alternative eindeutig vorzuziehen war: seinem vom Körper getrennten Schädel an der Spitze des Schmerzenspfahls, während die grausamen Schnäbel der Krähen letzte Fetzen von Fleisch aus den leeren Augenhöhlen pickten.

Und dennoch, dachte er. Und dennoch war es eine offene Frage, ob all das nun einen Anlass zum Jubel darstellte. Die Aufgabe des Gesandten nämlich bestand darin, die zürnenden Götter versöhnlich zu stimmen. Bedauerlicherweise aber hatte die kostbare, uralte Handschrift nicht verraten, wie er das anstellen sollte. Auf den Rücken der Packtiere führte die Eskorte Truhen voller Gold und Geschmeide mit, doch hatte Fra Théus nicht selbst darauf hingewiesen, dass die Namenlosen solch eitlen Tand verachteten? Waren sie nicht ebendeshalb missgestimmt? Weil die Menschen sich abgewandt hatten von den Mächten des Windes und der tobenden Flut, des Feuers und der sprießenden Natur, um sich stattdessen der Athane zuzuwenden. Und Athane wiederum war mit ihren göttlichen Geschwistern über das Meer gekommen auf den Handelsseglern voll gesalzenem Fisch und Ballen von seidenem Tuch. Und goldenen Münzen. Vielen, vielen goldenen Münzen, wie die neuen

Götter sie als Zeichen der Andacht von ihren Gläubigen einforderten.

Irgendwo lag ein Denkfehler, grübelte Pol, während er düster auf das ausladende Hinterteil des Pferdes unmittelbar vor ihm starrte. Doch einen besseren Vorschlag hatte auch er nicht vorbringen können, womit man den Vergessenen Göttern eine Freude machen konnte. Sodass sich die Kostbarkeiten nunmehr auf den Rücken der Packtiere stapelten.

Und so hatte er zum ersten Mal in seinem Leben die Mauern seiner Heimatstadt hinter sich gelassen, saß zum ersten Mal auf dem Rücken eines Pferdes. Und obendrein besaß er zum ersten Mal eine eigene Ehrenwache, die auch noch vom leibhaftigen Arthos Gil angeführt wurde. Zumindest das war anzuerkennen, wenn sich Pol auch nicht vollständig sicher war, worin der Auftrag der Söldner eigentlich bestand. Ging es ausschließlich darum, den geehrten Gesandten vor den Nachstellungen der Kreaturen aus dem Sumpf zu behüten? Oder sollten sie viel eher ein Auge darauf haben, dass er sich die Sache nicht doch noch einmal anders überlegte und sich klammheimlich absetzte? Wie auch immer er das hätte bewerkstelligen sollen, wenn ein Schritt vom Wege den Tod bedeuten konnte in einem Land, das den Menschen nicht länger duldete. Menschenleer, dachte Pol. Und dennoch drang der stechende Geruch zu ihnen, aus dem die Anwesenheit menschlicher Bewohner sprach.

Wortfetzen ertönten von der Spitze des Zuges, als Gil seinen Männern Anweisungen erteilte. Darüber hinweg aber waren andere Geräusche zu vernehmen: ein Raunen, hin und wieder ein nervöses Lachen und dazu ein … *Stampfen*.

«Was geht da vor?», flüsterte Pol.

Diesmal gab niemand Antwort. Stattdessen wurden die vordersten Reihen der Söldner noch einmal langsamer. Schon hatte Pol die Finger am Zügel, um sein Pferd vollends zum Stehen zu bringen, als sich wenige Schritte voran mit einem Mal ein Umriss aus dem Nebel schälte. Ein befestigter Damm wuchs aus dem trügerischen Untergrund, dessen Flanke die Tiere nur mit einiger Mühe bewältigen konnten. Am höchsten Punkt wichen die Reiter nach links und rechts zur Seite, und unvermittelt hatte Pol einen Blick auf eine weite, schmutzig braune Wasserfläche, über der der allgegenwärtige Dunst in einzelne Schwaden eines wabernden Nebels zerfaserte.

Auf einer Insel inmitten dieser Wasserfläche erhob sich das Dorf. Kaum ein Dutzend windschiefer Hütten drängte sich um die Kuppe eines niedrigen Hügels. Das Flechtwerk der Wände war mit getrocknetem Schlamm versehen, die Dächer bestanden aus Binsen. Zwei oder drei der Häuser machten einen etwas stattlicheren Eindruck, und eine der Behausungen besaß sogar ein zweites Stockwerk. Das sprach immerhin für eine Konstruktion aus kräftigen hölzernen Bohlen, wie sie in diesen Tagen in den traurigen Weiten der Sumpflande nicht mehr zu gewinnen waren. Im Ganzen jedoch wirkte die Ansiedlung so schäbig, wie man das im finstersten Winkel der Marschen hätte erwarten können. Jenseits des Dorfplatzes duckte sich eine Gruppe verkümmerter Weiden unter den grauen Himmel. Aus einem grob gezimmerten Gatter glotzte eine kleine Schar magerer Rinder und Schweine. Pol hätte jede einzelne Rippe der Tiere zählen können.

Allerdings hatte er kaum einen Blick für das Vieh. Die Dorfbewohner drängten sich am Ufer ihrer Sumpfinsel, stampften auf den Boden wie die Menge der Zuschauer beim Wagenrennen um Carcosas Platz der Götter. Männer und Frauen reckten die Fäuste in die Höhe, nein, nicht die Fäuste, aber sie hoben die Hände, hier zwei, dort drei, jetzt vier Finger emporgestreckt. Sie brüllten durcheinander, ihre Stimmen überschlugen sich, die Worte waren unmöglich zu verstehen. Unübersehbar war der Grund für ihre Aufregung.

Einen Steinwurf vom Ufer entfernt ragte ein mannsdicker hölzerner Pfahl aus der schlammigen Brühe. Eine zerlumpte Männergestalt war gegen den Balken gefesselt, den Rücken zum Holz. Das Wasser reichte dem Unglücklichen bis an die Brust. Sowohl die Dorfbewohner als auch Pol und seine Begleiter konnten verfolgen, wie er den Kopf unter wilden Blicken hin und her warf, den Mund unter hektischen Atemzügen aufgerissen. Haare und Bart waren schütter, und er schien nur noch eine Handvoll Zähne zu besitzen.

«Dieser Mann wird sterben», bemerkte eine kühle Stimme. «So viel er auch atmet. In Kürze wird es ihm nichts mehr nützen.»

Gils Gestalt ragte hoch über dem Jungen auf. Der Söldnerführer war mit einem dunklen Harnisch aus tartôsanischem Stahl gewappnet. Aus dem schweren Helm spross die Feder eines Nachtreihers. Selbst sein gewaltiges Ross trug eine Panzerung aus stählernen Platten. Über eine aufgeschüttete Rampe hatte es eine holzverstärkte Konstruktion erklommen, die an einen Befestigungsturm denken ließ und die Deichlinie beherrschte. Alles jenseits davon war hinter dem Umriss unsichtbar. Einige der Söldner hatten sich zu Arthos Gil gesellt. Wie Feldherrn am Beginn der Schlacht konnten sie die gesamte Umgebung von hier aus im Auge behalten, so weit das im schwindenden Licht noch möglich war.

Gil hatte stattdessen Pol im Blick, nickte ihm auffordernd zu und verfolgte, wie der Junge sich abmühte, sein Reittier ebenfalls auf den Aussichtspunkt zu manövrieren. Beim dritten Versuch gelang das Unterfangen. Pol brachte das Pferd an der Seite des Söldnerführers zum Stehen – und starrte auf das Bild.

Er hatte das Geräusch bereits gehört: ein Rauschen und Brausen, das noch über den Lärm der Dorfbewohner hinweg zu vernehmen war. Jetzt, da der turmartige Umriss nicht länger im Weg war, sah er den Grund: Es war ein Mahlstrom, ein schaumgekröntes Toben, das aus der Mündung einer mehr als dreißig Schritt breiten Flutrinne in die Tiefe donnerte. Aufgewühltes, schäumendes Wasser, das Laichkraut und Röhricht mit sich trug, jetzt ein komplettes mannshohes Weidengebüsch. Ein ganzes blindwütiges Meer binnen weniger Atemzüge, unaufhaltsam. Und die ganze Zeit setzte sich das Schauspiel fort. Als Pol sich umwandte, glaubte er zusehen zu können, wie die Flut am Körper des Gefesselten emporkletterte.

«Was hat das zu bedeuten?», flüsterte er. «Die Sumpfleute wollen den Mann zu Tode bringen, und dazu haben sie diesen ...» Schaudernd wies er zurück auf den donnernden Wassersturz. Ganz eindeutig war die Flutrinne künstlich angelegt, und mit Sicherheit war das nicht erst gestern geschehen. Doch wer trieb einen solchen Aufwand für eine besonders grausige Form der Hinrichtung? «Wo kommt das Wasser überhaupt her mit einer solchen Gewalt?», murmelte er. «Die Flüsse hier draußen sind ein einziger Morast.»

«Heute haben die Menschen dieses Land verlassen.» Gil sah auf die braune Flut, nicht auf Pol. «Zur Zeit der Alten aber, als das Wort des Kaisers bis an die Gestade jenseits des Meeres reichte, zählte diese Gegend zu den wohlhabendsten Gebieten des Reiches. Die kaiserlichen *machinista* haben ihr ihren Stempel aufgedrückt wie wenigen anderen Provinzen, und auf den Flusslauf des Lysander haben sie besondere Mühe verwandt. Seine Ufer haben sie mit Deichen gesichert, und in der Hitze des Sommers führten sie ihm über seine Nebenarme Wasser zu, sodass er selbst während der größten Dürre niemals trocken fiel. Die Binnensegler konnten ihn auf gesamter Länge passieren, bis an die Stapelplätze bei Mylon.»

Pol blinzelte. «Der Lysander fließt heute weit östlich von uns. – Das hier ist einer der Nebenarme?»

Der Söldnerführer schüttelte den Kopf. «Das hier ist das genaue Gegenteil. – Zur Zeit der Schneeschmelze wälzen sich Wassermassen zu Tal, die Ihr Euch nicht auszumalen vermögt. Kein noch so mächtiges System von Deichen hätte ihnen auf Dauer Einhalt gebieten können. Also schufen die Männer des Kaisers mächtige Tore in ihren Befestigungen, Schleusen, die in der Stunde der Not geöffnet werden konnten, bevor der Strom die Deichkrone erreichte und die reichen Handelsposten in Gefahr brachte. Über künstliche Kanäle wurde das Wasser stattdessen in tiefergelegene Gebiete gelenkt.»

«Unbewohnte Gebiete», murmelte Pol, fasziniert von der Vorstellung. «Sodass niemand zu Schaden kam.»

«Gebiete, die *weniger dicht* besiedelt waren», stellte der Söldnerführer richtig. «Oder auch Teile des Landes, in denen sich die Mächtigen der Rabenstadt mit lästigen Aufständen herumschlagen mussten. Regionen auf jeden Fall, die entbehrlich schienen. – Wie es aussieht, haben die Bewohner jener Siedlung einen der Kanäle wieder in Betrieb genommen, wenn auch zu einem veränderten Zweck.» Gils Augen richteten sich auf den Todgeweihten. Jetzt war es eindeutig: Das Wasser umspülte bereits seine Schultern. «Der vierte Teil einer Stunde, und die

Flut wird hoch genug stehen, um den Mund dieses Mannes zu verschließen.»

«Aber das ist …»

«Grausam?» Nun blickte der Söldnerführer doch wieder zu Pol. «Jeder Tod ist grausam. – In der Stadt erzählt man sich, das Blutgerüst auf dem Platz der Götter sei Euch vertraut, Gesandter? Der Tod unter den glühenden Zangen der Henkersknechte erscheint Euch demnach weniger grausam als das Ende, dem dieser Mann entgegensieht?»

«Nein», murmelte Pol. Er warf keinen Blick zu Fra Théus. Nicht allein er selbst hätte vor wenigen Wochen um ein Haar unter den Werkzeugen des Henkers sein Ende gefunden. Bei dem Prediger hatten die Folterknechte ihre Zangen bereits angesetzt. «Aber wir wissen ja nicht einmal, was der Mann überhaupt getan hat.»

Arthos Gil neigte das Haupt. Der schwere Helm reichte bis über die Halsberge seines Panzers, sodass ein metallischer Laut entstand. «Das trifft zu. Doch wenn Ihr die Dorfbewohner betrachtet, scheint es sich um eine Tat zu handeln, für die er nach ihrer Überzeugung den Tod verdient hat. – Seht Euch meine Reiter an!»

Pol fiel es schwer, die Augen von dem Gefesselten zu lösen, doch er gehorchte der Aufforderung, ließ seinen Blick über Gils Begleiter wandern. Unruhig schlugen ihre Rosse mit den Schweifen. Selbst sie spürten die Anspannung der Situation.

Der vierschrötige Aspar war der Stellvertreter des Söldnerführers. Im Sattel eines stämmigen Grauschimmels hielt er sich halb in dessen Rücken. Aspar entstammte einem der barbarischen Stämme des Ostens, und die Spitzen seines buschigen Schnurrbarts waren mit der Mähne seines Haupthaars zu einem komplizierten Knoten verschlungen, wie es in seinem Volke Sitte war. Er hatte dem Todgeweihten kaum mehr als einen taxierenden Blick zugeworfen. Nachdem er festgestellt hatte, dass der Verurteilte offensichtlich keine Bedrohung darstellte, hatte er unverzüglich das Interesse verloren.

An den Namen des glatzköpfigen Hünen an Aspars Seite konnte sich Pol in diesem Moment nicht erinnern. Beide Ohrmuscheln des Mannes starrten von goldenen Ringen, die hintereinander aufgereiht den Knorpel durchbohrten. Jeder von ihnen stand für einen im Kampf getöteten Gegner, hatte Théus dem Jungen anvertraut. Eine entstellende Narbe quer über die Lippen verlieh dem Kahlschädel einen Ausdruck ständigen Staunens, doch dass er besonderes Mitgefühl mit dem Verdammten entwickelte, war kaum zu erwarten.

Und dann war da Teriq.

Pol hatte sich mittlerweile daran gewöhnt, dass die Streiter des Gil ihm Blicke zuwarfen, wenn sie glaubten, dass er nichts davon mitbekam. Und zuweilen waren es durchaus hoffnungsvolle Blicke. Die Überlieferung, nach der sich in der Stunde der größten Not ein Gesandter aufmachen würde, um die Vergessenen Götter um Vergebung zu bitten, war nicht allein in Carcosa verbreitet. Aber bei den meisten der Männer war die Skepsis unübersehbar. Carcosa hatte die Schar des Gil in seinen Dienst genommen. Wenn der Domestikos der Stadt entschied, sie weder gegen die mordbrennenden Korsaren noch gegen die verhassten Vendozianer einzusetzen, sondern stattdessen mit einem ehemaligen Dieb durch den Sumpf zu schicken, so sollte das den Männern recht sein. Die Mächtigen Carcosas sollten allerdings nicht zu große Hoffnung darauf setzen, dass die Götter ihren Gesandten auch anhören würden.

Teriq dagegen war selbst ein Korsar, mehrere Jahre älter als Pol, doch sicherlich noch keiner der Veteranen in der Schar des Gil. Er trug den kurzen, aber kräftigen Bogen auf dem Rücken, mit dem die Korsaren von Mauricia ihre Gegner aus den Rahen der plumpen Segler des Nordens holten, wenn sie das feindliche Aufgebot mit ihren flinken Pfeilen von Zedernholz eindeckten, Das mochte der Grund sein, aus dem der Söldnerführer ihn in sein Gefolge aufgenommen hatte, denn die Schar des Gil verfügte nur über eine kleine Schar von Bogenschützen.

Vor allem aber war es die Art, in der der junge Mann den Gesandten ansah. Scheu, und doch wandte er den Blick auch dann nicht ab, wenn Pol mit einem fragenden Lächeln in seine Richtung sah. Kein einziges Mal hatte Teriq bisher das Wort an ihn gerichtet. Doch die Weise, auf die er den Jungen aus Carcosa ansah: *Ehrfurcht*, dachte Pol. Es gab kein besseres Wort dafür. Und die Furcht in dieser Ehrfucht war aus irgendeinem Grund besonders ausgeprägt. Während des Zuges hielt Teriq sich in den hinteren Reihen des Gefolges. Die Positionen nahe beim Anführer waren den erfahrensten Streitern vorbehalten, die sich bereits in einer Vielzahl von Schlachten ausgezeichnet hatten. Jetzt aber hatte er sein Ross ebenfalls auf den erhöhten Aussichtspunkt getrieben, blickte starr auf die Wasserfläche. Unter dem seidenen Stirnband, das die schwarze Mähne aus der Stirn zurückhielt, besaß seine Haut die Farbe von Kupfer – für gewöhnlich. Im Augenblick ließ der Ton eher an Asche denken, als seine Augen an der Gestalt am Pfahl hängenblieben. Pol spürte Erleichterung, ja Dankbarkeit, dass er offensichtlich nicht der Einzige war, den das Schicksal des Gefesselten nicht kaltließ. Ganz gleich, was er verbrochen hatte.

«Jeder meiner Männer …» Gils Blick streifte die Söldner, fixierte dann Pol. «Jeder meiner Männer stammt aus einer anderen Gegend der Welt. Einer Gegend mit eigenen Sitten, Bräuchen und Gesetzen. In Aspars Stamm ist der Mann dem Weibe untertan.» Mit der bloßen Andeutung eines Lächelns. «Es sei denn, er hat die schöneren Haare. – Auf Teriqs Heimatinsel dagegen ist es den Korsaren gestattet, dass sie Männer und Frauen besitzen, wie man in Carcosa Vieh besitzt. Und doch gehören Aspar und Teriq und alle anderen, die Ihr hier seht, nun zur Schar des Arthos Gil, die ihnen das ersetzt, was daheim vielleicht ihre Familie oder die Gemeinschaft ihres Dorfes war. Heute haben die Regeln ihrer Heimat keine Geltung mehr für sie, genauso wenig aber sind die Gesetze in irgendeinem anderen Land der Welt für diese Streiter bindend. Sie gehorchen einzig dem, was die Aufgabe, die wir in diesem Augenblick versehen, von uns fordert.»

Pol schwieg. Genauer gesagt gehorchten die Söldner einzig *ihm*, Arthos Gil, den sie wie den Kriegsgott selbst verehrten. Einem Meister mit der Klinge. Einem Strategen wie kein zweiter, dem das Aufgebot seine legendären Siege verdankte. Und ganz nebenbei einem Genie bei den Soldverhandlungen. War es verwunderlich, wenn sie seine Worte wichtiger nahmen als Gesetze, fürstliche Erlasse und die Gebote sämtlicher Götter zusammen?

«In diesem Moment besteht unsere Aufgabe darin, Euch und den weisen Fra Théus so rasch und so wohlbehalten wie möglich nach Schattenfall zu geleiten.» Noch einmal ergriff Gil das Wort. Erst jetzt sah er wieder zu dem Gefesselten herüber. «Was die Völker treiben, deren Gebiet wir passieren, ist ohne Bedeutung für das Gefolge des Gil», fügte er hinzu. «Die Gebräuche der Menschen auf unserem Weg sind nicht unsere Angelegenheit.»

Pol fuhr sich über die Lippen. *Gebräuche* klang nach einem Reigentanz um die Dorflinde. Die Bewohner der Ansiedlung dagegen waren im Begriff, den Gefangenen zu ersäufen.

«Im Übrigen halte ich es für unwahrscheinlich, dass dieser Mann ertrinken wird», bemerkte der Söldnerführer.

Verwirrt sah Pol ihn an.

Mit einem Kopfnicken deutete Gil über die Wasserfläche hinweg, wo die bräunliche Flut in morastige Lachen überging. Pol strengte die Augen an, sah dort allerdings nichts Besonderes, eine leichte Bewegung vielleicht, als der kaum spürbare Windhauch über das Wasser strich.

Als ob das Wasser sich … kräuselte. Nein, es war mehr als ein Kräuseln. Das Wasser schäumte, und jetzt, im nächsten Moment, schien es zu brodeln. Eines der Pferde wieherte unruhig auf, wich auf der Hinterhand zurück, und für einen Moment blickte Pol in diese Richtung, kehrte aber sofort zurück zur Wasserfläche. Eben rechtzeitig, um zu beobachten, wie das schlammige Nass emporspritzte, die Fluten sich teilten, als etwas durch die Oberfläche stieß.

Er keuchte auf.

Ein bösartig stierendes Augenpaar war zum Vorschein gekommen, die Augäpfel von der Größe eines Menschenkopfes, umgeben von schlammfarbener, schuppiger Haut. Darüber wölbte sich eine flache Schädeldecke, aus der eine Reihe armlanger Stacheln emporwuchs.

«Was …» Seine Stimme versagte.

Die Pupillen der Kreatur waren schmal und von der Farbe der Nacht. Sie wanderten nach links zu den Dorfbewohnern, bewegten sich dann nach rechts zu Pol und seinen Reisegefährten, um schließlich in der Mitte auf der Gestalt des Gefesselten innezuhalten.

«Ein Sumpfmolch.» Aus Gils Stimme sprach Abscheu. «Sie zählen zu den hässlichsten Geschöpfen, die die Götter ersonnen haben. Aber ich habe in meinem Leben noch kein Tier von vergleichbarer Größe gesehen.»

«Außerhalb dieses Landes erreichen sie die Größe von Katzen.»

Pol sah zur Seite. Fra Théus trieb sein Reittier ebenfalls zu ihnen empor.

«Allerdings sind sie bedeutend weniger flink», versicherte der Prediger etwas außer Atem. «Der Sumpfmolch ist ein behäbiges Tier.»

«Ein behäbiges Tier, das den Mann mit einem Bissen herunterschlucken kann», murmelte Pol.

«Herunterschlucken?» Der Alte hielt inne. «Nein, das glaube ich nicht. Vertreter seiner Art zeigen kein Interesse an Menschen. Insekten, Larven und Egel stellen ihre Nahrung dar.»

«Das ...» Pol verstummte.

Im selben Moment schäumte das Wasser in einem anderen, noch entfernteren Bereich der Teichfläche auf, und ein weiteres Augenpaar stieß ins Freie. Beinahe gleichzeitig wurde es auch rechter Hand lebendig, nahe der Stelle, an der die Flut in die Tiefe donnerte, und auch von dort starrte ein Sumpfmolch über die Wasserfläche. Die beiden neuen Kreaturen mussten ihren Artgenossen noch überragen.

War es eine Ahnung? Pol sah zum Ufer der Sumpfinsel. Das Trampeln und Stampfen war immer heftiger angeschwollen, hatte jetzt einen Höhepunkt erreicht, aufgeregt, erwartungsvoll. Und die Aufregung hielt an, noch für Atemzüge, bevor sie zögerlich um eine Winzigkeit nachzulassen schien, während die Augen der Dorfbewohner noch immer auf die Wasserfläche gerichtet waren. Dann, unvermittelt, riss einer der Sumpfleute die Faust in die Höhe, im Triumph, drei Finger nach oben gereckt.

In diesem Moment begriff Pol.

«Sie haben gewettet!», flüsterte er «Die Sumpfleute haben gewettet, wie viele der Tiere sich sehen lassen werden! – Tiere groß wie Kutschen, nicht wie Katzen! Wie sollen sich solche Tiere von Ungeziefer nähren?»

«Das dürfte abhängig sein von der Menge an Ungeziefer», schränkte der Prediger ein. «Wobei … Bisher hat es natürlich auch keine Molche von dieser Größe gegeben. Wir werden es in Kürze erfahren, denke ich. Ich vermute …»

Der Todgeweihte schrie auf. Es war ein Laut, in dem sich Schmerz und Entsetzen mischten. Ein Laut, der über die Wasserfläche hallte, in der es nun überall zu brodeln schien, allerdings ohne dass weitere Augenpaare zum Vorschein kamen. Der Dorfbewohner, der auf die Anwesenheit von drei Sumpfmolchen gewettet hatte, hatte gewonnen. Vorerst aber waren die Sieger andere.

Im Wasser war Bewegung. Überall war Bewegung, dicht über dem verschmutzten Nass, in den morastigen Fluten selbst. Der Teich war lebendig geworden, als rücke eine Armee winziger, chitingepanzerter Krieger gegen den Verdammten an. Und nichts anderes war es: eine Armee. Eine Armee, die sich nicht aus Lanzenreitern, Axtträgern und Bogenschützen zusammensetzte, sondern aus schillerndem Ungeziefer. Eine Armee, die unter klickenden, klackenden, sirrenden, summenden Lauten den Kreis um den Gefesselten enger und enger zog, bisher nur erste Späher voraussandte.

Pol gewahrte eine kaum fingerdicke schwarze, wurmartige Kreatur, die sich am Hals des Mannes emporwand, rohes, blutiges Fleisch zurückließ. Die Augen des Gefesselten verdrehten sich nach oben, und der Junge ertappte sich bei einem lautlosen Gebet, dass dem Verurteilten die Sinne schwinden mögen. Sein Tod war nicht mehr zu verhindern, doch wie schrecklich musste es sein, all dies bei vollem Bewusstsein mitzuerleben? Jetzt näherte sich einer der Angreifer dem aufgerissenen Mund des Gefolterten. Wie überhaupt war es möglich, dass er noch immer bei Bewusstsein war?

«Sie müssen ihm ein Pulver verabreicht haben.» Eine Stimme in Pols Rücken. Am schweren Akzent des Ostens war Aspar zu erkennen, der Barbar mit der wilden Bart- und Haartracht. «Schwester Ohnmacht kann ihn nicht umfangen, die dem dunklen Bruder Tod vorausgeht.»

Die ihm vorausginge, dachte Pol. Wenn die Dorfbewohner es nicht verhindert hätten. Noch immer drängten sie sich am Ufer, stampften auf den Boden, schienen die Myriaden winziger Peiniger anzufeuern, deren Hauptmacht nun in einem Kreis wenige Fuß um den Unglücklichen innehielt. Wie ein einziges, gigantisches Geschöpf, das Atem holte für den letzten, tödlichen Sprung.

Der Gefesselte schrie mit den Lauten eines Menschen, der in Pein und Grauen dem Wahnsinn nahe war, die unsichtbare Schwelle vielleicht schon überschritten hatte.

«Was kann ein Mensch verbrochen haben …», flüsterte Pol. «Was kann ein Mensch verbrochen haben, dass er einen so grauenhaften Tod verdient hätte?»

«Etwas, das in den Augen seiner Richter ganz genauso grauenhaft erscheint.» Die Stimme des Predigers war eine Spur heiser. «Die Buße für ein begangenes Unrecht soll die Natur des Vergehens deutlich machen. Wie die Tat – so die Strafe.»

«Offensichtlich», wisperte Pol. «Euch wollte man die Zunge herausreißen, weil sie die Göttin Athane gelästert hatte.»

«Und dieser Mann wird bei lebendigem Leibe vom niedersten unter dem niederen Gewürm vertilgt. Eine Umkehrung der natürlichen Ordnung der Dinge, welche die Götter über die Menschen emporhebt und die Menschen wiederum über das Gewürm. Womit wir annehmen dürfen, dass sich auch die Tat des Verurteilten gegen die natürliche Ordnung der Dinge richtete. Er könnte auf widernatürliche Weise ...»

*Tonk.*

Ungefähr so klang der Laut. Er war deutlich zu vernehmen, über das Klicken und Klacken der Angreifer, über das Stampfen, die Rufe und Schreie der Dorfbewohner hinweg. Die Schreie des Verurteilten aber verstummten auf der Stelle. Und einen Augenblick später verstummte auch alles andere, die Geräusche der Insekten, Larven und Egel ausgenommen, die sich auf ihr Opfer stürzten, sodass von einem Lidschlag zum nächsten nichts mehr zu erkennen war als eine wimmelnde Masse von Chitin, die einen Gegenstand bedeckte, der grob die Form eines menschlichen Kopfes aufwies.

Aus ebendieser Masse sah ein Pfeilschaft aus Zedernholz hervor. Meisterhaft gezielt hatte die bolzenartige Spitze die Stirn des Gemarterten exakt in der Mitte durchschlagen, musste tief ins Hirn gedrungen sein und das Bewusstsein augenblicklich ausgelöscht haben.

Ganz langsam wandte Arthos Gil sich im Sattel um. Alle wandten sich um, sämtliche Augen richteten sich auf den jungen Korsaren, der seinen Bogen mit einer geübten Bewegung wieder auf dem Rücken befestigte. Gils Blick folgte dieser Bewegung, und es war ein Blick, der einen erfahreneren Streiter hätte aus dem Sattel werfen können. Teriq aber hatte die Finger wieder um die Zügel gelegt, hielt sich aufrecht, die Zähne aufeinandergepresst, dass die Wangenknochen scharf hervortraten. Rötliche Flecken waren auf seine Wangen getreten.

«Bei allen Göttern.» Gils Stimme war tonlos.

# LEYKEN

## DAS KAISERREICH DER ESCHE: DIE RABENSTADT

«Eine Treppe», flüsterte Leyken. «Eine Treppe in die Tiefe.»
Reglos verharrte sie. Ein zweiter Ausgang. Sie hatte *gewusst*, dass es keinen zweiten Ausgang gab aus dem goldenen Käfig ihrer Räume. Und hatte sie nicht recht gehabt? Zu jenem Zeitpunkt. *Jetzt* gab es einen weiteren Ausgang.
Sie lauschte. Immer wieder lauschte sie angespannt in die Dunkelheit, blickte sich sichernd um. Der schmale Gang verband die Wohnräume ihrer Gemächer mit den Quartieren ihrer Zofen. Noch jenseits der Wohngemächer aber lag der Korridor, wo die Nordländer wachten. Auch Zenons zottige Wächter würden den Gang also durchqueren müssen, wenn ihr Weg sie in die Bleibe der Dienerinnen führte. Und einer der Variags hatte sehr deutlich ein Auge auf die älteste ihrer Zofen geworfen – was einiges aussagte bei einem Mann, der überhaupt nur ein einziges Auge besaß. Was, wenn er sich in ebendiesem Moment auf den Weg zu seiner Angebeteten machte?

Unruhig beobachtete Leyken das Mädchen Nala, das sich noch immer am Boden zu schaffen machte, an jener Stelle, an der kein Boden mehr war. An jener Stelle, an der sich eine Luke geöffnet hatte und im Schatten dieser Luke steinerne Stufen in die Tiefe führten.

Ein fremdartiger Anblick. Doch war er fremdartiger als alles andere? Woraus bestand der Boden? Er wies eine holzartige Struktur auf. Wenn die Sonne in den späten Nachmittagsstunden tief stand und ihr Licht in langen Bahnen in die Gemächer fiel, glänzte dieses Holz wie von den Händen des kundigsten Schreiners geschliffen, mit dem erlesensten Wachs versiegelt – und soeben frisch verlegt. Nicht die kleinste Schramme, nicht der geringste Kratzer war zu entdecken, nirgendwo eine ausgetretene, matt gewordene Stelle. Nein, nirgendwo war das der Fall. In Leykens Räumen nicht und auch an keinem anderen Ort, den sie bisher von der Rabenstadt zu sehen bekommen hatte. Weil keiner dieser Orte eine *natürliche* Form besaß. Weil all das in Wirklichkeit ein gigantischer Baum war, uraltes massives Holz, dem einzig die Macht des Kaisers eine andere Form gegeben hatte. Und, in weit geringerem Maße offenbar, die Kräfte der übrigen Bewohner.

«Und doch kann das, was jetzt Boden ist, auch etwas anderes sein», murmelte Leyken. «Es kann auch eine Treppe sein wie in Westerschild.» Sie hielt inne. Für einen Moment spürte sie einen Hauch Enttäuschung. «Eine Treppe wie *in* Westerschild. Aber diese Treppe wird nicht *nach* Westerschild führen.»

Nein. Sie ärgerte sich über sich selbst, dass sie für einen Moment auf diesen Gedanken verfallen war. Wäre das möglich gewesen, hätte der kaiserliche Seneschall seine Heere nicht monatelang quer durch das Reich führen müssen, wenn jenseits von Borealis ein Einfall aus der Steppe drohte. Die Söldner wären in der Rabenstadt durch ein Tor marschiert und in Sichtweite der barbarischen Gegner wieder herausgekommen. Und schließlich waren Leyken und ihre Zofe auch nicht auf dem Weg nach Westerschild oder sonstwohin, sondern Nala würde sie zum Shereefen der Banu Huasin führen, der sich vor wenigen Stunden noch im Schatten einer Baumgruppe in den kaiserlichen Gärten verborgen hatte. Wenn Leyken sich nicht ganz und gar getäuscht hatte. Wäre sie nur irgendwie in der Lage gewesen, sich wirklich mit Nala zu verständigen!

Wobei ihre Freundin sie in diesem Moment kaum zur Kenntnis nahm. Noch immer war der Blick der Zofe auf ihr Werk gerichtet, stirnrunzelnd, sichtbar unzufrieden, ja … besorgt? Aber weswegen besorgt? Das Mädchen murmelte etwas, in einer Sprache allerdings, die Leyken nicht verstand.

«Ist irgendetwas nicht in Ordnung?», fragte sie vorsichtig, ihre Stimme eine winzige Idee höher, *nervöser*, als ihr lieb war.

Einen Moment lang rührte die Zofe sich überhaupt nicht. Dann, ganz kurz, sah sie sich über die Schulter um. «*Muh-ta.*»

Leykens Augenbrauen wanderten in die Höhe. – Anders? – Doch im nächsten Moment zogen sie sich zusammen. Erst jetzt erkannte sie, wie *unvollkommen* die Stufen wirkten. Als hätte die Hand eines Steinmetzen sie geschaffen, der sich nicht recht auf seine Arbeit verstand: unregelmäßig behauen, nicht exakt von derselben Höhe und Breite, zur Linken etwas höher als zur Rechten. Doch wie hätte es auch anders sein können? Nala war eine Zofe auf der Heiligen Esche. Als Kind war sie ein Gossenmädchen gewesen. Was verstand ein Mädchen aus Westerschild von Steinmetzarbeiten? Wusste es die Werkzeuge überhaupt richtig anzusetzen, Werkzeuge, die hier in der Rabenstadt die Kräfte der Heiligen Esche waren?

Jeder Bewohner der Rabenstadt verfügte über einen Funken jener Magie, die in der Lage war, einzelnen Abschnitten des kaiserlichen Baumes nach seinem Willen Form zu geben. Leyken erinnerte sich, wie Zenon diesen Umstand erwähnt hatte, im Plauderton beinahe, nachdem er selbst eine ganze Wand ihrer Gemächer ins Nichts hatte verschwinden lassen, sodass der Blick nach draußen frei geworden war. Doch dabei war er mit einer völlig anderen Perfektion zu Werke gegangen als Nala. Er hatte sogar einen Handlauf geschaffen, den Leyken schmeichelnd ebenmäßig unter ihren Fingern hatte spüren können. Jeder Mensch auf der Heiligen Esche verfügte über einen Hauch der Magie – doch bedeutete das, dass der Baum sich mit derselben Bereitwilligkeit jedweden Wünschen fügte, ganz gleich, ob eine Zofe sie äußerte oder der Sebastos der kaiserlichen Rabenstadt? Aus dem Werk des Mädchens sprach eine seltsam *wackelige*, unsichere Magie.

Wie wirklich war diese Treppe … *wirklich*, dachte Leyken und spürte, wie sich ihre Gedanken verwirrten. Was würde geschehen, wenn sich mit einem Mal herausstellte, dass sie *nicht wirklich genug* war? War es vielleicht besser, nicht zu genau darüber nachzudenken?

Sie straffte sich, nickte dem Mädchen zu, das die Leuchte schon wieder an sich genommen hatte, beobachtete angespannt, wie Nala mitsamt dem Licht in der Tiefe verschwand. Einen Atemzug später setzte sie selbst einen Fuß auf die Treppe, folgte ihrer Freundin eilig nach, entschlossen, den an den Wänden umherhuschenden Schimmer unter keinen Umständen aus dem Blick zu verlieren. Und erst jetzt begriff sie, was es mit diesem Licht überhaupt auf sich hatte. Sie hatte keinen Moment darüber nachgedacht, wozu das Mädchen eine Lampe brauchte, als es in ihrer Schlafkammer erschienen war. Eine Leuchte war dort völlig unnötig. In sämtlichen Räumen der Zimmerflucht erhellten kleine Ölflämmchen den Weg, wenn Leyken etwa des Nachts den kleinen Nebenraum aufsuchen musste, um sich zu erleichtern. In den Kasematten von Westerschild dagegen herrschte ewige Finsternis, die auf einen jeden lauerte, der sich ohne Licht in ihre Tiefen wagte. Schon in jenem Moment, da die Zofe ihre Schlafkammer betreten hatte, musste sie entschlossen gewesen sein, das Vorhaben in dieser Nacht in Angriff zu nehmen.

Was es nicht weniger gefahrvoll machte. Die Stufen, stellte Leyken fest, fühlten sich an, wie steinerne Treppenstufen sich anfühlten, wenn man sie mit nackten Füßen betrat. Rau. Und kalt vor allem. Denn in der Tat hatte Nala alles vorbereitet und bedacht. Selbst einen Mantel hatte sie Leyken um die Schultern gelegt, die doch die Wärme des Südens gewöhnt war und in der klammen Tiefe womöglich frösteln würde. Lediglich Schuhe, dachte Leyken, hatte Nalas Plan offensichtlich nicht vorgesehen.

Zugleich aber war sie genau dafür dankbar. Binnen kurzem schoss die Kälte des Steins mit jedem Schritt wie stählerne Klingen in ihren Waden empor, und ebendiese Kälte machte die ausgetretenen Stufen *wirklicher*. Steil führten sie in der Enge eines röhrenartigen Ganges abwärts den Kasematten entgegen. Mit jedem Atemzug war sich Leyken des Gewichts der aufgemauerten Hafenbastionen bewusst, das über den Köpfen der Freundinnen lastete. Wie mussten die Verteidiger Westerschilds geflucht haben, wenn sie die zerbrechlichen Behälter mit der gefährlichen Mixtur abwärts bugsierten, ständig in Angst, dass ihnen eines der Gefäße aus den Händen gleiten könnte und der feurige Dämon in der Enge und Tiefe erwachte? Dass der Ausbruch der Flammen sie verschlingen würde, ehe sie auch nur dazu kamen, einen Schrei des Entsetzens auszustoßen? Glaubte Leyken gar die bedrohlichen Trommeln der Nordmänner zu hören, die über das Hafenbecken herüberdrangen, sich dröhnend in den dunklen Gelassen brachen? Oder waren das überhaupt nicht ihre Gedanken? Fing sie von neuem Eindrücke aus dem Kopf des Mädchens ein, dem jene kriegerische Vergangenheit selbst nur aus Erzählungen vertraut sein konnte?

Vorsichtig setzte sie einen Schritt vor den anderen, roch den muffigen Duft abgestandener Luft, der den Gang erfüllte. Sie stützte sich gegen die Wände und spürte die raue Oberfläche des Gesteins, ertastete ausgewaschene Fugen, und dann war da etwas, das auf viel zu vielen Beinen geisterhaft über ihren Handrücken huschte. Sie schauderte. Konnte irgendeine Illusion *so* perfekt sein? Vielleicht, wenn sie die Fugen …

Unvermittelt war da Widerstand. Für einen Moment nur hatten ihre Finger auf dem Umriss eines Steins verharrt, hatte sich ein kurzer Gedanke in ihren Kopf gestohlen, wie die Form des Quaders beschaffen sein mochte, jenseits der Fugen, innerhalb der Wand, dort wo sie ihn nicht ertasten konnte. Ihre Finger: Hatten sie ganz kurz nur in beiläufiger Neugier in den Spalt geforscht?

Es war ein Schlag, ein *Biss*. Sie keuchte auf, wollte die Hand zurückziehen, doch ihre Finger klemmten fest, nein, sie *klebten* fest. Ruckartig versuchte sie die Hand freizubekommen, aber in der Spanne eines Lidschlags hatte sich ihr Arm in Stein verwandelt, war gelähmt, gefangen, eingezwängt. Die Luft in ihren Lungen ...

Da war ein *Rütteln*. Der Gang, die Stufen, das Gestein schüttelten sich und schwankten. Ein Knirschen erfüllte die Luft, und feiner Staub begann von der Decke zu rieseln, als sich das Mauerwerk gegeneinander verschob. Leyken kämpfte, versuchte mit anschwellender Panik den Arm zurückzureißen, doch was sie auch tat, sie bekam die Finger nicht frei.

Ein Dröhnen. Da war ein Dröhnen in ihrem Kopf, und gleichzeitig war da etwas anderes: ein Wispern, das gegen das Dröhnen ankämpfte. Im nächsten Moment eine wirbelnde Bewegung.

«*Saheb-tschar!*» Nalas Gesicht war unmittelbar vor ihr, die Züge bleich wie die eines Leichnams. *Saheb-tschar! Sie geht!* Die Stimme der Zofe war ein Befehl, doch Leyken sah das Flackern der Panik auch in ihren Augen. *Hilf mir!*

Begriff Leyken? Wie auch immer es geschah: Sie begriff auf der Stelle.

Ein Gang. Ein steiler Gang, der tief unter den Hafenanlagen von Westerschild abwärtsführte. Das Bild war da, deutlicher als je zuvor, in Farben, greller, als die Natur sie hervorbrachte, an die Oberfläche von Nalas Geist gebannt. Und Leyken griff nach dem Bild, saugte es in sich hinein wie eine Ertrinkende die rettende Luft, ließ es mit aller verzweifelten Kraft in ihrem eigenen Geist Gestalt annehmen, während sie noch einmal, mit jagendem Herzen, ihren Arm zu bewegen suchte – und ihn im selben Moment frei bekam.

Ein Schirm. Sie stellte sich vor, wie ihre Freundin und sie einen schützenden Schirm aufspannten, bemalt mit Bildern des Hafens von Westerschild, mit einer Luke, die in die Tiefe führte, mit einem engen, steilen, vor allem aber *sicheren* Stollen durch das Gestein. Eine andere Wirklichkeit, die mehr war als Illusion und die sie gemeinsam aufrechterhielten, Schweiß auf der Stirn, unter hektischen Atemzügen. Ein Stollen, ein Stollen, ein Stollen! Sie bewegten sich durch einen Stollen! Einen in die Tiefe führenden Stollen, beengt und voll klammer, staubiger Luft – Luft aber, die man atmen konnte.

*Weiter! Schneller!* Es war ein Befehl in ihrem Kopf, und jetzt waren es keine Bilder mehr, sondern tatsächlich gesprochene Worte. Mühsam nur hielt sie die Panik im Griff. Die Illusion war erschüttert, das Bild von winzigen, fadendünnen Rissen durchzogen, die sich mit jedem Atemzug zu verbreitern schienen. Sie befanden sich auf einer steinernen Treppe in einer abwärtsführenden Röhre, und zugleich war alles um sie her das massive Holz der Esche, feste Substanz, in der Atmen und Bewegung, in der bloßes *Sein* nicht möglich war. Die geringste neuerliche Erschütterung, und das Bild würde zerspringen, und die beiden Frauen … Der Stollen zitterte, bockte, bäumte sich auf wie ein unvollkommen zugerittenes Pferd, das dem Befehl der Zügel nicht länger Folge leistete. Leykens Füße polterten die Stufen hinab, und für einen Moment nur war die irrsinnige Frage in ihrem Kopf, ob man auf einer Treppe, die überhaupt nicht da war, stolpern, ob man sich an nicht vorhandenem Mauerwerk den Schädel zerschmettern konnte. Ein Stollen, ein Stollen, ein Stollen. Das Licht tanzte vor ihr. Das Einzige, das *wirklich* wirklich war.

Luft. Ein Luftzug von modriger Kühle, anders als zuvor. Wenige Stufen noch, einige Schritte auf rauem, ebenem Boden, dann stolperte zuerst Nala, unmittelbar hinter ihr Leyken selbst ins Freie. Keuchend sog sie die Luft ein, versuchte den Schwindel, die Übelkeit niederzukämpfen, konnte erkennen, wie auch das Mädchen Mühe hatte, sich auf den Beinen zu halten. Die Leuchte ... Das Licht war fort. Es war erloschen.

Schwer machte Leyken einen Schritt voran, schaffte es, ihre Freundin aufrecht zu halten. Oder stützten sie sich gegenseitig? Sie konnte spüren, wie Nala ein Stück in sich zusammensank, und im selben Moment war in ihrem Rücken ein dumpfes Donnern, ein gewaltiges Knirschen zu vernehmen. Leyken musste sich nicht umwenden, um zu wissen, dass die Mündung des Stollens sich geschlossen hatte. Dass die Treppe verschwunden war. Die Heilige Esche hatte in ihre ursprüngliche Gestalt zurückgefunden.

Eine *wackelige* Magie. Leyken kämpfte darum, den galoppierenden Schlag ihres Herzens zu beruhigen. Die Magie ihrer Freundin, ihrer *beider* Magie am Ende, hatte gerade eben ausgereicht.

Schwer holte sie Luft, sah sich um in einer Welt, die weniger als Zwielicht war, aber mehr als Dunkelheit, und im selben Moment spürte sie von neuem den Luftzug. *Wind.* Wind auf ihrer Haut, wie sie ihn in all den Wochen auf der Heiligen Esche nicht ein einziges Mal gespürt hatte, selbst in den kaiserlichen Gärten nicht. Die Gerüche schienen anders, schienen wahrhaftiger als all die kostbaren Aromen in ihren Gemächern. Gerüche von Moder und Verfall zwar, über den Geruch der hektischen Anstrengung hinweg, der von ihren Körpern ausging, aber auf eine schwer zu beschreibende Weise *ehrliche, echte* Gerüche. Als wäre einer ihrer Sinne zu ihr zurückgekehrt, der bis vor Augenblicken geschlafen hatte.

«Wir sind draußen», wisperte sie. Doch sofort war zu erkennen, dass sie möglicherweise *draußen* waren, mit Sicherheit aber nicht *unten*, wo das Wurzelwerk der Esche aus dem sumpfigen

Boden wuchs. Noch immer befanden sie sich in schwindelerregender Höhe. Es war zu dunkel, als dass der Blick bis in die Tiefe reichte.

Zögernd löste sich Nala von ihr, und einen Moment lang musterte Leyken sie mit einem skeptischen Blick. Doch ja, das Mädchen konnte ohne Hilfe stehen. Und auch sie selbst spürte, wie ihre Kräfte rasch zurückkehrten, als gespannte Erwartung, simple Neugier von ihr Besitz ergriff.

In ihrem Rücken war die massive Gegenwart der Heiligen Esche. Vor ihr aber hoben sich die Zinnen einer Brustwehr schwarz gegen die unvollkommene Finsternis ab. Ein schmaler Wehrgang führte in die Dunkelheit, fort vom Hauptstamm des Baumes: eine steinerne Brücke, unter der sie den Abgrund zu spüren glaubte. Der Übergang strebte einem unregelmäßigen, düster aufragenden Umriss entgegen.

«Wo sind wir hier?», fragte sie leise, fröstelte für einen Moment. Auch ihre Stimme hatte sich verändert. Sie hatte einen Klang, der unvertraut war nach den Wochen auf der Esche. Es war eine Färbung in dieser Stimme, die sie überhaupt erst zu Leykens Stimme machte.

Nala stand hinter ihr. Sie gab keine Antwort. Doch im selben Moment verstand Leyken, auch ohne dass sie Antwort gegeben hätte.

Der Heilige Baum war alt wie die Welt. Die Götter selbst hatten seinen Samen in die sumpfige Erde gelegt an jenem Tag, da sie vom Himmel gestiegen waren. Sie hatten den Keimling den Händen der Alten Kaiser übergeben, ihrer Sachwalter in der Welt der sterblichen Menschen, und die Kaiser wiederum hatten den Baum zu ihrer Residenz bestimmt. Nach ihrem Willen war die Esche gewachsen, während die Macht von einem Herrscher auf den anderen übergegangen war, in Zeitspannen, die weit über das Lebensalter gewöhnlicher Menschen hinausgingen.

«Der Baum ist immer derselbe», flüsterte Leyken und stellte fest, dass ihre Stimme andächtig klang, als sie einen scheuen Schritt auf die Brücke setzte, während ihre Freundin ihr langsamer folgte. «Der Herrscher aber wechselt, der auf dem Stuhl der Esche thront, und er ist es, nach dessen Willen der Baum neue Äste austreibt, die sich verzweigen und der Rabenstadt und dem Reich Gestalt geben. In einer viel umfassenderen Weise, als du das könntest ...» Über die Schulter in Richtung ihrer Freundin. «Oder ich vielleicht eines Tages, wenn ich hierbleiben würde, oder selbst der Sebastos. Und es ist immer wieder dasselbe: Irgendwann beginnen die Blätter der Esche zu welken, und ein neuer Spross des Hauses macht sich auf, um den Kaiser von seinem Thron zu stoßen und seinen Platz einzunehmen. Manche Äste seines Vorgängers mag er fortsetzen und ihnen einen Wuchs nach seinen Wünschen aufprägen. Das meiste aber ...» Ihre Hand legte sich auf die Brustwehr, spürte nicht Stein, sondern etwas, das sich wie trockenes Holz anfühlte, geschwärzt und ohne Leben. «Das meiste vergeht. – Das hier ist kein Teil der Esche mehr, und doch ein Teil von ihr. Es besitzt die Gestalt, die ihm vor wer weiß wie vielen Jahrhunderten verliehen wurde, doch es ist tot wie die Abbilder vergangener Herrscher in den Tempeln und Schreinen.»

Zwielicht lag vor ihnen. War der Morgen schon nahe? Würde der Himmel sich in Kürze rot zu färben beginnen über Opsikion und den Bergen von Nimedia jenseits des Schlundes? Sie war sich nicht einmal sicher, ob sie in die richtige Richtung blickte, doch wie von selbst setzte sie einen Schritt vor den anderen, spürte die spröde Oberfläche unter den Füßen, die so anders war als das lebende, atmende Holz des Heiligen Baumes, dessen unendlich langsamer pulsierender Herzschlag mit jedem Atemzug gegenwärtig war.

Als ob die Freundinnen auf den Knochen jenes toten Herrschers balancierten. Des Herrschers, der diesen Teil des Baumes geschaffen hatte. Auf der Speiche seines Armes vielleicht, der sich den wilden Völkern der Steppe entgegenstreckte, die Hand Einhalt gebietend erhoben. Der Umriss, auf den sie sich zubewegten, war ein mächtiger Turm, einstmals gewiss mit Schmuck und prachtvollem Zierrat versehen, mit Skulpturen und Friesen, die von den Siegen kaiserlicher Seneschälle und Archonten über unbotmäßige Völker an den Grenzen des Reiches berichteten. Giebel und Erker waren zu erahnen, kleinere Türmchen mit gezackten Formen, die aus der verwinkelten Silhouette hervorwuchsen, Fensterhöhlen, in denen sich fadenscheinige Reste kostbarer Behänge im Winde blähten. Schattenhaft schien etwas aufzufliegen, einer jener Vögel vielleicht, die in den verlassenen Abschnitten des Baumes nisteten und der Rabenstadt ihren Namen gegeben hatten.

Nala sagte noch immer kein Wort, doch Leyken spürte die Gegenwart ihrer Freundin hinter sich. Ja, sie waren wahrhaftig zu Freundinnen geworden auf dem Weg durch die Dunkelheit. Nala hatte Wort gehalten, und ihre gemeinsame Magie war es gewesen, die den Kräften der Esche standgehalten hatte. Irgendwo in der Dunkelheit wartete der Shereef der Banu Huasin, und all das war dem Mut und der Tapferkeit des jungen Mädchens zu verdanken, mit seiner blassen Haut und den verwirrenden Flecken auf dem Gesicht, die man, wie Leyken jetzt wusste, Sommersprossen nannte.

Ihr Herz ging schneller, je näher sie der Stelle kam, an der der

Wehrgang in den Turm mündete: durch ein spitzbogiges Portal aus reiner Schwärze inmitten des Zwielichts.

Eine Gestalt lehnte an der rechten Seite dieses Portals. Jetzt waren auch die Skulpturen besser zu erkennen, die den Durchgang schmückten: Dämonen, bizarre Sagengestalten aus der Zeit vor allen Zeiten, als noch die Schatten unter den Menschen wandelten. Der Herrscher, dessen Wille diesen Teil des Baumes geformt hatte, musste von grimmigem Wesen gewesen sein. Saif trat vor ...

Leyken stolperte zurück.

Es war der Shereef der Banu Huasin, und er war es doch nicht. Er trug den goldenen Panzer der kaiserlichen Gardisten, ganz wie sie ihn halb verborgen zwischen den belaubten Bäumen in der kaiserlichen Parkanlage von ferne gesehen hatte, ohne ihn zu erkennen.

Doch wie schwer fiel es selbst jetzt, ihn wiederzuerkennen! Der Mann, an dessen Seite sie aus der Oase aufgebrochen war, war ein Krieger in der Blüte seiner Jahre gewesen, von der Vierzig noch ein gehöriges Stück entfernt. Ein Zauberer mit der gekrümmten Klinge, einer der schnellsten Reiter des Dorfes. Wenn unter dem sorgfältig gestutzten Bart sein verwegenes Lächeln aufgeblitzt war, die perlweißen Zähne, hatten die jungen Mädchen kichernd und tuschelnd die Köpfe zusammengesteckt.

Der Mann, der ihr jetzt gegenüberstand, hatte keinen Zahn mehr im Mund. Saif war ein alter Mann, und noch mehr als das. Da war etwas, das seine Stirn und seine Wangen überzog, über das Kinn und den Hals hinab, bis es unter dem Panzer unsichtbar wurde. Eine wuchernde, schwärende Flechte, eitrige Pusteln, die ein übelriechendes Sekret entließen. Ein Gestank schlug ihr entgegen, der sie zwang, durch den Mund zu atmen. Saif war krank, versehrt. Er war ein lebender Leichnam, der sich aus dem Schutz des Bogens löste.

«Shereef», flüsterte sie. «Was ist mit Euch geschehen?»

Dichtes Gewölk hatte zuletzt den vollen Mond verhüllt, der so wenig gemein hatte mit dem sichelförmigen Silbermond der Göttin. Jetzt waren nichts als dünne Schleier geblieben, die ihr mitleidlos einen Blick auf das ganze Ausmaß seines Verfalls boten, auf die nässende Haut seines Gesichts.

Mit einem vernehmlichen Laut fuhr die Luft aus ihren Lungen. Wo sein rechtes Auge gesessen hatte, war nichts mehr als schrundige Dunkelheit. Das Bild eines anderen Mannes drängte sich in ihrem Kopf, ohne dass sie sich dagegen zu wehren vermochte: das Bild ihres Vaters, dem ein gefiederter Pfeil in die Augenhöhle gedrungen war, als er versucht hatte, die Ehre seiner Töchter zu verteidigen. Es war, als ob sie von neuem vor seinem sterbenden Leib stand, der sich mit versagender Kraft in die Höhe zu stemmen suchte, während ihm das Blut in braunen Blasen aus dem Mundwinkel sickerte.

«Es war ein Fehler, dich mitzunehmen.»

Sie zuckte zusammen. Kein Wort der Begrüßung. Saifs Stimme hatte sich im selben Maß verändert wie seine Erscheinung. Doch nicht sein Tonfall sorgte dafür, dass sich ihr die Haare auf dem Nacken aufstellten. Es waren seine Worte, dieselben Worte, die er zu ihr gesprochen hatte, bevor sie in den Gewölben unter der Esche in den Hinterhalt geraten waren.

Ein geisterhaftes Leben zuckte in seinem verbliebenen Auge. «Es war ein Fehler, dich mitzunehmen», wiederholte er, seine Stimme wie trockenes Laub, das in die Flammen geworfen wird. «Das waren meine Worte. Vom ersten Augenblick an wusste ich, dass du unsere Reise unnötig verzögern würdest. Sehr wohl hast du den Umgang mit dem Scimitar erlernt, ganz wie jede Frau der Oase es tut, um ihre Ehre verteidigen zu können. Niemals aber hast du deine Sippe auf *razzia* begleitet, um dich im Kampf zu bewähren. Mir war klar, dass ich immer ein Auge auf dich würde haben müssen.»

Er hielt inne, stieß ein Lachen aus, bei dem sich das unangenehme Gefühl auf Leykens Nacken verstärkte. *Ein* Auge. Ihr war die schaurige Doppeldeutigkeit der Formulierung im selben Moment bewusst geworden.

«Und am Ziel …» Er senkte die Stimme. «Da war nur eine Möglichkeit, die Ehre deiner Schwester wiederherzustellen. Hätte ich dir vertrauen können, dass du tatsächlich dem Befehl deines Vaters nachkommst, wenn Ildris vor uns steht?»

Für einen Atemzug hielt Saif ihren Blick fest, dann veränderte sich seine Haltung. Nicht mehr als die Andeutung eines Kopfschüttelns wollte ihm gelingen. «Doch es kam mir nicht zu, seine Entscheidung in Frage zu stellen. Ich habe deine Bitte gewährt, und du durftest uns begleiten.» Er holte Luft. «Und das war gut getan.»

Leyken hatte den Mund bereits geöffnet, im Begriff, die Stimme zur Verteidigung zu heben. Und damit zur Lüge, die schwer wog, wenn sie vor den Ohren eines Shereefen ausgesprochen wurde. Jetzt verharrte sie, benötigte einen Augenblick, bevor sie die Lippen verspätet wieder schloss.

«Sie sind schwach.» Seine Stimme war ein Flüstern. «Der Kaiserliche Rat mit seinen Würdenträgern. Die Söldneraufgebote in ihren Panzern aus Gold. Selbst ihre vielgerühmten *Variags* aus dem Norden. Sie sind so viel schwächer, als wir vermutet hatten. Schwach und zerstritten wie seit Mardoks Zeiten nicht, als der

Prophet selbst die Völker der Wüste gegen Tartôs führte und das Östliche Meer sich rot färbte vor den Gestaden von Kaiphalon. Als die Scharen der Gläubigen ihre Rosse in den Gewässern des Schlundes tränkten und so wenig fehlte, dass der morsche Baum gefallen wäre wie …»

Er vollendete den Satz nicht, doch sein Blick ging über ihre Schulter, als könnte er die Esche, alt wie die Welt, allein durch die Macht dieses Blickes zum Niederstürzen bringen.

«Die Blätter der Esche welken. Die Vergessenen Götter zürnen. Das Blut der Alten Kaiser ist dünn geworden in den Adern ihrer Erben. Der Tag ist nahe, da die Söhne des Mardok den Baum ersteigen werden und seine Äste bersten unter den Hieben ihrer Äxte. Der Tag, da das Reich in den Staub sinken und der silberne Mond sein Licht auf den vermodernden Stumpf der Esche werfen wird.»

Sie fuhr sich über die Lippen. Saif war verändert, in so viel mehr als einer Hinsicht. Da war ein solcher Hass in jedem seiner Worte, doch woher kam dieser Hass? Auch der Shereef hatte Menschen verloren, die er geliebt hatte, als die Söldner das Oasendorf erstürmt hatten. Doch wer hätte größeren Hass verspüren müssen als Leyken selbst, deren Sippe unter den Schwertern der Kaiserlichen gestorben war? Und spürte sie ihn nicht tatsächlich? – Sie horchte in sich und … Sie stutzte. Nein, was sie spürte, war von anderer Art. Ja, die Männer des Kaisers hatten ihre Familie getötet, und das würde sie niemals vergeben können. Doch das Wunderwerk zu vernichten, das die Heilige Esche darstellte? Undenkbar. Ganz gleich, was Saif glaubte: Unmöglich konnte das der Wunsch der Göttin sein. Zu kostbar, zu einzigartig war die Bastion von Schönheit und Wachstum und Leben, deren Wurzeln alles mit allem verbanden und deren Gärtner den Schädlingen zähen Widerstand entgegensetzten.

«Die Blätter der Esche welken», bestätigte sie flüsternd. «Doch ist das nicht jedes Mal so? Die Lebensspanne eines Kaisers währt Jahrhunderte, doch irgendwann beginnen seine Kräfte zu schwinden. Und es sind dunkle Zeiten, wenn die Blätter des Baumes welken. – Für das Kaiserreich», fügte sie eilig an. «Und für die Stämme an seinen Grenzen ...»

Für die Stämme sind sie eine Gelegenheit, da oder dort eine Grenzfestung niederzubrennen, dachte sie. Eine abgelegene Provinzstadt zu verwüsten und vielleicht die eine oder andere hellhäutige Frau in ihr Lager zu verschleppen. Ganz wie es heute, in ihrer eigenen Lebenszeit, geschah. Die Familien der Oase lebten davon, dass das Kaiserreich die Handelswege durch die Wüste nicht länger zu sichern wusste.

*Die Blätter der Esche welken. Sie besitzt nicht länger jene Kräfte wie ehedem.* Gänzlich unwillkommen stahl sich die Erinnerung an Aris Worte in ihren Geist. *Noch ist es mit solchen Scharmützeln getan hier auf der Esche. Doch noch hat der Krieg auch nicht begonnen.*

Sie schüttelte den Kopf, heftig, versuchte die Erinnerung zu vertreiben. Ihre Stimme war heiser, als sie sich an den Shereefen wandte. «Aber all das wird nicht anhalten», sagte sie. «Die Kräfte des Kaisers werden weiter erlahmen, und in diesem Moment wird ein Spross seines Hauses gegen ihn aufbegehren. Er wird ihn vom Thron stoßen, das Banner des Raben wieder aufrichten, und die Esche wird mächtig sein wie ehedem. Und selbst wenn es noch nicht so weit ist ... Ihr habt Euch in den kaiserlichen Gärten bewegt, Shereef. Ihr habt die Söldner gesehen. Der kaiserliche Seneschall kann auf ein Heer zählen ...»

«Auf ein Heer von Söldnern!» Sein Blick schien sie zu durchbohren. «Wilde aus der Steppe! Abtrünnige Korsaren! Und Variags, immer wieder ihre *Variags*, die denen, die auf der Esche geboren wurden, bald an Zahl überlegen sein werden. Was …» Er zögerte, senkte die Stimme. «Was, wenn sie irgendwann einen der ihren zum Seneschall begehren?»

Er hielt inne. Fragend sah Leyken ihn an. Dachte er nach? Erwartete er eine Frage von *ihr*? Sie war sich nicht sicher, wovon er sprach. Der Kaiser selbst pflegte die Gemächer um den Thronsaal und den Stuhl der Esche nicht zu verlassen. Sein Seneschall war es, der als Oberhaupt des Kaiserlichen Rates die täglichen Geschäfte der Stadt und des Reiches lenkte. Wenn die Variags tatsächlich eine Macht besaßen …

«Einerlei.» Saif selbst machte dem Moment ein Ende. «Wenn es dazu kommt, kann es uns nur nützen. Denn es sind nicht mehr die Aufgebote des Reiches wie ehedem, mit denen die Archonten zur Esche strömten, wenn der Kaiser seine Raben sandte. Nirgendwo finden sich die Männer noch unter dem Banner der Esche ein, weil ihre Ehre es ihnen gebietet. Für goldene Münzen bieten sie ihre Schwerter feil, wenn die Werber in den Städten das Rabenbanner heben und wie die Marktschreier die Höhe des Soldes preisen. Und wer ohne Ehre kämpft, der kämpft auch ohne Mut. Ich hatte Muße, Leyken. Ich habe gelauscht und gespäht in den Wochen, die dahingeflossen sind, seit wir die Esche betreten haben. Sie sind schwach, um so vieles schwächer, als sie versuchen, uns glauben zu machen. Ihre Macht ist erschüttert wie niemals zuvor, und noch immer ist kein Thronbewerber hervorgetreten. – Und nun male dir den Süden aus.» Seine Stimme war weniger als ein Flüstern. Gegen ihren Willen, mit Grauen im Herzen, musste sie sich zu ihm beugen, um die Worte zu verstehen. «Male dir die Wüste aus und die angrenzenden Lande. Male dir aus, es gäbe Gruppen von Männern, überall, so weit nur die Menschen den Worten des Propheten lauschen. Männer, in denen das Feuer der Göttin noch brennt. Möge ihr Licht die Sterblichen erleuchten. Männer, die begierig sind, den Scimitar zu ergreifen und ins Feld zu ziehen – nicht in Grenzscharmützel, in Überfälle auf fette, träge Handelskarawanen, sondern in die offene Feldschlacht gegen alles, was der kaiserliche Seneschall noch unter seinen Standarten zu sammeln vermag. Männer von Einfluss in ihren Städten und Siedlungen. Und doch will es ihnen nicht gelingen, ihre Nachbarn mitzureißen für die Sache der Göttin und ihres Propheten. Weil diese Nachbarn denken wie du, Leyken: Ist all das nicht schon so viele Male geschehen? Sind da irgendwelche Zeichen, dass es dieses Mal anders sein könnte? – *Zeichen!* Zeichen wie in den Tagen der Alten, als Mardok sein flammendes Schwert in den Koloss von Elil stieß auf dem großen Platz der Stadt und die Wurzeln der Esche erstarben, so weit die Wüste nur reichte. *Zeichen.*»

Sein Auge schien zu glühen, in einem unheilvollen Licht. Seine Hand legte sich auf das brüchige Gewände des Portals. Auch die Finger waren von der Flechte überzogen, schienen mehr denn je den Klauen der Dämonen zu ähneln, die die Kraft des toten Kaisers aus dem Gestein getrieben hatte. Die Muskeln seines Unterarms spannten sich an, und mit Grauen konnte Leyken beobachten, wie bleiches Gebein durch die Haut schimmerte. Seine Hand vollführte eine Bewegung, und ein Geräusch …

Der Schädel eines Dämonenwesens lag in seiner Hand.

Sie wich zurück. Diesmal wich sie wahrhaftig zurück, stieß gegen Nala, die sie aus großen Augen ansah.

«Zeichen», flüsterte er. «Die Kaiserlichen sind schwach wie

niemals zuvor, und ein Aufgebot der Söhne Mardoks hätte leichtes Spiel mit ihnen, wenn sie denn nur einig wären und entschlossen. Wenn sie nur erkennen würden, dass die Stunde gekommen ist. Das Einzige, was ihnen fehlt, ist ein Zeichen – *darum* sind wir hier.»

Sie kniff die Augen zusammen. Wovon sprach er? Um Ildris' Willen waren sie gekommen. Um dem mitleidlosen Gesetz der Oase Genüge zu tun, was den Shereefen anbetraf.

«Wir …», setzte sie an.

«Die Söhne des Mardok werden sich sammeln.» Seine Stimme verwandelte sich in ein unangenehmes Zischen. «Wenn ihnen nur ein Zeichen zuteilwird, werden sie das Banner der Göttin bis vor die Tore der Rabenstadt tragen und weiter noch, hinauf in ihre Äste. Wenn wir …» Er trat noch einen Schritt näher. «Wenn *wir* ihnen dieses Zeichen geben.»

«Wir sollen …» Ihre Stimme versagte.

«Du hast ihr Vertrauen gewonnen. Einer ihrer Mächtigen hat dich zu seiner Hure gemacht, und nach dem Gesetz der Wüste müsste ich dich töten, um von deiner Ehre zu retten, was noch zu retten ist. Schiene nicht ebendarin der Plan der Göttin zu bestehen: sie durch Wollust und die Schwäche ihres Fleisches zu verderben. Kein Ort wird dir versperrt sein, wenn du jenen Sebastos mit deinen Künsten umgarnst. Der mächtige Ast, der nach Norden hinausgeht, jenseits der Gärten der ßavar: Er wurde in jenen Jahren geformt, welche auf die Entrückung des Propheten folgten. Jenen düsteren Jahren, als sich die Söhne des Mardok von den Wassern des Schlundes zurückziehen mussten. Dieser Ast: ein Monument, das vom Triumph ihres Kaisers kündet, geschmückt mit Türmen und hohen Bögen. Heute beherbergt er die Garnison der Variags. Dort wird es selbst dir nicht gelingen, Hand an die Kanäle zu legen, in denen die Säfte des Baumes fließen. Im Hohen Garten aber, wo die Bahnen sämtlicher Äste zusammenlaufen, treten sie beinahe an die Oberfläche. Dort müssen wir ansetzen. Ich werde dir erklären, wie du den Schaden bewerkstelligen kannst. Einen Schaden an dieser Stelle wird keiner ihrer Gärtner ungeschehen machen können. Wenn dieser Ast in die Tiefe bricht, wäre das ein Zeichen ... ein Zeichen ...»

«Ein Schädling.» Sie flüsterte. «Als ich mit Ari von jenem Hain zurückkehrte: Eine ganze Abteilung der Garde ist in die Gärten der ßavar geeilt, auf der Suche nach einem noch übleren Schädling. Auf der Suche nach *Euch*!» Ihre Stimme überschlug sich, gleichzeitig gelang es ihr, ihm auszuweichen. Schritt um Schritt wich sie zurück, von Grauen erfüllt, als sie die Kreatur, die ihr gegenüberstand mit neuen Augen zu sehen begann. Eine Kreatur, die kaum noch als Mensch kenntlich war, überzogen von einem Parasiten, der sie bei lebendigem Leib vermodern ließ. Einem Parasiten, der grauenhaften *Schaden* anrichtete.

«Niemals!», flüsterte Leyken. «Niemals werde ich daran Anteil haben! Das da ...» Hektisch holte sie Luft. «Was immer es ist, ein Pilz, eine Krankheit. Ihr habt es in die Rabenstadt geschleppt, einzig um zu schaden! Nicht im offenen Kampf, nachdem Ihr Euch zum Mond der Göttin verneigt habt, bevor Ihr die Klingen mit dem Widersacher kreuzt, sondern heimlich wie ein Dieb in der Nacht! Nicht Kampf, nicht ein ehrliches Messen der Kräfte im Sinn! Nicht um den Menschen das Wort des Propheten und das Licht der Göttin zu schenken, seid Ihr gekommen, sondern einzig, um der Rabenstadt zu schaden, der Esche zu schaden, deren Wurzeln in alle Reiche der Welt reichen. Alles ist mit allem verbunden, und nur das Feuer kann den

Schädling aufhalten, der auch nur den geringsten ihrer Zweige befällt.»

Sie konnte nicht weiter zurück. In ihrem Rücken erhob sich die bröckelige Brustwehr, und dahinter gähnte der Abgrund, Tausende von Fuß. Doch Saif war ihr gefolgt, langsam, Schritt für Schritt, bis ... Unvermittelt hielt er inne, und sie konnte sehen, wie seine verwüstete Stirn sich zusammenzog.

«Die Krankheit?» Eine Frage, die wahrhaftig wie eine Frage klang, und der erste Moment, in dem er tatsächlich etwas Menschliches, etwas Lebendiges an sich hatte.

«Die ...»

Er verharrte reglos. Für einen Atemzug. Dann warf er den Kopf in den Nacken und begann zu lachen, zu *lachen* ... Leyken hatte das gurgelnde Geräusch gehört, mit dem ihr Vater sein Leben ausgehaucht hatte. Doch *dieser* Laut war das Grauenhafteste, das ihr je zu Ohren gekommen war.

«Nichts verstehst du!», zischte er. «Überhaupt nichts. – Die Frauen. Die Frauen im Kerker. Du erinnerst dich an sie? *Eine. Immer nur eine.* Es hat vor zwei Jahren begonnen. Sie haben es in Sinopa getan und in Tartôs. Und an einem Dutzend anderer Orte mehr. – Du weißt, wovon ich rede?»

Ihre Kehle schnürte sich zusammen. Es waren die Worte ihres sterbenden Vaters. Die Oase war nicht die erste Ansiedlung gewesen, die die Söldner des Kaisers eingenommen hatten, um die Bewohner niederzumetzeln, Brand an die Häuser zu legen – und eine einzige Frau mit sich davonzuführen in die Rabenstadt. Genau wie es mit Ildris geschehen war.

«Frauen aus Dörfern in Cherson», flüsterte er. «Frauen aus Oasen in der Wüste, Frauen aus Siedlungen, die sich den Weiden von Shand entgegenziehen. Frauen aus so vielen Landen jenseits der Grenzen des Kaiserreichs, die sie in die Rabenstadt führen. Wozu? Hast du dir diese Frage gestellt? Wir, in denen das Licht der Göttin noch brennt, haben das getan, und wir glauben, dass wir der Antwort nahe sind. Doch eines, das kann ich dir mit Sicherheit sagen: Diese Krankheit ...» Er rückte an sie heran. Der Gestank brachte sie zum Würgen. Sie kämpfte um ihre Besinnung, konnte den Blick nicht abwenden.

«Diese Krankheit habe nicht ich auf die Esche gebracht. Diese Krankheit ist das Gift der Esche selbst, und es befällt jeden, von dem der Baum Besitz ergreift. *Jeden.* Jeden, den sie nicht zuvor mit einer ihrer Drogen behandelt haben, die sie indessen aus anderen Gründen unbrauchbar macht für ihr Vorhaben. *Jeden.* Sie hat unsere Begleiter befallen, als wir hinab in die ertrunkenen Gewölbe stiegen. Mulaks Leben hat sie binnen Augenblicken ausgelöscht. Ich selbst habe mich der Berührung der Ranken entziehen können – bis zu einem unbedachten Augenblick vor bald drei Wochen, in dem der Baum auch nach mir gepackt hat, und von da an wusste ich, dass die Zeit abläuft. Ich durfte nicht länger warten. Ich musste mit dir reden.»

Für Atemzüge schien das Glimmen in seinen Augen schwächer zu werden, schien zu verlöschen. Als hätte das Gift ihn eben jetzt, in diesem entscheidenden Augenblick, endgültig übermannt. *Vor bald drei Wochen*, dachte sie. Drei Wochen, und er war dem Tode näher als dem Leben. Einzig der Hass, die Besessenheit, mit der er seiner Idee nachjagte, der Idee eines Zeichens, hielt ihn aufrecht.

«Jede einzelne der Frauen in ihren Kerkern befällt das Gift.» Sie konnte sehen, welche Mühe es ihn kostete, von neuem anzusetzen. «Es befällt sie in jenem Augenblick, da die Ranken des Baumes sie an die Höhlung fesseln.»

«Aber ...» Dem Atem der Krankheit gleich schien das Zwielicht nach Leyken zu greifen. Die Welt begann sich um sie zu drehen. *Jeden.* Die Frauen um sie her waren gestorben, selbst einige von jenen, die – da war sie sich sicher – nach ihr in das Verlies geführt worden waren. Und zuweilen hatten die Wärter Gruppen lebender Frauen nach draußen geschafft, und sie wusste nicht, was aus diesen Frauen geworden war. Warum waren sie ausgewählt worden? Weil sie Anzeichen der Krankheit zeigten?

«Alle diese Frauen sind tot.» Der Satz wurde nicht laut gesprochen, doch Leyken zuckte zurück, als hätte ein Peitschenhieb sie getroffen. «Auf die eine oder andere Weise», murmelte er. «Wenn man die Spur des Giftes an ihnen entdeckt, wird den Wärtern und Söldnern gestattet, ihren Willen mit ihnen zu haben, bevor sie ihnen den Tod geben. Sie selbst hat die Droge unempfindlich gemacht. – Die Gefangenen sind tot, jede einzelne von ihnen. Sieben mal sieben Tage, länger hat noch niemand der Krankheit standgehalten. Niemand.»

Leyken war erstarrt, unfähig, auch nur Atem zu holen.

«Um den ersten Vollmond des Herbstes haben wir die Rabenstadt betreten», sagte er. «Und heute ist die längste Nacht des Jahres. Seit neunundachtzig Tagen befindest du dich auf der Heiligen Esche, und noch am Tag unserer Ankunft wurdest du in die Höhlung geführt. Und du zeigst nicht das geringste Anzeichen der Krankheit.»

«Nein», flüsterte sie. «Nein.»

«Ich befürchte ...»

Eine Stimme. Was folgte, nahm vielleicht zwei Atemzüge in Anspruch. Und doch schienen die Ereignisse klar voneinander getrennt, wenn sie später – viel später – von neuem vor Leykens Augen traten.

Saif fuhr zusammen. Ungeschickt, geschwächt von seinem Leiden, wandte er sich um, zur Dunkelheit des Portals in seinem Rücken. Doch dort war nicht länger Dunkelheit. Dort flammte etwas auf: Feuer, doch ein Feuer eigener Art, steter und ruhiger als eine gewöhnliche Flamme, *heißer*. Leyken wusste es, wusste nicht zu sagen, woher sie es wusste; am Schauer vielleicht, der sie durchdrang. Doch dies war das Feuer, das zu Lande und zu Wasser brannte, das so streng gehütete Geheimnis, das seit Jahrhunderten sämtliche Angreifer von der Rabenstadt und den Besitzungen des Kaiserreichs fernhielt.

In einem unwirklichen Licht enthüllte es die Züge des Sebastos. Zenon trug eine Robe aus nachtschwarzer Seide. In seinem Rücken waren die Gestalten mindestens eines Dutzends seiner *Variags* auszumachen, in Rüstungen aus mattem, dunklem Stahl.

«Ich befürchte ...» Er trat vor. In einer beiläufigen Bewegung berührte das Licht in seiner Hand den Shereefen. Saifs Gestalt ging in Flammen auf, schneller als ein Lidzucken, mit einem Zischen, als ob Feuer in trockenes Laub fuhr.

Der Augenblick war fern, der Augenblick war fremd. Leyken spürte Schwindel. Ihre eigenen Beine, ihr eigener Körper schienen nicht länger zu ihr zu gehören. Saif brannte. Ihr Verwandter, der Freund ihres Vaters, den sie ein Leben lang gekannt hatte. Er war zurückgestolpert, krümmte sich im Schmerz, war in züngelnde Flammen gehüllt. Er taumelte. Seine Hände hoben sich in einem ohnmächtigen Versuch, die Lohe zu löschen. Blind machte er einen Schritt, einen zweiten ... Die Brüstung war vor ihm, das Mädchen Nala huschte zur Seite. Ein Krachen, als der Shereef der Banu Huasin einen Teil des Zinnenkranzes mit sich riss und stürzte, stürzte wie ein feuriger Komet hinab in die Dunkelheit.

Mit nachdenklicher Miene baute sich der Sebastos vor Leyken auf. «Ich befürchte, dass dieser Mann nichts als die Wahrheit gesprochen hat.»

Leyken starrte ihn an. Ihre Lippen formten seinen Namen. Er erwiderte den Blick, jetzt ohne übertriebene Regung. Abwartend. Ein Mann, der alle Zeit der Welt hatte.

Und war es nicht so? Die Zeit schien stillzustehen. Langsam wandte Leyken sich um, richtete den Blick in die Dunkelheit des Abgrunds. *Es wäre ein Ausweg.* Das Flüstern war in ihrem Kopf. Und ihr entging nicht, dass Zenon keine Anstalten unternahm, ihr diesen Ausweg zu verstellen.

Er lässt mir die Wahl, dachte sie. Der Abgrund – doch die andere Möglichkeit waren nicht die Kerker, wie sie so lange geglaubt hatte. Aus irgendeinem Grund war sie unempfindlich gegen die Krankheit, die jeden Menschen befiel, von dem die Esche Besitz ergriff, und ebendas musste es sein, was sie so wertvoll machte für ihn. Auf alle Zeit sein Geschöpf zu sein: War es das, was sie zu erwarten hatte? Es war ebendas, was sie mehr als alles andere fürchtete: auf ewig gefangen zu sein in der Rabenstadt. Aber musste ihm das nicht bewusst sein? Warum ließ er ihr dann die Wahl?

Weil er weiß, dachte sie. Weil er wusste, dass sie den Weg in die Tiefe nicht wählen würde. Ebenso wie er wusste, dass sie niemals auf Saifs Pläne eingegangen wäre. Spätestens seit er es als Lauscher in der Dunkelheit mit eigenen Ohren gehört hatte.

Leyken drehte sich um. Nala stand nur wenige Schritte entfernt. Die Zofe unternahm keinen Versuch, Überraschung zu heucheln angesichts von Zenons Erscheinen. Hatte es einen Sinn, darüber nachzudenken, ob er das Mädchen gezwungen hatte, Leyken in die Falle zu locken? Ob es sich freiwillig bereiterklärt hatte? In diesem Moment jedenfalls war nichts aus Nalas Blick zu lesen. Nichts, das einen Sinn ergab, keine Scham, dass sie Leyken an diesen Ort geführt hatte, wo der Höfling und die Seinen sie erwartet hatten. Da war nichts als Besorgnis, als ihr Blick zwischen Leyken und dem Abgrund hin und her huschte. Jene Besorgnis, von der auf Zenons Zügen nichts zu erkennen war.

Leyken straffte sich. Dieses eine Mal würde er sie weder furchtsam noch verwirrt erleben.

«Ich hätte es wissen müssen», sagte sie tonlos. «Ihr habt mich hergelockt. Habt dafür gesorgt, dass ich wieder hoffen, auf die Freiheit hoffen konnte. Und all das nur, um mir stattdessen zu zeigen, wie Ihr mit jenen verfahrt, die es wagen, sich gegen Euch und die Euren zu erheben. Um dem Shereefen vor meinen Augen den Tod zu geben und mir unmissverständlich klarzumachen, dass ich nicht den Hauch einer Chance besitze. Ich hätte wissen müssen, dass all das nur ein Plan sein konnte, der Eurem Kopf entsprungen ist.»

Zenon fuhr sich über die Lippen, zögerte. Er schwieg, blickte über die Schulter nach hinten.

Und dann lösten sich dort weitere Lichter aus der Finsternis, Öllichter in Behältnissen aus farbigem Glas, die Blütenkelchen gleich aus laubwerkumrankten Stäben zu wachsen schienen. Lichter, die sich bewegten, ein verwirrend gestaltetes Gewölbe im Innern des Turmes sichtbar werden ließen und etwas von der überirdischen Schönheit wieder zum Leben erweckten, die die Konstruktion einmal besessen haben musste. Reihen kaiserlicher Gardisten waren zu erkennen, die sich in die Tiefe des Raumes staffelten. In ihrer Mitte verharrte eine Gestalt, in ein Gewand gekleidet, das aus nüchternem weißem Leinen gefertigt war. Eine breite goldene Schärpe über der rechten Schulter stellte den einzigen Schmuck dar. Es war die Gestalt eines Mannes, und Leyken kannte diesen Mann – und kannte ihn doch nicht.

«Ganz zweifellos ist der Kopf unseres Sebastos voll der interessantesten Pläne», sagte Ari, der kleine Gärtner. «Und keinen Augenblick zweifle ich daran, dass Ihr in dem einen oder anderen von ihnen eine nicht unbedeutende Rolle spielt. Bezüglich der Urheberschaft dieses konkreten Planes allerdings täuscht Ihr Euch offensichtlich. – Der Mensch ist zum Hüter bestellt über Duchse und Fachse und alle Tiere der Welt. Der Mensch ist der Gärtner, und ihm sind sie anvertraut. Um sie zu prüfen, Leyken von den Banu Qisai. Um zu prüfen, wer von welcher Art ist.»

Zenon hatte sich umgewandt. Er beschrieb eine Verbeugung, die nicht etwa Leyken galt, sondern dem Gärtner inmitten seines martialischen Gefolges. Erst dann drehte er sich wieder zu ihr um.

«Sybaris. – Aristos gibt Euch die Ehre, Erster unter jenen, die auf Erden wandeln. Seneschall der Heiligen Esche, Gärtner über die Reiche der Menschen wie der Tiere. Regent der kaiserlichen Rabenstadt.»

# BJORNE

## IN DEN RUINEN VON ENDBERG

*Kommt Ihr mit mir, um den Jungen zu töten, den ich aus den Armen seiner Amme nahm und die ersten Hiebe mit dem Holzschwert lehrte?*
Abwartend sah der alte Waffenmeister Bjorne an.

Eisige Luft fuhr durch den klaffenden Riss im Gewebe der Jurte: der Weg, auf dem die Verschwörer entwichen waren, Alric von den Charusken und seine Spießgesellen. Jene Männer, die den vom König berufenen Thronerben beiseiteschieben und an seiner Stelle Morwen den Reif von Bronze aufs Haupt setzen wollten. Morwen dem Brudermörder. Morwen dem Verräter. Morwen, den dennoch so viele der tatendurstigen jungen Krieger im Heerbann als ihren Helden verehrten. Wie viele von ihnen würden sich auf seine Seite stellen?

*Zu viele*, dachte Bjorne. Zu dieser Stunde war das Reich von Ord nicht mehr als ein aus Dutzenden Stämmen zusammengewürfelter Haufen, der in Feindesland lagerte. In einer Ruinenstadt, in die kein denkender Mensch freiwillig einen Fuß setzte.

Der frisch gekrönte König dieses Reiches stand mit einem Bein im Grabe, und sein ausersehener Nachfolger hatte selbst zugegeben, dass Morwen ihm als Heerführer überlegen war. Und ebendiesem schwankenden Gebilde hatte die Hasdingen-Hexe ihren Fluch entgegengeschleudert.

Das Reich von Ord, eben von neuem ins Leben gerufen, hing in Fetzen wie die Leinwand des königlichen Zeltes – wenn die Verschwörer ihre Pläne ausführten.

Doch war es bereits zu spät? All ihre Pläne standen und fielen mit Morwen.

Bjorne sog die Luft ein. Er nickte, so knapp und hart, dass ein Knacken aus seinem Nacken zu vernehmen war.

Rodgert gab ein Geräusch von sich. Ein Geräusch, das sich kaum anders denn als ein *Grunzen* beschreiben ließ, als ein anerkennendes, zustimmendes Grunzen. Halb erwartete Bjorne, dass der Waffenmeister erneut einen Vergleich zu seinem – Bjornes – Vater anstellen würde. Der Alte aber machte keine Anstalten dazu, und Bjorne beschloss, das als gutes Zeichen zu betrachten. Er selbst jedenfalls wusste, wie sein Vater in diesem Moment gehandelt hätte.

Hædbærd, Jarl von Thal, hätte sich den Entscheidungskampf eine Weile angeschaut, um sodann, wenn deutlich wurde, welchem der Widersacher der Wolfsköpfige seine Gunst schenkte, die Partei des Siegers zu ergreifen.

Rodgert trat vor, zog den Riss in der Leinwand auseinander, zwängte sich hindurch, die Waffe in der Hand. Bjorne schob den Bogen auf seinem Rücken zurecht, war selbst gezwungen, den Kopf einzuziehen. Dann stand er ebenfalls im Freien, im Frost der längsten, der kältesten und dunkelsten Nacht des Jahres.

Er keuchte auf. Es war kalt, eisig kalt, kälter noch, als er für möglich gehalten hatte. Doch es war nicht jene Dunkelheit, mit der er gerechnet hatte, unterbrochen einzig von den Wachtfeuern, an denen die Stämme des Reiches um die Entscheidung rangen, welchem der beiden Gegner sie sich anschließen wollten: Sohn oder Vater, Vater oder Sohn.

Dort draußen war mehr. Der Nachthimmel über dem Eis der Erfrorenen Sümpfe schien zu brodeln wie die Lohe in den Schründen und Kammern eines feurigen Berges, pulsierend unter dem Schlag eines gigantischen, hektischen Herzens. Als hätte die grausam gezackte Klinge eines Vasconenkämpfers das Firmament entzweigerissen, dass sich die Eingeweide der Schöpfung nach außen wölbten, mühsam zurückgehalten durch eine letzte, schützende, hauchdünne Membran. Bedrohlich lag der Widerschein rötlicher Glut auf der Schlacke der Ruinen.

«Brennen», flüsterte Bjorne. «Ihr werdet brennen. Der Fluch der Hasdingen-Hexe.»

«Ihr Fluch und so viel mehr als ihr Fluch», raunte der Alte. «Etwas, das um so vieles älter ist. – Ihr habt es für einen Zufall gehalten, Sohn des Jarls von Thal, dass sie unter den Gefangenen war und in die Jurte geführt wurde? Dass sie auf diese Weise Gelegenheit erhielt, ihr Feuer und ihre Worte nach dem König zu schleudern? Es war kein Zufall. Es war das genaue Gegenteil. Ebendas war der Plan der Hasdingen, von allem Anfang an. Ebendarauf haben sie abgezielt, seit ihnen klar wurde, dass sie sich uns nicht auf Dauer würden widersetzen können. Ihr Rückzug in den Winter hinein, in den äußersten Norden der Welt, wissend, dass der Sohn des Morda nicht anders *konnte*, als ihnen mit Heeresmacht zu folgen, wenn er denn König sein, den Reif von Bronze auf dem Haupt tragen wollte. Denn wie hätte er König sein können, solange ihm nicht alle Stämme folgten?

Sie sind zurückgewichen, haben unseren Vormarsch wieder und wieder verzögert, weil sie uns genau an diesem Ort haben wollten. Genau zu dieser Stunde, in der Raunacht, wenn der Schleier zwischen den Welten dünn ist, sodass alles bereit sein würde für den Fluch ihrer Hexe.» Ein Blick zum flammenden Horizont. «Sie hat es herbeigerufen, und nun ist es hier, und es wartet. Wartet darauf, in die Welt zu kommen.»

Der Alte verstummte, als sich zur Linken etwas aus der Dunkelheit löste: Fußkrieger, ein Dutzend vielleicht, doch nein, es waren nicht Alric und seine Männer. Es waren Tiefländer, Streiter aus Torff in der Nähe von Vindt mit dem schlaffen Banner des Seehunds über der Schulter. Stumm neigten sie die Häupter zum Gruß, als sie Morwas Waffenmeister erkannten, bevor sie sich mit langsamen Schritten daranmachten, die Jurte zu umrunden, um sich dem Aufgebot des Königs anzuschließen. Sie sahen unbeschreiblich müde aus, dachte Bjorne. Und doch stand der eigentliche Kampf nun erst bevor.

Er konnte beobachten, wie der Blick des Waffenmeisters den Kriegern voll Besorgnis folgte, bevor der Alte sich abwandte, den Kopf in den Nacken legte, auf die Trümmer blickte, die rings um die Jurte aufragten. Gezackte Umrisse, kalt und glatt wie Glas und scharf wie Schwerterklingen, wenn bloße Hände sie an den falschen Stellen berührten.

«Es heißt, es sei schon einmal geschehen», murmelte Rodgert. «Dass ebenjenes Feuer Endberg getroffen hat vor einer größeren Zahl an Jahren, als Sandkörner die Öde füllen oder Sterne am Himmel stehen in einer Neumondnacht. Ein Feuer aus der Zeit des Sonnenvolkes, ein Feuer, das eine Waffe war, gegen die uns ein Heer von Helden nicht würde helfen können. Eine Flamme von einer Hitze, dass sie die Mauern selbst zum

Schmelzen brachte. Jahrhunderte vergingen, bis die Glut unter der ewigen Kälte dieses Landes erstarrte. – Ist es das, was wir dort oben sehen? Wird es von neuem jene Form annehmen wie ehedem?»

«Wenn ...» Bjorne biss sich auf die Zungenspitze. «Wenn das geschieht, wird es keine Rolle mehr spielen, wer dem König die Treue hält und wer sich auf Morwens Seite schlägt. Dann werden wir alle sterben, verschlungen von der feurigen Lohe. Ich frage mich nur ...» Langsam trat er an einen der Umrisse, der in seiner bizarren Form selbst einer Flamme glich, zu schwarzem Eis gefroren. «Ich frage mich nur, warum das noch nicht geschehen ist», flüsterte er. «Die Hexe hat ihren Fluch gesprochen. Und ist gestorben. Doch das Feuer aus ihren Händen hat nicht den König getroffen, sondern die Frau aus dem Süden. Und nun steht dieses Licht am Himmel über dem Heerbann des Reiches von Ord, aber nichts geschieht. Warum?»

«Es wartet», wiederholte der Waffenmeister ruhig.

«Doch worauf wartet es?», murmelte Bjorne. «Und wenn es jetzt noch nicht über uns hereingebrochen ist: Muss es dann nicht zu verhindern sein, dass es das überhaupt tut?»

Er streckte die Hand aus, berührte die Oberfläche des Trümmerstücks. Nichts war zu spüren als Kälte und die gläserne Ebenmäßigkeit eines blind gewordenen Spiegels. Für die Dauer eines Atemzuges glaubte er in der Tiefe des Gesteins etwas wahrzunehmen, einen Tanz verirrter Funken vielleicht, letzte Echos der unbeschreiblichen Hitze, die die Stadt der Alten vernichtet hatte. Aber natürlich war das Unsinn. Endberg war kalt und tot wie kein anderer Ort der Welt, und einzig das gespenstische Schauspiel am Himmel tauchte die Szene in Leben wie ein unzeitiges, blutiges Abendrot.

Als er sich umwandte, war der Waffenmeister bereits mehrere Schritte entfernt, verharrte reglos, selbst wie ein Teil der Trümmer inmitten der Schatten.

«Ihr habt eine Vermutung, wo Morwen sich aufhält?», fragte Bjorne.

Ein hartes Lachen. «Ich weiß, welchen Teil der Stadt ich den Hochländern angewiesen habe, um ihre Lager aufzuschlagen. Die westliche Bastion, so weit entfernt vom Torweg wie nur möglich. Wo Alric ist und die vasconischen Brüder, da wird Morwen nicht weit sein.»

Rodgert drehte sich um, suchte sich einen Weg zwischen den Überresten der Feste, nein, musste ihn nicht suchen. Da war ein Umriss, der an ein kauerndes Untier denken ließ, zum Sprung bereit. Der Waffenmeister passierte ihn, wandte sich dahinter zielstrebig nach links, wo eine Gasse zwischen den Trümmern steil abwärts führte. Ohne das geringste Zögern. Der Alte *konnte* die Ruinenstadt nicht erkundet haben, nicht in einem Maße, dass er in der Lage hätte sein dürfen, sich wie selbstverständlich zurechtzufinden. Und dennoch folgte Bjorne ihm blind.

Bald rechts von ihnen, bald nahezu geradeaus kochte der Himmel über der Ruinenstadt. Ein Knistern lag in der Luft, jener Eindruck, der Bjorne schon in der Jurte befallen hatte. Als wollten seine Haare sich aufrichten unter dem zerbeulten Metall seines Helms. War es ein Geräusch? Oder war es sehr viel eher ein *Gefühl*? Es war ein Laut, der an das Spiel von Flammen denken ließ, dabei aber stetiger war, weit entfernt noch, und der dennoch näher rückte mit jedem Atemzug.

Und da waren so viele andere Geräusche im rötlichen Zwielicht. Stampfende Schritte, die unmittelbar auf Bjorne und seinen Begleiter zuzukommen schienen in der Enge des Hohlwegs, der sich tiefer und tiefer zwischen die Ruinen senkte. Rodgert aber wurde keinen Deut langsamer, und irgendwann waren die Schritte verschwunden, nur um durch andere Laute abgelöst zu werden.

Waffen klirrten. Stimmen knurrten Anweisungen. Pferde wieherten protestierend auf, als man sie grob am Zügel davonzerrte. *Irgendwo.* Unter dumpfem Hall wurden die Geräusche hin und her geworfen. Unmöglich festzustellen, aus welcher Richtung sie ertönten oder wie weit sie entfernt sein mochten. Zumindest Bjorne war nicht in der Lage dazu.

Nun, ein Stück voran, beschrieb der Hohlweg eine Kurve. Sogleich wurde der Waffenmeister langsamer, bedeutete Bjorne, sich hinter ihm zu halten, während er selbst sichernd vorausging, das Schwert auf Hüfthöhe erhoben.

War da ein Lichtschimmer? Bjorne bemühte sich, um die Biegung zu spähen, doch eben, als er etwas zu erkennen glaubte, war die gedrungene Gestalt des Alten im Weg, der noch einmal langsamer wurde, dann innehielt. Ein Atemzug, und seine Waffe senkte sich, er warf einen Blick über die Schulter und gab Bjorne ein Zeichen, zu ihm aufzuschließen.

Tatsächlich war da Licht vor ihnen, blutiges Licht, das durch die Schneise eines zweiten Hohlwegs fiel, der ihre Route kreuzte, rechter Hand steil anstieg. Zur Zitadelle, dachte Bjorne. Zum höchsten Punkt der Ruinenstadt. Wie hatte Rodgert zu den Dienerinnen gesagt, die sich um die dunkelhäutige Frau bemühten? In den Trümmern der Zitadelle lagerten der Tross und das Aufgebot aus der Heimat des neuen Königshauses, dem Tal von Elt.

Allerdings war die Kreuzung teilweise blockiert. Trümmerstücke. Sie mussten sich von den Ruinen gelöst haben, warfen harte Schatten am Boden. Der Alte beugte sich zu einem der mannsgroßen Brocken nieder, sank auf ein Knie, dann auf beide.

Verwirrt trat Bjorne näher –

Seine Haltung gefror mitten in der Bewegung.

Die Schatten waren nicht ausschließlich Schatten. Da war Blut, Blut im blutig roten Licht. Mit einem Ächzen drehte der Waffenmeister den schweren Leichnam auf den Rücken, dass Licht auf das Antlitz des Toten fiel. So viel von seinem Antlitz noch übrig war; der Schädel des Mannes war halbwegs gespalten. Ein Axthieb. Irgendetwas in Bjornes Kopf stellte die Schlussfolgerung an, während er noch immer unfähig war, sich zu rühren. Keine Schwertklinge hätte eine so grauenhafte Wunde verursachen können. *Die messerscharf geschliffene Barte einer Streitaxt, die aus seinem Augenwinkel heranfegte, und …* Mit einem Japsen holte er Luft.

«Folkhard», murmelte Rodgert. «Der Sohn des Folkwang. – Sein Vater liegt dort drüben; die beiden anderen kenne ich nicht mit Namen. Männer aus Elt, aus einem der Dörfer, die sich über dem Hain des Ebers in den Hang schmiegen.» Mit einer sachten Bewegung schloss er jenes Auge des Toten, das vom Axthieb nicht versehrt war.

«Wer –» Mehr als das eine Wort bekam Bjorne nicht zustande.

«Möglicherweise die Gruppe der Anführer aus der königlichen Jurte.» Ein Kopfschütteln. «Möglicherweise auch nicht. – Vasconen vielleicht. Wenn wir die Spuren einer gezackten Klinge fänden, wäre das der Beweis, doch was für einen Unterschied würde das bedeuten? Die Feindschaft zwischen Elt und den Vasconen ist uralt. Sie waren schon immer Nachbarn, wenn Ihr so wollt, getrennt durch nichts als die Drachenzähne.» Leiser. «Durch nichts als die Drachenzähne und die völlig unterschiedliche Art zu leben. Wie kurz sind dagegen die wenigen Wochen, die sie Seite an Seite gefochten haben. – Folkhard und die Seinen müssen von der Zitadelle gekommen sein.» Ein Nicken nach der Gasse, die aufwärts führte. «Ich kannte die Sippe. Der alte Folkwang ritt an Morwas Seite von Beginn der Kriege an. Selbstverständlich waren diese Männer auf dem Weg zur königlichen Jurte. Während die Anderen vermutlich auf derselben Route wie wir gekommen sind, unterwegs zur westlichen Bastion, wo sich die Aufständischen sammeln. Erkennbar stand man auf unterschiedlichen Seiten, und Morwas ordnende Hand, die die Stämme bewogen hat, Frieden zu halten, wird von Morwens Anhängern nicht länger anerkannt. Aufeinandertreffen wie dieses wird es zu dieser Stunde etliche geben.» Ein winziges Innehalten. «Für den Anfang.» Er schien noch etwas sagen zu wollen, schüttelte dann aber nur den Kopf, schüttelte ihn ein zweites Mal. Schließlich: «In der Kälte werden ihre Leiber nicht verderben. Und es scheint hier keine Tiere zu geben, die sich an ihnen vergreifen würden. Wir werden ihnen ein ehrenvolles Grab geben, wenn wir die Möglichkeit erhalten.»

Der Alte schwieg darüber, was es bedeuten würde, wenn sie diese Möglichkeit *nicht* erhielten. Und Bjorne war dankbar dafür. Rodgert nickte knapp, und stumm setzten sie ihren Weg fort, umgeben von Geräuschen, von Stimmen, die überall sein konnten, von Schatten, die zuvor nicht dagewesen waren. Schimären, Ausgeburten von Bjornes überreiztem Gemüt? Er hätte nicht darauf schwören wollen. Seine Hand lag auf dem Heft seines Schwertes. Und er wusste doch zu gut, dass er die Waffe nicht rechtzeitig aus der Scheide bekommen würde, falls sie auf welche von den *Anderen* stoßen würden, wie es Folkhard und den Seinen geschehen war.

Die Gasse führte noch immer abwärts, verwandelte sich in eine Flucht von Stufen, tauchte unter einer unkenntlichen Trümmermasse hindurch. Hohl hallten ihre Schritte in der Dunkelheit wider, während Bjorne den Atem anhielt, bis sie zurück im Licht waren.

Unvermittelt weitete sich die Gasse, und Bjorne wurde für Augenblicke langsamer. Es war zu erkennen, in welche Höhen die Trümmer nun zu beiden Seiten aufragten, geschlossene Flächen verformter Schlacke wie die Wände einer ausgetrockneten Klamm. Er musste an die große Straße von Thal denken, die zur Rota, dem Tempel aus der Zeit der alten Kaiser, führte, wo man ihn im Frühjahr in einer über Generationen überlieferten Zeremonie mit seinem Monstrum von Schwert gegürtet hatte. Die Straßen waren voll gewesen mit Menschen, die hatten verfolgen wollen, wie der Sohn ihres Jarls die Waffe seiner Väter empfing und seine Eide leistete, die ihn auf ehrenhaften Kampf verpflichteten. Banner hatten die Häuser der begüterten Bürger entlang der Straße geschmückt, drei oder vier Stockwerke übereinander. Von schwindelerregender Höhe, wie es ihm erschienen war.

Er konnte kaum abschätzen, wie viele Stockwerke die Häuser von Endberg emporragten. Wenn die bizarren Umrisse überhaupt Häuser waren und nicht – irgendetwas anderes.

Geradeaus vor ihnen wurde ein Ausschnitt des Nachthimmels fast vollständig eingenommen von jenem unweltlichen Lodern. Lediglich eine schmale Brücke, dreißig Fuß vielleicht über ihnen …

«Zurück!» Die Hand des Alten packte seine Schulter, stieß ihn gegen das Gestein, ließ ihn aufkeuchen, als ihm die Luft wegblieb. Er hatte kaum bemerkt, dass er zu seinem Begleiter aufgeschlossen, sich staunend halbwegs an ihm vorbeigeschoben hatte.

«Die Brücke.» Der Waffenmeister, raunend.

Jetzt sah Bjorne es selbst: Ein Zug von Bewaffneten betrat von rechts her die Brücke. Nicht mehr als die Umrisse waren zu sehen, die Pferde am Zügel, und Männer und Tiere bewegten sich langsam. Der Übergang musste schmal sein, und bei näherem Hinsehen hatte er nur wenig von einer sorgfältig gemauerten Brücke an sich. Eher wies er Ähnlichkeit mit jenen beständig tröpfelnden Steinformationen auf, wie sie ihnen in feuchten Höhlen begegneten, wo ihnen andere Formationen aus der Tiefe entgegenwuchsen. Das aber war hier nicht der Fall. Stattdessen glaubte Bjorne vor sich zu sehen, wie es sich zugetragen haben musste an jenem Tag vor undenklichen Zeiten. Wie der Übergang geschmolzen war in den Feuern der Alten. Wie das Material *zerflossen* war, um am Ende Eiszapfen gleich zu erstarren. Brückenpfeiler, die den Boden nicht erreichten, ihre Funktion nicht erfüllen konnten. Bjorne musste sich zum Weiteratmen zwingen, während er beobachtete, wie Mensch und Tier die Brücke passierten. Dreißig Männer, vierzig, dazu ihre Reittiere. Jetzt befanden sich die letzten von ihnen auf dem Überweg, die Schilde auf dem Rücken. Einige von ihnen tasteten mit der stumpfen Seite ihrer Speere sichernd die einzelnen Abschnitte des Weges ab, bevor sie den Fuß dorthin setzten. Vorsichtig. Und dennoch war es ein Bild, das ihn erschauern ließ, die schwarzen Umrisse der Gerüsteten vor dem brennenden Himmel.

«Könnt Ihr erkennen, zu welchem Stamm sie gehören?», wisperte er.

«Nein.» Einen Augenblick Schweigen. «Tiefländer jedenfalls, nach der Art, wie die Zügel gebunden sind. Und sie ziehen nach

Westen, im Begriff, sich Morwen und den Aufständischen anzuschließen. – Kommt!» Im selben Moment, in dem der letzte der Krieger zur Linken außer Sicht geriet.

Bjorne überließ dem alten Mann wieder die Führung, beobachtete, wie Rodgert einige Schritte nach vorn eilte, dann unvermittelt stehen blieb, gegen die aufragenden Trümmer gepresst verharrte, als von irgendwo Stimmen ertönten. Doch niemand ließ sich sehen, und schon huschte der Alte weiter, hielt sich im Schutz der Wand, wann immer es möglich war. Bjorne folgte ihm, löste sich in jenen Momenten aus den Schatten, in denen sich auch sein Gefährte aus der Deckung wagte, suchte Schutz, sobald auch der Waffenmeister sich rücklings gegen die Trümmer drückte.

Noch immer hätte man sie von der Brücke aus erspähen können. Und wer konnte wissen, wann die nächste Gruppe den Überweg betrat? *Tiefländer.* Männer, die Morwa durch ein halbes Leben auf Kriegszügen gefolgt waren. Ihm, der wie kein anderer die Dunkelheit erkannt hatte, die sich über die Welt senkte. Ihm, der begriffen hatte, dass die Stämme des Nordens nur dann eine Chance hatten, gegen sie zu bestehen, wenn sie *einig* waren, und der nun, in dieser Nacht am Ende seines Lebens, sein Ziel erreicht und den Reif von Bronze empfangen hatte. Und der im selben Moment erleben musste, wie sein Lebenswerk in Stücke brach.

Bjorne warf einen Blick auf das Leuchten über dem Horizont, *Der Sohn erhebt sich gegen den Vater,* dachte er. *Männer, die Seite an Seite gefochten haben, treten einander mit der Waffe in der Hand entgegen. Was, wenn wir gar keinen Fluch mehr nötig haben? Wenn wir ihn mitgebracht haben an diesen Ort, in diese Nacht?*

Schließlich hielt der Waffenmeister inne. Düster türmte sich ein Umriss über ihnen, höher als alles, was sie bisher gesehen hatten. Wo er aus dem Boden emporwuchs, verschwand er in den Winkeln und Schatten der Trümmerlandschaft.

«Hier hinein», murmelte der Alte.

«*Hinein?*» Überrascht spähte Bjorne in die Dunkelheit, und tatsächlich: eine Öffnung. Er würde sie nur auf Händen und Knien passieren können, doch eindeutig führte sie in das Innere des Baues der Uralten. «Woher ...»

Ein heftiger Stoß von hinten. Bjorne war erst halb in die Knie gegangen, rang nach Luft, als seine Stirn schmerzhaft gegen den Rand der Öffnung schlug. Im selben Moment war sein Gefährte neben ihm, eher zu spüren als tatsächlich zu sehen. Und im nächsten Augenblick ...

«*... hält sich fein heraus.*» Eine Stimme. Bjorne erstarrte. Der Sprecher war nahe, schien die Stelle, an der sie eben noch gestanden hatten, unmittelbar zu passieren. Kein Tiefländer diesmal. Es war der harte Ton der Hochlande. *«Aber er wird erleben, wie es ihm gelohnt wird, wenn die neuen Jarls bestimmt werden. Der neue König wird ...»*

Schritte. Die schweren Schritte einer großen Schar von Männern, zum Kampf gewappnet. Sie gaben sich keine Mühe, die Geräusche zu dämpfen, mit denen die Schwerter gegen ihre Panzer klirrten. Ganz allmählich wurden sie leiser, verstummten schließlich vollständig.

«Ich war mir nicht sicher, auf welcher Seite sie stehen.» Ein Murmeln aus der Dunkelheit. Nur schemenhaft war die Gestalt des Waffenmeisters zu erkennen. «Charusken. Wie es aussieht, hat Alric seine Entscheidung getroffen. – Wir sollten jedes Licht vermeiden. Die Treppe muss sich auf Eurer Seite befinden. Schaut, ob Ihr sie tasten könnt.»

«Woher wisst Ihr …»

«Dung.» Kurz und knapp. «Er lag unmittelbar vor Eurer rechten Fußspitze, als sich die Charusken näherten. Menschlicher Dung ganz zweifellos – die Fassade über unseren Köpfen war damit verschmutzt. Wir können nicht ausschließen, dass Tiere die Ruinen aufsuchen, aber jedenfalls werden sie nicht den Hintern aus dem Fenster halten, um sich zu erleichtern.»

«Morwens Männer?»

«Der Dung ist älter. Ich kann Euch nicht sagen, *wie* alt. Diese Dinge zersetzen sich nicht in dieser Kälte. Doch sicher nicht aus der Zeit der Alten, bevor die Stadt verbrannte. Es muss eine Treppe geben, eine Treppe, die nach oben führt. Schaut, ob Ihr sie findet!»

Bjorne hatte eben geprüft, ob sein Bogen unversehrt war. Glücklicherweise war das der Fall. Jetzt streckte er die Hände aus, tastete, so gut es seinen eiskalten Fingern möglich war. Es war stockfinster. Mit Gewalt drängte er den Gedanken an menschliche Ausscheidungen beiseite, im Frost erstarrt seit wer weiß wie langer Zeit. Den Gedanken an irgendetwas, das hier drin in der Dunkelheit verendet war, oder an etwas, das womöglich noch *am Leben* war. Etwas, das ihn mit tückisch blitzenden Augen aus der Finsternis beobachtete, bereit, seine zähnestarrenden Kiefer zuschnappen zu lassen, sobald Bjorne die Hand nur noch einen Zoll weiter …

Seine Finger verharrten.

«Da ist etwas», wisperte er, ließ die Finger weitergleiten. «Stufen!»

«Seid vorsichtig, wenn Ihr Euch erhebt!»

Einen Atemzug später war Bjorne dankbar für den Rat. Scharfes Gestein befand sich dicht über ihm. Lediglich zu einer unbequem geduckten Haltung konnte er sich aufrichten, die Finger der Linken an einer senkrechten Wand aus erstarrtem Gestein. Vorsichtig begann er sich die Treppe emporzutasten, bei jedem Schritt prüfend, ob sie sein Gewicht tragen würde.

«Ihr seid Euch sicher, dass dies der richtige Weg ist?», flüsterte er.

«Es ist der einzige Weg, der in Frage kommt, wenn die Straßen versperrt und verstopft sind durch Morwens Verbündete so nahe am Ziel. Die Bastion muss sich unmittelbar vor uns befinden. Im Zentrum liegt ein freier Hof, auf dem sie sich sammeln können. Aus der Höhe werden wir den besten Blick haben.»

«Ihr wart ...» Bjorne hob zu einer Frage an, doch im selben Moment setzte er den rechten Fuß ab, und unvermittelt rutschte etwas weg. Schmerzhaft schrammte er mit der Schulter gegen die Wand, als er das Gleichgewicht zu halten suchte, während Geröll über die Stufen polterte und andere Trümmer mit sich riss, hinter ihm, unter ihm ein unterdrückter Laut ertönte.

«Rodgert?» Seine Stimme überschlug sich.

«Sprecht leiser, beim Wolfsköpfigen!» Ein Knurren. «Und haltet Euch an der Wand! Auf der rechten Seite ist ein Luftzug zu spüren. Dort muss die Treppe in die Tiefe gebrochen sein.»

*Ein Abgrund.* Bjorne nickte stumm, die Kehle plötzlich eng. Im nächsten Moment wurde ihm bewusst, dass der Alte das Nicken unmöglich sehen konnte. Er verzichtete darauf, mit Worten zu bestätigen, dass er verstanden hatte. Eine Stufe und die nächste.

«Ich war auf der nördlichen Bastion, wo die Krieger aus Eik lagern», brummte es hinter ihm. «Und auf der östlichen, bei den Männern aus Vindt. Sie sind alle nach demselben Prinzip angelegt.»

Wieder nickte Bjorne. Von irgendwo glaubte er ein Rascheln

zu vernehmen, doch was immer es sein mochte: Es war kleiner als ein Mensch. Was noch nicht bedeutete, dass es ungefährlich war.

Eine Stufe um die andere – dann hatte er eine ebene Fläche erreicht, und die Wand zu seiner Linken endete abrupt. Für einen Augenblick erwachte ein Schwindel in seinem Kopf, und er stand reglos in der Finsternis, beide Arme ausgestreckt. Doch dann, im nächsten Moment, stellte er fest, dass es nicht länger vollständig finster war. Eine Ahnung von rötlichem Licht war irgendwo über ihm, und gleichzeitig begriff er, dass die Treppe an dieser Stelle eine Kehre beschrieb – wie es nicht anders zu erwarten gewesen war, wenn sie im Innern eines Gebäudes in die Höhe führte.

Von hier an wurde es immer heller. Sie erreichten eine zweite, dritte, vierte Kehre. Schließlich öffnete sich eine Tür vor ihnen, die, nahezu unbeschädigt, ins Freie führte. Bjorne setzte prüfend den Fuß hindurch – und zog ihn sofort wieder zurück. Das Gestein war mürbe. Bei der geringsten Berührung drohten sich Teile der Schlacke zu lösen, in die Tiefe zu stürzen. Wenige Schritte vor ihm endete der Vorsprung in einer gezackten Kante.

Doch es war unnötig, auch nur noch einen einzigen Schritt zu tun. Rodgert schloss zu ihm auf. Gemeinsam blickten sie in die Tiefe.

# SÖLVA

## DIE NORDLANDE:
## IN DEN RUINEN VON ENDBERG

Sölva und die dunkelhäutige Frau standen einander gegenüber. Bewegungslos starrte das Mädchen die Ältere an.

Einem stahlgepanzerten Lindwurm gleich hatte sich das Aufgebot des Reiches von Ord über das Eis gen Norden bewegt, Wochen um Wochen. Einzig Ildris' Macht war es gewesen, die Morwa, den Sohn des Morda, in dieser Zeit am Leben erhalten und ihm die Möglichkeit verschafft hatte, seine Mission zu vollenden.

Leere Luft war unter Sölvas Füßen gewesen und in der Tiefe die brüllende Gischt des Gebirgsstroms. Weinend hatte sich der kleine Balan in ihren Rücken gekrallt, und ohne Gefühl hatten ihre Finger sich um die Wurzeln des Efeus geklammert, die dünnen Ranken zum Zerreißen gespannt. Einzig Ildris' Macht war es zu danken, dass sie am Ende standgehalten hatten.

Ihnen allen hatte Ildris mit ihrer geheimnisvollen Gabe das Leben gerettet.

*Das habe ich nicht. Das kann ich nicht. Das konnte ich niemals.* Offen, mit der Andeutung eines Lächelns, sah die Frau aus dem Süden Sölva an. Da war etwas Ungewöhnliches an diesem Lächeln, dachte das Mädchen. Als wäre es nicht vollständig von dieser Welt.

*Ein scharfsinniger Gedanke.* Eine Stimme, die sich in Sölvas Hinterkopf zu Wort meldete, und es war sonderbar: Sie hätte schwören können, dass sie wie die Stimme ihrer Freundin Terve klang. *Die Frau, mit der du da gerade sprichst, liegt in diesem Moment ohne Bewusstsein zu deinen Füßen, kurz vor der Geburt eines Kindes und verbrannt vom Feuer der Hasdingen-Hexe. Und gleichzeitig steht sie vor dir, und ihr plaudert freundlich miteinander. Da ist eine ganze Menge nicht vollständig von dieser Welt.*

Sölva schluckte. Doch gleichzeitig: «Das Kind!», flüsterte sie an Ildris gewandt. «Wenn nicht du die Gabe besitzt, dann muss es dein Kind sein, das …»

«Mein Kind ist nicht hier.» Die Miene der dunkelhäutigen Frau veränderte sich nicht. «Nur du und ich sind hier. Und keiner von uns besitzt die Gabe, meine Wunden zu heilen.»

«Aber du lebst! Es muss irgendetwas geben, das wir tun können! Irgendetwas, damit …»

«Das gibt es.» Die Frau aus dem Süden ließ sie nicht ausreden. «Unter allen Umständen müsst ihr es tun, wenn all das einen Sinn gehabt haben soll.»

*Ihr?* Sölva öffnete den Mund. Nicht *wir*, Ildris und sie? Wer war mit *ihr* gemeint?

Doch wieder kam sie nicht zu Wort. «Komm mit! Die Stunde ist beinahe gekommen.»

Ohne eine Antwort abzuwarten, wandte die dunkelhäutige Frau sich um, zum hinteren Bereich der Jurte. Doch da war keine Jurte mehr, keine Bahnen von Leinengewebe über den hölzernen Streben. Da war schroffer Fels, der Einstieg in eine Höhlung im Gestein.

*Wo sind wir? Wo bei der Herrin sind wir?* Doch Sölva blieb keine Zeit zum Nachdenken. Ildris schritt zügig aus, in die Höhlung hinein, eine Frau, der dieser Ort vertraut war, ein stollenartiger, grob behauener Gang, der in verwirrenden Windungen abwärtsführte, sich unvermutet gabelte. Doch keinen Augenblick zögerte Sölvas Führerin, für welchen der Wege sie sich entscheiden sollte.

Eine Höhle im Fels. Im Tross der Tiefländer machte eine Geschichte die Runde: Am Ende der Schlacht an den Hängen der Ahnmutter sei Morwa, Sohn des Morda, auf eine Höhle gestoßen, tief in das Massiv des Ahnengebirges gegraben. Was er und seine Begleiter dort vorgefunden hätten, in diesem Punkt unterschieden sich die Geschichten: einen mächtigen Eber jedenfalls, das Geistertier der Erben des großen Otta. Ein Glück verheißendes Zeichen, wie man hätte annehmen sollen, doch die Berichte waren unklar und widersprüchlich. Morwa war in dumpfes Brüten versunken nach seiner Rückkehr. Stumm war er von da an dem Aufgebot vorangeritten, dem äußersten Norden entgegen, unbeirrt die Richtung bestimmend: der Eber, der mächtige Keiler, der Vater und Anführer des Volkes.

«Der Eber genießt eine große Bedeutung bei euren Leuten», bemerkte Ildris.

«Wir ...» Sölva überraschte es nicht mehr, dass die Frau aus dem Süden ihren Gedanken gefolgt war. Unvertrauter war, dass sie tatsächlich sprach. «Wir ehren den Eber, weil Otta, unser großer König, unter seinen Hauern starb», sagte Sölva. «Diese Hauer werden im Schrein von Elt gehütet, in dem all die Jahrhunderte auch der Reif von Bronze verwahrt wurde, bis der Hochmeister ihn heute Nacht wieder auf Morwas Haupt setzte. Nur ihm kam er zu, dem Hetmann von Elt, dem Erben Ottas. Dem Großen Eber, der über die Geschicke seines Volkes wacht.»

«Im Süden sind die Tiere selten geworden in diesen Tagen.» Die dunkelhäutige Frau sprach leise. «Doch wo sie auch leben: Der Keiler mag wilder sein, seine Hauer mögen die heftigeren Wunden zufügen. Doch die Bache ist es, die über ihre Frischlinge wacht. Selbst dann noch, wenn die Jungen herangewachsen sind, wird ihre Mutter sie nicht aus dem Blick verlieren.»

Rechter Hand zweigte ein Stollen ab, und diesmal blieb Ildris stehen, wartete, dass das Mädchen zu ihr aufschloss, nickte dann in die Mündung hinein.

Sölva kniff die Augen zusammen. Schnee. Ein Vorhang von Flocken, so dicht, dass sie für Momente nichts anderes erkennen konnte als die vom nächtlichen Himmel taumelnden Kristalle. Vom Himmel, denn dort war *draußen*, während sie sich doch in einem Labyrinth von Stollen befanden, tief unter einem mächtigen Gebirgsstock. Zugleich aber hatte sie aufgehört, über diese Dinge Verwunderung zu empfinden.

*Selbst dann noch, wenn die Jungen herangewachsen sind, wird ihre Mutter sie nicht aus dem Blick verlieren.*

Jetzt sah sie die Gestalten – einen langen Zug von Bewaffneten, gerüstet mit den schweren, doppelschneidigen Kriegsäxten des Nordens. Sie beugten sich vornüber gegen den Sturm, der die Flocken heranpeitschte. Ihre Leiber waren in Felle von Eisfuchs und Hermelin gehüllt, tief in die Stirn gezogen schützten sie die Häupter der Krieger – ausgenommen bei jenem Mann an der Spitze des Zuges. Im Wüten des Sturms glich seine Mähne einer kupferfarbenen Flamme.

«Mortil», flüsterte Sölva. «*Mortil ist fort*», wisperte sie. Wer hatte die Worte gesprochen? Der alte Rodgert? Nein, ihr Bruder Mornag, kurz nachdem das Gefolge des Königs das grauenhafte Blutbad unter den Hasdingen vollendet hatte. «Hasdingen», sagte sie leise. «Nur ein Teil des Volkes ist in den Norden entwichen. Die übrigen haben die Tore ihres Stammsitzes geöffnet und vor dem Eber die Knie gebeugt. In Mortils Obhut hat Vater die Festung zurückgelassen. Und ebenso ihre Bewohner. Bis wir selbst in den Norden aufgebrochen sind und sie sich unter Mortils Führung an unsere Seite gestellt haben, gegen ihre eigenen Stammesbrüder. Und nun …» Langsam wandte sich sie zu Ildris um, die sie ernst betrachtete. «Der Krieg war vorbei. Die Aufständischen hatten die Waffen gestreckt. Die wenigen, die noch am Leben waren, standen in Fesseln vor Morwas Thronstuhl, und jene, die unter Mortil gedient hatten, hatten fest damit rechnen können, sie in Kürze wieder in die Arme schließen zu dürfen.» Sie verstummte.

Es war anders gekommen. Die Hexe hatte ihren Fluch und ihr Feuer nach dem König geschleudert. Die Flammen hatten Ildris getroffen, doch für die Edlen um Morwas Thron – Alric, die Vasconen, die Hochländer zumal – hatte das keinen Unterschied bedeutet. Die Gefangenen waren unter ihren Klingen gestorben, und der König hatte ihnen keinen Einhalt geboten. Mortil hatte seinen Vater angefleht, Sölva selbst hatte gefleht, doch nichts hatte geholfen.

«Wie könnten jene, die an unserer Seite gekämpft haben, Morwa nun noch folgen?», sagte sie leise und wandte sich wieder zu dem verzweifelten, trotzigen Zug der Bewaffneten, der nun kaum noch auszumachen war inmitten der dichter und dichter fallenden Flocken. «Und wie viel weniger könnten sie sich auf Morwens Seite stellen, dem sich Alric und die anderen angeschlossen haben, kaum dass sie ihre Tat vollbracht hatten. Es gibt keinen Ort mehr für sie. Und dort draußen, außerhalb der Ruinen … dort gibt es keinen Ort, um auch nur zu überleben in dieser Nacht. Mortil, dem sie anvertraut waren, muss beschlossen haben, ihr Schicksal zu teilen. – Ildris.» Sie drehte sich um. «Wir müssen …»

Die Frau aus dem Süden betrachtete sie. Langsam schüttelte sie den Kopf. «Die Dunkelheit ist da. Dein Bruder Mortil hat seine Entscheidung getroffen. Wer über die Geschicke des Volkes wacht, ist nicht frei zu einer solchen Entscheidung.»

«Aber Mortil …» Sie brach ab. Die Gedanken wirbelten in ihrem Kopf durcheinander. Ihr Vater hatte Mornag zu seinem Erben bestimmt, diesem aber gleichzeitig ans Herz gelegt, die Stämme des Gebirges seinem Bruder Mortil anzuvertrauen. Alle Stämme, nicht allein die Hasdingen. Und beide Brüder hatten eingewilligt.

«Aber ich …», begann sie von neuem, doch da hatte Ildris sich schon abgewandt.

Sölva folgte ihr und ließ ihren Bruder zurück, in den erstickenden Massen des Schnees, der ihn und die Männer, denen gegenüber er eine so tiefe Verpflichtung verspürte, bereits verschlungen hatte. Ein Bild, dachte sie. Es war nur ein Bild, das Ildris ihr gezeigt hatte, doch wie sollte sie wissen, welche Möglichkeiten ihr in Wahrheit zu Gebote standen? Und wenn nicht ihr, dann ihrem Kind, wo auch immer sich das Kind in diesem Augenblick befand. Nicht hier jedenfalls, an diesem Ort, der nicht von dieser Welt war. Der ein Traum sein musste und der sich doch immer weniger anfühlte wie ein Traum. Sölva spürte das grob behauene Gestein, wenn sie mit den Fingern darüberfuhr. Ein Traum war nur das, was Ildris ihr zeigte, und vielleicht ... War es möglich, dass etwas an der Gestalt der dunkelhäutigen Frau weniger körperhaft wirkte als am Beginn? Als wenn das Gestein, ein rötliches Gestein, das auf gespenstische Weise von innen her zu leuchten schien, eine Winzigkeit auch durch Ildris hindurchschimmerte. Doch Sölva war nicht sicher. Nichts war sicher.

*Was erwartet sie von mir? Wohin gehen wir?*

Was für Bilder würde die Frau aus dem Süden ihr als Nächstes zeigen? Morwen inmitten seiner Spießgesellen? Hædbjorn und den alten Rodgert bei ihrer grausigen, selbstgewählten Verpflichtung? Sölva legte die Stirn in Falten. Warum musste sie an Hædbjorn denken?

Schon blieb Ildris von neuem stehen, sah Sölva entgegen, trat dann einen halben Schritt zur Seite, und tatsächlich: eine neue Höhlung, die vom Stollen abzweigte, einem Fenster gleich, einem Fenster in die Nacht dort draußen, die längste, die dunkelste, die kälteste Nacht des Jahres.

Morwa und die Seinen standen vor dem Eingang der königlichen Jurte, konnten sich kaum vom Fleck gerührt haben, seit Sölva sie verlassen hatte. Eine Abteilung der Eisernen bildete einen schützenden Halbkreis um ihren König, die Speere gefällt, die Spitzen nach außen gerichtet. Die Richtung, aus der Sölva auf das Geschehen sah, schien zu wechseln: Als ob sie sich unsichtbar – und ungehindert – zwischen den Reihen hin und her bewegte. Jetzt blickte sie in die düsteren Gesichter der Eisernen, kaum zu unterscheiden unter den schweren Helmen mit den breiten Nasenstegen, die das Antlitz schützten. Jetzt trat sie näher zu ihrem Vater, der an der Seite des greisen Ostil verharrte, dem Oberhaupt seiner Seher. Der Anblick schnitt ihr ins

Herz: Beide standen in derselben gekrümmten, kraftlosen Haltung, der Hochmeister vom Alter, der König von Ord von seiner Krankheit gezeichnet, nun, da Ildris nicht länger in der Lage war, die Hand über ihn zu halten. Es war Mornag, der die Zügel des Geschehens in die Hand genommen hatte, Teile des Aufgebots rund um das königliche Zelt neu in Stellung brachte, jetzt einen der Edlen heranwinkte, den Sölva im selben Moment erkannte: Jarl Gunthram, der das verbliebene Häuflein seiner Jazigen herangeführt hatte, das Haupt noch immer mit Tüchern umwunden nach den Verletzungen, die er an den Hängen der Ahnmutter davongetragen hatte. Mornag schien etwas zu erklären, ruhig und besonnen, und doch würde es am Ende keinen Unterschied machen, ob ein noch so fähiger Anführer die Befehle erteilte.

Die Szenerie schien wie in Blut getaucht, eine Färbung, die nicht von den Fackeln stammte, sondern vom Himmel selbst. Der Fluch war erwacht. Wenn der Krieg des Sohnes gegen den Vater entfesselt war und Morwens Anhänger mit den Gefolgsleuten des Königs die Klingen kreuzten, dann würde es nur wenig Bedeutung haben, wer am Ende noch aufrecht stand zwischen den Toten, Nordleuten auf beiden Seiten. Er würde über ein Reich gebieten, in dem nur gegenseitiger Hass noch die Stämme einte. Morwas Traum würde nicht etwa nur vergeblich bleiben. Es würde schlimmer kommen, als wenn es den Sohn des Morda niemals gegeben hätte. Die Dunkelheit würde leichtes Spiel haben.

Noch immer aber wurden Vorbereitungen für diesen Kampf getroffen. Ein Bote eilte herbei zwischen den bizarren Umrissen, in denen die Ruinen der Feste Endberg in den Nachthimmel ragten, gekrümmten Klauen gleich, die Götter fluchend, zugleich um Gnade flehend. Die Eisernen ließen den Mann passieren, und Mornag nahm ein Schriftstück entgegen, trat näher an das Licht einer Fackel. Er war der einzige unter Sölvas Brüdern, der Schriftzeichen zu deuten wusste.

Seine Stirn lag in Falten, als er aufblickte. «Jarl Nirwan wird in Kürze hier sein, doch er wird nur einen Teil der Reiter aus Vindt mit sich führen», wandte er sich an die Umstehenden. «Die Quartiere seiner Männer weisen auf die Anhöhen östlich der Stadt, und wir können nicht vollkommen sicher sein, ob es am Ende der Schlacht nicht einem Rest der Hasdingen gelungen ist, sich in diese Richtung zurückzuziehen. Die östliche Bastion hat die schwersten Zerstörungen erlitten in der Zeit der Alten. Sie wäre ungeschützt, sollten sie den Fels im Schutze der Dunkelheit erklimmen.»

«Das ist unmöglich.» Jarl Gunthram war hinzugetreten, und Sölva konnte beobachten, wie sich seine Finger auf das Heft seines Schwertes legten – warum auch immer, wenn mit einem Handstreich der Hasdingen doch nicht zu rechnen war. «Der Felsen von Endberg steigt senkrecht aus den Sümpfen. Nicht einmal die Ziegen der Hasdingen würden dort Halt finden.»

«Wenig ist unmöglich.»

Gunthram wandte sich um. Alle wandten sich um, die Eisernen ausgenommen hinter ihrem Wall aus Schilden und Speeren. Der König von Ord löste sich aus den Schatten, aufrecht zwar, doch nun, als er in den Lichtkreis der Fackel trat, war zu erkennen, in welchem Maße er in dieser einen Nacht gealtert war. Aus seiner Stimme indessen sprach äußerste Aufmerksamkeit.

«Wenig ist unmöglich, Gunthram, Gundamars Sohn. Zur rechten Zeit und zur rechten Stunde. In der Raunacht, wenn der Schleier zwischen den Welten dünn ist. Doch die Alte, die sich die Vatersmutter jenes Ragnar nannte, den ich an den Hängen der Ahnmutter erschlug, hat uns nicht mit Kriegern gedroht, die die Felsen von Endberg erklimmen würden. Sie hat uns mit Feuer gedroht, und es war Feuer, das sie nach der Frau aus dem Süden sandte. Und dieser Ort wurde schon einmal von Feuern verschlungen.»

«Das Sonnenvolk verfügte über ein Wissen, das verloren ist seit der Zeit vor allen Zeiten.» Mit steifen Bewegungen trat der alte Ostil ebenfalls hinzu. «Der Tod kam aus der Ferne in jener Zeit, mit Geschossen, so schnell, dass Ihr ihren Weg nicht hättet verfolgen können. Ihre Fuhrwerke bewegten sich, und da waren weder Pferde noch Ochsen, die sie zogen. Vögeln gleich, so heißt es, konnten sie sich in den Himmel erheben. Und genau so endete diese Stadt: Als sie aus den Lüften Feuer regnen ließen, die einen auf die anderen.»

«Die einen Leute vom Sonnenvolk auf andere Leute vom Sonnenvolk?» Gunthram drehte sich zu ihm um.

«Verhielte sich dies so anders als in unseren Tagen, Jarl der Jazigen? Morwa, Sohn des Morda, hob die Axt wider die Hasdingen. Monate zuvor hob er sie wider Euch und Eure Jazigen, und noch einmal, Jahre zurück, führte er die Waffe in den Schlachten vor den Mauern von Vindt. Und heute reitet Ihr mit den Euren an unserer Seite, und die Männer aus Vindt tun dies ebenso. – Glaubt Ihr, in Jahren um Jahren wird man sich daran entsinnen, warum wir überhaupt gegeneinander gefochten haben?»

Gunthram schien zu zögern. «Nein», murmelte er dann. «Man wird es vergessen.»

«Es wurde vergessen.» Der Alte neigte bestätigend das Haupt. «Alles wurde vergessen. Die Fuhrwerke ohne Zugtiere, der vogelgleiche Flug. In unserer Zeit lässt man Pferde den Karren ziehen, und die Stiefel der Streiter bleiben dem Boden oder den Steigbügeln verhaftet, wenn sie darangehen, einander zu töten. Die Zeit der Alten liegt lange zurück. Was sie wussten, zerfiel mit ihnen zu Staub binnen Augenblicken.» Er verstummte, wandte sich um, musterte das Leuchten über dem nördlichen Horizont. «Ihr Wissen verging», sagte er leiser. «Doch sie selbst vergingen so rasch, dass sie keine Gelegenheit erhielten, zu begreifen, wie ihnen geschah. Und wir wissen, dass es dem Willen der Götter widerstrebt, wenn sich die Dinge in dieser Schnelligkeit zutragen. Die Knospen des Baumes sprießen, Blüte und Blattwerk entfalten sich, und Frucht und Beere reifen, ehe das Laub sich verfärbt und zu Boden fällt in der Todesstarre des Winters. Wenn etwas nicht weiß, dass es tot ist …»

Er schwieg. Und es war ein besonderes Schweigen. Jeder wusste, dass der Alte nicht am Ende war. Dass etwas folgen würde. Sölva stellte fest, dass sie eine Gänsehaut bekommen hatte.

«Hartho, Hardungs Sohn, der Herr auf Holmen ein Stück nördlich von Vindt, nannte eine der stärksten Festungen entlang der gesamten Meeresküste sein eigen. Dies aber war ihm nicht genug. Er strebte danach, seine Burg mit einem Turm zu krönen, der noch die sieben Türme von Vindt an Höhe übertraf. Seine Nachbarn warnten ihn vor diesem Vorhaben. Ein Turm an dieser Stelle, auf den hohen Klippen über dem Meer, wäre den Stürmen von der See auf ganz andere Weise ausgesetzt als die Türme Vindts, wo das Land flach zum Wasser hin ausläuft. Er aber wollte keine dieser Warnungen hören, tat sie ab als die Worte von Neidern, die ihm seinen Turm nicht gönnten. Er ließ den Turm erbauen, und in der Tat übertraf er die Türme von Vindt – wenn auch nur um ein Geringes, weil sich die Steinmetzen weigerten, in ihrer Arbeit fortzufahren, aus denselben Gründen, die auch Harthos Nachbarn angeführt hatten. Doch der Turm stand – er stand einen halben Winter lang, bis er in einem Sturm, wie das Küstenland schon viele erlebt hat, gemeinsam mit Hartho in die Tiefe brach und ihn unter den Trümmern begrub.»

Der Reihe nach sah er die Umstehenden an. «Holmen wurde daraufhin aufgegeben. Die Klippe an dieser Stelle bietet sich für den Bau einer Wehranlage an wie keine zweite. Doch die Menschen meiden den Ort – weil dort noch etwas ist, wie sie sagen. Weil etwas von Hartho nicht verschwunden ist, der sein Leben lang nach diesem Turm gestrebt hatte, um dann, kaum dass er errichtet war, ein so jähes Ende zu nehmen. – Etwas bleibt, wenn die Dinge nicht im rechten Verhältnis stehen. Wir nennen es einen Fluch, doch wir könnten ihm viele Namen geben. Hier in Endberg sind die Alten lange fort. Das Sonnenvolk ist kaum mehr als eine ferne Erinnerung, und doch ist etwas von ihm geblieben und hat gewartet. Gewartet, dass der Kreis sich schließt. Auf welche Art das geschehen wird, das können wir nicht wissen. Nicht auf die Art der Alten. Diese Dinge pflegen eine Form anzunehmen, die …» Ostil zögerte. «… die in denjenigen begründet liegt, denen es geschehen wird.»

Schweigen. Ein verhaltener Laut, als einer der Eisernen sich unbehaglich regte. Die Leibgardisten befanden sich in Hörweite. Doch keiner von ihnen hatte sich umgeblickt.

«Was wir aber wissen, ist, wie das Sonnenvolk endete», murmelte Mornag. «Nicht nach tapferem Kampf, von dem noch kommende Geschlechter künden sollten, sondern rasch und ruhmlos, ohne Gelegenheit zur Gegenwehr.»

«Die Vergessenen Götter zürnen.» Morwa schien ihn düster

zu betrachten. «Seit langer Zeit ist uns dies bekannt, und eine lange Frist war uns gewährt, uns darauf einzustellen. Seit langer Zeit wissen wir, dass die Dunkelheit kommt, und nun ist sie hier. Und doch haben die Götter die Hand über uns gehalten in drei mal zehn Jahren, während die Völker der Tieflande und dann die Stämme der Hochlande zu unseren Fahnen strömten. Zu den Fahnen des Ebers von Elt, des Königreiches von Ord. Sollten sie uns ihren Schutz gewährt haben, um uns nun, am Ende, zu verderben?» Er blickte in die Runde.

Sölva biss sich auf die Unterlippe. An den Wolfsköpfigen oder den Feuergott konnte sie niemals ohne ein gewisses Unbehagen denken. *Sollten sie uns ihren Schutz gewährt haben, um uns nun, am Ende, zu verderben?* Was, wenn genau ein solcher Scherz so ganz nach dem Herzen der Vergessenen Götter war? Der *zürnenden* Vergessenen Götter.

«Ihr sprecht die Wahrheit, Hochmeister», hob Morwa von Neuem an. Ein Nicken zu Ostils Gestalt. «Wir können nicht wissen, welche Form die Bedrohung annehmen wird. Doch die Götter hielten die Hand über uns vor den Mauern von Vindt. Sie hielten ihre Hand über uns in den Sümpfen von Eik, wo wir dem Wolfsköpfigen die Seelen der Gefallenen weihten, wie es ihn zu erfreuen pflegt. Sie werden uns nicht den Weg in die Hallen der Helden gehen lassen, ohne uns die Gelegenheit zu geben, uns im Kampf zu bewähren.» Selbst in seiner Schwäche noch war sein bloßes Wort von einer solchen Gewalt: Sölva sah, wie die Umstehenden die Häupter neigten, stellte fest, dass selbst sie zustimmend nickte. Nein, niemals würden die Götter das tun. Und wirkte der lodernde, blutig zerrissene Himmel nicht mit einem Mal eine Spur weniger bedrohlich? Weniger tödlich? Vielleicht doch einem besonders kräftigen Abendrot ähnlich, wenn auch zu einer denkbar ungewohnten Zeit der Nacht? Eine Naturerscheinung vielleicht über dem Eis?

Morwa schien noch etwas hinzufügen zu wollen, doch in diesem Moment wurde er unterbrochen.

«Mein Hetmann!» Einer der Männer aus dem Kreis der Eisernen wandte sich um, verbesserte sich sogleich. «Mein König! Die Kräuterfrau!»

Wieder war es jener Vorgang, den Sölva bereits erlebt hatte: Ihr Blickwinkel veränderte sich, ging über die Schultern der Eisernen hinweg. Dort stand ihre Freundin Terve, die mit geübtem Griff eilig ihr Haar richtete, einem der Männer die Andeutung eines Lächelns zuwarf. Doch nein, gewiss hatte keiner von ihnen in diesem Moment einen Blick für Terve.

Dort stand die Kräuterfrau. Tanoth, die so viel mehr war als eine bloße *Kräuterfrau*. In ein dunkles, schnittloses Gewand gehüllt, das auf der Stelle an die andere Hexe denken ließ, die Hasdingenfrau. Ihre hageren Züge lagen im Schatten.

Fast widerstrebend gaben die Leibgardisten den Weg frei. Für Augenblicke fiel das unwirkliche Glühen auf ihre Züge unter den Helmen, und Sölva sah ganz unterschiedliche Gefühle. Hass auf die Alte, die man mit Geistern und Dämonen im Bunde wusste. Hass, der sich im einen oder anderen Fall mit Sicherheit aus einer bestimmten Erfahrung speiste. Ein Eheweib, ein Liebchen, das bei der Alten Hilfe gesucht und dennoch hatte sterben müssen, Tanoths Künsten zum Trotz – oder aber gerade deswegen. Denn niemand ging ohne Not zu der Alten. Ihre Tränke mochten den Tod herbeiführen oder ihn fernhalten, nahezu mit derselben Wahrscheinlichkeit. Denn auch das sah Sölva auf den Gesichtern: eine widerwillige Dankbarkeit, eine zähneknirschende Verpflichtung, der Alten nichts geschehen zu lassen.

Hatte sie doch eine Geliebte vor dem Tod bewahrt, die Frucht ihres Leibes am Leben gehalten, bis der ersehnte Erbe zur Welt gekommen war. Doch allen war eines gemein: Furcht. Furcht vor den Kräften der Alten, eine abergläubische Angst, auch nur ihre Aufmerksamkeit zu erregen.

Tanoth schritt zwischen ihnen hindurch. Eine wortlose Verneigung vor dem König, und sie hatte den Eingang der Jurte erreicht.

*Jetzt*, dachte das Mädchen. Die Felle würden sich öffnen, und dann würde ihr Blick – und mit ihr Sölvas Blick – auf sie, Sölva, selbst fallen, deren stofflicher Leib bei der Verletzten verharrte.

«Und wo ist sie nun?» Die Stimme der Alten klang ungehalten – und in diesem Moment konnte Sölva an ihr vorbeisehen. Der Fleck am Boden, an dem die Verletzte gelegen und wo sie selbst über Ildris gekniet hatte – der Fleck war leer.

«Aber …» Sölva löste sich von dem Bild, wandte sich um in dem Stollen, sah zu Ildris.

Doch da war nichts. Sie war allein. Die Frau aus dem Süden war fort.

# POL

## DAS KAISERREICH DER ESCHE:
## DIE MARSCHEN ÖSTLICH VON CARCOSA

*Bei allen Göttern.*

Niemand sagte ein Wort. Der Abend hatte sich über den unwirtlichen Landstrich gesenkt, über die morastige Weite im Rücken Pols und seiner Eskorte, über die Deiche und Befestigungen und die Siedlung der Sumpfbewohner, deren Umrisse im zunehmenden Zwielicht nur noch schemenhaft erkennbar waren. Das einzige Geräusch kam von dem einsamen Pfahl im Zentrum der aufgestauten Wasserfläche. Es war ein Knistern, ein Rascheln und Summen, und Pol hätte schwören können, dass auch ein *Schmatzen* dabei war. Er tat, was er konnte, die Laute nicht zur Kenntnis zu nehmen.

Zumindest aber war der Verurteilte nicht mehr am Leben, dachte er. Es blieb ihm erspart, Zeuge zu werden, wie er Insekten und Gewürm als Festmahl diente. Teriq, der junge Korsar, hatte seinen Pfeil mit einer Sicherheit platziert, die auf jedem Turnier Begeisterung ausgelöst hätte.

Von welcher in diesem Fall nun nicht die Rede sein konnte. Böse starrte Arthos Gil seinen Gefolgsmann an.

*Bei allen Göttern.*

Der junge Korsar erwiderte seinen Blick. «Nicht bei allen Göttern», erklärte er. «Bei der Silbernen Göttin, die Ihr in Euren Landen als Athane kennt. Möge ihr Licht die Sterblichen erleuchten. Und bei den Worten des Mardok, ihres grossen Propheten. Der Mensch steht über dem Tiere in der Ordnung der Dinge, und keinem Geschöpf ist es gestattet, diese Ordnung zu durchbrechen. Und wenn es Euer schlimmster Feind ist, den ein Feuerlöwe oder eine giftige Viper anfällt: Ihr seid in der Pflicht, ihm beizustehen. Erst dann, wenn Ihr ihn vor dem Tod durch die Zähne des Tieres bewahrt habt, dürft Ihr sein Leben nehmen.»

Die Miene des Söldnerführers war nicht zu lesen. Pol konnte spüren, wie seine Kehle von neuem eng wurde. Hilfesuchend sah er zu dem Prediger, doch der Alte …

Überrascht stellte er fest, dass Théus sich abgewandt hatte. Seine Aufmerksamkeit war auf die Wasserfläche und das Dorf gerichtet.

Von den Überresten des Gefesselten war schon nichts mehr zu sehen. Stattdessen machten sich die riesenhaften Molche nun über die Scharen von Ungeziefer her: Der Verurteilte hatte das Ungeziefer angelockt und das Ungeziefer die Molche. All das war Teil des Rituals, begriff Pol. Der Verdammte musste die Marter bei vollem Bewusstsein über sich ergehen lassen, doch im nächsten Moment wurden seine winzigen Henker selbst zu Opfern. Ebendas waren die Gebräuche der Sumpfleute, wenn sie einen der ihren zum Tode verurteilten.

Stampfen und Gebrüll waren mit dem Tod des Gemarterten verstummt. In dichten Reihen begannen sich die Dorfbewohner auf der anderen Seite der mächtigen Flutrinne zu versammeln, den Blick auf den Zug aus Carcosa gerichtet. Reglos. Wortlos. Ihre Haut und Kleidung besaß dieselbe bräunlich-graue Farbe wie der Morast ringsum. Sie sahen nicht sehr freundlich aus. *Die Gebräuche der Menschen auf unserem Weg sind nicht unsere Angelegenheit.* Die Sumpfleute schienen das ganz genauso zu sehen: ihre Angelegenheit.

«Immerhin ...» Pol musste sich räuspern. «Immerhin sind sie unbewaffnet», murmelte er, blickte über die Schultern auf die Angehörigen seiner Ehrenwache. «Zudem sind wir ihnen an Zahl überlegen.»

«Was nicht das Geringste bedeutet.» Arthos Gil sprach gefährlich leise. «Unseren Weg blockiert ein achtzig Fuß breiter reißender Strom, den wir weder überqueren noch umgehen können. Es sei denn von Gnaden der Sumpfleute.»

Mit einem Blick wies er auf einen Punkt am jenseitigen Ufer. Pol brauchte einen Moment; die Dorfbewohner machten keine Anstalten, in der hereinbrechenden Dunkelheit Lichter zu entzünden. Doch dann mit einem Mal entdeckte er sie: eine Reihe merkwürdiger, spitz zulaufender Umrisse, aufrecht gegen die Wand eines Schuppens gelehnt.

«Boote», flüsterte er. «Boote, mit denen sie uns über das Wasser setzen können – oder auch nicht. Aber ...» Er fuhr sich über die Lippen. «Niemand von Euch hat gewusst, dass das Dorf noch bewohnt ist.» Er sah zwischen dem Söldnerführer und dem Prediger hin und her. «Wäre es verlassen gewesen wie der Rest der Sümpfe, hätten wir auch keine Boote gehabt.»

«Dann hätten wir auch keine Boote *gebraucht*.» Mit finsterer Miene musterte ihn der Führer seiner Eskorte. «Das Wasser versperrt uns den Weg, weil die Dorfbewohner die Schleusen geöffnet haben, um ihr Ritual zu vollziehen. Unter gewöhnlichen Umständen würden sie sie jetzt wieder schließen, und das Wasser würde sich nach und nach verlaufen. – Natürlich haben wir irgendwo mit Hindernissen rechnen müssen!»

Pol hatte eben den Mund geöffnet, doch Gil ließ ihn nicht zu Wort kommen. «Was für Hindernisse auch immer! Dieses ganze verfluchte Land ist ein einziger Sumpf voller Albtraumwesen und vergifteter Tümpel. Aber wäre irgendwo einer der Dämme gebrochen und hätte die Umgegend überflutet, hätten wir es viel früher bemerkt, vor zwei oder drei Tagen schon. Die Wege wären schlicht nicht passierbar gewesen, und wir wären gar nicht erst bis hierher gekommen. Wir hätten eine andere Route einschlagen müssen – eine längere und gefährlichere Route, doch wir hätten den jenseitigen Rand der Sümpfe erreicht, wenn wir unsere Vorräte sorgfältig eingeteilt hätten.»

Pol schluckte. «Anders …» Er ahnte die Antwort. «Anders als jetzt?»

Arthos Gil antwortete nicht. Stumm wies er auf die Wasserfläche, wo sich die Sumpfmolche über ihre Beute hermachten. Ob man die *Molche* essen konnte?, dachte Pol. In der allergrößten Not? Er schauderte. Doch selbst das würde sie allein vor dem Verhungern bewahren. Nicht vor dem Verdursten.

«Das System der Kanäle ist listenreich ersonnen.» Fra Théus wandte den Blick von der Versammlung am jenseitigen Ufer. «Gewiss: Wir könnten kehrtmachen und auf das Beste hoffen. Doch bis wir von neuem jene Stelle erreichen, an der der alte Weg nach Astorga abzweigt, wird das Wasser dort mannshoch stehen, wenn die Schleusen geöffnet bleiben. Wir müssten die Fluten durchqueren. Den Dornhechten, die jenes Gebiet bewohnen, dienten die Sumpfmolche einst als Beute. Wenn sie im selben Maß gewachsen sind wie diese, würde ich uns nicht zu diesem Versuch raten.»

Pol sah in die Tiefe. Die Senke um das Dorf war nun nahezu gefüllt, noch immer aber wälzten sich schäumende Massen die Flutrinne entlang, und er konnte beobachten, wie das Wasser Zoll um Zoll anstieg, sich entlang des Deiches bereits gefährlich den Hufen der Pferde näherte. Schon drängten einige der Reiter in Richtung Pols und seiner Begleiter, schickten sich an, gleichfalls die turmartige Konstruktion zu erklimmen, die unmöglich der gesamten Schar mitsamt ihren Pferden Zuflucht gewähren konnte – wenn sie nicht ohnehin am Ende in den Fluten versinken würde wie alles andere in Sichtweite. – Eine Abzweigung, Tage entfernt? Wenn die Gesandtschaft nicht in aller Eile kehrtmachte und versuchte, den Platz ihres letzten Nachtlagers zu erreichen, die letzte höher gelegene Stelle, an die er sich erinnerte: Die Fluten würden sie gleich hier, in Sichtweite des Dorfes, verschlingen.

*Dornhechte.* Mit Grausen starrte Pol auf die Molchkreaturen. «Wir müssen ...»

Ein röhrender Laut schnitt ihm das Wort ab. In den Reihen der Dorfbewohner entstand Bewegung, sie teilten sich, bildeten eine Gasse. Die Gestalt eines alten Mannes kam zum Vorschein, dessen sumpffarbener Bart ihm bis zum Gürtel reichte. Gestützt auf einen mit geschnitzten Symbolen versehenen Stab trat er an den Rand der Flutrinne, gab gurgelnde, röchelnde Geräusche von sich. Beinahe schien es, als ob er ...

«Wie es den Anschein hat, will das Sumpfvolk verhandeln», bemerkte Fra Théus.

Pol starrte den Prediger an. «Ihr wollt sagen, dieser Mann *spricht?*»

«Er spricht.» Ein Nicken. «In der Sprache, derer man sich hierzulande offenbar bedient.»

*Sprache.* Jähe Hoffnung war im Herzen des Jungen emporgeschossen. Unvermittelt sackte sie auf einen Punkt irgendwo unterhalb des Wasserspiegels. In Carcosa mit seinen alten Hafenanlagen trafen Menschen aus sämtlichen Teilen der Welt aufeinander. Wenn das die Sprache der Sumpfleute war, dann ähnelte sie keiner Zunge, die ihm jemals zu Ohren gekommen war.

Ein neuer Laut. Überrascht sah Pol zur Seite. Théus gab seinerseits Geräusche von sich. Laute, die dem Röcheln des Sumpfhäuptlings ähnelten und doch wieder anders waren, deutlicher voneinander getrennt und mühsamer formuliert, wenn man denn von Formulieren sprechen wollte. Der Prediger brachte sein Reittier dicht an Arthos Gil heran, als wollte er deutlich machen, dass er für die gesamte Gesandtschaft das Wort führte.

Der Dorfälteste schien zu lauschen, wartete ab, bis Pols Begleiter fertig war, um dann seinerseits zu einer neuen Folge von Äußerungen anzuheben, wiederholt in Richtung der Wasserfläche zu deuten, wo das grausige Geschehen noch immer seinen Fortgang nahm.

Schließlich schwieg auch er, und Pol konnte beobachten, wie Théus' Brust sich hob, wieder senkte, als er sich abwandte, zunächst mit sorgenvoller Miene den Söldnerführer musterte, dann Pol, schließlich den jungen Korsaren. Teriq wahrte nach wie vor seine Fassung. Sein Gesicht hatte allerdings eine Farbe angenommen, die sich kaum mehr von jener der Sumpfleute unterschied.

«Wie erwartet», sagte der Prediger leise. «Der Verurteilte hat in einem Weiher gefischt, den das Gift des Landes noch nicht berührt hat. Einem Weiher voller saftiger Goldbrassen und schillernder Forellen, den die Sumpfleute meiden.»

«Obwohl die Fische ...» Pol konnte sich nicht zurückhalten.

«*Wegen* der Fische», unterbrach Théus ihn streng. «Die Vergessenen Götter zürnen. Den Bewohnern dieses versehrten Landes muss das vor allen anderen klargeworden sein. Anders als wir erachteten sie den Versuch allerdings als sinnlos, die Namenlosen versöhnlich zu stimmen, die sie mit solchen Plagen schlugen. Wobei sie sich auch nicht der Athane zugewandt haben. Diese Menschen haben ihre eigenen Götter. Und diese Götter sind die Molche.»

«Sie beten die *Molche* an?»

«Zumindest bringen sie ihnen Opfer», stellte der Prediger richtig, wies mit einem Nicken auf das, was noch übrig war von dem Mann am Pfahl und seinen grausigen Henkern. «Und sie weihen ihnen das Kostbarste, das sie besitzen. Wie etwa den Weiher mit seinen schmackhaften Fischen, welche die Molche allerdings verschmähen. – Nein, mir ist nicht entgangen, dass das keinen rechten Sinn ergibt. Hier geht es um Glauben und heilige Gesetze, und Glaube und heilige Gesetze ergeben nur sehr selten einen Sinn.» Eine Pause, in der er den Jungen ernst ansah. «Und doch ist dieses Dorf noch immer bewohnt, während ansonsten jede Menschenseele die Gegend im Umkreis von Tagesreisen verlassen hat. – Ein Zufall? Oder könnte es sein, dass die Götter des Sumpfes erkannt haben, welchen Wert die Gabe in den Augen jener besitzt, die sie ihnen zuteil werden lassen? Was, wenn sie die Siedlung genau aus diesem Grund verschonen? – Wir können diese Dinge nicht sehen. Doch nur weil du etwas nicht sehen kannst, bedeutet das noch lange nicht, dass es tatsächlich nicht da ist.»

Théus schwieg. Nichts war zu hören als das Wüten und Brausen der Strömung, das sich mit jedem Atemzug zu verstärken schien. Pol wusste, dass der Prediger noch nicht am Ende war.

«Aus dem Weiher zu fischen, stellt das größte Sakrileg dar, das die Sumpfleute sich vorstellen können», erklärte Théus. «Mit einer Ausnahme: in die Vollstreckung des Urteils einzugreifen, wenn ein Sünder gerichtet wird. Es gibt nur einen Weg, diesen Frevel zu sühnen: Jener, der die Tat begangen hat, muss an die Stelle des Verurteilten treten.»

«*Niemals.*» Das Wort kam sofort, und es kam scharf wie eine Klinge aus tartôsanischem Stahl. Arthos Gils gepanzerte Faust schloss sich um den Griff seines Schwertes. «Niemals wird die Schar des Gil einen der ihren der Willkür irgendeines Stammes ausliefern.»

Pol hatte nicht bemerkt, dass er bei Théus' letzten Worten die Luft angehalten hatte. Jetzt stieß er schwer den Atem aus. Allerdings nur für einen Moment.

Zoll um Zoll zog der Söldnerführer seine mächtige Waffe aus dem Futteral, auf eine Weise, dass die Spitze gerade eben unsichtbar blieb. Sein Blick war auf den jungen Korsaren gerichtet. «Das Gefolge des Gil gehorcht seinem eigenen Gesetz», sagte er leise. «Und es ist der Führer des Aufgebots, der dieses Gesetz auslegt und seine Anwendung bestimmt. *Die Gebräuche der Menschen auf unserem Weg sind nicht unsere Angelegenheit.* Das waren meine Worte. Und du, Teriq aus Taouane, hast in die Gebräuche dieses Stammes eingegriffen. Du hast meinen Worten zuwidergehandelt.»

Pol war nicht in der Lage, sich zu rühren. Er konnte sehen, wie der junge Mann heftig atmete, bevor ein Ruck durch seine Gestalt ging und er mit steifen Bewegungen aus dem Sattel glitt, sich mit fahrigen Fingern an seinem Gewand aus hellem Tuch zu schaffen machte, die Schnüre an Hals und Brust aufnestelte.

«Ich ... Euer Wort ist mein Gesetz in dieser Welt, kühner Gil. Was aber die jenseitige Welt anbetrifft, gehört mein Glaube der Silbernen Göttin und den Geboten des Propheten Mardok. Ich konnte nicht anders handeln. – Doch ich bin bereit, die Strafe zu empfangen. Wenn Ihr mich tötet ...» Er streifte das Gewand von den Schultern zurück, dass die Sonne, blass hinter dem Dunst, auf die kupferfarbene Haut seines Oberkörpers fiel. Ein ledernes Band hing um seinen Hals. Ein Band, an dem etwas befestigt war, von dem ein silberner Schimmer ausging. «Wenn Ihr mir das Haupt abschlagt, wie es einem Angehörigen Eurer Schar gebührt, der Eure Befehle missachtet, wird der Stamm die Sühne möglicherweise annehmen und das Gefolge über den Strom setzen. Das ... das ist alles, was ich ...» Er verstummte.

Arthos Gil war ebenfalls vom Pferd gestiegen. Mit einer einzigen, machtvollen Bewegung zog er die Klinge vollständig. Eilig wichen Aspar und der Kahlkopf auf ihren Pferden ein Stück zurück. In Aspars Miene war möglicherweise ein gewisses Bedauern auszumachen, dass der junge Korsar sein Leben auf eine solche Weise verschwendet hatte. Doch nein, keiner von ihnen würde in den Vorgang eingreifen, wenn das Gesetz der Söldnerschar seinen Lauf nahm.

Für einen Atemzug hob Gil die Klinge aufrecht vor sein Gesicht. Eine Geste des Respekts vielleicht für den schwarzhaarigen jungen Mann, dem er mit einem Nicken bedeutete, zu seinen Füßen niederzuknien. Gil führte das Schwert ein Stück nach hinten, schien den Abstand abzuschätzen. Teriq senkte das Haupt, bot seinem Anführer den Nacken dar. Und Arthos Gil ...

«*Halt!*» Pol war sich nicht sicher, ob er das Wort verständlich hervorbrachte. Vermutlich kam nur ein Krächzen. «Sofort aufhören!»

«Mischt Euch nicht in Dinge, die Euch nichts angehen, Gesandter!» Arthos Gil sah nicht einmal in seine Richtung. «Der Korsar hat den einzigen Weg erkannt, der uns hier offensteht. Er beweist seinen Mut, indem er das Urteil hinnimmt, wie es einem Mann von Ehre ansteht. Lasst mich dies zu Ende bringen, bevor ihn der Mut verlässt.» Er hob die Klinge, holte aus.

«Halt, sage ich!» Pols Stimme überschlug sich. «*Von keinem Vater gezeugt, von keiner Mutter geboren.* Ich bin der Gesandte des Hohen Rates von Carcosa. Ich bin ...» Zitternd hob er die Hand, als er sah, wie sich Gil zu ihm umdrehte, die Stirn in zornigen Falten. Pol streckte ihm die Hand entgegen, an der – viel zu locker nach seinem Geschmack – der Ring mit dem Greifenwappen Carcosas saß, den ihm der edle Adorno übergeben hatte. «Ich bin der Gesandte in die Heimstatt der Vergessenen Götter. Ich spreche für den Domestikos und den Hohen Rat von Carcosa, die Euch und die Euren in ihre Dienste genommen haben, und ich befehle Euch: Hört auf damit! Auf der Stelle!»

Der Söldnerführer musterte ihn. Sein Stirnrunzeln vertiefte sich. Doch hatte es sich nicht zugleich verändert? Lag *Zweifel* in seiner Miene?

Pol holte Luft. «Wenn Ihr es wagt, meinem Befehl zuwiderzuhandeln, verlange ich alles Gold zurück, das die Stadt Euch und dem Gefolge gezahlt hat. Genug, dass Ihr ein kleines Königreich kaufen könntet. Und jeder, der von nun an auch nur mit dem Gedanken spielt, Euch in seine Dienste zu nehmen, soll erfahren ...»

Ein Laut, kaum hörbar. Nicht das Krächzen und Grunzen, mit dem die Sumpfleute sich verständigten, sondern ein Zungenschnalzen.

Fragend sah sich Pol zu Fra Théus um. Der Prediger sagte kein Wort, doch sein Blick war deutlich: *Nicht übertreiben.* Und Pol war sich nicht sicher: Tanzte im Blick des Alten ein Funke von *Belustigung*?

«Ist das so?» Auch in den Augen des Söldnerführers funkelte es, allerdings auf vollkommen andere Weise. «Doch, ganz gewiss ist das so.» Arthos Gil beschrieb eine übertriebene Verneigung. «Gewiss hat jener, der so schwer an der Verantwortung für das Schicksal Carcosas trägt, die Auswirkungen seines Befehls bedacht, so wie ich sie bedenke. Gewiss sind Euch ebenso wie mir die Prinzipien vertraut, nach denen die Stämme der Sümpfe ihren Göttern huldigen, und seien diese Götter auch Molche. Dass die Dorfbewohner keine andere Wahl haben, als jenen, der den Ablauf des Rituals gestört hat, für seine Tat zur Rechenschaft zu ziehen. Weil sie sonst nämlich die Gnade ihrer Götter verwirkt hätten, sodass ihnen nur noch eine einzige Möglichkeit bliebe.»

«Und ...» Ein feiner Schweißfilm begann sich auf der Stirn des Jungen auszubreiten. «Und die wäre?»

«Die Schleusen geöffnet zu halten. Und gemeinsam mit uns den Tod durch das Wasser zu empfangen. Damit könnten sie noch am ehesten auf Vergebung hoffen.»

Pol schluckte. Gehetzt wandte er sich um, doch die Miene des Predigers war nun nicht mehr zu deuten.

«Der Mann, dessen Pfeil den Verurteilten durchbohrte, ist

dem Tode geweiht.» Gils Stimme klang hart. «Wenn den Göttern ein Opfer entgeht, kann dies nur ein anderes, mindestens gleichwertiges Opfer sühnen.» Er hatte seine Waffe sinken lassen, hob sie nun andeutungsweise wieder in die Höhe, hielt dann inne. «Doch wer weiß? Möglicherweise würde der Stamm sich ja bereitfinden, einen anderen aus unseren Reihen zur Wiedergutmachung anzunehmen? Falls Ihr selbst Euch an Stelle Teriqs anbieten wollt?» Jetzt war der Hohn ganz deutlich.

Pol konnte spüren, wie alle Farbe aus seinen Zügen wich. Er starrte auf die Klinge in der Hand des Söldnerführers, vierzehnfach gefalteten tartôsanischen Stahl. Die Nacht war nun beinahe hereingebrochen. Lediglich über dem Horizont stand noch ein letztes, düsteres Nachglühen des Sonnenuntergangs, dessen Reflexionen sich auf dem Stahl der Waffe fingen. Reflexionen in der Farbe von Blut.

Der Söldnerführer aber fing seine Augen ein und schüttelte langsam und bedeutungsvoll den Kopf. Ein Blick. Ein Blick zur Wasserfläche, wo die Molchkreaturen ihr Festmahl beendet hatten, aber noch immer im Teich verharrten. *Erwartungsvoll?*

«Dem Gefolge des Gil», sagte Gil, «kommt keine Söldnerschar gleich in unserer Zeit. Ich weiß nicht, ob die Sumpfleute jene Lieder kennen, die landauf, landab von den Abenteuern dieser Schar berichten, doch auf jeden Fall dürften sie von ihren Taten gehört haben. Unser weiser Prediger wird ihnen darlegen, dass es einem Streiter des Gil nicht zuzumuten ist, anders als unter der Klinge seines Anführers für seine Verfehlung zu sterben. Ihr hingegen, was immer Ihr sonst auch sein mögt, seid ganz unübersehbar *kein* Krieger. Mit der Schar des Gil habt Ihr offensichtlich nichts zu tun. Ich fürchte, ich hätte keine Möglichkeit, die Hand über Euch zu halten, um Euch den ehrenvolleren Tod unter dem Schwert zu gewähren.»

Pol starrte ihn an, unfähig zu einer Entgegnung. Wenn er an die Stelle des jungen Korsaren trat, damit dieser nicht seinerseits an die Stelle des Verurteilten treten musste ... In seinem Fall würde nicht die scharf geschliffene Waffe des Gil ihr blutiges Werk verrichten: kurz, wenn auch gewiss nicht schmerzlos. – Die Egel, dachte er schaudernd. Die Larven, das Ungeziefer: Die Sumpfleute würden von keiner grauenhaften Feinheit ihrer Überlieferung abweichen. Sie würden ihm ein Pulver verabreichen, das ihn zwang, bei vollem Bewusstsein zu erdulden, wie sich die zischelnden, summenden Kreaturen in sein Fleisch fraßen.

Aber konnte er sein voreiliges Wort zurücknehmen? Er hatte die Wahl: den jungen Korsaren doch noch der Klinge auszuliefern – oder sie alle dem Tod in den Fluten. Oder aber sich selbst dem Ungeziefer, wenn er für sein unbedachtes Eingreifen geradestand, das doch trotz allem *richtig* gewesen war.

«Nein», flüsterte er. «Nein, ich ...» Seine Gedanken überschlugen sich. *Ein anderes, mindestens gleichwertiges Opfer an die Götter.* «Ich ...»

Ein düsterer Ausdruck war auf Arthos Gils Gesicht getreten. Er ließ den Jungen nicht aus den Augen.

Pol hielt inne. Ein Gedanke, der mit einem Mal da war. Es war ein gewagter Gedanke, zweifellos, doch er befand sich kaum in der Position, umständlich das Für und Wider abzuwägen. Das Blut rauschte in seinen Ohren – oder war es der Flügelschlag von Myriaden winziger, gefräßiger Käfer? Er hatte nur diese eine Chance. Es blieb keine Zeit mehr. «Wir haben noch anderes Gold», sagte er. «Über die Münzen hinaus, die der Hohe

Rat Euch für Eure Dienste gezahlt hat. Wir haben Geschmeide und edle Steine, wahrhaft eines Opfers würdig, weil sie nämlich zum Opfer *bestimmt sind.* Zum Opfer an die Namenlosen, die Vergessenen Götter auf den Höhen von Schattenfall, um sie zu versöhnen.» Der Gesichtsausdruck des Söldnerführers war nur als verblüfft zu bezeichnen, doch Pol ließ sich nun nicht mehr bremsen. «Fra Théus, sagt den Leuten aus dem Dorf, dass wir die Tat unseres Gefährten mit einem eigenen Opfer sühnen werden! Sie sollen unsere Schätze erhalten, das Kostbarste, das wir besitzen. Sollen sie mit ihnen verfahren, wie es ihnen beliebt.»

Verwirrt sah der Prediger ihn an. «Aber ihnen geht es darum, ihren Göttern einen Ersatz zu bieten, jetzt, da das Ritual gestört wurde. Was sollen die Molche mit Gold anfangen?»

«Eine berechtigte Frage, weiser Fra Théus. Ganz genauso berechtigt wie die Frage, was die Namenlosen in Schattenfall damit anfangen sollten.» Pol musterte den Alten. «*Hier geht es um Glauben und heilige Gesetze, und Glaube und heilige Gesetze ergeben nur sehr selten einen Sinn.* Die Menschen dieses Dorfes haben ihren Göttern einen Teich voller Goldbrassen und Forellen geweiht, denen die Molche nicht das Geringste abgewinnen können. Ich bin mir sicher, Ihr werdet sie zu überzeugen wissen, dass auch das Gold ein angemessenes Opfer darstellt. Sie sollen es haben – wenn sie nur die Schleusen schließen und uns über die Flutrinne setzen.»

Auffordernd sah er den Prediger an. Er war sich nicht sicher, was Théus erwartet hatte, doch er konnte beobachten, wie sich die buschigen Brauen des Alten hoben, bis sie im Schatten seines aus der Form geratenen Hutes verschwanden.

Das aber tat nichts zur Sache. *Von keinem Vater gezeugt, von keiner Mutter geboren.* Der Prediger würde gehorchen.

Pol warf einen Blick zu dem jungen Korsaren, der sich auf ein knappes Nicken seines Anführers wieder erhob, einen unsicheren Schritt zur Seite machte, nur mit Mühe auf den Beinen blieb. Ungläubig, als hätte er ein Wunder vor sich, glitten seine Augen über das Zwielicht, in dem die so wenig einladende Landschaft nun mit jedem Atemzug im Dunkel verschwamm. Dann, ganz langsam, hob er den Blick, vielleicht auf der Suche nach dem silbernen Mond der Athane, im Glauben an deren Gebote er beinahe sein Leben gelassen hätte.

«Möge ihr Licht die Sterblichen erleuchten.» Pol musste den Satz von seinen Lippen lesen, so leise wurde er gesprochen.

Er spürte eine Erleichterung, die er nicht hätte in Worte fassen können, und doch war da noch etwas anderes. Jener Gedanke nämlich, den er so großzügig beiseitegeschoben hatte, als ihm der rettende Einfall durch den Kopf geschossen war.

Wenn sie kein Gold mehr hatten, kein Geschmeide, keine Edelsteine – was hatten sie den Vergessenen Göttern dann noch anzubieten?

# BJORNE

## IN DEN RUINEN VON ENDBERG

Bjorne verharrte reglos. Der Waffenmeister hatte recht gehabt. Zu ihren Füßen erstreckte sich ein geräumiger Hof, der das Zentrum einer der Bastionen von Endberg einnahm. Tief unter ihnen, zwanzig, dreißig Manneslängen oder mehr, und rund um den freien Platz ragten die Überreste von Bauten des Sonnenvolks in das unwirkliche Lodern am Himmel: bizarre Umrisse, zur Unkenntlichkeit verformt, als die Hitze der Feuer die Stadt verschlungen hatte in der Zeit vor allen Zeiten.

Feuer. Der Platz war angefüllt mit Feuern: Fackeln, die sich um einen erhöhten Bereich drängten, einem aufgemauerten Podest ähnlich, den beiden Beobachtern nahezu gegenüber. Hunderte von Fackeln? Tausende? Die Zahl war kaum abzuschätzen, aber niemand wusste auch nur mit Sicherheit zu sagen, wie viele Kämpfer dem Aufgebot des Reiches von Ord überhaupt angehörten, das in dieser Nacht an den verschiedensten Orten der Ruinenstadt seine Lager aufgeschlagen hatte. Doch was sie dort unten in der Tiefe sahen, war ein Heer, ein ganzes gewaltiges Heer, das sich um Morwen scharte.

Und dort war Morwen selbst, umgeben von seinen Verbündeten, nahe dem Rand der erhöhten Fläche, den Blick auf die Streiter gerichtet, die zu ihm strömten, während sich das Licht ihrer Fackeln auf seiner goldenen Mähne brach, seine Rechte auf dem Heft seines Schwertes ruhte. Des Schwertes, das sein Vater ihm hatte nehmen lassen. Sein Haar war zum Kriegerzopf geflochten, und auf seinem Scheitel glänzte ein Reif, zweifellos aus Bronze gefertigt. Wobei der wahre Reif, das Erbstück aus den Zeiten Ottas, sich nach wie vor in den Händen des rechtmäßigen Königs befand. Morwens Verbündete mussten dieses Gegenstück vorbereitet haben, und doch war es in diesem Moment fast gleichgültig, ob es sich um den wahren Reif handelte.

Denn Morwen war ein König. Kein Mensch, der das Schauspiel verfolgte, hätte das bezweifeln können. Denn niemand konnte in der Lage sein, sich dem Zauber zu entziehen, der hier und jetzt von ihm ausging. Das zuckende Licht der Fackeln hob seine kriegerische Gestalt aus der Nacht, stolz und hoch aufgerichtet. Um seine Hüften war ein Kriegsrock von dunklem Leder gegürtet, der Oberkörper dagegen war kampfgestählt und bloß. Dazu der Ausdruck auf dem Gesicht des jungen Mannes: dem Betrachter stockte der Atem.

*Otta.* Bjornes Lippen formten den Namen, und er wusste, dass es nicht ihm allein so erging. Jeder einzelne der Krieger, die dort unten versammelt waren, musste denselben Gedanken haben, dasselbe Bild vor Augen. In fast erschreckendem Maße glich die Erscheinung des jungen Mannes jenen geschnitzten Figuren, die die Menschen überall in den Tieflanden in ihren Schreinen hüteten: den Abbildern des Otta, des größten unter den Anführern der alten Zeit und ersten und einzigen Königs von Ord. Otta war ein Mensch gewesen, der tatsächlich gelebt hatte. Ein Mensch, der mit seinen heldenhaften Gefährten getafelt und Südwein getrunken hatte. Ein Mensch, der sich – ja – anschließend vielleicht in die Büsche geschlagen hatte, um eilig seine Blase zu entleeren nach all dem guten Roten aus Vendosa. Ein Mensch, der am Ende unter den gewaltigen Hauern des Großen Ebers gestorben war und Nachkommen hinterlassen hatte: Morwa und seine gesamte Sippe, sie alle waren vom Blute des Otta. Und doch war Otta noch mehr. Otta war *der König*. Schließlich hatte es niemals einen anderen gegeben. Bis heute sangen und erzählten die Skalden von seinen Taten, von den dreizehn großen Schlachten, in denen er die Kaiserlichen niedergerungen hatte. Weit häufiger noch wurde indessen von seinen anderen Abenteuern berichtet, von Kämpfen gegen Lindwürmer und riesenhafte Wölfe, von der Rettung jener vierzehn berückenden Fürstentöchter, von denen seine elf königlichen Söhne stammten. Söhne, die nach seinem Tod das Reich von Ord untereinander aufgeteilt hatten.

Nun war man am Hofe des Jarls von Thal den Erzählungen aus wilderen Teilen des Landes schon immer mit einem gewissen Misstrauen begegnet. Wo vierzehn Mütter elf Kinder zur Welt brachten, war ein solches Misstrauen womöglich sogar angebracht. Selbst in Thal aber wurde das Andenken des großen Herrschers in einzigartigen Ehren gehalten. Kein Dorf der Hoch- oder Tieflande, das nicht seine eigene Otta-Geschichte zu erzählen hatte. Hier hatte er sich den Gehörnten entgegengestellt, die des Nachts aus der eisigen Wildnis der Gletscher hervorbrachen, dort hatte er jene Kreaturen ausgelöscht, die

die Kinder des Fischervolkes an den Grund des Nebelsees entführten.

In der Stunde der Not mochte es geschehen, dass die Bewohner der Tieflande vor ihren Schreinen die Häupter neigten und ihre Bitten *nicht* an den Wolfsköpfigen richteten und *nicht* an den Feuergott, deren Figuren mit ähnlicher Liebe gestaltet waren wie das Abbild des großen Königs. *Nicht* an die mütterliche Gestalt der Herrin der Winde. Sondern an Otta, den Beschützer der Tieflande, Beschützer des alten Reiches von Ord und aller seiner Menschen.

Wie sehr glich Morwen jenen Abbildern. Wie sehr glichen die Abbilder Morwen. Als wären sie nach seinem Bild geschaffen worden. Hatten die Tiefländer einst seinen Vater Morwa als den wiedergeborenen Otta angesehen, als er jünger gewesen war an Jahren? Das war wohl möglich, doch Bjorne hatte diese Zeit nicht erlebt. Der Morwa, dem er begegnet war, war ein würdiger Eisbart von einer Zahl an Jahren, auf die es Otta gar nicht gebracht hatte. Ein Mann, der Respekt, wenn nicht Furcht einflößte.

Morwen dagegen: *ein König*. Bis zu diesem Augenblick hatte ein Teil von Bjorne nicht daran glauben wollen. Morwen, der Sohn des Königs, der nun selbst ein König war. Der ein Verräter war, und doch: Bjorne warf einen raschen Blick zum alten Rodgert, und in diesem Moment begann er zu begreifen, wovon der Waffenmeister gesprochen hatte. Warum der Alte wieder und wieder die Hand über Morwen gehalten hatte, wenn sein Vater ihn verdammt hatte für seinen Übermut und seine Gedankenlosigkeit.

Was, wenn alles ein Fehler war?, fuhr Bjorne durch den Kopf. Wenn Morwa tatsächlich den falschen seiner Söhne zum Erben bestimmt hatte? Was für ein Gefühl musste das für den jungen Mann selbst sein, der jetzt den Reif von Bronze auf dem Haupt trug?

Der Gedankengang brach ab, als Morwen die Stimme hob.

«Hochländer! Tiefländer!» Die Worte brachen sich an den Trümmern. Seit Jahren führte Morwen Krieger in die Schlacht, und seine Zunge war erfahren darin, selbst über den Lärm der Kämpfe hinweg eine entfernte Schar zu erreichen. Hochrufe auf den neuen Anführer wurden laut, doch sofort hob er Einhalt gebietend die Arme.

«Dies ist nicht die Stunde für Jubel, Männer des Reiches von Ord. Dies ist nicht die Stunde für Lob. – Lobt meinen Namen, wenn er es verdient hat, nicht aber einen Atemzug früher! Denn dies ...» Mit einer geübten Bewegung zog er sein Schwert aus der Scheide, reckte es in die Höhe, dass das düstere Glühen des Firmaments sich auf der Klinge brach. Als wollte er den Himmel selbst zum Kampf fordern. «Dies ist die Stunde des Kampfes», verkündete er.

Wie gebannt hingen die Krieger an seinen Lippen, Streiter des Gebirges und Männer der flachen Lande jenseits der Drachenzähne. Nur noch vereinzelt war Jubel zu hören, doch auch dieser verstummte jetzt.

Die Stunde des Kampfes, dachte Bjorne. Die Stunde der Herausforderung. Doch war es nicht eine Sache, einem jungen Mann zuzujubeln, der so ganz dem Bild des Otta der Legende entsprach – und eine ganz andere, sich mit der Waffe in der Hand an seine Seite zu stellen? Sich dem leibhaftigen Morwa entgegenzustellen, der das Aufgebot des Bündnisses so viele Male in die Schlacht und in den Sieg geführt hatte? Jenem Mann, dem gelungen war, worum sich sieben Jahrhunderte lang so viele vergebens bemüht hatten: Ottas Reich wahrhaftig von neuem aufzurichten.

Die Männer schwiegen. Ganz allmählich nur schien wieder Leben in sie zu kommen, als Morwen bedächtig, fast leise, zu sprechen begann, dann aber, unmerklich zunächst, den Ton seiner Rede Satz für Satz, Wort für Wort, Silbe für Silbe steigerte.

«Drei Jahrzehnte lang hat der Sohn des Morda darum gerungen, die Stämme des Nordens unter dem Reif von Bronze zu einen.» Vorbehaltlose Anerkennung sprach aus den Worten. «Er, der große Eber und Erbe Ottas des Einzigen. Drei Jahrzehnte lang hat er einen ruhmreichen Sieg an den anderen gereiht, wissend, dass doch nichts davon einen Wert besitzt, wenn nicht auch der letzte Triumph gelingt. Denn die Vergessenen Götter zürnen, und die Dunkelheit ist nahe.» Ein Innehalten. «Die Raunacht ist gekommen, und nun ist das Verhängnis da. Von neuem streckt es seine Fänge aus nach dem Reich von Ord. Nicht anders als es zu Ottas Zeiten geschah, als das Kaiserreich den Versuch unternahm, den Norden der Welt unter sein Joch zu zwingen.»

«Das Kaiserreich?» Unwillkürlich beugte sich Bjorne ein Stück nach vorn.

Ein warnendes Zischen. Ein strenger Blick des Waffenmeisters, und rasch zog er sich wieder in die Schatten zurück.

«Was hat das Kaiserreich damit zu tun?», wisperte er, erntete aber nichts als einen neuen, unwilligen Blick, ein Nicken in Richtung des Podests. Morwen sprach weiter.

«Denkt zurück, Männer des Reiches von Ord! Denkt zurück an die Ära Ottas, des Großen Ebers! Denkt zurück an jene Zeit, als Scharen aus dem Kaiserreich unsere Grenzen überschritten, unser Vieh davonführten, Feuer an unsere Siedlungen legten und unsere Frauen schändeten!»

Wieder beugte Bjorne sich vor, gab diesmal aber sorgfältig acht, dass er sich weiter in den Schatten hielt. «Die Frauen nennt er zuletzt», murmelte er.

«In Eurer Heimat hätte er sie vermutlich zuallererst genannt», brummte der Alte neben ihm. «Wo die Frauen sogar aus eigenem Recht ihre Höfe bewirtschaften dürfen, wie man hört. – Doch es sind vor allem Hochländer, die er in seinen Scharen weiß. Das Gebirge ist eine karge Gegend. Den Verlust ihres Viehs könnten sie schwerer verschmerzen als die Schändung ihrer Weiber.»

«Wildes Volk aus der Rabenstadt war es, das unsere Lande heimsuchte!» Morwen hob die Stimme. «Aus der Westmark, der Ödmark und Provinzen noch weit jenseits davon! Fremdlinge mit fremder Sprache, mit fremden Sitten, mit fremder, dunkler Haut!»

*Dunkler Haut?*» Bjorne verstummte sofort, als er sich an die Mahnung des Waffenmeisters erinnerte. Doch vermutlich hätte er ebenso gut aus Leibeskräften brüllen können, und dennoch hätte ihn dort unten niemand bemerkt. Denn schon hatten Morwens Anhänger die zunehmende Leidenschaft seiner Rede aufgenommen. Äußerungen der Zustimmung für die Worte des selbsternannten neuen Königs mischten sich mit Empörung über die Untaten der Kaiserlichen, sodass es keinen Augenblick mehr still war auf dem Platz zu Füßen der Beobachter. Und Bjorne glaubte zu spüren, wie die Krieger nach wie vor an jedem einzelnen von Morwens Worten hingen. Nur dass diese Worte Unsinn waren.

«Meine Mutter stammte aus dem Kaiserreich!», wisperte er. «Ihre gesamte Familie. Genau wie viele andere Familien in Thal und den Dörfern an den Grenzen zur Öde. Wie könnte es auch anders sein, nachdem die Gegend jahrhundertelang zum Kaiserreich gehört hat? Und die Haut dieser Menschen ist nicht dunkler als meine oder …»

Er hielt inne, als der Waffenmeister ihn musterte mit seinem Gesicht wie erdfarbenes Leder, gegerbt von einem Leben auf Feldzügen.

«Sie ist nicht dunkler als meine», murmelte Bjorne.

«Woran ich keinen Lidschlag zweifle, Sohn des Jarls von Thal.» Rodgerts Stimme blieb leise. «Was sich bei den Hochländern allerdings ganz anders verhält, denn die meisten von ihnen haben ihre Berge zeit ihres Leben noch niemals verlassen. Wie ein Mensch aus dem Kaiserreich aussieht, haben sie soeben von Morwen erfahren: Seine Haut ist dunkel.»

Verwirrt sah Bjorne ihn an, blickte dann für einen Moment in die Tiefe, wo Morwen die Kämpfe des großen Otta nun in allen blutigen Einzelheiten schilderte. Schließlich sah er wieder den Alten an. «Dunkel», murmelte er. «Dunkel wie die Haut der Frau aus dem Süden.»

«Fremd und dunkel», bestätigte der Waffenmeister. «Von fremden Sitten, fremder Sprache – so fremd, dass sich niemand mit ihr verständigen kann. Genau so sind sie, jene Viehräuber, Mordbrenner und Frauenschänder aus dem Kaiserreich: Das ist es, was Morwen seinen Gefolgsleuten vermitteln will. Denn gegen solche Leute müssen sie sich nun von neuem zur Wehr setzen, wenn das Reich der Esche seine Klauen wieder nach dem Norden ausstreckt – in Gestalt der Unbekannten, der Frau aus dem Süden. Und ihrer Verbündeten, die sich damit gegen das Reich von Ord stellen: Hochmeister Ostil und das Mädchen Sölva – und der Thronfolger von ihren Gnaden: Mornag.»

«Das ist …»

«Das sind Worte von einem Geschick, wie es Morwen nicht

zu Gebote steht. Niemals kann er selbst sie ersonnen haben. Schaut über seine rechte Schulter, und Ihr seht, von wem sie stammen.»

Bjorne drehte den Kopf, sah den Mann, der eine Fackel in der Hand hielt wie alle, die sich auf dem Podest um Morwen versammelt hatten. «Alric», murmelte er, als er die krötenähnlichen Züge erkannte. «In der Jurte des Hetmanns sah ich, wie er einer Gefangenen die Kehle durchschnitt.»

«Gewiss nicht, um damit die Frau aus dem Süden zu rächen, die das Feuer der Hasdingen-Hexe traf. – Das Hetmannsgeschlecht der Charusken ist ausgelöscht, aber Alric steht ihm im Blute am nächsten. Und es ist kein Geheimnis, dass er sich für den einzig geeigneten Erben hält. Was glaubt Ihr? Morwa hat sich geweigert, ihn an die Spitze des Stammes zu setzen. Ob sich wohl Morwen dazu bereitfinden wird, der ihm doch so viel zu verdanken hat? Mit Sicherheit wird Alric diese Erwartung hegen. Nicht anders als Fafnar und Fastred sie in Bezug auf die Vasconen hegen werden. Schließlich haben sie gleichermaßen ihre Männer herbeigeführt, sodass ihnen Morwen ebenfalls zum Dank verpflichtet ist.» Ein Nicken. Links von Morwa verharrten die beiden Vasconen: klein und dicklich der eine, groß und dürr der andere. Unterschiedlich, wie Brüder nur sein konnten, die traditionelle Haartracht der Vasconen ausgenommen. Die Angehörigen des Stammes pflegten sich Knochen ihrer getöteten Gegner in den Kriegerzopf zu flechten.

«Seht sie Euch an!», murmelte Rodgert. «Seht Euch an, wie sie jedes von Morwens Worten mit Beifall bedenken! Die meisten könnten ebenso aus ihrem eigenen Munde stammen. Nur würden sie dann zwar möglicherweise ihre Stammesbrüder beeindrucken, hätten aber kein vergleichbares Gewicht unter jenen aus den Reihen der Tiefländer, die sich dort unten bei Morwen eingefunden haben.»

Der Alte nickte knapp, und Bjorne musste die Augen zusammenkneifen, bis er erkannte, auf welche Gruppe Rodgert gewiesen hatte: einige Dutzend Männer, auf überlange Speere gestützt, wie die Bewohner des von Sümpfen umgebenen Eik sie nicht allein als Waffen nutzten. Das stumpfe Ende voran wussten sie die Schäfte voller Geschick in den trügerischen Boden zu rammen, um auf sie gestützt über das Hindernis hinwegzusetzen und den schwerer gerüsteten Gegner hinter sich zu lassen.

«Solche Männer allein wären Morwen sicher», erklärte der Alte. «Und er mag sich einbilden, dass er die Edlen der Hochländer als Werkzeuge nutzt, um auch die Stämme des Gebirges auf seine Seite zu bringen. Doch damit täuscht er sich, wie ein Mensch sich nur täuschen kann. Das Gegenteil wird der Fall sein! Er wird der Hammer sein in ihren Händen, und gewaltige Schläge werden sie mit jenem Hammer austeilen gegen jeden, der sich an der Seite seines Vaters hält. Morwen: *unser* König.» Er musterte den Jüngeren. «Aber was bedeutet das schon, wenn er doch nur tun kann, was ihnen so gut wie ihm zupasskommt? Ebenso gut könnten sie ihn an die Spitzen ihrer Standarten spießen wie den ausgeweideten Leib eines Geistertiers. – Ohne jeden Zweifel werden sie sich an seiner Seite in die Schlacht werfen.» Eine bedächtige Pause. «Oder doch dicht *hinter* ihm. Denn Morwen und jenen Tiefländern, die bereit sind, sich gegen ihren rechtmäßigen König zu stellen, werden sie großmütig den Platz in den vordersten Reihen einräumen. Es mögen nicht viele sein, doch mit Sicherheit genug, um das Blut ihrer eigenen Streiter, der Männer aus dem Gebirge, zu schonen.»

«Sie erheben sich gegen Morwa», murmelte Bjorne. «Morwa

aber gebietet über einen Heerbann, der sie schon einmal in den Staub gestoßen hat. Wenn es ihnen nun aber gelingt, ihn im Bündnis mit Morwen zu besiegen – warum sollten sie sich dann auf einmal Morwens Herrschaft fügen? Er wird schwächer sein als sein Vater. Wenn die Tiefländer, die sich ihm anschließen, in der vordersten Reihe kämpfen, werden viele von ihnen fallen. Und ebenso werden auf der Gegenseite eine große Zahl von Morwas Gefolgsleuten in den Staub sinken. Und von jenen, die überleben unter denen, die auf der Seite des rechtmäßigen Königs fechten, werden viele sich weigern, Morwen jemals als ihr Oberhaupt anzuerkennen gegen den ausdrücklichen Wunsch seines Vorgängers.»

Düster neigte der Alte das Haupt. «Ganz gleich, wer den Sieg davonträgt im Kampf des Sohnes gegen den Vater: Morwen wird in jedem Fall der Verlierer sein. Das aber haben sie ihm nicht erzählt, Alric und die anderen. Deshalb kann er es nicht wissen. Wobei ich bezweifle, dass er es überhaupt würde wissen wollen. Glaubt er doch über ein Mittel zu verfügen, mit dem sich jede Frage zu seinen Gunsten entscheiden lässt: die Waffe in seiner Rechten.»

«... und so, nach Jahren der Kämpfe, waren die Lande von Ord von Fremdlingen frei.» Morwen schien eben an das Ende seines Berichts zu kommen. «Die Leiber der kaiserlichen Söldner deckten die Walstatt nach jener letzten, blutigen Schlacht. Jenen aber, die lebend in seine Hände geraten waren, ließ Otta die Augen ausstechen: jeweils hundert von ihnen zugleich, während er dem einhundertsten eines seiner Augen beließ, damit er die übrigen ins Reich der Esche zurückführen könnte. Auf dass man dort sähe, was einem jeden Fremdling widerfahre, der es wagte, die Marken zu durchqueren und einen Fuß in die

Lande von Ord zu setzen. – So, Hochländer, Tiefländer, pflegte mein Ahnherr seinen Feinden zu begegnen. Von solchem Wesen war der große Otta, der als Erster den Reif von Bronze trug über das Reich von Ord. Otta, der ein Mann des Schwertes war, aber auch ein Mann der Großmut und der Weisheit. Wer seine rechtmäßige Herrschaft anerkannte, den nahm er auf in seine Huld, und nicht anders werde auch ich handeln.»

«*Rechtmäßig*», knurrte Rodgert. «Wie kann ein Mann, der sich aufmacht, den Reif des Königs aus den sterbensklammen Fingern des eigenen Vaters zu winden, von einer rechtmäßigen Herrschaft sprechen?»

«Wird das noch einen Unterschied bedeuten?», fragte Bjorne leise. «Ob seine Herrschaft rechtmäßig ist oder nicht, wenn er den wahren Reif einmal auf dem Haupt trägt und auf Morwas Stuhl sitzt?» Er hielt inne. «*Kann* er den König schlagen?», fragte er. «Ist er stark genug dazu?»

Der Waffenmeister schien zu zögern. Hinter dem Königssohn und seinen Verbündeten hatte eine lange Reihe von Kriegern der unterschiedlichen Stämme Stellung bezogen, die Feldzeichen in die Höhe gereckt, an deren Spitzen die Embleme und Geistertiere der Hoch- wie der Tieflande zu erkennen waren.

«Ich sehe die Krähe der Charusken», sagte der Alte leise. «Und ich sehe den Eisfuchs der Vasconen. Und tatsächlich sind Alric und die vasconischen Brüder hier, und sie sind die wichtigsten Anführer in ihren jeweiligen Stämmen, aber beileibe nicht die einzigen. Bei den Vasconen kann ich das Banner der Bergleute nicht entdecken, die in den Stollen des Steinwächters Dienst tun: eine kleine, aber sehr tapfere Schar; Morwa hat ihr all ihre alten Vorrechte bestätigt, als der Stamm die Waffen streckte. Gut möglich, dass sie jetzt an seiner Seite verharren. Ebenso wie die

Eisernen der Charusken offenbar, die ihrem Hetmann einst als Leibgarde dienten – Hetmann Gerfrieth, Gerdoms Sohn, der das Kriegsglück auf seiner Seite glaubte. Mit höhnischen Worten ließ er Morwa die Wahl, entweder den Nacken unter seiner Axt zu beugen oder aber in seinem, Gerfrieths, Aufgebot als Trossknecht Dienst zu tun. – Doch er hatte sich getäuscht, wie sich zeigte. Morwa war am Ende der Sieger. Aber er hat die höhnischen Worte nicht zu Gerfrieths Schaden ausgelegt.»

«Er hat ihm vergeben?»

«Er hat ihm mit eigener Hand den Kopf abgeschlagen.» Ohne den Blick von den Feldzeichen zu wenden. «Ihm aber anschließend ein ehrenvolles Begräbnis zukommen lassen, wie die alten Riten seines Stammes es vorschrieben. Das wird den Eindruck auf seine Eisernen nicht verfehlt haben. – Und bei den Speerträgern sehe ich den Sumpffreiher von Eik.»

In diesem Augenblick, dem Augenblick, in dem ein Volk der Tieflande ins Spiel kam, veränderte sich der Ton des alten Mannes. Bitterkeit, dachte Bjorne. Und war sie nicht zu verstehen? Wie viele Jahre mussten diese Männer Teil von Morwas Heerbann gewesen sein? Wem konnten sie vertrauter sein als Morwas Waffenmeister?

«Doch es ist nur ein einziges Zeichen», murmelte Rodgert. «Und ich sehe Banner aus einigen der kleineren Städte an der Küste, aber keines aus Vindt. Die Tieflande sind in der Tat nur schwach vertreten. – Ihr wolltet wissen, ob Morwen seinen Vater schlagen kann?» Jetzt wandte er sich Bjorne zu. «Deutlich weniger als die Hälfte unseres Heerbanns ist bereit, ihm zu folgen. Und dennoch ist das Aufgebot stärker als alles, was uns während des Sommerfeldzugs in einer einzelnen Schlacht gegenüberstand, und jeder, der auf der anderen Seite zur Waffe greift, wird zudem auf unserer Seite fehlen. Tiefländer hier – und Tiefländer dort. Hochländer hier – und ebenso auf der anderen Seite. Das ist der Unterschied in dieser Nacht. Wir hielten den Zwist für überwunden zwischen den Völkern des Königreiches von Ord? In dieser Nacht wird er von neuem aufbrechen, grimmiger denn je. In dieser Nacht wird Bruder gegen Bruder fechten.»

*Bruder gegen Bruder.* Bjorne vergrub die Hände in der Wärme seiner Achselhöhlen. Der Wind blies schneidend, fuhr hoch an der Flanke des versehrten Baus der Uralten, und er kam von Norden, vom Eis der Erfrorenen Sümpfe her, über denen das lodernde Leuchten stand. Wie Blut lag sein Widerschein auf der schwarzen Schlacke der Trümmer.

«Quer durch die Völker geht der Riss in dieser Nacht.» Der Alte blickte nun wieder unverwandt in die Tiefe. «Der größere Teil der Hochländer auf Morwens Seite? Der größere Teil der Tiefländer, der dem König die Treue hält? Morwa wird nicht mehr die Kraft aufbringen, seine Männer anzuführen, wenn es zur Schlacht kommt. Mornag wird an seine Stelle treten, und er ist ein geübter Stratege. Doch wird ihm das nützen, wenn Morwen mit seinen Reitern heranfegt in seinem wilden Überschwang? Wird es überhaupt einen Unterschied bedeuten, ob nun er oder aber sein Bruder am Ende noch aufrecht steht inmitten der Gefallenen? Männer des Nordens, Männer von Ord zu beiden Seiten. Spielt all das eine Rolle, wenn etwas zerrissen ist, das unter solchen Mühen aneinandergefügt wurde?»

Düster nickte Bjorne. «Keine noch so kundige Näherin wird ein zerrissenes Gewand wieder in einer Weise aneinanderfügen, ohne dass die Naht zu sehen ist», murmelte er.

Der Alte schwieg. Stumm blickte Bjorne auf das Meer der Lichter. So viele Menschen dort unten in der Tiefe. Zumindest aber hatte er keines der Banner aus Thal gesehen in Morwens Rücken. Es zeigte einen mächtigen Turm in einer gebirgigen Senke, und die Verstärkungen, die Bjorne selbst dem Aufgebot des Hetmanns zugeführt hatte, hatten Dutzende dieser Banner getragen. Offensichtlich hatte sich niemand von seinen Männern dem Aufstand angeschlossen. Doch wenn am Abend die Wachtfeuer entzündet wurden, mischten sich die Krieger der unterschiedlichen Aufgebote. Mit Sicherheit mussten sich dort unten Krieger befinden, die er kannte. Männer, mit denen er an den Feuern gescherzt und vielleicht den Weinschlauch geteilt hatte. Und mit Sicherheit nicht Männer allein. Viele der Streiter, gerade jene aus den Hochlanden, wurden von ihren Weibern und Kindern begleitet, und wie viele weitere Unbewaffnete gehörten dem Aufgebot außerdem an? Wäscherinnen und Hufschmiede, Trosshuren und Pferdeknechte. Konnten all diese Menschen böse Menschen sein? Durch und durch böse, einzig, weil sie für Morwen Partei ergriffen?

«Uns bleibt nur eine Wahl», murmelte der Alte bitter. «Euer Bogen.»

Bjorne nickte stumm und … Er verharrte mitten in der Bewegung, bevor er sich langsam zu dem Waffenmeister drehte. *«Mein Bogen?»*

«Dreihundert Fuß. Der Pfeil wird von schräg oben kommen, und die meiste Zeit steht Morwen an ein und demselben Fleck. Ihr werdet nur Gelegenheit zu diesem einen Schuss haben, dafür aber könnt Ihr Morwen ohne Eile anvisieren.» Einen Augenblick Schweigen. «Er trägt keinen Panzer. Ein großes Ziel.»

«Aber …»

«Kommt Ihr mit mir, um den Jungen zu töten, den ich aus den Armen seiner Amme nahm und die ersten Hiebe mit dem Holzschwert lehrte?»

Rodgert ließ ihn nicht aus den Augen. «Das war meine Frage an Euch, Sohn des Jarls von Thal. Ihr habt eingewilligt, und nun sind wir hier. Und ich bin weder geübt im Fernkampf, noch sind meine Augen dreißig Jahre jünger, als sie sind. *Ihr* seid der mit dem Bogen.»

«Aber damit bin ich noch kein Meuchelmörder! Ich bin ein Krieger des Reiches von Ord, im Tempel von Thal mit dem Schwert gegürtet! Ich habe die Heiligen Eide geleistet, die Waffe nur in ehrenhafter Weise ...»

«Tot werdet Ihr in Kürze sein!» Gezischt. «Wir alle beide, wenn Ihr Eure Stimme nicht dämpft! – Und es steht Euch selbstverständlich frei, Euch hinunter auf den Platz zu begeben und die Vasconen und Charusken höflich zu bitten, Euch aus dem Weg zu gehen, damit Ihr Morwen zum Zweikampf fordern könnt mit Eurem *Schwert*.» Das Wort *Schwert* mit einer Betonung, dass es nicht weit war zu dem Punkt, an dem Bjorne den Alten selbst hätte zum Kampf fordern müssen. «Nur dass Ihr das nicht tun werdet, weil Ihr nämlich nicht allein kein Meuchelmörder seid, sondern obendrein auch kein Dummkopf.» Der letzte Satz in einem eine Spur verbindlicheren Tonfall.

Bjorne presste die Zähne aufeinander, dass seine Kiefer zu schmerzen begannen. Der alte Mann hatte recht. Und schlimmer noch: Er wusste, dass er recht hatte. Und dass Bjorne das ebenfalls wusste. Und dennoch ...

Der Waffenmeister ließ ihm keine Zeit zum Nachdenken. «Ihr seht die Farbe des Himmels? Ihr hört Morwens Worte? Nicht er allein wird am Ende der Verlierer sein, wenn er diese Männer gegen seinen Vater führt. Undenkbar, dass das Reich von Ord einen solchen Kampf übersteht, ganz gleich, wer den Sieg davonträgt. Morwas Lebenswerk, dreißig Jahre der Kämpfe, der Tod Hunderter guter Männer: All das wird dann vergeblich gewesen sein, und die Dunkelheit wird uns verschlingen, Ehrenhafte und Unehrenhafte alle zusammen. Aber gut, Ihr habt natürlich recht: Zumindest wird man Euch dann keinen Meuchelmörder schimpfen. Es wird ja niemand mehr da sein, der das tun könnte.»

Bjorne starrte den Alten an.

«Wobei ...» Wie eine Nebensächlichkeit. «Ihr habt geschworen, Euer Schwert nur in ehrenhafter Weise zu führen in Eurem Tempel in Thal? – War da von einem Bogen überhaupt die Rede?»

Bjorne starrte ihn an. Er dachte nicht nach. Seine Rechte hob sich. Mit einer ruhigen Bewegung nahm sie den Bogen von der Schulter, griff nach dem Köcher, wählte sorgfältig zwischen den Pfeilen. Das Ziel war schräg unter ihm, doch dreihundert, wenn nicht dreihundertfünfzig Fuß waren eine beachtliche Flugbahn. Dort, der kürzeste von allen: Der Schaft war mit den dunklen Federn der Sumpfgans versehen, die ihn ruhig in der Luft halten würden.

Bjorne legte an, die Schulter gegen die Türöffnung gestützt. Morwen stand ruhig in diesem Moment. Und er begann von neuem zu sprechen.

«Der Fluch ist erwacht.» Seine Stimme hallte über den Platz. Kam es Bjorne nur so vor, oder schien das Rot über dem Horizont wie zur Antwort auf eine neue, bösartigere, noch düsterere Weise aufzuglimmen? «Auf dem Höhepunkt seiner Kraft war der Sohn des Morda in der Lage, einer jeden Anfechtung zu widerstehen. Eik und Thal und Vindt unterwarfen sich nicht allein, weil die Macht seiner Waffen sie bezwungen hatte. Sie versammelten sich deswegen unter dem Banner mit dem Keilerschädel, weil sie spürten, wie in Morwas Adern das Blut des alten Otta, des großen Ebers, wirkte. Und aus denselben Gründen habt auch Ihr, meine Brüder aus den Bergen, Euch zuletzt dem Bündnis angeschlossen. Weil es ehrenhaft ist für einen Streiter, sich einem Herrn anzuschließen, dessen Mut und Kraft der eigenen überlegen ist. Zumal wenn ihn dieser Mut und diese Kraft beseelen, weil der Blick der Unsterblichen auf ihm ruht. Und wenn sein Ziel eines ist, das ein Krieger des Reiches von Ord nur unterstützen kann: dass der Norden stark sei gegen die Dunkelheit, die sich über die Lande senkt, und dennoch stolz und frei. – Denn wir sind Nordleute!» Mit erhobener Stimme. «Wir beugen das Knie vor niemandem!»

Laute Rufe der Zustimmung. Doch Bjorne spürte den auffordernden Blick des Alten auf sich. Die Gelegenheit, die Tat zu vollbringen, würde sich nicht endlos bieten.

Bjorne biss die Zähne aufeinander. Er hielt den Bogen gespannt, und es bedeutete eine erhebliche Anstrengung, ihn unter dieser Spannung zu halten. Er hatte die Bahn berechnet, die der Pfeil nehmen würde. Schräg von oben: Er war sich sicher, dass er das Geschoss ins Ziel bringen konnte. Der Hals, dachte er, und kam sich trotz allem wie ein Meuchelmörder vor. Die entblößte Brust des Königssohnes war zwar ein größeres Ziel, aber eine Wunde dort musste nicht unter allen Umständen tödlich sein.

Doch Morwen bewegte sich jetzt, wandte sich mal an diesen, mal an jenen Teil seines Aufgebots. Und Bjorne war gezwungen, in seiner angespannten Haltung zu verharren. Seine Schulter begann zu schmerzen; seine Augen waren angestrengt zusammengekniffen. Sie würden mit jedem Atemzug unzuverlässiger werden. Das Knistern des Firmaments war in seinem Kopf wie ein Echo des rötlichen Waberns, das sich auf die Überreste von Endberg legte, auch in Morwens Rücken. Ein Brodeln, vor dem die Gestalt des selbsternannten Königs immer schwieriger auszumachen war.

«Und doch hat es wieder begonnen!» Mit jedem Satz schien Morwens Stimme eindringlicher zu werden, bezwingender. «Das Kaiserreich hat seine Sendboten ausgeschickt, und längst sind sie mitten unter uns. Dunkel. *Schwarz*. Schwarz wie die Raben der Rabenstadt. Und Morwa, Sohn des Morda, ist nicht länger der mächtige, misstrauisch-wachsame Eber wie ehedem. Er ist schwach geworden, der alte Recke. Alt und verwirrt hat er ihren Einflüsterungen nachgegeben und ist bereit, das Knie zu beugen vor jenen aus dem Kaiserreich. Und ebendas ist es, was er uns allen abverlangen wird, jedem Einzelnen von uns: Im Staub zu kriechen vor jenen aus dem Süden!»

«Er ...» Die Spitze von Bjornes Pfeil folgte Morwens Bewegung. Blieb er für einen Augenblick stehen? Nein. Wieder wandte er sich einer neuen Gruppe von Kriegern zu, fortfahrend in seiner Rede, die sich mit jedem einzelnen Satz zu steigern schien. «Er ... muss doch wissen, dass er Unsinn redet», presste Bjorne hervor. Schweiß war auf seine Stirn getreten. Alles, das zu Schlacke geschmolzene Mauerwerk in Morwens Rücken, war rötlich glühendes Flimmern. «Die Frau aus dem Süden ist stumm. Wie soll sie dem König irgendetwas einflüstern, wenn sie sich überhaupt nicht mit ihm verständigen kann? Wie soll sie irgendjemanden bedrohen, wenn das Feuer der Hexe gerade sie so schrecklich verletzt hat?»

Der Waffenmeister schwieg jetzt, und Bjorne hatte keinen Blick für ihn. Morwen hatte sich im Zentrum seines Podestes aufgebaut, die Arme beschwörend erhoben. Das Glühen: Es war überall in seinem Rücken, nein, unmittelbar hinter Morwen schien es sich zu konzentrieren, düster leuchtend, als pulsiere genau dort, im zu Schlacke gewordenen Mauerwerk, das Herz jenes unheiligen Feuers. Schmerzhaft zog es sich zusammen, dehnte sich von neuem. Ein Bohren, ein Hämmern war in Bjornes Kopf, das diese Frequenz aufnahm, während sich das Glühen weiter verdichtete zu einem grellen, scharf geschnittenen Umriss im Rücken des Mannes auf dem Podest.

Bjorne spürte Übelkeit, spürte Schwäche. Das Licht, das Glühen: Nein, es war nicht allein in seinem Kopf. Hatten sich die Laute aus der Menge der Krieger verändert? Waren da andere Laute? Rauere, tiefere Laute? – Jetzt eine Stimme, doch diese Stimme war ganz nah, und sie klang – besorgt? Es war der Alte an seiner Seite, doch Bjorne durfte nicht auf Rodgerts Worte hören. Die Spitze seines Pfeils war auf einen Punkt weit über Morwens Kopf gerichtet, doch genau dieser Punkt war es, auf den er zielen musste, wenn er den Winkel, die Entfernung, das Gewicht des Pfeiles einberechnete. Er war sich sicher, dass seine Einschätzung stimmte: So würde die Spitze den Hals durchbohren, wenn Morwen nur noch einen Moment … Doch wieder bewegte sich der Mann mit dem Reif von Bronze auf dem Haupt, und Bjorne zwang sich, weiter in der verkrampften Haltung zu verharren, unter seiner Schulter die Wand des hoch aufragenden Gebäudes. Um keinen Preis durfte er sich von ihr lösen. Zu seinen Füßen war Leere, Hunderte von Fuß.

«Otta …» Jetzt hielt Morwen für einen Augenblick inne. Die Gelegenheit zum Schuss? Schon trat er wieder einen Schritt beiseite. «Otta war ein König, wie die Welt keinen gesehen hat in Jahrhunderten um Jahrhunderten. Und große Helden verrichteten ihren Dienst unter seinen Fahnen: Ældreth, der die Heeresmacht des kaiserlichen Seneschalls zerbrach in der Schlacht auf dem Eis vor den Toren von Westerschild. Hædbjorn, der Thal im Handstreich nehmen konnte nach drei Jahren und drei Tagen der Belagerung. Männer, die ihrerseits ihren Platz haben in den Sagen und Erzählungen der Skalden. Männer, wie sie nicht länger unter uns wandeln in diesen Tagen. Männer von einem Wagemut, von einer Weitsicht, von einer Waffengewalt, dass ein jeder Heerbann, ein jedes Reich dieser Welt sich glücklich preisen würde, einen solchen Mann an seiner Spitze zu wissen. Und dennoch wäre es keinem dieser Männer in den Sinn gekommen, selbst nach dem Reif von Bronze zu streben, der Ottas Haupt zierte, so wenig wie dies Ottas Söhnen in den Sinn gekommen wäre. Weil Otta stark war. Stärker als jeder Einzelne von ihnen. Der große Eber, der der Rotte voranstürmt und einen jeden blutend in den Staub sendet, der es wagt, seine Macht herauszufordern.»

Das Raunen, das *Rauschen* aus der Tiefe war stärker und stärker geworden. Es war mehr als ein Rauschen; es war ein Donnern. Und es war mehr als ein Donnern; es waren schwere Hufe, die am Boden Tritt fassten, auf gefrorene Erde trommelten in einem Takt, der sich steigerte und weiter steigerte. Waren es Laute, tatsächlich Laute? Der rote, grell flirrende Umriss im Rücken des Königssohnes, der Umriss, der immer deutlicher wurde, mehr als ein Umriss war, eine gigantische, massige *Gestalt* gewann, nicht länger Teil der zu Schlacke gewordenen Mauer war, sich aus dieser Mauer löste, sich bewegte: War das tatsächlich ein Bild, das Bjornes Augen wahrnahmen?

Da war er selbst, und da war der andere Mann, der Mann auf dem Podest in der Tiefe. Und da war der Pfeil auf Bjornes Bogensehne und die Bahn, die dieser Pfeil nehmen würde, von der

Hand des einen Mannes in die Kehle des anderen. Diese Bahn war unsichtbar, ja, sie war weniger als unsichtbar, solange Bjorne nicht die Finger von der Sehne löste. Und doch hatte all das eine Bedeutung. Der eine Mann besaß die Macht, mit dem Pfeil von seiner Sehne den anderen Mann zu töten, während jener andere Mann mit seinen Worten nicht allein das Leben des Schützen auslöschen konnte, sondern jede einzelne Seele in der Ruinenstadt. Dem ganzen Reich drohte die Vernichtung, wenn es, seiner Heeresmacht beraubt, jedem Eroberer offen stand mit Folgen für die gesamte Welt. All das war ... *verbunden*. Alles war mit allem verbunden: Bjorne selbst, Morwen auf seinem Podest und im Rücken des Königssohnes jene gewaltige lodernde Präsenz, die den Horizont füllte und zugleich auf mächtigen Hufen herandonnerte. Und da war noch etwas. Etwas, das noch nicht deutlich war. Etwas, das sich mühsam regte wie in tiefem Schlummer, darum kämpfte, zu Bjorne durchzudringen. Zugleich aber spürte er, *wusste* er, dass es ebendieses Etwas war, das ihn Dinge sehen ließ, Dinge hören ließ, die seinen Ohren, seinen Blicken hätten versperrt sein müssen.

Da war ein neues Geräusch, ein ersticktes Stöhnen, und Bjorne wusste, dass dieses Geräusch anders war. Dass es sich um ein Geräusch handelte, das er tatsächlich hörte, weil es von seinen eigenen Lippen kam. Seine Hand zitterte. Mit äußerster Willensanstrengung zwang er sie zur Ruhe, die Pfeilspitze auf Morwen gerichtet.

«Otta selbst war es, der in einer Winternacht im dreizehnten Jahr seiner Regentschaft mit sich zu Rate ging», verkündete Morwen. «Weil er spürte, was kein anderer noch wahrzunehmen vermochte: das Alter. Die Schwäche. Das Wissen, dass jene Kräfte, mit denen er das Reich von Ord errichtet und gegen die erdrückende Übermacht der Kaiserlichen gehalten hatte, zu schwinden begannen. – Er war noch nicht alt.» Für einen Augenblick leiser, doch musste nicht genau das erst recht die Aufmerksamkeit der Krieger auf die Worte lenken? «Er war um viele Jahre jünger, als Morwa es in diesen Tagen ist. Doch er spürte, dass er schon bald nicht länger der Stärkste sein würde in der Rotte und in den Reihen der Anführer. Dass einer der anderen, der jüngeren Keiler in der Lage sein würde, ihn niederzuwerfen, um sich selbst an seine Stelle zu setzen.» Einen Augenblick Schweigen. «Und er musste gar hoffen, dass dies geschehen und einer von ihnen sich aus der Deckung wagen würde. Droht doch jener Rotte Gefahr, die nicht den stärksten ihrer Keiler an die Spitze stellt, sondern einen, dessen stolzeste Zeiten schon hinter ihm liegen. – All das erkannte er, und er traf seine Entscheidung. Er, der die Wege der Posten kannte, die seine Methalle hüteten im Tal von Elt. Er, der erfahren war in tausend Listen und sich ihrem Auge zu entziehen wusste, sodass er ungesehen in die Stallungen gelangte, um seinen Sattel auf den Rücken von *Schnee* zu legen, seiner treuen, erfahrenen Stute, die ihn durch so viele Fährnisse getragen hatte. Und so entwich Otta und ritt davon, und niemals wieder hat ihn ein Menschenauge als Lebenden erblickt.»

Bjornes Finger zitterten. Es gelang ihm nicht länger, sie zur Ruhe zu zwingen, doch er *musste* den Schuss anbringen.

In Morwens Rücken erhob sich die gewaltige, flammende Präsenz, die ihre Gestalt mehr und mehr verfestigte. Keine menschliche Gestalt: Beine wie lodernde Säulen, ein breiter Schädel, der unmittelbar am Nacken anzusetzen schien. Auf donnernden, trommelnden Hufen fegte sie heran im Rücken des Königssohnes, der nichts davon wahrzunehmen schien. Die Menge der

Krieger aber: Ihre Rufe hatten sich verändert. Wichen sie zurück vor Morwen, ihrem Anführer, ihrem *König*?

«Immer nach Osten ritt Otta, elf Tage und elf Nächte hindurch, ließ *Schnee* die eisigen Gebirgsflüsse durchschwimmen, fern der Siedlungen, weil er die Gegenwart der Menschen scheute und nur einem noch begegnen wollte in diesem Leben: dem Bruder Eber, der in den unendlichen Waldungen hauste, wo die Leute aufhören, den Orten Namen zu geben. Dort, wo der Norden sich in der Steppe verliert. – Hat er den Eber gefunden? War es umgekehrt der Eber, der auf seine Fährte stieß? Niemand hat den Kampf der beiden gesehen. Ihre Gebeine nur fand man, niedergestreckt, im Tode noch einander umklammernd im harten Ringen. Die Hauer des Bruders Eber aber, der Otta das Leben nahm, werden bis auf diesen Tag im Schrein von Elt gehütet, der die Hauptlinie von Ottas Haus auf allen ihren Zügen begleitet. Zur Mahnung. Denn der Herr von Elt, der Erbe des Königreichs Ord, muss seinem ganzen Volk Anführer sein. Zu jeder Stunde muss er bereit sein, gegen die jüngeren Keiler zu bestehen, weil seine Schwäche auch die Schwäche seines Volkes ist, und keinen Augenblick wird das Kaiserreich zögern, sich diese Schwäche zunutze zu machen. Hochländer! Tiefländer! Wenn Ihr vor den Abgesandten der Rabenstadt auf den Knien rutschen wollt, so haltet Euch an Morwa, der schwach und müde geworden ist und ihnen alle ihre Wünsche erfüllen wird. Haltet Euch an jene, die er für seine Nachfolge bestimmt hat und die ihn weiterhin als ihren Anführer gewähren lassen, obwohl auch sie ihn längst von seinem geschnitzten Stuhl stoßen könnten. Denn sie sind angesteckt von seiner Schwäche und werden nicht anders handeln als er, wenn sie den Stuhl bestiegen haben von Gnaden des Kaiserreichs. Wenn Ihr aber den wahren Eber ...»

Es war dieser Moment. Die gewaltige lodernde Keilergestalt raste heran, und in Morwens Rücken stoben sie auseinander, die Krieger mit den Feldzeichen und Geistertieren ihrer Stämme, wurden hinweggerissen von der alles bezwingenden Macht des flammenden Ebers, die die Macht eines Feuers war, wie die Welt es nicht mehr gesehen hatte seit den Tagen der Uralten. Schreie. Chaos. Morwen selbst: Wurde er endlich aufmerksam?

Bjorne *wusste*, dass es zu spät sein würde, wenn die flammende Kreatur den ältesten von Morwas Söhnen erreichte. Nein, er wusste nicht, was dann geschehen würde, aber Morwen musste sterben, bevor der Eber heran war, der Fluch der Raunacht, der Fluch der alten Hasdingenfrau, der glühende Fluch von Endberg.

Das Hämmern und Pochen war in seinem Kopf, seine Augen waren unsicher, seine Finger kaum zu spüren, als er den Bogen hob, über Morwens Kopf zielte, und …

*Nein!*

Es war ein Schlag. Es war … Es gab keine Bezeichnung dafür. Ein Zerreißen in seinem Kopf, Schwindel, Schwäche, die Welt, die sich neigte, der Bogen, den er mühsam in den Fingern behielt, der Abgrund, der klaftertiefe Abgrund, der sich auf ihn zubewegte, bis etwas – Rodgert – ihn zu fassen bekam. Er begriff nicht. Da war etwas in seinem Kopf, jemand in seinem Kopf, und für den Bruchteil eines Augenblicks war da ein Schmerz auf seiner Haut, eine versengende Hitze über Brust und rechter Schulter und ein Gefühl … ein Gefühl, das *sie* war. Sie, die Frau, die grauenhaft verletzte, dunkelhäutige Frau. Die Frau, die den Schlag gegen ihn geführt hatte.

Der Eber. Der glühende Eber hatte Morwen erreicht. Bannerträger lagen sich windend am Boden, Alric presste mit schmerzverzerrtem Gesicht die Hand gegen die Schulter, doch Morwen selbst: Er stand. Er stand reglos. Und er brannte. Brannte, ohne dass die Flamme ihn verzehrte. Sie leckte am Stahl seines Schwertes empor, und für einen Moment schien das, was Morwen innerhalb dieser Kreatur möglicherweise noch ausmachte, das Flammenspiel mit einem Ausdruck der Verwunderung zu betrachten.

Doch es war nicht Morwen. Nicht mehr allein. Es war der älteste von Morwas Söhnen. Es war der junge Keiler, der sich daran begibt, den Vater Eber zum Kampf zu fordern. Und es war der flammende Fluch, den das Aufgebot von Ord heraufbeschworen hatte.

Schreie ertönten auf dem großen Platz, als die Männer auseinanderwichen, zurückwichen zum Ausgang des Platzes hin, in Ehrfurcht, die doch vor allem Furcht war, ein Erschauern vor dem, was sich vor ihren Augen ereignete. Bjorne wusste nicht, wie sie es sahen. Für ihn wechselte das Bild, war einmal Morwen, einmal Keiler, einmal flammende Kreatur. Doch er wusste, dass ein Teil von ihm mit *ihren* Augen sah, mit einem Blick, der einzig ihr, der Frau aus dem Süden, zu Gebote stand.

Nur eines war deutlich: Die Krieger strebten davon. Und das Wesen drängte ihnen nach, verließ den Platz, der Brücke entgegen, die sich zerschmolzen über die Straße spannte. Dem Zentrum der Ruinenstadt entgegen, der Jurte des Königs von Ord.

# SÖLVA

## DIE NORDLANDE:
## IN DEN RUINEN VON ENDBERG

«Ildris?»

Sölvas Stimme war ein Flüstern. Sie wagte es nicht, lauter zu sprechen. Ein Stück vor ihr hatte das Licht sich verändert. Das Licht, das aus keiner erkennbaren Quelle stammte, sondern aus den Wänden und der Decke des roh behauenen Stollens sickerte, der sich durch die Tiefen des Gesteins wand.

Vorsichtig setzte sie einen Fuß vor den anderen, und sie sah …

Sie sah eine neue Abzweigung. Eine Abzweigung, von der ein Stollen weiterführte, der sich in nichts von dem Gang unterschied, dem sie die ganze Zeit folgte. Kein *Fenster*, durch das sie Bilder von einem fernen Ort zu Gesicht bekam, wie es in Ildris' Gegenwart geschehen war. Einen ihrer Brüder vielleicht oder ihre Freundin Terve und die alte Tanoth, die die Jurte betreten hatten, der verletzten Ildris aber nicht würden helfen können. Weil Sölva und die Frau aus dem Süden fort waren. Durch das *Fenster* hatte das Mädchen über die Schulter der alten Hexe geblickt, und die Jurte war leer gewesen.

Und das war unerklärlich. Sölva hätte schwören können, dass Ildris und sie lediglich im Geiste gemeinsam eine Reise angetreten hatten. Ganz wie es schon einmal geschehen war, am Tag des Kampfes an der Ahnmutter, als Ildris sie durch die Wurzeln des Mooses auf das Schlachtfeld entführt hatte. Doch das war nicht der Fall. Es war anders als damals. Diesmal waren sie tatsächlich fort. Und Ildris …

«Ildris ist nun *doppelt* fort», murmelte sie, schüttelte den Kopf.

Es ergab keinen Sinn. Eben war die dunkelhäutige Frau noch an ihrer Seite gewesen, doch dann, während Sölva die Szene in der Jurte beobachtet hatte, musste sie verschwunden sein. Das Mädchen hatte in sämtliche Richtungen Ausschau gehalten, doch die Frau aus dem Süden, nicht länger schwanger und nicht länger verletzt, war fort.

Sölva hatte zwei Möglichkeiten gehabt auf der Suche nach ihr: dem Stollen weiter zu folgen oder aber sich zurück in jene Richtung zu wenden, aus der sie gemeinsam gekommen waren. Was wenig Sinn ergeben hätte. Schon weil sie nicht zu sagen wusste, was für ein Ort es war, an dem sie das Labyrinth der in den Fels gehauenen Gänge betreten hatten. Die letzte sichere Erinnerung blieb die Jurte. Und in der wirklichen Welt erhob sich die königliche Zeltbehausung auf einem freien Platz inmitten der Trümmer von Endberg, wo es nur Schlacke gab und gefrorenen Boden. Und keinen Weg in ein Höhlenlabyrinth.

«Und vor allem wäre es sinnlos», murmelte Sölva. «Einfach umzukehren.»

Ein Plan, dachte sie. Hinter alldem musste sich ein Plan verbergen. Ildris hatte sie in die Stollen geführt, um ihr die Bilder hinter den *Fenstern* zu zeigen. Aber das konnte unmöglich alles sein. Sölva hatte die dunkelhäutige Frau gefragt, ob es nicht irgendetwas gäbe, das sie – Sölva und Ildris selbst – tun könnten für Ildris' schreckliche Wunden. *Das gibt es*, hatte die Frau aus dem Süden gesagt. *Unter allen Umständen müsst ihr es tun, wenn all das einen Sinn gehabt haben soll.*

Etwas für Ildris tun, die sich gar nicht mehr hier befand, in diesem Hier, das sich selbst schon nicht recht benennen ließ? Was sollte das sein? Und rätselhafter noch: *Ihr* müsst es tun?

«*Ihr*», flüsterte Sölva. «Wer sind *wir*?»

Sie war allein. Und sie hatte nicht die Spur einer Ahnung, was Ildris von ihr erwartete. Doch was auch immer es sein mochte, und wohin immer die Frau sie hatte führen wollen: Es musste sich in dieser Richtung befinden. Vielleicht würde sie irgendwann auf einen Hinweis stoßen, dass es Zeit war, den Hauptstollen an einer bestimmten Stelle zu verlassen. Die jüngste Abzweigung befand sich links. Das machte dann elf Abzweigungen auf der linken und acht auf der rechten Seite, seit sie begonnen hatte zu zählen. Eine unauffälliger als die andere.

Also tiefer hinein in das verwirrende Netz der Stollen. Wobei der Gang nun eher aufwärts als abwärts führte, so weit es zu erkennen war. Einen winzigen Moment noch zögerte Sölva, dann setzte sie ihren Weg fort, horchte auf den Hall, den ihre Schritte von den Wänden zurückwarfen.

Ja, sie war allein, und natürlich hatte sie Angst. Nur ein dummer Mensch hätte keine Angst gehabt ganz allein an einem Ort, der womöglich nicht einmal zur wirklichen Welt gehörte. Und das eine hatte Sölva begriffen, seit sie in den äußersten Norden aufgebrochen waren und sie sich mit Ildris angefreundet hatte:

Gewiss war sie bloß die Tochter eines Kebsweibs, ein dummer Mensch aber war sie nicht. Möglich, dass sie Morwens Winkelzüge nicht durchschaut hatte, seine Machtgier und Rücksichtslosigkeit, doch das war schließlich niemandem gelungen, bis es zu spät gewesen war. Weder ihrem Vater selbst noch ihren Brüdern. Und auch den übrigen Ratgebern des Königs nicht. Insofern stand Sölva geradezu auf einer Stufe mit ihnen. Wobei der Sohn des Morda auch eine doppelt so kluge Tochter eines Kebsweibs schwerlich in den Kreis seiner Berater aufnehmen würde. Doch darauf legte Sölva ohnehin keinen gesteigerten Wert.

Sie hatte nur eine Aufgabe in dieser Nacht: Irgendeine Möglichkeit zu finden, Ildris und ihrem ungeborenen Kind zu helfen. Und ja, die Angst war da. Vor allem aber war sie verwirrt.

«Wer sind *wir*?», wiederholte sie wispernd und ließ im Weitergehen die Finger über das raue Gestein gleiten.

Und da war etwas. Unvermittelt blieb sie stehen, legte die andere Hand ebenfalls auf die grob behauene Oberfläche. Da, da war etwas. Der Stein schien zu zittern, zu vibrieren. In einem Rhythmus, als ob irgendwo über ihr irgendjemand oder *irgendetwas* schwere Schritte auf den Boden setzte.

Rasche Schritte. Trommelnde Schritte, die das Gestein zum Beben brachten. Jede einzelne der Erschütterungen war zu spüren, rascher und rascher aufeinander, jetzt begleitet von einem tiefen Laut, einem ... *Wump*.

Sölva hielt den Atem an. Schon spürte sie die Vibrationen auch unter ihren Füßen. Der Stollen war aus einem mürben und spröden Gestein geschlagen. Ein unterdrücktes Knirschen war zu hören, das im nächsten Moment deutlicher wurde, und nach einigen Augenblicken konnte Sölva erkennen, wie sich wenige Schritte entfernt ein feiner Nebel aus der Decke zu lösen begann.

*Wump. Wump.*

Staub! Feiner Staub, wo sich die Platten und Schichten des Felsens gegeneinander verschoben. Der gesamte gewaltige Verbund von Lagen eher rötlichen Gesteins nahe dem Boden, eher gelblichen Gesteins dicht unter der Decke war in Bewegung geraten, und noch immer hielt das Hämmern und Donnern an, schien lauter zu werden.

*Wump. Wump. Wump-wump-wump-wump.*

Gesteinsstaub rieselte zu Boden, schien dort wilde Tänze zu vollführen im Takt der Erschütterungen. Wenn Sölva nicht ...

Ein Bersten.

Die Decke des Ganges splitterte. Ein mächtiger Umriss sackte in die Tiefe, schien sich auf halber Strecke im Gestein zu verkeilen, *vor* Sölva, aufwärts, in jener Richtung, in die Ildris sie geführt hatte.

Hastig wollte sie zurückweichen, doch nein, es gab nur einen Weg, ihre Freundin zu retten und deren ungeborenes Kind. Und dieser Weg führte geradeaus, weiter aufwärts.

Sie stürzte voran. Schon hatte sie die Stelle erreicht, an der sich ein Teil der Decke löste, für einen Augenblick knirschend innehielt, um dann mit einem Mal ...

Sölva warf sich nach vorn, rutschte weg auf dem Geröll. Scharfkantige Steine schrammten über ihre Handflächen, ihr Knie traf schmerzhaft auf den Boden. Im selben Augenblick erschütterte der ohrenbetäubende Einschlag den Stollen, und eine Wolke von Staub schlug über ihr zusammen, von winzigen Trümmerstücken, die nach ihrem Rücken bissen.

Und noch immer hielt es an, das Hämmern und Donnern,

das bedrohliche Knirschen im Gestein. Sie lag am Boden, rührte sich nicht, jeden Augenblick darauf gefasst, dass sich neue Abschnitte der Decke lösen, auf sie niederdonnern würden. Der Staub war um sie, und sie vermied es, durch den Mund zu atmen. Fest presste sie die Lider aufeinander, konnte dennoch eine Ahnung des Lichtes wahrnehmen, das aus dem Inneren der Felsen kam. Es schien zu flackern wie eine Öllampe, deren Brennstoff zur Neige geht, um sich endlich, zögernd, eines Besseren zu besinnen.

Jetzt blieb das Licht, und vorsichtig öffnete Sölva die Augen, hustete, sog gepeinigt den Atem ein, als sie sich auf das verletzte Knie stützte, sich schwankend in die Höhe rappelte. Ihr Knie brannte, doch sie hoffte, dass es sie beim Gehen nicht behindern würde. Der Pelz, dachte sie. Der kostbare Zobelpelz, das Geschenk des Königs, er hätte sie beim Sturz geschützt, doch den Pelz hatte sie in der Jurte wärmend über Ildris gebreitet.

*Weiter!* Das Trommeln und Poltern war noch immer zu vernehmen, doch entfernte es sich nun? Gleichgültig. *Weiter!*

Mit jedem Schritt wurde der Stollen steiler. Trümmerstücke blockierten den Weg. Hier konnte Sölva ein Hindernis überklettern, dort musste sie sich durch eine Barriere von Gesteinsbrocken hindurchzwängen, hielt für einen Moment mit hämmerndem Herzen inne, als irgendwo über ihr ein dumpfes Rumpeln ertönte. Doch nichts geschah. Sie quetschte sich durch den Spalt, keuchte auf, als sie mit den Fingerspitzen zwischen die Trümmerbrocken geriet, dann war sie hindurch, hielt einen Moment lang inne, bevor sie den nächsten Abschnitt in Angriff nahm.

Er führte noch steiler nach oben als zuvor. Zudem schien er

linker Hand eine Kurve zu beschreiben, und das Licht aus dieser Richtung wirkte anders, rötlicher. Mit einem Knurren aber stemmte sie sich weiter empor, und ...

*Tschck!* Ein Geräusch, dem Summen einer Mücke ähnlich. Ein Luftzug, dicht an ihrer Schläfe vorbei. Ein Splittern an der Wand des Stollens.

Sölva warf sich zu Boden.

Ein Umriss. Der Umriss einer Männergestalt vor dem rötlicheren Licht, hochgewachsen, aber nicht von jener breiten, bärenhaften Statur, wie sie den wilden Stämmen des Hochlands eigen war. Eher im Gegenteil.

«Nicht bewegen!» Die Stimme war heiser. «Bleibt genau dort liegen, und Euch wird nichts ...»

Es war die Stimme eines Mannes. Jetzt brach sie ab. Geräusche waren zu vernehmen, die das Mädchen nicht recht einschätzen konnte. Ein Murmeln und Knurren. Einen Augenblick Schweigen, dann begann es von neuem.

Sölva regte sich so wenig wie möglich. Vorsichtig schielte sie zu dem Umriss empor. Der Fremde stand jetzt direkt vor ihr, über ihr beinahe. Den Bogen, mit dem er seinen Pfeil nach ihr geschossen hatte, hatte er auf dem Rücken verstaut. Außerdem führte er ein Schwert.

Nur wollte es ihm nicht gelingen, die Waffe zu ziehen.

Sölva dachte nicht nach. Bewaffnet oder unbewaffnet: Überlegen war er ihr so oder so. Sobald er die Waffe aus dem Gürtel hatte, würde er ihr *deutlich* überlegen sein.

Sie stemmte die Füße in den Boden, stieß sich ab. Im letzten Moment rutschte etwas unter ihrem rechten Fuß weg, sodass ihre Faust nicht *ganz* die Stelle erwischte, auf die sie gezielt hatte, genau in der Mitte zwischen seinen Beinen und unmittelbar neben der Waffe, die er freizukämpfen suchte. Doch es reichte aus.

Überrascht keuchte er auf, stolperte rückwärts. Ein hilfloser Versuch, die Balance zu halten. Ein dumpfer Laut, und im nächsten Moment war er am Boden, und sie, halb blind, war über ihm, und wie auch immer das geschehen war: Sie stellte fest, dass sie seine Waffe in der Hand hielt, eine klobige, hässliche Klinge. Die Spitze drückte gegen seine Kehle.

«Nicht bewegen!», flüsterte sie böse. «Bleibt genau dort liegen, und Euch wird nichts geschehen.»

Aus großen Augen starrte er sie an: Hædbjorn, siebter der sieben Söhne Jarl Hædbærds von Thal.

Und er erkannte sie. Die Verblüffung stand ihm ins Gesicht geschrieben. Ihr eigenes Gesicht zeigte vermutlich einen ganz ähnlichen Ausdruck, was sie allerdings nicht dazu verleitete, mit der Klinge auch nur um den Bruchteil eines Zolls nachzugeben. Sie spürte den winzigen Gegendruck, als der junge Mann mühsam herunterschluckte.

Hædbjorn. Der Sohn des mächtigsten Mannes der Tieflande, aus seiner Heimat herbeigereist, um dem Aufgebot Verstärkungen zuzuführen. Und um nach einer Braut Ausschau zu halten – für seinen Vater. Doch das Letzte, was sie von ihm mitbekommen hatte, war, wie er sich mit dem alten Rodgert verschworen hatte, den ältesten ihrer Brüder hinterrücks zu ermorden.

Es war dasselbe etwas verträumte Gesicht, an das sie sich erinnerte. Hübsch. Für einen Jungen. Im Übrigen sah er allerdings fürchterlich aus: als wäre er einmal quer durch die Backstube gekrochen, während der Bäcker einen neuen Sack Mehl ausschüttete. Eine tiefe Schramme zog sich unter dem Haaransatz quer über die Stirn, doch die Blutung war schon zum Stillstand gekommen. Also hatte er sich die Verletzung nicht gerade eben erst zugezogen, als sie ihn zu Boden geworfen hatte. Trotz allem war sie erleichtert darüber.

Doch das durfte sie sich nicht erlauben. Keinerlei Unaufmerksamkeit. Noch war sie es, die die Waffe hatte.

«*Was tut Ihr hier?*» Das waren sie beide gleichzeitig.

Schweigen.

«Ich habe zuerst gefragt», murmelte er.

«Das habt Ihr nicht!»

Sie sah, wie er zusammenzuckte. Ein einzelner Blutstropfen sickerte unter der Schwertspitze hervor. Unwillkürlich hatte sie eine Idee fester zugedrückt, zog die Klinge vorsichtig eine Winzigkeit zurück.

«Gleichgültig, wer von uns als Erster gefragt hat», sagte sie streng. «Ich bin die mit dem Schwert.»

Ganz kurz schien in seinem Gesicht etwas zu zucken. «Und ich bin der mit dem Bogen», murmelte er.

Eine Bemerkung, auf die sie sich keinen Reim machen konnte.

«Ich ...» Er fuhr sich mit der Zunge über die Lippen. «Ich bin ...»

«Ich weiß, wer Ihr seid! Der Sohn des Jarls von Thal.»

Er holte Luft. «Bjorne», sagte er. «Bitte nennt mich Bjorne.»

*Bjorne?* Das klang jedenfalls besser als das altertümliche *Hædbjorn*. Sehr viel weniger nach einem würdigen Greis mit langem weißem Bart. Und irgendwie passte es zu ihm. Wenn es auch ein etwas ungewöhnlicher Augenblick war, ihr anzubieten, ihn auf diese Weise anzusprechen, mit dem Namen, bei dem ihn vielleicht seine Mutter nannte. Doch nein, er war auf Brautschau für seinen Vater. Sie biss sich auf die Lippen. Seine Mutter war nicht mehr am Leben. *Genau wie meine.*

«Ich ...», setzte er von neuem an, und irgendwie brachte sie das in die Wirklichkeit zurück. Sie würde besser aufpassen müssen, wenn sie die Spitze der Klinge nicht im nächsten Moment an der eigenen Kehle wiederfinden wollte. Selbst wenn es ihr immer schwerer fiel, sich das vorzustellen.

«Ich höre?», sagte sie kühl.

«Ich wollte Euch nicht verletzen», murmelte er schuldbewusst. «Ihr habt so ein ... Geräusch gemacht beim Klettern. Ich dachte, Ihr wärt ein Vascone.»

«Ein Vascone? Trage ich Knochen im Haar?»

«Nein.» Ein Schlucken. «Aber im Moment ist das nicht besonders gut zu erkennen.»

Sölva biss die Zähne zusammen. Entschlossen sperrte sie die Vorstellung aus, was Terve wohl tun würde auf eine solche Bemerkung hin. Mit einem Schwert an der Kehle des Mannes. Vermutlich konnte er ziemlich froh sein, dass sie *nicht* Terve war. – Auf jeden Fall würde sie sich nicht die Haare glätten für ihn.

«Ich war mit dem alten Rodgert unterwegs», sagte er unvermittelt. «Dem Waffenmeister. – Euer Bruder hat sich gegen Euren Vater erhoben. Und er hat den Fluch der Ruinenstadt geweckt. – Morwen. Euer Bruder Morwen. Ich wollte ...» Er holte Luft. «Ich wollte ihn töten, bevor es zur Schlacht kommt: Morwen gegen Euren Vater und Eure anderen Brüder. Bruder gegen Bruder und die Stämme des Reiches alle gegeneinander, aber ...»

«Aber es ist Stunden her, dass die Hasdingen-Hexe ihre Flammen geschleudert hat. Der Fluch wurde bereits geweckt.»

«Nein. Er war noch nicht ... vollständig wach.»

Stockend begann er zu erzählen. Mit angehaltenem Atem lauschte sie, hörte sich an, was er beobachtet hatte, den alten Rodgert an seiner Seite. Morwen. Der junge Keiler. Eine flammende Kreatur, die auf feurigen Hufen der Zeltbehausung ihres Vaters entgegenraste. Jetzt wusste sie, was das Donnern und Beben hervorgerufen hatte.

«Wir sind wieder nach unten geklettert», murmelte Bjorne schließlich. «Rodgert und ich. Im Dunkeln. Doch auf der Straße waren überall Vasconen, die ihm – Morwen, dem Eber – folgten. Wir wurden getrennt, und ich wurde zurückgedrängt zu der Treppe, und diese Treppe führt nicht allein nach oben, sondern auch in die andere Richtung, immer tiefer. Aber gleichzeitig begannen die Stollen über mir einzustürzen, und nun ...» Er hob die Schultern, sehr, sehr vorsichtig. «Nun bin ich hier.»

Also befanden sie sich tatsächlich in der wirklichen Welt, dachte Sölva. Wie auch immer Ildris das vollbracht hatte.

«Ich ...» Wieder setzte er an.

Einen Moment lang war sie abgelenkt gewesen, fast schon im Begriff, die Klinge von seinem Hals zu nehmen. Mehr oder weniger standen sie auf derselben Seite, und sie wusste jetzt, dass ihr von ihm keine Gefahr drohte. Ebenso bezweifelte sie allerdings, dass sie irgendeine Hilfe zu erwarten hatte vom Sohn des Jarls von Thal. Dennoch: Sie wandte sich ihm von neuem zu.

«Ich hatte mehr als eine Gelegenheit zu schießen», flüsterte er. «Und ich ... ich wollte es wirklich tun. Und wenn sie mich dann für einen Meuchelmörder gehalten hätten, dann ... Das hätte ich dann eben ertragen müssen. Ich hätte ja gewusst, warum ich es getan habe. Aber ...»

Unvermittelt war ihre Aufmerksamkeit wieder ganz bei ihm,

als sie einen plötzlichen Respekt vor diesem jungen Mann spürte, der wie ein bemehltes Häuflein Elend unter ihr lag. Er hatte es *gewusst*. Gewusst, dass dieselben Leute, die er vor einem brudermörderischen Krieg hatte bewahren wollen, ihn für seine Tat verachten würden, und dennoch hatte er sich dazu entschlossen, diese Tat zu vollbringen. Konnte man weiter entfernt sein von Morwen mit seinen ruhmvollen Kriegstaten, für die ihm der gesamte Heerbann zujubelte und anerkennend auf die Schulter klopfte? Und war nicht trotzdem viel eher *das* echte Tapferkeit? Doch er sprach schon weiter.

«Ich habe immer wieder gezögert», murmelte er. «Aber dann – wirklich, ehrlich: Ich wollte schießen – aber ...» Er holte Luft. «Sie war in meinem Kopf», wisperte er. «Es war wie ein Schlag. Ich wäre gefallen, in die Tiefe gestürzt, wenn Rodgert mich nicht gehalten hätte. – Sie wollte nicht, dass ich Morwen töte. Ich weiß nicht, warum, aber ich habe Dinge gesehen, die ...» Er schüttelte den Kopf, diesmal mit bedeutend weniger Vorsicht, und rasch zog sie das Schwert ein Stück zurück. «Es ist kein *Sehen*. Es ist etwas anderes. Sie ... *spricht*. Als ob sie mir Anweisungen erteilt. Ich sollte nicht schießen. Und dann, als wir unten waren, Rodgert und ich: Sie wollte nicht, dass ich Rodgert folge. *Tiefer*. Es war kein *Wort*, aber es war deutlich. Ich sollte hierher, in diese Stollen, und ...»

«Wer?» Ihre Stimme klang erstickt. Konnte er sie überhaupt hören?

Er blinzelte. «Die Frau», sagte er. «Die verletzte Frau. Die Frau aus dem Süden.»

Sie zog die Waffe weg. Scheppernd fiel sie zu Boden.

«Ildris», flüsterte sie.

Verwirrt sah er sie an. «Ildris?»

Sie gab seinen Körper frei. Mit beträchtlicher Verspätung wurde ihr bewusst, dass das Ganze – wie sie da auf seinem Leib gehockt hatte – doch etwas irgendwie Verfängliches hatte und mit Sicherheit nicht zu den Dingen gehörte, von denen sie Terve in allen Einzelheiten berichten würde, sollten sie sich denn jemals wiedersehen. Und da war irgendetwas, vielleicht das winzige, verwirrte Zögern, bevor er sich ebenfalls aufrappelte: War es ihm im selben Moment bewusst geworden?

Doch es war kaum der Moment, sich über solche Dinge den Kopf zu zerbrechen.

«Ildris», sagte sie. «Das ist ihr Name.»

Sie holte Luft, begann so knapp wie möglich zu erzählen, angefangen mit dem Abend von Ildris' Ankunft im Lager des Hetmanns. Von den Kräften der Frau aus dem Süden und der besonderen Verbindung zwischen ihnen beiden. Bis zu den Ereignissen dieser Nacht.

Und er stand reglos währenddessen, hörte ihr zu. Oder nein, er stand *beinahe* reglos. Die ganze Zeit bemühte er sich, seine klobige Klinge zurück in ihr Futteral zu bugsieren. Es war seltsam. Sein Vater war der mächtigste Mann der Tiefland, ihr eigener Vater natürlich ausgenommen. Anders als sie aber entstammte er einer Verbindung, die seine Eltern vor den Augen der Götter und Menschen bezeugt hatten. Dass der alte Rodgert sich seinen Verbündeten auf seiner so entscheidenden Mission kaum zufällig ausgesucht hatte, das stand ohnehin außer Frage. Und hatte Bjorne nicht tatsächlich einen Mut bewiesen, der selten sein musste unter den so stolzen Streitern von Ord? Bereit, sich als Meuchelmörder verhöhnen zu lassen von jenen, deren Leben er hatte retten wollen?

Gleichzeitig aber bekam er die eigene Waffe nicht aus der

Scheide. Oder wieder zurück. Und einem Mädchen auf die Nase zu binden, dass er es mit einem zottigen Vasconen verwechselt hatte, mit Knochen im Haar? Das klang so gar nicht nach dem Sohn eines mächtigen Jarls, der doch mit Sicherheit eine Menge Umgang hatte mit jungen Damen von edler Geburt und ihnen mit wohlgesetzten Worten zu schmeicheln wusste.

Das Merkwürdigste war, dass sie all das so gar nicht störte. Was wiederum keine besondere Bedeutung hatte. Sie war schließlich die Tochter eines Kebsweibs.

Auf jeden Fall war sie mit einem Mal ausgesprochen froh, dass Ildris zwar mit *seinen* Gedanken Verbindung aufnehmen konnte und ebenso mit *ihren* Gedanken, ihrer beider Gedanken aber offenbar nicht miteinander. Gebannt hing er an ihren Lippen, während sie berichtete, und eben als sie ans Ende kam, gelang es ihm doch noch, die unförmige Waffe in ihrem Futteral zu verstauen.

Einige Augenblicke herrschte Schweigen.

«Unter allen Umständen müsst ihr es tun», sagte er schließlich mit belegter Stimme. «Wenn all das einen Sinn gehabt haben soll.»

Sölva nickte. «Wie auch immer sie tut, was sie tut: Sie hat uns beide hergeführt. – Zusammengeführt.» Aus irgendeinem Grund wurde ihr schwindlig bei der Vorstellung. «Aber wozu? Was ist es, das wir unter allen Umständen tun müssen? – Nichts ergibt einen Sinn. Nichts passt zum anderen. Von Anfang an hat nichts zum anderen gepasst, seit ihrer Ankunft schon. Sie ist mir so nahe, dass …» Sie schüttelte den Kopf, wütend beinahe, nicht imstande zu sein, es in Worte zu fassen. Das, was in ihren Gedanken so deutlich war. Und genau das war es: Mit Ildris zu sprechen, auf jene Weise, die kein Sprechen war, war anders. Missverständnisse, entstanden aus ungeschickten Formulierungen, waren ausgeschlossen. «Ich konnte nicht mehr mit Sicherheit sagen, was zu mir gehört und was zu ihr», murmelte sie hilflos. «Im Wurzelwerk des Mooses am Tag der Schlacht an der Ahnmutter, aber auch danach. Sie hat mir ihr eigenes Kind anvertraut, aber alles Entscheidende hält sie geheim. Warum tut sie das? Unsere Reiter töten ihre Zofen und ihre Eskorte …»

«Die Reiter meines Vaters.» Sein Einwurf kam fast schüchtern. «Nur wenige Wegstunden von Thal entfernt. Wo die Alte Straße am Rande der Öde entlangführt.»

«Die Reiter *Eures* Vaters auf Befehl *meines* Vaters!» Beinahe erschrak sie selbst über die Schärfe in ihren Worten, und sie sah, wie er zurückzuckte. Das hatte sie nicht gewollt, doch sprach sie nicht einfach aus, wie es war? Wütend plötzlich, mit stetig zunehmender Wut. Und Hilflosigkeit. «Sie schleppen sie in sein Heerlager», zischte sie. «Und was tut Ildris? Sie müsste ihn hassen, womöglich auf seinen Tod sinnen, aber genau das tut sie nicht! Stattdessen rettet sie ihm das Leben, lindert die Krankheit, die nach seinem Herzen greift. Warum? – Weil sie nur deshalb gekommen ist, glaubt mein Vater. Weil sie niemals ein anderes Ziel hatte und *wusste*, was geschehen würde. Weil die Götter oder das Schicksal …» Ihre Stimme war rau. Sie musste blinzeln, spürte, wie Feuchtigkeit zwischen ihren Wimpern hervorsickerte, sich auf den Weg über ihre Wange machte. Sie versuchte, der Träne Einhalt zu gebieten, und musste feststellen, dass das nicht möglich war. Jetzt. Ausgerechnet jetzt! Für ein kleines dummes Mädchen musste Bjorne sie halten, wenn sie vor seinen Augen weinte! Und warum musste sie ausgerechnet jetzt weinen? Warum nicht vor Terve? Es wäre nicht schlimm gewesen, vor Terve zu weinen.

«Ildris hat es gewusst.» Mühsam brachte sie die Worte hervor. «Sie hat gewusst, was geschehen würde. Dass sie zu uns kommen würde und dass ihre Beschützer und die Zofen dafür sterben mussten. Nur das ergibt einen Sinn – und doch keinen Sinn. Sie hat es gewusst, aber sie ist trotzdem gekommen, weil sie niemals nach Westerschild wollte oder in irgendeine andere Stadt des Kaiserreichs. Sie wollte zu uns, von Anfang an. Um meinem Vater zu helfen. Um mir und dem kleinen Balan zu helfen. Sie ist zu uns gekommen, um uns zu helfen. Und die Leute im Aufgebot haben sie angestarrt wie eine Missgeburt, nur weil ihre Haut so dunkel ist und weil sie Dinge kann, die sie nicht verstehen. Und jetzt muss sie vielleicht … Jetzt muss sie sogar sterben. Für meinen Vater. Für sie, für die Leute im Heerbann.»

«Was, wenn sie sogar das wusste?» Er fuhr sich mit der Zunge über die Lippen. «Wenn sie wusste, dass sie herkommen musste, ganz gleich, was das auch für sie selbst bedeuten würde? Weil es keinen anderen Weg gab, um den König zu retten?»

«Und welchen Sinn ergibt *das*?» Zu heftig. Schon wieder, immer noch. Doch es gelang ihr nicht mehr, all das zurückzuhalten, die Anspannung, die Verwirrung der vergangenen Wochen, die Verzweiflung und Ratlosigkeit dieser Nacht, der dunkelsten Nacht des Jahres. «Ein um das andere Mal rettet sie ihn, nur damit nun Morwen ihn tötet oder der Eber oder der Fluch oder alle zusammen? Ihr hättet Morwen aufhalten können, bevor er eins wurde mit dem Eber, doch was tut sie? Sie hindert Euch daran. – Warum? Warum sendet sie Euch in diese Stollen, genau wie mich? Warum sorgt sie dafür, dass wir aufeinandertreffen, und warum gerade hier? Was ist hier, das sich nicht …»

«Das Kupfer.» Geflüstert.

Sie verstummte.

«Was?», fragte sie, wischte sich über die Wange mit dem Ärmel ihres verschmutzten Gewandes.

Er starrte sie an, starrte irgendwohin, zur Wand, und jetzt ... Er machte zwei Schritte, legte die Finger gegen einen Abschnitt der grob behauenen Wandfläche, ließ sie über das raue Gestein gleiten.

«Das Kupfer», flüsterte er. «Hædbrynd.»

«Hædbrynd? Wer ist Hædbrynd?»

«Der vierte oder fünfte meiner Brüder, welches von beidem weiß man nicht genau. Hædbrynd und Hædbrand kamen gemeinsam zur Welt, und das war schwierig genug für meinen Vater, weil genau geregelt ist, welchem Sohn des Herrn von Thal welche Aufgabe zukommt. Der älteste Sohn tritt irgendwann die Nachfolge an, der zweite erhält den Befehl über die Stadtgarde, der dritte ...»

«Und was hat das mit Ildris zu tun?»

«Alles!» Er fuhr zu ihr herum, ein aufgeregtes Flackern in den Augen. «Das Kupfer! Hædbrynd hat die Aufsicht über die Minen übernommen, in denen nach Kupfer gegraben wird!»

«Ihr glaubt, dass hier unten nach Kupfer gegraben wurde?»

Ein entschiedenes Kopfschütteln. «Ich habe nicht die geringste Ahnung.»

«Das ...»

«Es ist nicht wichtig, wonach gegraben wird!» Er unterbrach sie, immer noch aufgeregt. «Wichtig ist, dass wir uns nicht mehr in Endberg befinden, sondern *unter* der Stadt. Die Frau – Ildris – besitzt Macht über alles, was lebt. Zumindest kann sie eine Verbindung damit herstellen: Mit dem Efeu, mit den Wurzeln des Mooses, mit den Adern im Herzen Eures Vaters – und mit uns beiden. Nicht aber mit der Schlacke, zu der die Bauten von

Endberg geschmolzen sind und in der nichts Lebendes überdauert hat.»

Ihre Brauen zogen sich zusammen. «Die Wände dieser Stollen bestehen nicht aus Schlacke», murmelte sie. «So tief ist das Feuer der Uralten nicht gedrungen am Tag, an dem Endberg ein Raub der Flammen wurde. Aber sie bestehen aus Stein. Stein ist genauso tot.»

«Eben nicht!» Wieder war dieses Flackern in seinen Augen. «Ich habe Hædbrynd in den Gruben geholfen.»

Verwirrt sah sie ihn an. «Ihr habt nach Kupfer geschürft? Als Sohn eines Jarls?»

«Ich …» Er schwieg. Und schlug dann unvermittelt einen veränderten Ton an. Als ob er plötzlich sehr genau überlegte, was er erzählen wollte. Und was besser nicht. «Ich trage den Namen des Bezwingers von Thal», erklärte er etwas steif. «Des fernsten und edelsten unserer Vorfahren. Ich trage sein Schwert, das er beim Fall der Stadt vom Allerheiligsten des Tempels nahm. Ich trage seine Rüstung. Der Überlieferung unseres Hauses nach ist damit etwas von der Tapferkeit und dem Edelmut jenes ersten Hædbjorn auf mich übergegangen. Natürlich betrachten meine Brüder mich mit einer gewissen … Bewunderung.»

Er senkte kurz den Blick. Wie man es von einem Mann erwarten konnte, dachte sie, dem die beständige Bewunderung ein wenig unangenehm ist.

«Hædbrynd, mein Bruder, hat es sich als besondere Ehre angerechnet, dass ich ihm für eine Weile bei seiner Aufgabe zur Seite stand.»

«Mit Eurem Schwert?» Sie hob die Augenbrauen.

«Mit meiner Gegenwart.» Voller Würde und Bescheidenheit. «Welche die Arbeiter in den Minen zu noch größerem Fleiß anspornte.» Dann ein Zögern. Ein Kopfschütteln, ein neues, kurzes Zögern, und als er weitersprach, hatte seine Stimme wieder jenen aufgeregten, ungeduldigen Ton. «Jedenfalls war, was heute Fels ist, nicht zu allen Zeiten Fels. Vor unendlichen Zeiten mag es ein Wald gewesen sein, der sich zu Stein verwandelt hat unter der Last der Jahrtausende. Oder es können Muscheln gewesen sein oder Käfer, die sich ...»

«Käfer?» Unvermittelt begann sie die Wand mit neuen Augen zu betrachten.

«In den Minen von Thal findet man zuweilen noch Spuren davon, Abdrücke jener Wesen im Gestein. Erinnerungen an diese Wesen, die einmal lebendig waren wie das Moos oder der Efeu, wie Ihr und ich. Wer kann sagen, ob dort nicht doch noch etwas Lebendiges erhalten ist, so klein vielleicht, dass unsere Augen es nicht wahrnehmen können?»

Sölva zögerte. «Die *Fenster*», sagte sie leise. «Das ergäbe einen Sinn. Hier unten konnte Ildris eine Verbindung herstellen und mir die Bilder zeigen. – Aber mit Euch hat sie gesprochen, als Ihr Euch hoch in der Schlacke der Ruinen befandet, über der westlichen Bastion. Es muss auch anders möglich sein für sie.»

Diesmal war er es, der zögerte. Schließlich: «Für *sie*.» Das zweite Wort betont. «Doch ich glaube, dass es ihr schwerfiel. Es war ganz anders, als Ihr es erzählt. Ganz anders, als wenn sie mit Euch gesprochen hat und ihr nahe beieinander wart. – Schon ihr machte es Mühe. Und mit Sicherheit wäre es Euch nicht möglich.»

«Mir?» Sie starrte ihn an. «Aber ich habe nicht ...» Sie verstummte.

Eine Erinnerung. Was war das Erste gewesen, das die Frau aus dem Süden zu ihr gesagt hatte, als sie vor ihr gestanden hatte, nicht länger schwanger und nicht länger verletzt?

«Ich kann nicht mehr zu dir kommen», flüsterte sie. «Du musstest zu mir kommen.»

Bjorne nickte bedeutungsvoll. «Ich weiß nicht, was *ich* damit zu tun habe», erklärte er. «Doch Ihr seid hier, weil Ihr nur hier unten Verbindung aufnehmen könnt mit ...» Er schüttelte den Kopf. «Mit was auch immer. Mit dem Ort, zu dem wir uns begeben sollen nach ihrem Willen, ihrer Vorstellung. Mit dem, was wir tun sollen.»

Sie starrte ihn an. War das möglich? Ergab das einen Sinn? Ildris war bei ihr gewesen. Was immer sie von ihr erwartete: Sie hätte es ihr einfach nur sagen müssen. Aber Bjorne war nicht dort gewesen.

Wie es sich in Wahrheit verhielt: Es gab nur eine Möglichkeit, es herauszufinden.

Mit langsamen Schritten trat sie an die Wand, hielt inne. *Käfer.* Abertausende toter, zu Stein gewordener Käfer. Sie hatte einen Fels noch niemals auf diese Weise betrachtet, und sehr eindeutig war es keine angenehme Vorstellung. Doch das war nicht das Entscheidende.

Ildris, grauenhaft verletzt und kurz vor der Geburt ihres Kindes, war verschwunden. Der Sohn des Morda war krank auf den Tod, und sein Vermächtnis, das eben von neuem geschmiedete Reich von Ord, war im Begriff, in Stücke zu brechen. Und Morwen, der flammende Eber, der Fluch der Ruinen von Endberg, raste dem Lager von Sölvas königlichem Vater entgegen und trieb ein Heer von Hochländern vor sich her.

Gewachsener Stein, der über Jahrtausende hinweg die Erinnerung an vergangenes Leben bewahrt hatte: Konnte dieser Stein ihr den richtigen Weg weisen? Den Weg zu jenem Ort, an dem Ildris was auch immer von ihr erwartete, von *ihnen* erwartete?

*Unter allen Umständen müsst ihr es tun. Wenn all das einen Sinn gehabt haben soll.*

*Ihr.* Sie – und Bjorne.

Sölva hob die Hand und legte sie an die Wand des Stollens.

# LEYKEN

## DAS KAISERREICH DER ESCHE:
## DIE RABENSTADT

Leyken setzte einen Schritt vor den anderen wie im Traum. Feuchtes, weiches Gras war unter ihren bloßen Füßen. Eine freundliche Morgenbrise strich über die Haut ihrer Wangen und trug tausend Düfte zu ihr: Blüte, reife Frucht und fette Erde, die ewigen Düfte von Werden, Wachsen und Vergehen. Licht fiel durch das Blätterdach der Zweige, schuf ein verwirrendes Schattenspiel auf den glitzernden, taufeuchten Halmen.

Traum oder Wirklichkeit? Nichts war mehr wirklich. Das Gefühl, das am verfallenen Turm eines zu Staub gewordenen Kaisers von ihr Besitz ergriffen hatte, wollte nicht weichen.

Der Shereef der Banu Huasin war tot, Opfer eines Hinterhalts. Und doch war nicht er das eigentliche Ziel dieses Hinterhalts gewesen, sondern sie selbst, Leyken, der die Herren der Heiligen Esche das volle Ausmaß ihrer Macht hatten deutlich machen wollen. Und nicht etwa Zenon der Sebastos hatte all das ersonnen, sondern Ari, der freundliche kleine Gärtner –

Aristos, der Seneschall der Rabenstadt und Regent des Kaiserreichs.

Stumm hatte Leyken ihn angeblickt. Es war derselbe Mann, der munter über Düchse und Fachse geplaudert hatte, gekleidet in einen schmuddeligen Arbeitskittel. Und es war doch nicht derselbe. Eine breite goldene Schärpe zierte seine schneeweiße Robe. Dieser Mann lenkte die Geschicke des Reiches der Esche, im Namen des Kaisers, der sich draußen in der Welt nicht zu zeigen pflegte.

Mit einem Nicken hatte er Leyken aufgefordert, ihm zu folgen, und halb blind hatte sie gehorcht, hatte gespürt, wie Zenon und seine Begleiter sich ebenfalls anschlossen, während die Zofe Nala zurückgeblieben war. Leyken hatte Zweifel, dass sie das Mädchen jemals wiedersehen würde. Hatte es ein letztes Mal fast flehend in Richtung seiner Herrin geblickt, die die junge Zofe einmal für ihre Freundin gehalten hatte? Leyken war nicht sicher. Was konnte Nala noch von ihr erwarten, nachdem sie sich zum Werkzeug von Aristos' Plänen hatte machen lassen? Spielte das überhaupt noch eine Rolle?

Der Abgrund war so nahe gewesen. Schritte nur hätte es gebraucht, doch sie, Leyken vom Oasenvolk, der ihre Ehre über alles ging, hatte diese Kraft und diesen Mut nicht aufbringen können. Widerstand war sinnlos gegen die Macht des Seneschalls der Heiligen Esche, gegen seinen Verbündeten, den Sebastos der kaiserlichen Rabenstadt. Würde sie jemals wieder mehr sein als ihrerseits ein Werkzeug in den Plänen dieser Männer, worin auch immer sie bestehen mochten? Nichts anderes würde der Rest ihres Lebens sein: ein Traum.

Sie waren zum Hauptstamm der Esche zurückgekehrt, und ein Spalier goldgepanzerter Söldner hatte den Weg gesäumt, die

Stäbe mit den geheimnisvoll schimmernden Lichtern in den Händen. Sie waren durch breite Gassen geschritten, die menschenleer gewesen waren zu dieser Stunde der Dämmerung, waren durch geschmückte Torbögen getreten, lange, gewundene Treppen emporgestiegen, doch Leyken hätte schwören können, dass es trotz allem bedeutend weniger Stufen gewesen waren, als sie zuvor an der Seite der Zofe in die Tiefe gestiegen war. Und dennoch befanden sie sich nun weit höher im Geäst des Baumes, als sie jemals zuvor gelangt war. Weit höher als in ihren Gemächern im Palast des Sebastos oder in den Gartenanlagen auf den Terrassen. Aus einem der Türme der kaiserlichen Residenz waren sie ins Freie getreten, über eine kühn geschwungene Brücke hinweg, aus silbrig schimmerndem Metall getrieben. Eine Brücke, aus deren Handlauf filigrane Formen sprossen, gleich Blüten, die ihre Kelche öffneten, als die Sonne hinter den fernen Bergen von Nimedia über den Horizont stieg, während in der schwindelerregenden Tiefe die Rabenstadt erwachte in der Umarmung der Äste des Heiligen Baumes.

Es war Magie, dachte Leyken. Es war, eben, ein Traum. Doch war nicht alles ein Traum gewesen, seit sie einen Fuß in die Rabenstadt gesetzt hatte? Wo aber war sie dann nunmehr angelangt? In einem Traum, den sie innerhalb eines Traumes träumte? In dem sie träumte, dass nun, nach der längsten Nacht des Jahres, der Morgen gekommen war?

Nach der Raunacht, dachte sie. Der Heilige Baum war erfüllt von Wundern und Licht, und doch waren seine Nächte länger als die Nächte in der Oase. Im Lande Ord, im äußersten Norden der Welt, musste gar jetzt noch tiefste Nacht herrschen, während hier ein rosiges Licht am Himmel stand und Leyken immer noch am Leben war, noch immer in der Lage, die neuen und immer neuen Wunder des Heiligen Baumes zu schauen.

Dies war der höchste Punkt der Esche und der kaiserlichen Rabenstadt, und wie sehr unterschied er sich vom höchsten Punkt einer gewöhnlichen Stadt! Diesen Punkt stellte für gewöhnlich ein Turm dar, vermutete sie, mit Zinnen bewehrt, von denen das Banner des Stadtherrn wehte, das Zeichen der Gottheit vielleicht, die man in jener Stadt verehrte. Hier befand sich dieser letzte und höchste Turm ein Stück unter ihnen, gekrönt vom kaiserlichen Rabenbanner. An der Spitze des Heiligen Baumes – wuchsen Bäume. Saftiges Gras bedeckte den Boden, von einer Ebenmäßigkeit, dass Leyken sich gescheut hätte, den Fuß auf die sprießenden Halme zu setzen, hätte der Seneschall der Esche nicht dasselbe getan, der dem Zug voranschritt, auf einem Weg, den einzig er zu erkennen schien.

Ein freundlicher Hain im ersten Laub des Frühlings umgab sie. Silberhell plätscherte irgendwo Wasser, und im Wurzelwerk der Bäume huschten kleine Tiere umher, Wächter vermutlich, die die Herren der Esche auf ihrer Mission unterstützten, den Baum vor Schädlingen zu bewahren. Die Umrisse eines Gebäudes schimmerten durch das Laub, eines freundlichen, niedrigen Baus aus perlfarbenem Marmor, dessen Fenster fast bis zum Boden reichten. Die Formen wirkten schlicht, zumal im Vergleich mit der Pracht, die anderswo in der Rabenstadt herrschte. In der Mitte des Gebäudes befand sich eine Türöffnung, und eben als Leyken hinsah, traten dort zwei Frauen ins Freie, in dunkle, schmucklose Gewänder gehüllt. Sie entdeckten den Zug, der ihr Heim in einigem Abstand passierte, deuteten eine Verneigung an, stumm, doch obwohl sie viel zu weit entfernt waren, war Leyken sicher, dass ein Lächeln auf ihren Lippen lag. Im nächsten Moment waren sie außer Sicht, und von Neuem waren da nichts als Bäume, die würdevoll in silbrig grünem Laub rings um Leyken und ihre Begleiter aufragten.

Warum führte der Seneschall der Heiligen Esche sie an diesen Ort? Leyken wusste, dass sie darüber hätte nachdenken sollen, doch ihr Kopf war leer, auf eine beinahe angenehme Weise leer nach allem, was sich in dieser Nacht zugetragen hatte. Und dennoch war da eine Gewissheit, dass all das mit diesem Ort zusammenhängen musste.

Dies war der Hohe Garten. Unzählige Geschichten waren draußen in der Welt in Umlauf über den Hohen Garten der Rabenstadt, das Herz der Heiligen Esche. Keine dieser Erzählungen wusste exakt zu sagen, wo in der Stadt er zu finden war, noch viel weniger aber vermochte eine von ihnen zu beschreiben, was der Besucher dort zu erwarten hatte. Wo sie dennoch diesen Versuch unternahmen, überboten sie einander an phantastischen Spekulationen. In einem märchenhaften Schloss throne dort der Kaiser, umgeben von neunhundertneunundneunzig goldhaarigen Favoritinnen, denen man die Zungen herausgeschnitten habe, damit sie nicht über die Wunder jener Anlage zu berichten wüssten, sollte ihnen jemals die Flucht gelingen. Ein Heer unsterblicher Krieger bewache den Garten, in Rüstungen nicht von Stahl oder von Silber und Gold, sondern gefertigt aus kostbar schimmerndem Korund aus den fernen Minen von Shand. Heute Nacht noch war der Shereef der Banu Huasin auf den Hohen Garten zu sprechen gekommen. Hier, hatte er behauptet, liefen sämtliche Äste des Heiligen Baumes zusammen. Hier könnte ein Schädling sein schändliches Werk verrichten, jenen Ast zu vergiften, der nach dem Triumph über die Söhne des Mardok aus dem Stamm hervorgewachsen war.

Keine Spur war zu entdecken von einer Vereinigung der Äste. Sie war unnötig, wo ohnehin alles mit allem verbunden war. Und keine Spur von einem Märchenschloss. Dies war kein Ort, an dem Menschen lebten, die schweigenden Frauen in ihrem niedrigen, freundlichen Haus offenbar ausgenommen. Und doch war kein Zweifel möglich, dass ebendies der Hohe Garten war. Leyken wusste es und spürte es, ohne dass man es ihr hätte benennen müssen. Schweigend hatte der Zug den Weg vom Verfallenen Turm zurückgelegt; in einem Schweigen, das Leyken nur als angemessen empfinden konnte. Wie eine Einstimmung auf diesen Ort, einen auf schwer zu beschreibende Weise *ernsteren* Ort als die Gartenanlagen auf den Terrassen. Einen Ort, den die Bewohner nicht zu Lustwandel und Müßiggang aufsuchten.

Schließlich, auf einer ausgedehnten Lichtung, wurde der Zug langsamer. Der Seneschall verharrte und bedeutete Leyken, ebenfalls stehenzubleiben, während ihre Begleiter sich ein Stück entfernt auf dem saftigen Gras versammelten, in einem beinahe respektvollen Abstand.

Denn im Zentrum der Rasenfläche wuchs zwischen üppigen Moosen der Haupttrieb der Heiligen Esche hervor. Sie wirkte wie ein eigener Baum, der hier im Boden wurzelte und noch immer gewaltig war nach den Maßstäben der Welt dort draußen, außerhalb der Rabenstadt. Ein Dutzend Menschen vielleicht hätten den Stamm an dieser Stelle umfassen können, wenn sie sich mit ausgestreckten Armen an den Händen hielten. Die Rinde war schrundig und dunkel, einzelne Äste teilten sich ab, die indessen gewöhnlichen Ästen eines gewöhnlichen Baumes glichen.

Der Stamm selbst aber, Schritte nur von Leyken entfernt, war gespalten. Ein klaffender Riss zog sich durch die Borke. Dicht über dem Gras maß er mehrere Fuß in der Breite, wurde nach obenhin schmaler, bis sich die Rinde mehr als mannshoch über dem Boden vereinte. Wie ein Einstieg in den Heiligen Baum, in eine Höhlung im Innern der Esche.

Die Lichtung war erfüllt von der Helligkeit des Morgens, und doch fiel keine Ahnung dieses Lichtes in jene Höhlung. Dunkelheit füllte das Innere der Esche und mehr als Dunkelheit. Mehr als die Finsternis der Nacht, mehr als die erdrückende Schwärze in den lichtlosen Gängen der Kasematten von Westerschild.

Leyken war eine Tochter der Oase. Sie wusste um die Finsternis der Nacht über der offenen Wüste. Eine Finsternis, die einen Menschen erschrecken musste, dem nichts als die ewige Dämmerung der Städte vertraut war, wo am Tage der Qualm der Feuerstellen einen Schleier vor die Sonne legte und des Nachts beständig von irgendwoher ein Schimmer von Licht in die Straßen fiel: aus der Esse einer Schmiedewerkstatt, von der Leuchte, die ein Wächter in der Hand führte, während er durch die Straßen schritt und die Stunde verkündete. Die Nacht über der Wüste hingegen konnte wahrhaft dunkel werden, wenn weder Sterne noch der Mond der Göttin am Himmel standen. Und doch war nichts davon der Dunkelheit vergleichbar, die den Heiligen Baum erfüllte. Weil diese Dunkelheit nicht *leer* war.

Da war etwas. Etwas Uraltes, möglicherweise Gefährliches. Etwas *Erschreckendes*. Alles in Leyken schrie danach, sich umzuwenden, davonzulaufen, sollten der Seneschall und sein Gefolge sie denn gewähren lassen. Zugleich aber war da noch etwas anderes, war da ein Flüstern, um so vieles leiser als das Streicheln des Windes im Gras. Etwas, das aus dem Herzen der Dunkelheit nach ihr zu rufen schien. *Komm!*

Mühsam nur gelang es ihr, den Blick von jenem Tor in die Schwärze abzuwenden. Aristos war zwei Schritte vom Einstieg in die Höhlung stehen geblieben, und Leyken war sicher, dass er all das, was sie spürte, ebenfalls wahrnahm, so wie alle es wahrnahmen, die sich auf der Lichtung versammelt hatten: ein Dutzend seiner Gardisten in ihren goldenen Panzern, dazu Zenon und mehrere Herrschaften in langen, goldverbrämten Roben, Bewohner der Rabenstadt von hohem Stand. Der Zug hatte mehrere Flügel und Höfe der Residenz durchquert. Irgendwo auf dem Wege mussten sie sich angeschlossen haben. Jedenfalls waren sie nicht dabei gewesen, als der Shereef der Banu Huasin gestorben war. Doch sie alle warfen wiederholt Blicke zur Höhlung des Baumes, und Leyken glaubte ganz ähnliche Gefühle aus diesen Blicken zu lesen, wie auch sie selbst sie verspürte – wenn man von Zenon einmal absah, aus dessen Miene zur Schau getragene Gelassenheit sprach. Selbst seine Blicke aber kehrten wieder und wieder zurück zu jener gähnenden Öffnung in die Dunkelheit.

Einzig Aristos schien nichts davon zur Kenntnis zu nehmen. Unverwandt lag sein Blick auf Leyken, als könnte er allein durch diese beständige Musterung Aufschluss über sämtliche Fragen erhalten, die ihm möglicherweise noch im Kopf herumgingen. Falls es denn überhaupt noch Fragen gab, die sie nicht selbst schon beantwortet hatte, als der Regent über das Kaiserreich der Esche sie aus den Schatten belauscht hatte wie ein Dieb in der Nacht.

Leyken wurde von sich selbst überrascht. Unvermittelt spürte sie, wie eine plötzliche, unbändige Wut in ihr aufstieg. Eine Wut nicht über den Tod des Shereefen, jenes Bündels aus Hass, das von dem einst so stolzen Mann geblieben war. Wie hätte sie etwas anderes empfinden können als Abscheu und Grauen vor diesem Mann, dessen verfaulender Leib nur noch von einem Wunsch beseelt gewesen war: der Esche zu schaden und seinen irrsinnigen Plan ins Werk zu setzen. Doch in der Sicherheit seines Verstecks hatte Aristos verfolgt, wie der Shereef ihr die Wahrheit eröffnet hatte. *Sieben mal sieben Tage, länger hat noch niemand der Krankheit standgehalten. Niemand. – Seit neunundachtzig Tagen befindest du dich auf der Heiligen Esche.* Er hatte sich an ihrem Unglauben, ihrem Entsetzen geweidet, und dann war sein Sebastos in Aktion getreten, um dem Verwandten ihrer Familie den Tod zu geben. Und nun musterte sie dieser Mann ohne jede Regung, schien von neuem darauf zu warten, dass sie etwas von sich preisgab, das sie nicht preiszugeben wünschte.

«Ihr solltet Euch der Bedeutung dieses Augenblicks bewusst sein», bemerkte er unvermittelt. «Wenigen nur wird Zugang zu diesem Ort gewährt. Und seltener noch erhält ein Mensch von *draußen* Gelegenheit, ihn aufzusuchen.»

«Weil diese Menschen sterben!» Sie selbst war verblüfft, als der Satz über ihre Lippen kam. «Weil Eure Esche sie vergiftet!»

Der Seneschall schwieg, betrachtete sie. Seine Hand lag am Gürtel, der seine Robe um die Hüften hielt, Zeige- und Mittelfinger trommelten gegen das Leder. «Das ist falsch, Leyken von den Banu Qisai», sagte er schließlich, ließ die Hand sinken. «Und Ihr wisst, dass es falsch ist.» Er wandte sich halb zur Seite, nickte hinter sich in Richtung auf die Gardisten: *Variags*, Männer aus dem Norden, die den Gärtner der Heiligen Esche um mehr als Haupteslänge überragten.

«Keiner dieser Männer ist auf der Esche geboren», erklärte er. «Die Krankheit aber vermag ihnen nichts anzuhaben. – Sie ist uns seit langer Zeit bekannt, und die kaiserlichen *alchimista* haben Gegenmittel ersonnen. Über die Natur dieser Mittel darf ich nicht sprechen, doch wie Ihr seht, ist dem Leiden damit beizukommen. – Vielleicht sollte ich es so ausdrücken, dass diese Mittel jene, die zu uns kommen ...» Ein Nicken zu den Wächtern. «Dass sie sie uns ähnlich machen.»

Wieder nickte er, diesmal zur Gruppe der Höflinge, bei denen auch der Sebastos stand, nach wie vor dieselbe teilnahmslose Miene auf dem Gesicht, mit der er nun allerdings Leyken betrachtete. In der untersetzten Gestalt an seiner Seite erkannte sie in diesem Moment Bagaudes, den Archonten von Panormos, gegen den sie nach seinem Willen zum *Šāhānz*-Spiel angetreten war. Männer, dachte sie, mit einer einzigen Ausnahme waren es Männer. Die einzige Frau in der Gruppe schien sich etwas abseits zu halten. Sie war von zierlicher Gestalt und in einen nachtblauen Mantel gekleidet, das Haar verhüllt von einem Tuch in derselben Farbe. Es war tief in ihre Stirn gezogen, sodass ihr Gesicht im Schatten blieb. Bewohner der Heiligen Esche, dachte Leyken. Und unübersehbar handelte es sich um Menschen von Macht und Einfluss. Hatte Zenon nicht irgendwann einen kaiserlichen Rat erwähnt, einen Kronrat? Das musste diese Gruppe sein: der Kronrat, Höflinge und Würdenträger, die auf dem Baum zur Welt gekommen waren.

«Selbst in solche Positionen können jene aufsteigen, die von draußen zu uns kommen», bemerkte der Seneschall. «In einzelnen Fällen», schränkte er ein. «Bei weitem nicht jeder Bewohner der Rabenstadt ist tatsächlich ein Eschegeborener und Spross der alten Familien des Baumes. Seit langer Zeit schon leben Fremde in der Rabenstadt, Menschen aus den unterschiedlichen Provinzen des Reiches und weit darüber hinaus. Die in der Rabenstadt Geborenen besitzen ihre Fähigkeiten.» Ein schiefes

Lächeln. «Doch ein Talent für den Schwertkampf gehört selten dazu. Wer sich auf dem Schlachtfeld besonders auszeichnet, wird daher in die Reihen der kaiserlichen Garde aufgenommen und verrichtet seinen Dienst auf der Heiligen Esche. Gleiches gilt für diejenigen, die all die Aufgaben versehen, die in einer so großen Stadt mit jedem Tag anfallen. Denkt an Eure Zofen. Zu Hunderten kommen Menschen in die Stadt mit jedem Jahr, und sie alle erhalten eine Gabe jenes Mittels, das sie, obwohl sie doch Fremde sind, vor der Krankheit schützt. In jenem Augenblick aber, da sie die Gabe empfangen …» Aristos zögerte. «*Muh-ta*», sagte er.

Überrascht sah Leyken ihn an. *Muhta. – Anders.* Er war in die Sprache der Wüste gewechselt, und er behielt sie bei, als er weitersprach, konzentriert und sorgfältig formulierend. Was immer er ihr mitzuteilen hatte: Zumindest die *Variags*, die Wilden aus dem Norden, sollten nichts davon mitbekommen. Wer von den Angehörigen des Kronrats der Sprache mächtig war, wusste sie nicht zu sagen.

«Anders», wiederholte der Regent des Kaiserreichs. «Doch in Wahrheit ist alles einmal *anders* gewesen», sagte er und trat einen Schritt zur Seite.

Leykens Kehle schnürte sich zusammen. Einladend wies er auf den Baum, wies er *in* den Baum. In die Höhlung, wo nichts war als Dunkelheit.

# BJORNE

## DIE NORDLANDE:
## IN DEN RUINEN VON ENDBERG

*Sölva*, dachte Bjorne und hielt einen Moment lang inne.

Konnte man einen Namen überhaupt denken? War das die Art, wie Denken vonstattenging: in Worten, in Namen? Eines stand fest: Selten zuvor waren so viele Gedanken auf ihn eingestürmt wie in dieser Nacht.

Sölva. Sie war die Tochter eines Königs, überlegte er. Zwar mit einem Kebsweib gezeugt, aber schließlich hatte es volle sieben Jahrhunderte lang keinen König mehr gegeben. Das wog diesen Umstand mit Sicherheit auf.

Und er selbst wiederum war der siebte der sieben Söhne des Jarls von Thal, im Besitz eines zerbeulten Helms, eines Schwertes, das er kaum aus der Scheide bekam, und, zugegeben, eines guten Namens. Des besten, den seine Familie zu vergeben hatte.

Er hatte keine Ahnung, wie weit genau die Königstochter über ihm stand, doch von jemandem, der buchstäblich nichts hatte, bis zu ihr: Das musste ein weiter, weiter Weg sein.

Es war ein feiner Zug gewesen von seinem Bruder Hædbrynd, dem Aufseher über die Minen von Thal. Ein feiner Zug, dass er Bjorne erlaubt hatte, Seite an Seite mit den Arbeitern in den Gruben zu schürfen, um sich Kupferstücke für ein Schlachtross zu verdienen. Welches ihm dann wiederum sein Bruder Hædbrand, der Aufseher über die Märkte und Zölle von Thal, für einen lächerlichen Preis überlassen hatte. All das, um ihm nicht das Gefühl zu geben, dass er etwas *geschenkt* bekam. Doch natürlich war ihm genau das bewusst. Natürlich war ihm bewusst, dass er sein Leben lang auf die Großzügigkeit seiner Brüder angewiesen sein würde. Verhungert oder ohne Obdach unter freiem Himmel erfroren war zumindest noch kein einziger *Hædbjorn* in der langen Geschichte seiner Familie.

Das Mädchen konnte nicht in seine Gedanken vordringen, da war er sich sicher. Warum nur war er ganz genauso sicher, dass es trotzdem misstrauisch geworden war, als er von seinen Aufgaben in den Minen berichtet hatte? Von der allseitigen Verehrung, die man seinem Namen entgegenbrächte. Und ihm als Träger dieses Namens.

Er würde sich besser vorsehen müssen mit seinen Worten. Doch am Ende würde das natürlich nichts ändern. Sölva war unerreichbar wie der Mond, was ihn selbst anbetraf. Er konnte lediglich hoffen, dass sein Vater nicht tatsächlich auf den Gedanken verfallen würde, jene Tochter des neuen Königs zur Frau zu nehmen, die der Sohn des Morda mit besonderer Aufmerksamkeit bedacht hatte in letzter Zeit. Unmöglich konnte Bjorne sich das Mädchen als seine *Stiefmutter* vorstellen. Er selbst war vor allem froh, dass Sölva aufgehört hatte zu weinen. Denn was hätte er tun sollen? Wer war er, der Tochter eines Königs die Tränen zu trocknen?

Er hielt sich hinter Sölva, die bedächtig vor ihm herging, hin und wieder leicht die Wand berührte. Wann immer ein Nebenstollen abzweigte, wurde sie langsamer, und Bjorne konnte erkennen, wie sie die Finger fester auf das Gestein legte, das eine oder andere Mal auch die gesamte Handfläche, um dann mit leiser Stimme kundzutun, in welche Richtung sie sich wenden mussten. Eine Fährtenleserin, dachte er. Auf ganz andere Weise als der alte Rodgert. Allerdings bestand sie darauf, dass sie bis zu ihrem Zusammentreffen mit Bjorne nichts Besonderes bemerkt hätte bei der Berührung der Wände. Was sich offenbar geändert hatte, gab es doch rein äußerlich nichts, was die einzelnen Stollen voneinander unterschied. Bjorne jedenfalls hatte es nach kurzer Zeit aufgegeben, sich zu merken, an welchen Stellen sie sich nach links oder rechts gewandt oder aber geradeaus weitergegangen waren. Ohne Sölvas Hilfe würde er niemals wieder ins Freie finden.

Sie kamen voran in den unterirdischen Gängen, rascher, als er zu hoffen gewagt hatte. Binnen kurzem waren jene Bereiche, in denen Teile der Decke niedergestürzt waren, hinter ihnen zurückgeblieben. Zwar war es mehrere Male vorgekommen, dass einer von ihnen unvermittelt erstarrt war und sie alle beide mit angehaltenem Atem in die Dunkelheit gelauscht hatten, das Hämmern und Donnern im Gestein, doch das war nicht noch einmal zu vernehmen gewesen.

Was konnte das bedeuten, grübelte Bjorne. Das Erbeben im Gestein hatten die Hufe des Keilers verursacht. Des Keilers, der Morwen und der Fluch der Hasdingen-Hexe war. Wenn es hier nicht zu hören war und die Stollen unversehrt waren, *musste* das nicht bedeuten, dass sie eine ganz andere Richtung eingeschlagen hatten als ihr schrecklicher Widersacher? Was, wenn er den Lagerplatz des Königs längst erreicht hatte, die Scharen der Hochländer vor sich her treibend? Wenn in diesem Augenblick die entscheidende Schlacht tobte, während Hædbjorn, des Hædbærd Sohn, Erbe von Schwert und Namen des Bezwingers von Thal, an der Seite der Königstochter durch die unterirdischen Stollen streifte, außerstande, seine Waffe für seinen rechtmäßigen König zu erheben und das Seine zu tun, um das Reich von Ord zu erhalten? Zu verhindern, dass die Dunkelheit den Norden der Welt verschlang?

*Unter allen Umständen müsst ihr es tun. Wenn das alles einen Sinn gehabt haben soll.* Das waren die Worte der Frau aus dem Süden gewesen. Doch wovon hatte sie schließlich gesprochen? Ihr, der Frau mit Namen Ildris, beizustehen, das war Sölvas und damit nun auch Bjornes Auftrag. Ihre schrecklichen Wunden zu heilen, ihr zu helfen, das Kind – ihren Sohn – zur Welt zu bringen. Und tatsächlich war Bjorne zu allem bereit, um der Verletzten zu helfen, die in ihrer Schwäche zu seinen Füßen gelegen hatte, so grauenhaft entstellt. Nur war bei alldem niemals die Rede von irgendwelchen Auswirkungen auf den Fortbestand des Reiches von Ord gewesen. Und die Zeit lief ab. Der Keiler raste heran, und mit jedem Augenblick konnte es zu spät sein.

Ich habe versagt, dachte Bjorne. Wie viele Gelegenheiten hatte er tatsächlich gehabt, den Pfeil von der Sehne zu lassen? Er war sich sicher, dass er den ältesten von Morwas Söhnen nicht verfehlt hätte. Und war er nun, in diesem Augenblick, nicht im Begriff, von neuem zu versagen? Hätte er nicht auf jede Möglichkeit sinnen müssen, an die Oberfläche zurückzukehren, sich seinen Gefährten anzuschließen im Kampf gegen die Bestie, deren unheimliche Geburt er allein hätte verhindern können?

Irgendwo in seinem Hinterkopf waren diese Gedanken am

Werk. Zugleich aber waren sie unendlich weit fort wie ein Traum. Wenn nicht in Wahrheit dies der Traum war.

Sölva ging vor ihm her, und ihr Gang war von einer einzigartigen ... Anmut?, dachte er. War das das rechte Wort? Es war ein Wort, das zuweilen die Skalden in ihren Gesängen gebrauchten, wo es sowohl in Bezug auf Pferde als auch in Bezug auf junge Damen Verwendung fand. Was man im Norden der Welt unter dem Begriff verstand, war einander dann auch in beiden Fällen recht ähnlich. Zumindest soweit es das Gesäß des betreffenden Wesens anbetraf.

Mit solchen Formen hatte Sölva allerdings wenig gemein. Gewiss, nicht ohne Grund hatte Bjorne sie zwischen Staub und Trümmern im ersten Moment für einen Vasconen gehalten in ihrem zerrissenen Gewand, mit aufgeschürften Knien und wildem Haar. Alle beide sahen sie aus, als hätten sie den Weg durch die Stollen auf allen vieren zurückgelegt. Und keiner von ihnen hatte in dieser Nacht ein Auge zugetan, oder doch – in seinem Fall – nicht freiwillig. Von diesem Mädchen aber ging etwas aus, dem aller Schmutz und alle Erschöpfung nichts anhaben konnten. Immer wieder ertappte er sich dabei, dass er an die Skulpturen in den Tempeln der alten Kaiser denken musste: Kampfgestählte Kriegergestalten thronten dort, strenge, schlanke, stolze Göttinnen. Im Kreise um jene mächtigen Wesen aber pflegten sich eine Vielzahl vorwitziger, nymphenhafter Dienerinnen zu tummeln, mit leuchtenden Augen, zarten weißen Gliedern, den Leib zuweilen nur von kunstvoll drapierten Stoffbahnen bedeckt, sodass man beinahe ...

«Die Zitadelle.»

Er zuckte zusammen. Sie war stehen geblieben, sah sich zu ihm um, legte einen Moment lang die Stirn in Falten.

Hatte er einen irgendwie verdächtigen Ausdruck auf dem Gesicht getragen?

«Die Zitadelle?», fragte er.

Ihr Stirnrunzeln vertiefte sich, als sie langsam nickte. «Ich kann ... Bilder erkennen. Nicht allein, was unseren Weg anbetrifft, sondern auch von Dingen ... draußen. Aber diese Bilder sind nicht so deutlich wie in den *Fenstern*, die Ildris mir geöffnet hat. – Morwen hat die königliche Jurte noch nicht erreicht, doch Mornag hat Kundschafter ausgesandt. Er weiß, dass sich etwas nähert aus Richtung der westlichen Bastion, aber er weiß noch nicht, was es ist. Mit den Reitern wird er Morwen auf dem freien Platz vor dem Zelt meines Vaters erwarten. Dort können sie die Pferde am besten einsetzen. Der Rest soll sich mit dem König hinauf zur Zitadelle begeben, um den Tross und die Unbewaffneten zu beschützen. Das große Tor dort liegt in Trümmern, doch ansonsten lässt sich die Anlage gut verteidigen. Auf den Mauern werden die Jazigen mit ihren Bogen Deckung finden. Was von ihnen noch übrig ist nach der Schlacht an der Ahnmutter. Das Tor selbst allerdings ...»

Bjorne nickte düster. «Das Tor werden sie nicht schützen können. Also müsste Mornag die Angreifer zum Stehen bringen, noch bevor sie die Zitadelle erreichen. Und ich weiß nicht, ob das überhaupt möglich ist gegen das, was ich gesehen habe. – Kann das der Ort sein, an den uns Ildris führt?»

Sölva schien zu zögern. Bjorne bemühte sich, jeden verräterischen Ausdruck aus seinem Gesicht zu verbannen. Er war ein Streiter des Reiches von Ord, verpflichtet auf seine im Tempel geleisteten Eide. Diese Eide verpflichteten ihn, zur Verteidigung des Reiches an der Seite seiner Gefährten das Schwert zu ziehen – wenn er es denn aus der Scheide bekam. Ebenso war er aber auch verpflichtet, bedrängten Jungfrauen zur Seite zu stehen, der Königstochter mit Sicherheit allen anderen voran. Selbst wenn sie nicht das kleinste bisschen anmutig gewesen wäre. Beides zugleich aber war unmöglich, wie es schien. Was aber, wenn es nun doch nicht unmöglich war?

«Ich weiß es nicht», sagte Sölva schließlich. «Ich kann einen Gang erkennen und den nächsten dahinter, kann erkennen, wie sie miteinander verbunden sind. Doch am Ende ist nur ...» Sie schauderte. «Kälte», murmelte sie. «Und Feuer in der Tiefe. – Aber wenn Ihr gleichzeitig aufgebrochen seid mit ... mit dem Eber ... mit dem, was einmal Morwen war: Wie könnten wir schneller sein als er? Alles wäre vorbei, bevor wir dort ankämen. Und selbst wenn wir rechtzeitig kämen: Warum sollte sich Ildris ausgerechnet dort aufhalten?»

«Weil es trotz allem der beste Ort wäre für sie», murmelte er. «Für sie und das Kind. Gerade wenn sie sich selbst nicht zu helfen weiß.»

«Ich ...» Das Mädchen holte Luft. «Ich glaube nicht, dass das eine Rolle spielt. Sie vertraut darauf, dass wir ihr helfen.»

«Ihr seid Euch sicher, dass sie das gesagt hat: dass sie selbst nicht dazu in der Lage ist? Dass es niemals in ihrer Macht stand, Morwa beizustehen gegen seine Krankheit? Dass nicht sie es war, die die Ranken des Efeus gestärkt hat, sodass sie unter Euch und dem kleinen Jungen standhielten?»

Sölva nickte langsam. «Sie hat gesagt, dass sie diese Kräfte niemals besaß. Und sie auch jetzt nicht besitzt. Weder ich könnte irgendetwas tun, noch sie selbst. Und ihr Kind sei nicht hier ... nicht dort, wo wir waren in diesem Moment. Wenn sie denn wirklich da war. *Ich* war da, und jetzt bin ich hier, aber sie ...»

Sölva schloss die Augen, tastete nach der Wand. Als könnte sie dort die rechten Worte finden. Und womöglich war das tatsächlich der Fall.

«Sie war nicht schwanger, als sie mit mir sprach», sagte das Mädchen leise. «Aber kurz bevor wir die *Fenster* in den Stollen erreichten, hat sie über seltsame Dinge gesprochen. Sie hat nach dem großen Eber gefragt, dem Eber von Elt, der über die Völker des Reiches wacht. Doch als ich davon erzählte, sprach sie davon, dass es doch weniger der Eber sei, der auf die Jungen achtgäbe. Dass es stattdessen die Bache ist, die sie niemals aus den Augen verliert. Und dann hat sie mir Mortil und Mornag gezeigt. Das ist es, was ihr möglich ist: zu sehen. Bilder zu sehen, Bilder zu zeigen.»

«Bilder von Morwas Kindern, den Kindern des Ebers», murmelte er. «Und seiner Bache. – Habt Ihr schon einmal einer Schwangeren beigestanden, wenn ihre Stunde heranrückte?»

«Nein.» Diesmal kam die Antwort auf der Stelle. Bekümmert schüttelte Sölva den Kopf. «Ich weiß, dass man viel heißes Wasser braucht. Und dass es Kräuter gibt, die den Schmerz betäuben, von denen man der Frau aber nicht zu viel geben darf, weil ihr sonst die Kraft fehlt, das Kind zur Welt zu bringen. Doch wir haben hier keine Kräuter, und ich weiß nicht einmal, um welche Kräuter es sich handelt, und Ildris …» Er konnte sehen, wie sie mühsam Atem holte. «Wo immer sie ist, wo immer ihr Körper sich befindet: Dieser Körper wird ihr nicht gehorchen. Sie ist so schrecklich verletzt, und sie ist viel zu schwach, um eine Geburt zu überstehen. Deshalb ist Terve aufgebrochen, um die alte Tanoth zu holen, doch sie – Ildris – hat nicht einmal abgewartet, bis sie wieder zurück waren. – Ich weiß es nicht», flüsterte sie. «Ich weiß nicht, warum sie uns auf diesen Weg gebracht hat. Ich kann ihr nicht helfen, sie hat es selbst gesagt. Und ich kann mir nicht vorstellen, dass Ihr ihr helfen könnt. Ich weiß nicht, was auf uns wartet, aber es muss eine Möglichkeit geben, ihr zu helfen. Es *muss!* Wenn … wenn all das einen Sinn …»

Er war bei ihr, zögerte einen letzten Moment, bevor er den Arm um sie legte, einen Zipfel seines Waffenrocks fand, der nicht zu schmutzig und zu staubig war. Unbeholfen versuchte er, ihre Tränen zu trocknen.

Sie weinte. Wieder weinte sie. Und doch hatte sie über ihm gekniet, und auf einmal hatte sie sein Schwert in der Hand gehabt. Und seitdem war er gezwungen, unbedachte Bewegungen mit dem linken Arm unter allen Umständen zu vermeiden, wenn er nicht wollte, dass sich bei jedem Luftholen ein glühender Speer durch seine Brust bohrte. Ihr war nicht klar, wie stark sie wirklich war. In so viel mehr als einer Beziehung.

Er spürte, wie sich etwas an ihrer Haltung veränderte, und vorsichtig trat er einen Schritt von ihr zurück. Sie sah ihn an, die Augen noch immer verräterisch schimmernd, doch sie sagte kein Wort mehr. Stumm wandte sie sich zur Wand, legte die Hand auf den Stein, und sie setzten ihren Weg fort.

An der nächsten Abzweigung bogen sie links ab. Kurz darauf war es ein Stollen auf der Rechten und dann gleich wieder auf derselben Seite. Wir könnten die ganze Zeit im Kreis laufen, dachte er. Und ich würde nichts davon mitbekommen.

In Wahrheit aber wusste er, dass das nicht der Fall war. Sie stiegen nach oben, die meiste Zeit beinahe unmerklich, doch hin und wieder waren sogar flache Stufen in das Gestein gehauen. Mussten sie sich damit nicht längst oberhalb der Stelle befinden, an der er den Komplex der unterirdischen Gänge betreten hatte, am Fuße jenes hoch aufragenden Gebäudes der Uralten? Und hatte nicht der größte Teil der Ruinenstadt *tiefer* gelegen als jener Aussichtspunkt: die Kreuzung zwischen den Trümmern, wo Rodgert und er auf die entseelten Leiber Folkhards und seiner Sippe gestoßen waren, der Hof inmitten der westlichen Bastion, auf dem Morwen seine Gefolgsleute versammelt hatte?

Er musste an die Worte des Königs denken. Morwas Worte, die das Mädchen hatte belauschen können, als Ildris das *Fenster* zu den Männern geöffnet hatte, die sich vor der königlichen Jurte sammelten. *Die Götter hielten die Hand über uns vor den Mauern von Vindt. Sie hielten ihre Hand über uns in den Sümpfen von Eik, wo wir dem Wolfsköpfigen die Seelen der Gefallenen weihten, wie es ihn zu erfreuen pflegt.* Bjorne nickte zu sich selbst: Ja, so war es gewesen. Die Lieder der Skalden kündeten davon, und mit welcher Aufregung hatte er ihnen gelauscht in seinem Leben am Hof seines Vaters, das hundert Jahre zurückzuliegen schien. Doch der letzte Satz des Herrschers über das Reich von Ord? *Sie werden uns nicht den Weg in die Hallen der Helden gehen lassen, ohne uns die Gelegenheit zu geben, uns im Kampf zu bewähren.*

War er selbst sich ebenso sicher wie der Sohn des Morda? Was, wenn sie ewig durch diese Stollen irren würden, das Mädchen und er, um niemals irgendein Ziel oder auch nur einen Ausgang zu finden? Wenn sie einfach immer weiterlaufen würden, bis sie Seite an Seite erschöpft am Boden niedersanken? *Zusammen*, dachte er. Die Vorstellung hatte einen eigenartigen Zauber – doch mit einem solchen Ende?

Eine neue Abzweigung, ein drittes Mal auf der rechten Seite, und diesmal, noch zehn oder fünfzehn Fuß von der Einmündung entfernt, hielt das Mädchen länger inne als zuvor, die Finger auf dem Gestein. Schweigend. Bjorne wartete, legte selbst die Hand auf die Oberfläche des Felsens. Insgeheim hatte er schon mehrfach erprobt, ob er nicht ebenfalls etwas spüren, etwas von den Bildern sehen konnte, von denen das Mädchen ihm berichtete. Doch da war nichts. Nichts als rauer Stein. Ildris hatte ihm den Weg in die Tiefe gewiesen, mehr war sie offenbar nicht bereit, mit ihm zu teilen. Oder aber es fehlte ihm eben doch etwas Bestimmtes, das Sölva innewohnte.

Er wartete, betrachtete die Flut ihrer Haare. Hin und wieder hatte sie unterwegs die Finger hindurchgleiten lassen, nur halb bewusst, wie er vermutete. Jedenfalls lag schon wieder ein matter Glanz auf dieser Farbe ihres Schopfes, die kein dunkles Blond war, aber auch nicht ganz ein warmes Braun. Rätselhaft, dachte er. Rätselhaft wie das Mädchen selbst, das so ganz anders war als die gezierten Damen aus den besseren Familien von Thal, denen seine Brüder schmeichelhafte Worte zuraunten, wenn sich der Hofstaat in der großen Halle seines Vaters versammelte. Rätselhaft. Rätselhaft wie diese Nacht.

«Nein», murmelte Sölva schließlich, ohne die Finger vom Gestein zu nehmen. So leise, dass er Mühe hatte, die Worte zu verstehen. «Dafür bleibt keine Zeit mehr.»

Seine Brauen zogen sich zusammen. «Zeit wofür?»

Sie drehte sich nicht zu ihm um. «Es gibt noch einen anderen Weg», erklärte sie. «Und auch dieser Weg wäre ...» Sie brach ab. «Auch er ist gefährlich, aber wir haben keine Wahl mehr. Ich kann es nicht genau erkennen, nur das Feuer und die Dunkelheit ... darunter. Aber wir müssen hinauf.»

«Hinauf?»

Sie nickte knapp, ein Zeichen, an ihr vorbei in die Einmündung zu treten. Ein halbes Dutzend Schritte – und verblüfft hielt er inne.

Eine Treppe, und sie war anders als die flachen Stufen, auf die sie hin und wieder gestoßen waren. Steil strebte sie in die Höhe, schmaler als die Stollen, durch die sie sich bisher bewegt hatten und verlor sich irgendwo in der Höhe, im Halbdunkel. Denn nach wenigen Schritten endete jenes Gestein, aus dessen Inneren eine fahle Helligkeit in die Stollen drang.

Nichts davon hatte Sölva sehen können von dem Punkt aus, an dem sie stehen geblieben war. Es war der Beweis, dachte er. Der Beweis, dass sie tatsächlich über die Gabe verfügte, Ildris' Gabe. Oder aber dass die Frau aus dem Süden sie Anteil haben ließ an ihrer eigenen Gabe, was sie ihm verwehrte.

Es war ein merkwürdiges Gefühl. Sölva und er würden also nicht im Labyrinth der Stollen sterben. Sie würden ans Tageslicht zurückkehren und ihre Aufgabe erfüllen, und dann würde ihrer beider Leben weitergehen: das Leben der Königstochter und das Leben des jungen Mannes mit dem zerbeulten Helm und dem Monstrum von Schwert. Es war vorhersehbar, dass ihre Wege sich nur allzu bald trennen würden. Doch jedenfalls würden sie nicht an irgendeiner Stelle vor Durst und Entkräftung zusammenbrechen – wenn es ihnen denn gelang, die Treppe zu bewältigen. Sie schien sich endlos in die Höhe zu ziehen, ohne jede Abzweigung.

Das Mädchen war an seine Seite getreten, im Begriff, den Fuß auf die Stufen zu setzen, doch diesmal hob er abwehrend die Hand, legte sie dann nachdrücklich auf den Knauf seiner Waffe.

«Ich gehe voran», bemerkte er mit Strenge in der Stimme. «Kein Krieger des Reiches von Ord wird *hinter* einer Dame eine Treppe emporsteigen, in der Hoffnung, begehrliche Blicke auf ihre Knöchel zu werfen.»

«*Knöchel?*» Sie starrte ihn an. Blickte an sich herab.

Er biss sich auf die Zunge. In ihrem Rock klaffte ein Riss bis über das aufgeschürfte rechte Knie hinweg. Über ihrer linken Schulter war der Stoff so fadenscheinig, dass ebenfalls blasse Haut hindurchschimmerte. Von einer Dame hatte sie in der Tat nur wenig an sich.

«Wenn Ihr wirklich ...» Sie stützte sich gegen die Wand. Unvermittelt hielt sie inne.

«Wir haben keine Zeit mehr!», flüsterte sie. «Kommt!»

«Was ...»

Doch sie war schon an ihm vorbei, nahm zwei Stufen auf einmal. Er konnte sich nur anschließen, hatte gar keine Gelegenheit, auf ihre Knöchel zu achten oder auf sonst etwas. Er hatte Mühe, nicht den Anschluss zu verlieren, und zugleich spürte er sie selbst, die plötzliche dringende Hast, auch ohne dass er die Wand hätte berühren müssen. Wartete Ildris dort oben auf sie, in einer abgelegenen Kammer im Gestein, im Begriff, ihr Kind zur Welt zu bringen? Was sollten sie dann tun *unter allen Umständen?*

Rasch wurde es schwieriger, eine Stufe um die andere zu nehmen. Nach einer Weile warf er vorsichtig einen Blick über die Schulter, wandte sich sofort wieder um. Niemals würde es ihnen gelingen, irgendwo von neuem Halt zu finden, wenn sie hier ins Rutschen gerieten. Das leuchtende Gestein blieb zurück, hinter ihnen, unter ihnen. Die Treppe mussten andere Hände aus dem Fels geschlagen haben als die Stollen in der Tiefe. Die Stufen waren unregelmäßig, schienen zu bröckeln, wenn man den Fuß nicht richtig aufsetzte.

Ein kurzes Keuchen, als das Mädchen einen Absatz verfehlte, im nächsten Moment gegen ihn stieß, seine Hände unwillkürlich zufassten, während seine eigenen Füße ... Sein Herz pochte, als er im letzten Moment im Mauerwerk Halt fand.

Mauerwerk: tatsächlich. Nicht länger der gewachsene Fels des unterirdischen Systems von Stollen, aber auch nicht die Schlacke, die die oberen Ebenen der Ruinenstadt einnahm.

Sölva lag an seiner Brust. Er spürte ihren Herzschlag, die Wärme ihrer Haut an seiner. Über ihrer Schulter war das Gewand jetzt vollständig zerrissen. Halt suchend hatte ihre Hand sich um seinen Nacken gelegt. Mit einem Mal fiel es ihm schwer, Atem zu holen. Er konnte nur warten, bis sie sich schließlich vorsichtig von ihm losmachte und er sich nicht vollkommen sicher war: Hatte sie einen Moment länger ausgeharrt, als es nötig gewesen wäre?

«Danke», sagte sie leise, ihr Gesicht für einen Augenblick ganz nah an seinem.

«Bitte», murmelte er.

Er hatte keinen Zweifel, dass sowohl den Recken in den Liedern der Skalden als auch seinen Brüdern gegenüber den gezierten Damen von Thal eine passendere Erwiderung zur Verfügung gestanden hätte.

Weiter hinauf. Es war nicht vollständig finster, und unvermittelt ging ihm auf, dass die Helligkeit nicht mehr allein von unten kam, vom matten Nachglühen des leuchtenden Gesteins, sondern ebenso aus der Gegenrichtung. Und dieses Licht war anders. Dieses Licht war rot. Es war die Farbe frisch vergossenen Blutes, die sich auf die Stufen legte.

Ein Ausschnitt des Himmels. Nach wenigen Stufen wurde er deutlicher sichtbar, schärfer umgrenzt, als sie der Einmündung ins Freie näherkamen. Ein Himmel, rot wie ein Feuersturm. Gleichzeitig schlug ihnen beißende Kälte entgegen. Jetzt war die Türöffnung unmittelbar vor ihnen. Zwei Stufen, und …

Ein Aufkeuchen. Bjorne kam zum Stehen. Wieder das Mädchen, das sich an ihm festhielt, schmerzhaft fest diesmal. Wieder seine Hand, die sich ins Mauerwerk klammerte. Und diesmal war sie kalt wie Eis.

Unmittelbar zu ihren Füßen ging es in die Tiefe. Es war wie oberhalb der westlichen Bastion, wo Bjorne gemeinsam mit dem Waffenmeister den Aufzug von Morwens Gefolgschaft verfolgt hatte. Und es war vollkommen anders. Der weite Hof dort hatte zwanzig oder dreißig Manneslängen unter ihnen gelegen. Hier war es die zehnfache Entfernung, wenn nicht mehr, und Bjorne wusste auf der Stelle, wo sie sich befanden.

Er hatte vor der Jurte des Königs gestanden früher am Abend. Dort, wo die Krönung hatte stattfinden sollen. Mit einem eigentümlichen Schaudern hatte er das Bild betrachtet, die halb verfallenen Umrisse der Zitadelle von Endberg hoch über ihm mit ihren Brustwehren und den in regelmäßigen Abständen aus den Mauern hervorwachsenden Türmen. Ein Stück abgesetzt vom Zinnenkranz der Befestigung hatte eine einzelne, gewaltige Konstruktion emporgeragt. Ebenfalls ein Turm, jedoch um einiges mächtiger in seinen Dimensionen, einem Bergfried ähnlich, ja, einer eigenen, waffenstarrenden Festung, von welcher der Rest der Zitadelle respektvoll Abstand hielt.

Ebendieser Turm aber schien sich aus seinen Fundamenten gelöst zu haben und war dennoch nicht in sich zusammengesunken. Aus der Tiefe hatte er einem gigantischen, nahezu entwurzelten Baum geglichen, seiner Krone bereits beraubt, mit dem verzweigten Wurzelwerk aber nach wie vor in den Boden gekrallt, in einem unmöglichen Winkel schräg in den Himmel strebend, halbwegs der Zitadelle entgegengeneigt.

Hier, vom höchsten Punkt dieser Konstruktion aus, war der Blick ein vollkommen anderer. Vor ihnen befanden sich fünfhundert Fuß leere Luft bis zu den Mauern der Zitadelle, und in der Ferne …

War es noch weit bis zum Morgen? Machte sich eine fahle Dämmerung eben bereit, über dem Eis des äußersten Nordens aufzuziehen? Es war unmöglich zu beurteilen. Wenn sich am östlichen Horizont ein schwaches Licht zeigte, war nichts davon zu erkennen.

Denn über dem westlichen Horizont stand der Himmel in Flammen, der Bastion entgegen, auf der die Stämme des Gebirges ihr Lager aufgeschlagen hatten. Es war ein Blick wie geradewegs ins Innere einer Ofenglut, wo die aufgeschichteten Scheite in der wabernden Hitze zerplatzten. Die gepeinigt verkrümmten Silhouetten der Bauten von Endberg ragten vor dieser Szenerie in die Höhe, glichen ihrerseits in Schlacke erstarrten Lohen. Im Zentrum des Bildes aber, dort, wo Bjorne die Route vermutete, die er gemeinsam mit dem alten Rodgert zurückgelegt hatte, war ein weißes Gleißen auszumachen, ein Feuer von einer Hitze, dass es die eigene Farbe verzehrte. Ein Feuer, das näherkam, flankiert zu beiden Seiten von einer gen Himmel lodernden Wand aus Flammen.

Vor dieser Wand waren Gestalten auszumachen, winzig noch wie wimmelnde rote Ameisen. Morwens Verbündete, Tiefländer, so weit sie ihm folgten, Hochländer, die Stämme der Charusken und Vasconen. Doch waren sie wirklich *Verbündete*? Sie waren Menschen, dachte Bjorne, Krieger der Nordlande, die Morwen zugejubelt hatten, ihrem jungen, starken Anführer, der so ganz dem Bilde Ottas glich. Dieser Morwen aber hatte sich in etwas verwandelt, das etwas anderes und kaum mehr menschlich war, in den Eber, den Fluch von Endberg, dessen sengendes Feuer Freund und Feind vor sich her trieb. *Angst*, dachte

Bjorne. Panische Angst trieb die Hochländer und ihre Gefährten in die einzige Richtung, die ihnen offen stand. Und nichts, keine Kampfeslust, keine Gier nach Beute machte einen Gegner so gefährlich wie Angst, wie die letzte, verzweifelte Hoffnung, der Vernichtung zu entgehen.

Nichts davon hatte etwas mit einem Heer beim Aufmarsch auf dem Schlachtfeld gemein. Es war kein Heerbann, kein Aufgebot. Es war eine Woge der Angst, die der Lagerstatt des Hetmanns von Elt, des Königs von Ord, entgegenstrebte, und der Tod folgte ihr auf dem Fuße.

Sölva hatte sich von ihm gelöst, doch sie blieb so nahe an seiner Seite, dass er weiterhin die Wärme ihrer Haut zu spüren glaubte. Sie blickten in die Tiefe, wortlos.

In einem langen, müden Zug bewegten sich die Krieger des Königs den Mauern der Zitadelle entgegen, an ihrer Spitze Morwa selbst, tief gebeugt, doch gestützt auf ... *Rodgert*, dachte Bjorne und atmete auf. Es war dem Alten gelungen, den Vasconen zu entkommen, die so unvermittelt zwischen den Trümmern erschienen waren. Und er war vor dem glühenden Eber, dem Fluch der Ruinenstadt, auf dem künftigen Schlachtfeld eingetroffen. Ganz gleich, wie diese Nacht enden würde, dachte Bjorne: War es nicht ein Trost, dass der Alte, der seinem Hetmann ein ganzes langes Leben lang zur Seite gestanden hatte, auch jetzt an seiner Seite war? Morwas Waffenmeister, der so oft die Finten und Fallen des Feindes durchschaut, der Schlacht in letzter Stunde die entscheidende Wendung gegeben hatte.

Ob auch dieser Plan auf ihn zurückging? Der Sohn des Morda wie auch sein Waffenmeister hatten nur selten auf einen einzigen, entscheidenden Schlag gesetzt, auf Sieg oder Vernichtung. Dies schien auch jetzt nicht der Fall zu sein: Jene Männer, die zu Fuß kämpften, sammelten sich hinter den Wällen der Zitadelle, um den Tross und die Unbewaffneten zu schützen, während die Reiter, das Herz der Streitmacht, den Gegner im ebenen Gelände erwarten würden. Es hätte diesen Anschein erwecken können, dachte Bjorne, doch ein genauerer Blick genügte, um zu erkennen, dass die Zitadelle nicht zu verteidigen war. Sie thronte auf einer Anhöhe, und einem Gegner, der mit Schild und Speer und einigen Bogenschützen vielleicht heranrückte, hätten die Verteidiger hinter solchen Mauern über Monate hinweg Widerstand leisten können. Doch dort, wo sich das Tor der Anlage befunden haben musste, waren die Befestigungen auf einer Breite von fünfzig Schritten niedergebrochen. Und selbst wäre das nicht der Fall gewesen: Welche Mauern hätten jenem Gegner widerstehen sollen, der in dieser Stunde gegen das Aufgebot des Reiches antrat?

Die Entscheidung würde zu Füßen der Zitadelle fallen, auf der großen freien Fläche vor der Jurte des Königs von Ord, wo Mornag die Reiter gesammelt hatte. Bjorne betrachtete das Bild und spürte, wie eisige Lähmung von ihm Besitz ergriff.

Der Waffenmeister musste sich getäuscht haben, auf grauenhafte Weise getäuscht, als er vermutet hatte, dass weit weniger als die Hälfte des Heerbanns sich Morwen angeschlossen hätte. Wie verzweifelt gering wirkte das Häuflein der Reiter, das sich jetzt auf Mornags Anweisungen über die gesamte Breite des Platzes verteilte, in einer einzelnen, weit auseinandergezogenen Reihe. Wo waren die Männer des Weidevolks von den Ufern der Flut? Wo waren vor allem die Reiter aus Vindt, die der greise Jarl Nirwan Mornag zugesagt hatte, die Hälfte von ihnen zumindest, während der Rest die östliche Bastion schützen würde? Waren einige der Scharen nicht rechtzeitig gekommen? War Morwens

Streitmacht auf sie gestoßen, während sie sich noch auf dem Zug befanden? Hatten sie beschlossen, sich weder dem Aufgebot des Königs anzuschließen noch den Abtrünnigen, die auf Morwens Seite fochten? Wollten sie den Ausgang des Kampfes abwarten, um sich sodann an die Seite des Siegers zu stellen?

*Es wird keinen Sieger geben, wenn dies hier vorbei ist.*

Bjorne starrte in die Tiefe. Er konnte Mornag erkennen in seiner dunklen Rüstung, der an der Reihe seiner Streiter auf und ab ritt, hier einen Teil der Schlachtreihe ein Stück zurücknahm, um die Gunst des Geländes besser zu nutzen, dort nach kurzem Zögern die Reihe noch etwas weiter auseinanderzog. Ja. Bjorne nickte fast unmerklich. An jener Stelle ging der Hang nahezu senkrecht in die Tiefe. Wehe dem Reiter, dessen Ross den Huf dort ungeschickt aufsetzte. Zugleich aber würde der Feind sich nicht in gerader Linie nähern können. Die Reiter waren auf dem rechten Flügel besser aufgehoben. Bjorne selbst hätte ebenso entschieden. Allerdings hatte er auch einen bei weitem günstigeren Blick auf das Schlachtfeld, als er Mornag gewährt war.

Unter welcher Anspannung musste er zu dieser Stunde stehen, der Königssohn und so bald schon König über das Reich von Ord, wenn es denn nach dem Willen seines Vaters geschah? Nun, da alles auf seinen Schultern lastete? Bjorne bewunderte die Ruhe, die Besonnenheit, mit der der zweite von Morwas Söhnen die Aufstellung seiner Streitmacht vollendete, während das Feuer und die Reihen des Gegners näher und näher rückten, um keine Winzigkeit langsamer wurden, als das Gelände zum Platz vor der Jurte hin anstieg. Und sie waren überlegen, der schmalen, weit auseinandergezogenen Reihe von Mornags Reitern so hoffnungslos überlegen.

«Was sollen wir nur tun?», flüsterte er.

«Wir …»

Bjorne drehte sich um. Das Mädchen sah ihn an. Oder schien es durch ihn hindurchzusehen?

«Sölva?»

Die Tochter des Königs presste die Lider aufeinander, ein zweites Mal. Ihre Lippen waren geöffnet, doch kein Wort war zu hören, momentelang.

«Wir müssen weiter», hauchte sie. Jetzt sah sie ihn an. Er erkannte, dass sie ihn tatsächlich sah.

Seine Brauen zogen sich zusammen. «Weiter?»

Er blickte an ihr vorbei. Ein Abgrund, in der Tiefe das ansteigende Gelände, an dessen höchstem Punkt die Zitadelle des Sonnenvolks thronte, der Uralten. Bjorne konnte erkennen, wie sich zu beiden Seiten des niedergestürzten Tores Morwas Eiserne sammelten, mit bangen Blicken in die Ferne, während das Ende des langes Zuges die trügerische Sicherheit der Mauern noch immer nicht erreicht hatte. All das unter ihnen, unter Bjorne und dem Mädchen, in zweihundert Manneslängen Tiefe ein tückisches Meer von Schlacke und schrundigem Gestein.

Er presste die Lippen aufeinander, zögerte. Dann schüttelte er den Kopf. «Wir werden es nicht schaffen: Die Treppe wieder hinunter, dann den anderen, den längeren Weg in der Tiefe und am Ende hinauf zur Zitadelle. Mornag kann unmöglich standhalten, und dann … Wir werden es nicht schaffen. Wenn es hier einmal einen Weg gab, dann existiert er nicht mehr.»

Schwer holte Sölva Luft. «Alles ist mit allem verbunden. Doch zuweilen ist es auf eine Weise miteinander verbunden, die sterbliche Augen nicht sehen können.»

«Was sagt Ihr?»

«Nicht …» Ihre Finger schlossen sich wie im Krampf, öffneten sich wieder. «Nicht ich sage es. *Sie* sagt es. Ich weiß nicht, wer es sagt, doch der Weg …»

Ihr rechter Fuß bewegte sich, strich durch den feinen Sand, der sich in dem windgeschützten Winkel gesammelt hatte, wo die Treppe ins Nichts mündete. Sie schob den Sand beiseite, der Kante entgegen, mit der das Gestein unvermittelt abbrach, schob ihn in die Tiefe, und …

Der Sand fiel nicht in die Tiefe. Eine dünne Schicht feiner Körner, zu einem kaum erkennbaren Hügel gehäuft, der über dem Abgrund lag, flach, wie auf einem unsichtbaren Teller. Und darunter Leere, sechshundert Fuß über dem nadelspitzen Gestein irgendwo in der Tiefe.

«Was beim Wolfsköpfigen …» Bjorne verstummte.

«Der Weg», flüsterte sie. «Der kürzere Weg. Einer der Wege des Sonnenvolks. Ihre Wagen vermochten sich ohne Zugtiere zu bewegen, und sie …»

«Sie konnten fliegen», hauchte Bjorne. «Den Vögeln gleich.»

# LEYKEN

## DAS KAISERREICH DER ESCHE: DIE RABENSTADT

Die Höhlung der Esche klaffte vor Leyken auf. Schwärze, Dunkelheit, ein lichtloser Umriss aus der Wirklichkeit geschnitten. Und da war mehr als Widerwille, auch nur einen Schritt näherzutreten. Da war selbst mehr als bloße Angst. Da war etwas – das *älter* war?

Menschen fürchteten die Nacht, dachte sie. Und doch war es nicht die bloße Abwesenheit von Licht, die sie ängstigte, sondern es war etwas, das sich aus der Dunkelheit nähern mochte. Ein Grauwolf konnte sich in der Nacht verbergen, ein Säbelzahn gar, einst, in den Tagen der Alten. Konnte. In aller Regel überstanden Reisende eine Nacht im Freien, ohne dass ihnen Schlimmeres begegnete als eine besonders wagemutige Ratte, die aus der Schwärze nach ihren Zehen zwackte.

Die Dunkelheit im Innern der Esche war anders. Denn dort war etwas, eine ruhelose Gegenwart, mit einer Deutlichkeit zu spüren, dass es Leyken den Atem verschlug. Eine Schönheit umgab den Baum, wie sie sie niemals zuvor gesehen hatte, selbst in der Rabenstadt nicht: Blumen im Gras, Schmetterlinge in einer Anzahl von Farben, die das Prisma des Regenbogens übertraf. Wieder und wieder aber, gegen ihren Willen, kehrte ihr Blick zu der Höhlung zurück, in der sich etwas regte, in traumlosem Schlaf zu rufen schien.

Unverwandt, voller Aufmerksamkeit lag der Blick des Seneschalls auf ihr. Mit Sicherheit konnte er ihre Gedanken nicht im eigentlichen Sinne lesen. Doch knapp neigte er das Haupt, wie an sich selbst gerichtet. Als hätte sie ihm eine Vermutung bestätigt, ohne auch nur das Wort an ihn zu richten.

Mit einer kaum angedeuteten Handbewegung winkte er zwei seiner Gepanzerten mit ihren Lichtern heran. Eine Handbewegung, die Leyken an etwas erinnerte, ohne dass sie im ersten Moment zu sagen wusste, woran – bis ihr klar wurde, dass die Geste sie an *ihn selbst* denken ließ, an Ari, den freundlichen kleinen Gärtner. Mit derselben kaum merklichen Bewegung hatte er seine Söldner auf die Jagd nach dem Schädling ausgesandt, der scheußlichen Kreatur, die im Stamm der Silberpappel nistete. Ein beiläufiger Wink, als wollte er um eine Erfrischung bitten. Wie hätte sie zu jenem Zeitpunkt ahnen können, dass ebendieser Wink ein Befehl war, der die Gepanzerten in eine erbitterte Schlacht sandte? Der sie einem Hagel stürzender Äste und splitternden Holzes aussetzte, aus dem zumindest einer der Männer ins Freie gewankt war, die Hand auf eine grauenhafte Verletzung gepresst? Keinen Augenblick aber hatten die Männer gezögert, und auch jetzt zögerten sie nicht. Wenn Leyken auch kaum den Eindruck hatte, dass ihnen sonderlich wohl zumute war, als sie nacheinander durch den Spalt traten, ihre Lichter vorgestreckt, in die Höhlung hinein.

Gebannt starrte Leyken auf das Dunkel, doch dann, als die Leuchten den Hohlraum erhellten ... Sie konnte nicht sagen, was sie erwartet hatte. Ein Untier mit gesträubtem Fell, blitzenden Hauern, die Augen rot wie glühende Kohlen? Die Höhlung, das Innere der Esche, war leer, und es war nichts als das Innere eines sehr großen, sehr alten Baumes: Holz, zu Knoten und Wülsten verformt. Zur Linken hätten die Gardisten nicht aufrecht stehen können, zur Rechten verloren sich die Umrisse in den Schatten, und dorthin wichen die Bewaffneten zurück, als der Seneschall nun ebenfalls eintrat.

Unbehaglich musterte Leyken das Zwielicht. Was befand sich dort? Sie konnte nichts Bedrohliches erkennen, doch das Gefühl einer dunklen, unfassbaren Präsenz ließ nicht nach. Im Gegenteil, es schien sich zu verstärken: Flüsternd. Rufend. Rufend nach *ihr*? Sie sah die Beklommenheit von Aristos' Begleitern, doch war das dieselbe Angst, die sie selbst verspürte?

Alles hatte eine Bedeutung, dachte sie. Und alles war mit allem verbunden, in so viel mehr als einer Beziehung. Von allem Anfang, von ihrer Gefangennahme an. Sie war die Einzige, die von *draußen* kam und der die Krankheit dennoch nichts anhaben konnte. War das der Zweck, dem der merkwürdige Zug diente, der sich vom verfallenen Turm bis hierher, an die Spitze des Baumes, emporgewunden hatte? Ein Zug, der sie, wie sie in diesem Augenblick mit Schrecken erkannte, an einen *Opferzug* erinnerte. War dies die letzte Prüfung? Wenn sie das Herz der Heiligen Esche betrat, würde das Gift dann doch noch über sie hereinbrechen und sie in einen lebenden Leichnam verwandeln wie den Shereefen der Banu Huasin? Falls der Seneschall es so weit kommen ließ, dass die Krankheit sie auf diese Weise entstellte. Falls Aristos in diesem Fall nicht beschloss, sie seinen

Variags auszuliefern, solange sie noch ansehnlich aussah, damit die ungeschlachten Hünen mit ihr verfuhren, wie ihre Triebe es ihnen eingaben – ganz wie es den anderen Frauen widerfahren war, den geschundenen Frauen im Kerker der Esche, die Leyken kaum jemals bei Licht gesehen hatte und deren Gesichter doch nicht aus ihrer Erinnerung weichen wollten.

Ihr Herz überschlug sich. All das war die *eine* Möglichkeit. Die Krankheit konnte sie doch noch befallen. Was aber würde geschehen, wenn sich zeigte, dass das Gift selbst in jener Höhlung nicht von ihr Besitz ergriff? Was wartete dann auf sie? Alles, vom Beginn ihrer Gefangenschaft an, hatte diesem Augenblick entgegengestrebt. Dem Augenblick, in dem sie die Höhlung der Esche betreten würde.

«Ihr …» Ihre Zunge fuhr über ihre Lippen. «Ihr könnt mich nicht zwingen.»

Der Seneschall warf ihr einen abschätzenden Blick zu. «Ihr wiegt nicht halb so viel wie auch nur der kleinste meiner *Variags*. Ich bin mir ziemlich sicher, dass ich Euch zwingen könnte.» Eine wohlbedachte Pause. «Nur ist das überhaupt nicht meine Absicht. – *Antworten*, Leyken von den Banu Qisai. War das nicht der Grund, aus dem Ihr Euch aufgemacht habt, um mit Eurem Shereefen zusammenzutreffen? Neben dem Wunsch, die Stadt zu verlassen. Wolltet Ihr nicht Antworten auf Eure Fragen? – Nun, Eure Antworten …» Er wiederholte die einladende Geste. «Eure Antworten warten hier.»

Tief holte Leyken Atem. Der Hohlraum im Innern des Baumes war groß genug. Er würde auch sie noch aufnehmen können. Was sich dagegen die Würdenträger, die sich im Hohen Garten versammelt hatten, von dem Schauspiel versprachen, war ungewiss. Sie würden jedenfalls keinen Platz finden.

Leyken widerstand dem Bedürfnis, die Lider aufeinanderzupressen, als sie den Fuß in die Höhlung setzte. Ein Schauer legte sich auf ihren Nacken, ein Gefühl wie ein rascher, kalter Windhauch und ... Verblüfft hielt sie inne.

Auf der rechten Seite setzte sich die Höhlung fort, schien sich in einen Gang zu verwandeln, geformt vom Holz der Esche. Die Lichter der Söldner leuchteten in diesen Gang hinein, und er zog sich geradeaus, immer geradeaus auf ebener Fläche, so weit der Schimmer nur reichte.

«Das ist unmöglich», flüsterte Leyken. «Rings um den Baum ist die Lichtung, und ...»

Sie reckte sich, versuchte zurück ins Freie zu sehen, doch in diesem Moment nahm ihr die Gestalt des Sebastos den Blick. Er sagte kein Wort, als er an ihr vorbei die Höhlung betrat, aber sein Gesichtsausdruck war deutlich.

*Seit neunundachtzig Tagen befindest du dich auf der Heiligen Esche.* – Neunundachtzig Tage, und noch immer wollte sie nicht begreifen, wozu die Macht des Baumes in der Lage war.

Während die übrigen Angehörigen des Kronrates nun einer nach dem anderen den Hohlraum betraten, war der Seneschall am Beginn des Ganges stehen geblieben, sah sich zu Leyken um, bis sie an seine Seite trat.

«Was Ihr den Sebastos und Eure Zofe verrichten saht, sind Kunststücke von Taschenspielern», sagte er mit gedämpfter Stimme. «Nichts als bloße Echos verglichen mit der wahren Macht der Esche. Ihrer Macht in der alten Zeit.»

Mit langsamen Schritten begannen sie dem Gang zu folgen. Seine Finger strichen über das Holz, auf eine Weise, dass es einer Liebkosung nahekam. Ein Gärtner, dachte Leyken. Der Seneschall der Heiligen Esche und große Gärtner über die Reiche der Tiere und Menschen. Diese Finger waren es gewesen, die ein Messer geschleudert hatten, als der Schädling aus seinem Nest in der Silberpappel ins Freie gekommen war, und es hatte sich in den Leib der Kreatur gebohrt. Dieser Mann hatte Befehl gegeben, Feuer an die Bäume im Umkreis zu legen – und an den Shereefen der Banu Huasin.

Sie fröstelte. Die beiden Gardisten schritten voran, und die Lichter in ihren Händen fingen Abschnitte des Holzes ein, rindenlos und bleich wie Totengebein, wie die grausam verdrehten Gliedmaßen Verstorbener. Opfer der Heiligen Esche in der Zeit ihrer Macht? Mit eigenen Augen hatte Leyken gesehen, wozu der Baum in der Lage war, als sie mit ihren Gefährten aus der Oase die Gewölbe im Wurzelwerk betreten hatte. Wozu war er imstande, wenn der Regent des Kaiserreichs ihm den Befehl gab?

Leyken sah geradeaus, wo sich der Gang um eine Kehre zu ziehen begann. Jeder Schritt war ein Zwang, war wie ein inneres Zerreißen. Bald drei Mondwechsel hatte sie auf dem Baum der Rabenstadt zugebracht, jetzt aber betraten sie die Herzkammer der Heiligen Esche, und die Gegenwart dessen, was sie bereits auf der Lichtung gespürt hatte, schien sich mit jedem Schritt zu verstärken. Da war etwas. Etwas sehr, sehr Altes, um so vieles älter als alles andere auf der Welt. Etwas ungeheuer Mächtiges, uralt und unermesslich einsam, das sich in tiefen, schweren Atemzügen regte. Um nichts in der Welt wollte sie den Fuß noch einmal heben, ihn auch nur einen Fingerbreit voransetzen. Und zugleich reichte alle Kraft, die sie noch aufzubringen vermochte, nicht hin, um sich dem lockenden Ruf zu verweigern. *Komm!*

Der Seneschall warf einen Blick in ihre Richtung. Was sah er? Selbst die Bewohner der Heiligen Esche waren nicht in der

Lage, in den Geist eines Menschen einzudringen, der ihnen den Zugang verwehrte.

«*Anders.*» Die Stimme des kleinen Mannes war kaum mehr als ein Flüstern. Unmöglich, dass sie Zenon erreichte und die übrigen Angehörigen des Kronrats, die ihnen folgten. «Alles war anders, als die Esche jung war und ihre Wurzeln in die Reiche der Welt trieb nach dem Plan der Götter. Der Baum war stark, und ebenso stark waren jene, die auf dem Stuhl der Esche thronten: die Alten Kaiser, die ihrem Wuchs Gestalt gaben. Und nicht sie allein – das Geschlecht der Herrscher war reich an Zahl. Dem Stamm der Esche gleich verzweigte es sich. Und die Angehörigen dieses Geschlechts waren Männer, die ihre Schilde und Speere zu führen wussten, sie alle, die alten Familien der Esche, allen voran aber die Kaiser und ihre Abkömmlinge. Bedenkenlos zogen sie ihre Schwerter. Denn war das Reich nicht im Wachstum begriffen, und war es nicht ihnen anvertraut, seine Macht zu mehren? Bedenkenlos löschten sie Leben aus. Denn war es nicht der Lauf der Welt, dass der Schwächere Raum gab und verging, wo der Stärkere das Land nach seinem Willen prägte? Und bedenkenlos starben sie. Denn war das Leben nicht kurz und war der Sieg nicht alles, war der Ruhm nicht das Einzige, was den Namen eines Menschen unsterblich machte?»

Er löste den Blick von ihr, und wieder strichen seine Finger über die schrundige Oberfläche der Wände, als stünde die Geschichte der Rabenstadt in ihnen zu lesen.

«Selten nur ging die Herrschaft in Frieden vom Vater auf den Sohn über, wenn die Zeit gekommen war», sagte er leise. «Denn der Ehrgeiz brannte heiß in den Angehörigen der kaiserlichen Sippe, und dieser Ehrgeiz war groß. Das aber war gut für ein Reich, das seine Macht beständig ausdehnte, in die fernsten

Winkel der bekannten Welt hinein, bis an das Feuer von Pharos im Westen, an die Grenzen von Shand im Osten, im Norden bis in die Lande jener hinein, die heute als Variags bei uns Dienst tun. Und im Süden bis in das Herz Eurer Wüste. All diese Völker wurden Teil des Reiches, und in all diesen Landen schlug die Esche Wurzeln. Und die Lande blühten, wo immer sie Wurzeln schlug.»

«Denn alles war mit allem verbunden», murmelte Leyken.

«Nicht über die Wurzeln allein.» Er hob die Stimme ein wenig. Die Worte hallten in der Windung des Ganges wider. «Straßen wurden angelegt, die die Provinzen miteinander verbanden. Handelssegler befuhren die Meere unter dem Schutz der kaiserlichen Flotte. Unwirtliche Gebiete wurden urbar gemacht. Das Reich blühte, und eine Zeit des Friedens war angebrochen, hatten die kaiserlichen *machinista* die Heere doch mit Waffen versehen, wie die Welt sie noch nicht zu Gesicht bekommen hatte. Heere, die in den Provinzen ausgehoben wurden. Denn wer unter den Bewohnern der Esche wollte noch selbst ein Schwert in die Hand nehmen und sein Leben aufs Spiel setzen, wenn das Reich doch sichtbar seine größte Ausdehnung erreicht hatte und an den Grenzen ohnehin kein Ruhm mehr zu gewinnen war? Und wer wollte noch Korn anbauen und Rinder züchten, wenn Korn und Rinder und Seide und edle Steine wie von selbst die Rabenstadt erreichten, Abgaben der getreuen Provinzen, die das Reich mit seinen Heeren schützte?»

Eine Winzigkeit wurde Leyken langsamer, als ihre Stirn sich in Falten legte. «Aber wenn die Provinzen von Heeren aus genau denselben Provinzen beschützt wurden, haben sich die Menschen dann nicht selbst beschützt? Wofür sollten sie dann noch Abgaben …»

Sie war sich nicht sicher. Zuckte ganz kurz ein schiefes Lächeln um seine Mundwinkel? «Ja, wofür, Leyken von den Banu Qisai?», sagte er leise. «Warum sollten sie die kostbarsten Güter, die sie dem Boden ihrer Heimat abtrotzten, an die Mächtigen der Rabenstadt ausliefern, die zu ihrem Schutze doch so wenig beitrugen? Auf denselben Gedanken dürften die Bewohner der Provinzen ebenfalls gekommen sein. Doch war es ein zutreffender Gedanke? – Warum pflückt Eure Hand eine Traube, Leyken von den Banu Qisai?»

«Eine ...» Sie blieb stehen. Ihr Stirnrunzeln verstärkte sich. «Damit ich sie essen kann vermutlich.»

Aristos verharrte ebenfalls und mit ihm die Fackelträger. Wie auch immer sie sein Innehalten bemerkt hatten. Schließlich waren sie vorangegangen.

Der Seneschall neigte das Haupt. «Ihr werdet die Traube essen. Und dennoch ist es keineswegs Eure Hand, die sie essen wird, sondern Euer Mund wird sie essen. Eure Lippen werden sich öffnen, damit Eure Zähne die Traube zerkleinern können, Euer Hals sie schlucken kann und Euer Magen ...»

«Aber ich ...»

«Alles ist mit allem verbunden.» Ernst sah er sie an. «Die Hand, der Mund und ebenso das Auge, welches die Traube überhaupt erst erspäht hat. Wenn Eure Hand sich gegen Euer Auge erhebt und dieses Auge blind macht, wird sie bald nicht mehr wissen, wohin sie greifen muss. Wenn Euer Mund nicht länger in der Lage ist, die Nahrung aufzunehmen, wird Euer gesamter Körper vergehen und mit ihm Eure Hand. – Gewiss: Ein Reich ist kein menschlicher Körper, selbst das Reich der Esche nicht. Und in einem menschlichen Körper sind Hand, Mund und Auge nicht zu eigenem Handeln in der Lage, sondern es sind Geist und

Sinn des Menschen, die ihr Handeln bestimmen.» Er hob die Hand, berührte seine Brust, löste sie dann – mit einer Geste, die den Gang, zugleich aber noch sehr viel mehr zu umfassen schien. «Der Geist und der Sinn, die nicht allein die Taten der Glieder lenken, sondern auch bemerken, wenn eines von ihnen verletzt wird. – Alles ist eins.» Aristos sah sie an. «Wenn der Gärtner nicht achtgibt, wird der Schädling, der sich an den kleinsten der Zweige heftet, früher oder später den gesamten Baum befallen. Und der Gärtner hat nicht achtgegeben. Er hat aufgehört, dem Reich außerhalb des Baumes jene Aufmerksamkeit zu schenken, die er ihm hätte schenken müssen. Für lange, viel zu lange Zeit. Die Provinzen blieben sich selbst überlassen, unter Führung von Archonten, die der kaiserliche Hof bestellte. Eschegeborene, die fremd waren in den Städten, in denen sie ihren Dienst versahen, ja, die es bald kaum noch für nötig hielten, jene Städte aufzusuchen. Ihre Anweisungen gaben sie stattdessen kaiserlichen Raben mit auf die Reise in Winkel der Welt, die sie niemals mit eigenen Augen gesehen hatten, ohne auch nur zu wissen, was das Volk in jenen Städten beschwerte, die ihrer Obhut übergeben waren. – Was geschieht mit dem Körper, Leyken von den Banu Qisai, wenn ihm das Hirn, das Haupt, das Herz keine Aufmerksamkeit mehr schenken?»

«Was …» Ihr Stirnrunzeln hatte sich verstärkt. Er sprach in Rätseln, und doch war da noch etwas anderes. Sie stutzte. Da war ein Geruch, und es war ein Geruch, wie sie ihn schon einmal in der Nase gehabt hatte: ganz zu Beginn, an jenem Tag, an dem sie an der Seite Saifs des Shereefen und der Geschwister Mulak, Ulbad und Ondra zwischen die Wurzeln der Heiligen Esche vorgedrungen war, in die ertrunkenen Gewölbe aus der Zeit der Alten Kaiser. Ein Geruch nach Moder und Verwesung, die Besitz ergriffen hatten von den herrschaftlichen Hallen der alten Zeit, wo Kolonien schmarotzender Pilze die Überreste himmelhoher Kuppeln überzogen, Aale sich durch die Kissen schlängelten auf den verlassenen Lagern berückender Adelstöchter.

War dieser Geruch eben schon dagewesen? Kam er aus dem Gang? Kam er auf sie zu? Und war das alles? Hatte das Holz nicht seine Farbe verändert? War an die Stelle knöchernen, trockenen Holzes etwas anderes getreten, nicht bräunliche Fäule zwar, aber doch ein gräulich fahler, ungesunder Ton?

«Der Körper wird geschwächt», flüsterte sie. «Wenn der Mensch nicht auf ihn achtgibt.»

Aristos neigte das Haupt. Ein Zeichen der Zustimmung, zugleich aber kam unvermittelt wieder Bewegung in die beiden Gardisten mit ihren Lichtern. Wiederum ohne dass auch nur einer von ihnen in die Richtung des Seneschalls gesehen hatte.

Der Zug setzte seinen Weg fort, und der kleine Mann schwieg jetzt. Der Gang führte nunmehr abwärts, und gleichzeitig schien es dunkler zu werden, dunkler mit jedem Schritt, als ob ein feiner Dunst in der Luft läge, der selbst die Geräusche veränderte, den Hall, wenn die Gardisten ihre Stiefel auf den Boden setzten, das gedämpfte Murmeln, mit dem die Angehörigen des Kronrats dem Seneschall und Leyken folgten.

Mit jedem Schritt wurde es deutlicher: die stickige Luft, der Geruch nach Moder. Feuchtigkeit überzog die Wände des Ganges, die schließlich nach beiden Seiten und nach oben hin zurückwichen, Raum gaben für eine kuppelgekrönte Halle von Ausmaßen, dass selbst die Lichter der Variags nur Ausschnitte zu erhellen vermochten.

In der Einmündung des Ganges blieb Leyken stehen, plötzlich zu keinem Schritt mehr in der Lage. In ihrem Rücken ertönte ein Brummen, als etwas Rundliches mit auffallend viel Brokat an der tiefblauen Robe – der Archont von Panormos vermutlich – gezwungen war, sich linker Hand an ihrem Körper vorbeizuschieben.

Sie nahm es kaum zur Kenntnis, starrte auf das Bild. Starrte in die hohe Wölbung der Kuppel, spürte den Geruch ungeheuren Alters. Die ertrunkenen Gewölbe im Wurzelwerk des gewaltigen Baumes, wo die Gesandten aus der Oase die Welt der Heiligen Esche betreten hatten.

# BJORNE

## DIE NORDLANDE:
## IN DEN RUINEN VON ENDBERG

Der Abgrund war zu seinen Füßen, Hunderte von Manneslängen in die Tiefe.

*Sie konnten fliegen.* Bjorne war zu keiner Regung in der Lage. Die Uralten, die Menschen des Sonnenvolks, hatten jene Kunst beherrscht.

Sölva hatte davon erzählt, von den Worten des Hochmeisters, an die Männer gerichtet, die sich vor der Jurte sammelten. Bjorne war nicht sicher, ob sich in seinem Kopf eine Vorstellung eingestellt hatte, Männer vielleicht, die mit den Armen ruderten, ähnlich wie Vögel mit den Flügeln schlugen, wenn sie sich in die Lüfte erhoben. Aber das …

«Das ist unmöglich», flüsterte er. Ganz vorsichtig schob er ebenfalls etwas Sand auf die Kante zu, und … Im selben Moment waren die Körner in der Tiefe verschwunden.

«Es *ist* unmöglich.» Seine Stimme war heiser.

Sölvas Blick war seinem Manöver gefolgt. Ganz leicht verlagerte sie ihr Gewicht, führte wiederum ein wenig Sand zusammen, drängte ihn der Kante entgegen, irgendwo zwischen dem Häuflein, das über der Tiefe zu schweben schien, und der Stelle, an der Bjornes Sand im Abgrund verschwunden war.

Bjorne holte keuchend Luft.

Eine Trennlinie, wie mit dem Messer gezogen. Auf Sölvas Seite schien der Sand in der freien Luft zu verharren. Auf seiner Seite rieselten die Körner in die Tiefe, wurden vom Wind gepackt, davongetragen.

«Das ist Hexerei», flüsterte er.

Sie schwieg einen Moment, schüttelte dann den Kopf. «Endberg ist voll von Hexerei in dieser Nacht, und ich weiß nicht, ob auch das hier Hexerei ist, ob es das Wissen der Uralten ist oder sonst etwas. Aber es ist *der* Weg. Der Weg, den uns Ildris weisen will.»

Er starrte in die Tiefe, mit Grauen im Herzen.

Sölva ließ sich auf die Knie nieder, vorsichtig. Langsam streckte sie die Hand aus.

«Seht Euch vor!» Seine Stimme überschlug sich.

Doch schon lag ihre Hand … Sie lag auf der Leere, flach, die Handfläche voran. Er konnte erkennen, wie sie den Druck verstärkte, das Gewicht verlagerte.

«In aller Götter …»

«Es wird uns tragen.» Sie sah zu ihm auf, und es war seltsam: Jetzt war da keine Träne mehr, keine Spur eines verräterischen Schimmerns. Sie klang nicht siegesgewiss oder auch nur zuversichtlich. Doch da war eine Sicherheit in ihren Worten, dass ihm der Atem stockte. «Es wird uns tragen», wiederholte sie. «Sonst wäre es sinnlos. Alles wäre sinnlos gewesen, von Anfang an, wenn es uns nicht tragen würde.»

«Niemals ...»

Ein Laut. Ein Zischen und Fauchen. Wie Feuer, das nach dem Reisig eines Dachstuhls griff.

Bjornes Blick flog nach rechts, zum Plateau vor der Jurte des Königs.

Die Angreifer waren heran. Doch noch war es nicht Morwen. Das bösartige Leuchten, das Glühen, der Eber, der Fluch hielt sich im Hintergrund, schien auf seine Stunde zu warten.

Seine Scharen aber hatte der älteste von Morwas Söhnen vorausgesandt, zu Fuß zum größeren Teil, anders hätten sie Mühe gehabt, den Hang zu erklimmen, der erhöhten Fläche vor der königlichen Jurte entgegen. Männer des Gebirges: Charusken und Vasconen, gewiss auch Hasdingen dabei, von jenem Teil des Volkes, der Morwa die Tore des Hauptsitzes geöffnet hatte, lange bevor noch der endlose Zug in den äußersten Norden aufgebrochen war. Doch ebenso sah er Männer der Tieflande, dort jene Gruppe aus Eik mit ihren überlangen Speeren. Die Waffen vorangestreckt erklommen sie mit langsamen Schritten den Hang, Mornags Reitern entgegen, deren Tiere unruhig mit den Schweifen schlugen, nach wie vor in ihrer Position verharrten.

Der Erbe des Reifs von Bronze befand sich in der Mitte der Formation, dem fernen Glühen, das sein Bruder war, genau gegenüber. Mornag trug einen Panzer von dunklem Leder, auf dem Kopf einen Helm mit breitem Nasensteg wie alle seine Gefolgsleute. Seit diesem Abend aber umschloss ihn zusätzlich jener Reif von Eisen, den sein Vater so viele Jahre getragen hatte. Mornag hatte seine Waffe gezogen, reckte sie in die Höhe, und eben als die Fußkämpfer den Rand des Plateaus erreichten, ließ er sie niederfahren.

«*Ord!*» Aus Hunderten von Kehlen, als die Reiter ihre Pferde zum Angriff trieben.

«*Kommt!*»

Bjorne fuhr herum.

Sie befand sich über dem Nichts, ihre Beine einen halben Schritt auseinander, um festeren Stand zu haben. Und diese Beine waren nackt. Ebenso die Schultern. Sie trug ein Untergewand aus ungefärbter Wolle, das eben bis zu den Oberschenkeln reichte. Ihr Überkleid hielt sie mit beiden Händen umfasst, und da war etwas an der Art, auf die der Stoff sich beulte …

Sie griff in den Wust des Gewebes, brachte die Hand wieder zum Vorschein. Sand rieselte auf das Nichts, kam in der leeren Luft zu liegen, ein Stück vor ihren Füßen.

«Kommt!», brüllte sie. «Wir können uns nicht bei jedem Schritt vortasten, wo genau der Weg verläuft! Und bringt Sand mit!»

Er starrte sie an – und es war genau wie über einem anderen Abgrund, vor wenigen Stunden erst. Er handelte, ohne nachzudenken, streifte den Bogen, den Köcher mit den Pfeilen von den Schultern, zog mühsam den Kriegsrock über den Kopf. Darunter hatte er ebenfalls nichts als ein dünnes Hemd am Leibe, und es war kalt, der Wind pfiff schneidend um den bizarren Umriss des einzeln stehenden Turms, und es würde noch weit kälter werden. Doch nichts davon nahm er recht zur Kenntnis. Er schaufelte Sand zusammen, so rasch er konnte.

Augenblicke später stand er über der Leere.

Was immer sich unter seinen Füßen befand, fühlte sich an wie fester Boden. Er stellte sich Glas vor, sehr, sehr dickes und sehr, sehr festes Glas. Im Kaiserreich, so wurde zumindest erzählt, verstanden sich die Glasbläser darauf, ihren Werkstoff in eine nahezu flache Form zu bringen, sodass sich die einzelnen Stücke mit bleiernen Stegen aneinanderfügen ließen und sogar Fensterhöhlen verschließen konnten. Auf diese Weise gelangte zwar Licht, nicht jedoch Hitze und Kälte ins Haus. Hier aber gab es keine Stege. Wenn er den Blick senkte, würde er nichts als seine Füße sehen, die über der Leere schwebten – und hier und da ein verlorenes Häuflein Sand.

Er würde nicht in die Tiefe schauen. Er richtete den Blick auf Sölva, was aber kaum besser war, als er sie im Nichts, über dem Nichts entdeckte, die Leere und eine unregelmäßige, dünne Spur von Sand zwischen ihnen.

Doch der leere Abgrund trug sie. Nur war sie leichter als er, ganz wesentlich leichter. Er war kein Berg von Muskeln wie die Krieger aus den Hochlanden, doch auf dem Markt vor dem großen Tempel in Thal, wo die Händler das Gewicht der Ochsen und Schweine bestimmten, hätte man das Mädchen und ein zweites halbes dazu in die andere der beiden mächtigen Waagschalen legen müssen, um der Last seines eigenen Körpers nahezukommen. Was, wenn die unsichtbare Brücke über die Kluft zwar Sölva trug, nicht aber ihn?

«Sinnlos», flüsterte er. «Dann wäre es sinnlos gewesen.»

Er setzte einen Fuß voran. Der Wind griff nach ihm, und er war tückisch, doch das war kaum von Bedeutung im Vergleich mit dem Wissen, wo er sich befand. Ein Fuß um den anderen, während das Mädchen sich immer weiter zu entfernen schien, bereits die Hälfte der Entfernung zurückgelegt haben musste. Der unsichtbare Pfad schien streng geradeaus durch die Lüfte zu führen, einem der Türme der Zitadelle entgegen, der sich von den anderen unterschied, weil er fensterlos war. Vor allem gab es keinerlei Öffnung, wo der Weg auf das Mauerwerk stoßen musste. Doch daran durfte er noch nicht denken. Ein Schritt – und der nächste. Ein Schritt – und der nächste. Sein Kriegsrock, gefüllt mit Sand, schien mit jedem Schritt schwerer zu werden, während er gleichzeitig spürte, wie eine feine Flut von Körnern zur Rechten herausrieselte.

Lärm aus der Tiefe. Er wagte einen Blick zur Seite – und blieb reglos stehen.

Die Schlacht hatte begonnen. Fußkämpfer aus den Bergen umringten Mornags Reiter, sechs gegen einen von ihnen, acht gegen einen. Speere wurden geschleudert, Schwerter zuckten vor. Doch die Streiter waren nicht wehrlos in ihren schweren Rüstungen, und jetzt sah Bjorne auch jenen Trupp von Kriegern, den er selbst aus Thal herangeführt hatte. Sie waren die einzigen auf dem Schlachtfeld, die nicht nur ihren eigenen Körper mit einem Geflecht aus Kettenringen versehen hatten, sondern ebenso die Leiber ihrer Reittiere. Hier hieb einer der Männer einen der Speere aus Eik in Stücke, dort schlug der Stahl eines Streiters nach zwei Angreifern zugleich. Und die Aufgebote auf den Flügeln hielten sich wacker. Morwens Scharen schienen kaum voranzukommen.

Anders im Zentrum der Formation, dort, wo Mornag seine Reiter am weitesten auseinandergezogen hatte. Die Tiefländer wichen zurück, wiederum ein neues Stück, während Bjorne hinsah. Es mussten Mornags beste Männer sein, die Veteranen aus dem Tal von Elt, der Heimat des Königshauses selbst, die er eng an seiner Seite halten würde. Doch offenbar waren es zu wenige, viel zu wenige, um die Stellung im Zentrum zu halten, wo mehr und mehr Vasconen nachdrängten. Bjorne erkannte die gedrungene Gestalt Fafners im Sattel, einen der wenigen unter den Angreifern, die zu Pferde gegen die Anhöhe anstürmten: mitten durch Mornags Aufgebot hindurch auf den Platz vor der Jurte, wo der gewundene Weg zur Zitadelle begann, der letzten Zuflucht der Tiefländer entgegen.

«Kommt!» Die Stimme des Mädchens. Doch er war nicht in der Lage, sich von dem schrecklichen Bild zu lösen. Wenn Morwens Männer die Zitadelle erreichten, wohin sich Morwa zurückgezogen hatte. *Mit der Zitadelle fällt der König*, fuhr ihm durch den Kopf. *Und mit dem König fällt das Reich von Ord, und die Dunkelheit wird kommen.*

Seine Hand krampfte um den Griff seiner Waffe, doch er war zum Zusehen verdammt. Jetzt hatten Mornag und die Reiter seines Gefolges, zurückweichend, den Platz vor der Jurte erreicht, waren gezwungen, ihre Schlachtreihe noch weiter auseinanderzuziehen. Und die Männer aus dem Gebirge drängten nach, ohne zu zögern, erreichten die Zeltbehausung ebenfalls. Jetzt tat sich in den Reihen der Reiter eine Lücke auf, unmittelbar hinter der Jurte und zum linken Flügel hin. Sobald die Hochländer die Gelegenheit erkannten, Mornags Reiter umgingen …

Tiefe Hornstöße. Dunkle Klänge, die von den Ruinen widerhallten. Bewegung in den Schatten jenseits des königlichen Zeltes, und im selben Augenblick eine Gestalt, hoch zu Ross: Jarl Nirwan, der auf das Plateau sprengte, Reiter, Dutzende von ihnen. *Vindt!* Das Aufgebot aus Vindt auf den raschen Pferden von den Ebenen an der Küste! Die Streiter, nach denen Bjornes Augen vergeblich gesucht hatten! Sie griffen ein in den Kampf! Auf Mornags Seite, auf der Seite des Königs, griffen sie ein!

Ein Feind von der Flanke. Keiner von Morwens Männern hatte damit gerechnet. Einem stählernen Keil gleich fuhren die Männer aus Vindt in die ungeordneten Scharen der Angreifer, bohrten sich in ihre Reihen, während Mornag und seine Reiter unvermittelt wieder zum Angriff ansetzten, mit einer Macht, die niemand, auch Bjorne nicht, ihnen noch zugetraut hätte nach ihrem endlosen Zurückweichen.

«Eine List!», flüsterte er, als er sah, wie Nirwans Männer die Reihen der Angreifer durchstießen, von rückwärts den eigenen rechten Flügel erreichten und damit die Hauptmacht der Hochländer von den Scharen ihrer Verbündeten abschnitten, die ihnen nachdrängten, nein, schon langsamer wurden, unschlüssig verharrten, im Begriff, zurückzuweichen, als sie erkannten, dass ihre Verbündeten gefangen waren.

Mornag hob seine Waffe. Gespenstisch spiegelte sich das Rot auf seiner dunklen Rüstung, als er sein Ross mitten in die Menge der Hochländer hineinlenkte, die zurückweichen wollten, nicht zurückweichen konnten, von allen Seiten umzingelt.

«Mornag!», flüsterte Bjorne. «Der König hat den rechten Mann zu seinem Erben erwählt.»

Mornags Gefolge, die Reiter aus Elt, drang nun ebenfalls auf die Gefangenen ein. Für einen Augenblick verwirrt beobachtete Bjorne, wie sich zugleich auf der entgegengesetzten Seite die Reihen der Reiter an einer bestimmten Stelle öffneten und damit einen Fluchtweg freizugeben schienen, dort wo ohnehin nur einige wenige von ihnen die Stellung gehalten hatten. Schwer holte er Luft, als er begriff: Es war jener Punkt der Linie, an dem die Anhöhe senkrecht in die Tiefe abfiel. Haltlos, blind vor Angst, drängten die Vasconen und Charusken gegen jenen Abschnitt an, wo sich ihnen ein schmaler Korridor zu öffnen schien, zurück zu den Ihren, fort von der unausweichlichen Vernichtung. Und wo doch nur der Abgrund wartete, was die vordersten Reihen der Fliehenden erkennen mussten – in jenem Augenblick, da es zu spät war. Die Männer hinter ihnen schoben sie weiter voran, dem Abgrund entgegen, über die Kante, und …

«Bjorne! Kommt!»

Er drehte sich um – zu heftig. Er kam ins Schwanken, streckte die Arme nach beiden Seiten, hielt sich mühsam an Ort und Stelle. Schweiß stand auf seiner Stirn, als er sein Gleichgewicht wiedererlangte. Ein Schritt – und der nächste, den Blick auf das Mädchen gerichtet, das jetzt stehen geblieben war, seinerseits in die Tiefe blickte. Vermutlich war der Sand zur Neige gegangen, doch sein ineinandergeknoteter Kriegsrock spannte sich unter der Last, die ausreichen musste für den Rest des Weges, ein kleines Stück nur noch, zwanzigmal die Körperlänge eines Mannes. Was sie dann tun würden …

«Sölva.» Mit heiserer Stimme. Er hatte das Mädchen erreicht. Für einen Augenblick nur ließ er das Gewicht des Kriegsrocks sinken. «Sölva?» Er kniff die Augen zusammen.

Sie rührte sich nicht, blickte auf das Schlachtfeld. Und er folgte ihrem Blick.

Morwen.

Es war der lodernde Keiler, der herannahte, und es war doch mehr als das. Die Wand von Flammen verharrte hinter der letzten Reihe gen Himmel strebender Ruinen aus der Zeit der Uralten, doch die dem Schlachtfeld vorgelagerte Senke selbst hatte sich verändert. Die Senke, durch die sich Morwens Hochländer Mornag und seinem Aufgebot genähert hatten.

Glut. Langsam bewegte sich die Kreatur, die nun ganz die Gestalt eines Keilers angenommen hatte, auf die Anhöhe zu. Bjorne musste an einen Stein denken, der in einen stillen See geworfen wird, sodass Kreise auf dem Wasser entstehen. Hier dehnten sich die Kreise in der Schlacke aus, der Schlacke von diamantener Härte und Glätte, von der Kälte des Eises im äußersten Norden der Welt. Diese Schlacke begann Blasen zu werfen, als Morwen sich näherte, begann zu brodeln in verzehrender Hitze.

Die Hochländer, sei es, dass sie aus freien Stücken den Angriff geführt hatten, sei es, dass sie aus reiner Furcht gegen Mornags Stellung gestürmt waren: Sie wichen zurück, wichen auseinander, zerstreuten sich.

Da war der Keiler, der älteste von Morwas Söhnen.

Und da war Mornag, dessen Gefolgsmänner ebenfalls zurückwichen, höher empor, der Zitadelle, der letzten Zuflucht der Streiter von Ord, entgegen. Mehrfach hatte Bjorne beobachtet, wie der Thronfolger ihnen mit knappen Worten Befehle erteilt hatte, und auch jetzt machten sie keine Anstalten, sich dem Mann zu widersetzen, in dem sie doch schon ihren künftigen König sahen. Einen König, den die Menschen des Reiches von Ord wohl niemals lieben würden, dachte Bjorne. Nicht so wie sie Otta geliebt hatten oder Morwa für eine gewisse Zeit, bevor er sie gezwungen hatte, an seiner Seite den endlosen Marsch in den Norden anzutreten. Und doch hatte sich Mornag gerade eben von neuem ihre Achtung erworben, indem er die verzweifelte Situation auf dem Schlachtfeld gewendet hatte in seiner bedächtigen, kühl abwägenden Art.

Er rührte sich nicht im Sattel, blickte dem Gegner entgegen. Lediglich sein Rappe schlug unruhig mit dem Schweif.

«Das ...» Bjorne sah sich um. Sölva hatte den Mund geöffnet. Es schien ihr Mühe zu bereiten. «Das darf er nicht tun.»

Bjorne fuhr sich über die Lippen. «Wir müssen weiter», sagte er leise. «Es ... Es wäre sinnlos, hier stehen zu bleiben. Mornag wird uns die Zeit erkaufen, die ...»

«Mornag.» Geflüstert.

«Sölva, wir müssen …»

Ein Laut erscholl aus der Tiefe, hallte von den Trümmern wider. Der Keiler griff an.

Vielleicht war es die Beschaffenheit des Geländes, oder aber es war ein Zauber der Uralten: Schwach nur griff die Lohe nach dem höher aufragenden Gelände, nach der Klippe, von der die Angreifer in die Tiefe gestürzt waren und auf der Mornag verharrte, jetzt die Klinge aufrecht vor das Gesicht führte, um den Gegner vor dem Kampf zu grüßen.

Der Keiler antwortete mit einem Schnauben. Möglicherweise sollte es ebenfalls ein Gruß sein, doch Bjorne bezweifelte es. Es war nichts Menschliches in dieser Kreatur. Der älteste von Morwas Söhnen war bereits tot, sein Geist verloschen im Feuer der Bestie, des Fluchs von Endberg.

*Und sein Bruder wird ihm in Kürze nachfolgen.*

«Sölva.» Bjorne zögerte einen letzten Moment, dann legte er die Hand auf die Schulter des Mädchens. «Alles ist mit allem verbunden. Mornag *weiß*, dass er dem Keiler nicht gewachsen ist. Aber er wird trotzdem kämpfen. Weil es so sein muss, *wenn all das einen Sinn gehabt haben soll.* Wir können Ildris helfen, und am Ende … am Ende wird es nicht sinnlos gewesen sein. *Aber wir müssen weiter!*»

«Mornag.» Nur von ihren Lippen zu lesen. «Ich habe ihn für den Verräter gehalten.»

Endlich: Sie bewegte sich. Sie beide bewegten sich, gingen dem Turm entgegen – auf leerer Luft. Bjornes Kriegsrock blieb zurück. Deutlich war nun zu erkennen, welchen Weg sie nehmen mussten, geradewegs auf die abweisende Fassade des Turmes zu, und nein, die unsichtbare Brücke über die Tiefe würde nicht unversehens enden. Die Vergessenen Götter zürnten, dachte er. Doch sie waren keine niederträchtigen Ungeheuer, die das Mädchen und ihn zu ihrer bloßen Zerstreuung so dicht vor dem Ziel in den Abgrund reißen würden. Bogen und Köcher waren auf seinem Rücken, das Schwert im Gürtel, den er um sein Untergewand geschnürt hatte.

Aus dem Augenwinkel hatte er einen Blick auf den Kampf in der Tiefe, doch er glaubte nicht, dass Sölva hinsah. Der Eber setzte zum Angriff an, flammend und von der doppelten Größe eines gewöhnlichen Tieres, geschickt aber wich Mornag auf seinem Ross zur Seite. Als der Keiler ihn eben passierte, führte er einen Hieb, doch der Schlag ging fehl. Rasch saß Mornag wieder aufrecht im Sattel, als die Bestie wendete, von neuem gegen ihn anrannte.

Die Fassade des Turms war vor ihnen, wenige Schritte noch, aufeinandergeschichtete Quadern, von keiner Flamme versehrt. Friese schmückten den Stein, ein Relief verwirrender Formen. Das Innere des Turms – war das der Ort, an dem Ildris sie erwartete?

Sölvas Finger legten sich auf das Mauerwerk. Bjorne konnte erkennen, wie ihre Lippen sich bewegten.

«Alt», flüsterte sie. «Es ist uralt.»

Ein Laut aus der Tiefe. Bjorne sah nicht hin. Er durfte nicht hinsehen. *Jetzt.* Der Grund, aus dem sie hier waren: Sölva musste irgendetwas tun, irgendetwas sagen, und die Mauer würde sich öffnen, würde sie einlassen zu Ildris. Doch das Mädchen schwieg, die Frau aus dem Süden schwieg, wenn sie sich irgendwo in der Nähe aufhielt, und vor Bjorne war nichts als der Stein des fensterlosen Turms, geschmückt mit Mustern, bei deren Anblick ihm ...

Schwindlig. Ihm wurde schwindlig. Die Tiefe war unter ihm,

und das Bild schien vor seinen Augen zu verschwimmen: Ranken. Ranken, die sich um sich selbst wanden, verwirrende Formen schufen, ohne Anfang, ohne Ende. Verbunden. Alles war mit allem verbunden, riss ihn in den Taumel, in den Schwindel, als seine Augen etwas suchten, ein Bild suchten, es zu erfassen suchten.

Da war ein Umriss: Für einen Moment hatte sein Blick ihn gefunden, dann war er wieder fort, doch nein, da war er von neuem, in Augenhöhe, nahezu in Augenhöhe. Ein steil in die Höhe strebendes Rankenpaar, auf langer Strecke in schmalem Abstand parallel zueinander, nur um sich am Ende doch zu überkreuzen, eine messerscharfe Spitze anzudeuten und am anderen Ende: horizontale Formen, einer Parierstange gleich, dem Heft einer Waffe, bevor der geschmückte Schwertgriff …

Das Schwert!

Die Waffe war in seiner Hand. Er konnte sich nicht erinnern, dass er sie gezogen hatte. In der Luft war ein Geräusch, ein Donnern, und ein grelles Licht war vor seinen Augen, als er das klobige Schwert seiner Väter hob, es dem Umriss in der Wand näherte …

# BJORNE

## DIE NORDLANDE: IN DEN RUINEN VON ENDBERG

Ein Aufblitzen. Dann Schwärze. Dann von neuem Licht, und mit einem Mal hatte sich die Szenerie verändert. Ein Gedränge schattenhafter Gestalten umgab Bjorne. Männer, Frauen, auch Kinder waren darunter, weinend und in Angst, und für einen Augenblick war da ein Gefühl, ein widerwärtiges Gefühl, dass er *ganz genau dasselbe* schon einmal erlebt hatte: Die letzten Hasdingen, in der königlichen Jurte hilflos aneinandergefesselt, als sich Alric und seine Spießgesellen vor dem Stuhl ihres Königs auf die Wehrlosen stürzten und Bjorne verzweifelt versuchte, seine Waffe zu ziehen.

Doch so war es nicht. Das Schwert war in seiner Hand, und er befand sich zwischen den Unbewaffneten, den Angehörigen des Trosses, die Zuflucht suchten in der Zitadelle von Endberg. Zur Linken wie zur Rechten ragten Umrisse in die Höhe, geschwärzt von Schlacke. In der Mitte aber, wo sich die Toranlage der Befestigung erhoben hatte, gähnte eine Bresche, und in dieser Bresche hatte eine Phalanx gerüsteter Krieger Position bezogen, die den Zugang wie ein stählerner Sperrriegel schützten: Die Eisernen, und dort ihr Anführer, Rodgert, der unverwandt ins Freie blickte, wo das Glühen am Himmel zu wachsen und zu wachsen schien.

Sölva. Sie war an Bjornes Seite, einen verwirrten Ausdruck auf dem Gesicht. *Verwirrt, wie ich mich fühle*, dachte er. Doch nein, das stimmte nicht. Er hatte es erkannt, im selben Moment, in dem die Klinge wie von selbst aus ihrem Futteral geglitten war.

«Das war mein Schwert!», murmelte er. «Mein Schwert hat uns die Wand geöffnet. Die Zeichen, die Ranken auf dem Heft – und die Zeichen an der Fassade des Turmes: Sie sind wie … wie Schlüssel und Schloss. Und all das ist uralt», flüsterte er. «Aus der Zeit des Sonnenvolks. Oder aus der Zeit des Kaiserreichs, falls seine Macht einmal bis hierher reichte. – Die Waffe lag auf dem Allerheiligsten des Hochaltars, als mein Urahn sie fortnahm. Verstehst du nicht? Sie wurde genau dafür erschaffen, für solche Dinge.» Er verstummte, als ihm klar wurde, dass er nicht die respektvolle Form der Anrede verwandt hatte.

«Mornag», flüsterte sie.

Bjorne schwieg. Von hier aus war die Stelle nicht zu sehen, an der die beiden ältesten von Morwas Söhnen ihren Kampf gefochten hatten, doch Bjorne wusste, dass es bereits vorüber war. Dass Mornag gestorben war, um ihnen Zeit zu erkaufen, verzweifelt kostbare Zeit.

Denn es musste Zeit vergangen sein. Das Glühen, das Morwen, der Fluch, der Keiler war, hatte die Zitadelle von Endberg beinahe erreicht. Mornag hatte es aufhalten, nicht aber abwehren können. Und Sölva und Bjorne – sie waren nun hier, am zerstörten Tor der Zitadelle – um Zeugen zu werden? War es das, was Sölva als *Fenster* bezeichnet hatte? Waren sie hier, inmitten des Geschehens, um Bilder zu sehen, und waren doch nicht hier, nicht körperlich, für fremde Augen unsichtbar?

«Edle Sölva!»

Der Streiter war ein Riese, das fahlblonde Haar zum Kriegerzopf gebunden. Er hatte sich von links genähert.

«Haltet Euch hinter mir, edle Sölva!»

Die Lippen des Mädchens bewegten sich. «Ihr ... Deinhardt, Ihr könnt mich sehen?»

«Meinhardt, edle Sölva. Haltet Euch hinter mir!»

*Wir sind tatsächlich hier.* Schwindel war in Bjornes Kopf, doch es war ein anderer Schwindel jetzt, denn in seiner Hand lag die Klinge, jene Klinge, die der erste Hædbjorn vom Allerheiligsten des Tempels von Thal genommen hatte. Und er spürte, dass der Augenblick herannahte, in dem sie ihre wahre Macht würde unter Beweis stellen müssen.

Denn es war ein Kreis. Ein Kreis allerdings, der in einer Vielzahl von Schlingen und Schlaufen lag, und das machte es so schwierig, den Verlauf zu erkennen. Einen Moment lang trat ein Bild vor seine Augen: das Bild eines Spinnennetzes, in dem die Entfernung vom Zentrum zu den Rändern eng begrenzt war und das doch nahezu endlos war in seiner Ausdehnung für den, der einzig dem Verlauf des Fadens folgte und nicht ahnte, wie nahe die Dinge beieinanderlagen, immer und immer aufs Neue für den, der *wusste*.

Und wieder war da ein Schwindel, und wieder war da Dunkelheit, und als es von neuem hell wurde, stellte Bjorne fest, dass Sölva fort war, und dass er ganz allein dort draußen stand im Freien vor der niedergebrochenen Toranlage, Schritte vor der Phalanx der Eisernen. Dass nun er es war, der den Weg in die

Zitadelle versperrte, in die letzte Zuflucht der Menschen der Nordlande.

Er, Hædbjorn, Sohn des Hædbærd, des Jarls von Thal? Nein, er wusste, dass es sich so nicht verhalten konnte, schon weil es sinnlos gewesen wäre, wenn er, ein einzelner kleiner Mensch, versucht hätte, sich dem entgegenzustellen, was Morwen war, der junger Keiler war und der Fluch von Endberg zugleich. Er war Hædbjorn, er war der Träger des Schwertes, das auf dem Altar gelegen hatte – und auf eine nicht zu beschreibende Weise war er noch ein anderer.

Er war der König. Er war Morwa, der Sohn des Morda, der sein Volk beschirmen würde, wie er es so viele Male getan hatte in den Jahren und Jahren der Feldzüge. Der genau das nun ein letztes Mal tun würde mit seinem alten, kranken, sterbenden Leib, um dessen Brust erstickend seine Schwäche lag, einem Reif von Eisen gleich. Die Frau aus dem Süden würde sie nun nie wieder von ihm nehmen.

Ja, er war Morwa, und er spürte die Schwäche, die den Hetmann von Elt, den König von Ord, am Ende seines Lebens erfüllte. Die andere Seite war nahe, und die Dunkelheit war gekommen. Sie war von blendendem Licht und von gleißendem Weiß. War von verzehrender Hitze und betäubender Kälte zugleich. In seinen Fingern aber lag das Schwert seiner Väter, die Klinge Ottas, die Rune Othala ins Heft graviert. Denn wie sollte es auch anders sein? Wenn da andere Zeichen waren, verschlungene, verwirrende Zeichen, so nahm das, was Morwa war, nichts davon wahr.

Er hob die Klinge – doch er kam nicht mehr dazu, den Schlag zu führen.

Denn die Flammen schossen empor vor seinem verlöschenden Blick. Der Keiler war heran, und er, der Keiler, war es, der den entscheidenden Schritt tat. Mit seiner vollen wilden Wut warf er sich in die Klinge, dass sie sich bis zum Heft in seinen Leib bohrte, in das *Brennen*. In das Brennen, das den Sohn des Morda unter sich begrub, als die Gewalten aufeinanderprallten. In das Brennen einer Flamme, die verzehrend war und von einer Macht, wie die Welt sie nicht gekannt hatte seit den Tagen der Uralten. Einer Flamme, die mehr war als das Lodern, das Vater und Sohn verschlang, den alten wie den jungen Eber. Einer Flamme, die Vergebung war und eine höhere Gerechtigkeit, die sie beide aus der Welt nahm, unterschiedslos. Und es lag kein Jammer darin.

Bjorne aber hatte nur einen Gedanken in jenem Moment, in dem die Verbindung abbrach zwischen dem, was er war, und dem, was der Sohn des Morda gewesen war: dass da irgendetwas gewesen sein musste, das *gewusst* hatte, als es den Zusammenstoß herbeiführte.

Dass es Morwen gewesen sein mochte, eben doch ein Erbe Ottas. Morwen, der keinen anderen Weg gewusst hatte in seinem Erschrecken über das, was ihm geschehen war, als der Fluch von ihm Besitz ergriffen hatte. Keinen anderen Weg, als den Dingen auf diese Weise ein Ende zu bereiten.

Dass es aber ebenso gut der Keiler gewesen sein mochte. Der Keiler, der es tief in seinem Innern gespürt haben musste: dass es so und ganz genau so auch damals geschehen war mit dem Großen Otta und dem Bruder Eber, die einander dahingestreckt hatten in jenem Wald, wo der Norden in die Steppe übergeht und die Menschen aufhören, den Orten Namen zu geben. Und dass Muster sich wiederholen müssen, dort, wo der Faden so eng beieinanderliegt.

Oder dass es am Ende doch etwas von den Uralten gewesen sein mochte, das trotz allem eine so unendliche Zeit überlebt hatte. Vom Sonnenvolk, den Bewohnern von Endberg, für die es begonnen hatte, wie es nun auch enden musste: Mit einem Feuer, so gewaltig, dass es das Gewebe der Welt entzweiriss.

Es musste etwas gewesen sein, das begriffen hatte, so dachte Bjorne, als er allein in der wirklichen Welt zurückblieb, heil und unversehrt, die Klinge seiner Väter nicht mehr als ein geschwärztes, verbogenes Stück Metall. Etwas, das begriffen hatte, dass nur das den Kreis zum Kreis werden lässt: dass er sich schließt.

Denn alles ist mit allem verbunden.

# LEYKEN

## DAS KAISERREICH DER ESCHE: DIE RABENSTADT

Eine Kuppel hoch über ihnen. Mattes Licht, das auf träge Wasser fiel. Und ein durchdringender Hauch von Fäulnis.

«Das ist unmöglich», flüsterte Leyken. «Nicht der dritte Teil einer Stunde ist vergangen, seitdem wir den Hohen Garten verlassen haben. Es sind Tausende von Fuß in die ertrunkenen Gewölbe. Unter uns: Die Sümpfe, die Hallen der Alten Kaiser liegen *Meilen* unter uns. Wir können unmöglich …»

«Wenn ich mich recht erinnere …» Eine Stimme an ihrer rechten Seite: Zenon, der eine Verneigung in Richtung des Seneschalls beschrieb. «Ich erwähnte, dass man zuweilen gezwungen ist, ihr ein und dieselben Dinge ein zweites Mal zu erklären?»

«Das dürfte sich hier nicht als notwendig erweisen.» Aristos' Blick ging an dem Höfling vorbei. Ein Nicken zu Leyken, eine Aufforderung, an seine Seite zu treten.

Sie gehorchte, setzte die Schritte vorsichtig, doch unter ihren Füßen war fester, trockener Boden, der Stein sein mochte oder uraltes Holz des Heiligen Baumes, jedenfalls nicht die schlammigen Fluten in den ertrunkenen Palästen.

Und dennoch glitzerte es zu ihren Füßen, als sie neben dem Seneschall haltmachte, dem Gärtner über die Reiche der Menschen wie der Tiere. Die Ausmaße der Kuppel waren jetzt abzuschätzen. Sie entsprachen den Maßen der großen Hallen in Tartôs oder einer der Städte am Rande der Wüste, in denen die Gläubigen zusammenkamen, wenn der Qādī ihnen die Worte des Mardok auslegte, wie der Prophet sie in seinen Schriften verzeichnet hatte. Die Kuppeln im Wurzelwerk des uralten Baumes hatten diese Größe indessen bei weitem übertroffen. Zudem entdeckte Leyken weder Schlingpflanzen noch andere Gewächse oder Gesträuch, das in der Wasserfläche verrottete. Da war nichts als der Stamm der Heiligen Esche selbst, der im Zentrum der Kuppel wiederum von mächtigem Umfang in die Höhe strebte. Was schlicht unmöglich war, da sie sich doch bereits in einer Höhlung ebendieses Stammes befanden. Zugleich aber war es dieser Augenblick, in dem Leyken endgültig beschloss, künftig auf das Wort *unmöglich* zu verzichten, soweit es den Heiligen Baum betraf.

Zu Füßen des Stammes dehnten sich Wasserflächen, in denen sich das Licht spiegelte, das einer der beiden Gardisten in der Hand führte: ein leuchtender Kreis, dem Mond der Göttin gleich. Wobei diese Flächen nicht den gesamten Grund unter der Kuppel einnahmen. Wurzeln des Baumes ragten aus dem Wasser hervor, wie winzige Riffe an einer Stelle, weiter entfernt in ausgedehnteren Bereichen.

Das gesamte Areal war mit einer Einfassung umgeben, sodass die Fläche mit dem Baum in der Mitte ein gewaltiges Bassin bildete, kreisrund, soweit es zu erkennen war. Ringsherum war ausreichend Raum, dass mehrere Menschen nebeneinander das Becken hätten umschreiten können. Linker Hand aber war am Rande des Bassins ein Umriss sichtbar, von sonderbaren Formen, die Leyken ganz allmählich erst zu deuten wusste, als ihre Augen sich an das dämmrige Halbdunkel gewöhnten.

Es war ein Stuhl, eine Thronbank, die aus dem Boden hervorwuchs, mit ausladenden Lehnen, auf denen der Sitzende seine Arme ablegen konnte, im Rücken aber mit phantastischem Rankwerk versehen, das in die Höhe, sodann aber in zwei mächtigen Ästen auseinanderstrebte, aus denen eine Vielzahl von Trieben spross. Absonderliche Formen, die an das Geweih eines Silberhirsches denken ließen und sich, von den Lichtern der beiden Gardisten gegen die Wände geworfen, vergrößert an der Rundung der Kuppel abzeichneten.

Ein Stuhl, ein Thronstuhl. Und dieser Stuhl war leer.

Verwundert sah Leyken zu Aristos. «Der Kaiser ...»

«Dies ist nicht der Stuhl des Kaisers.» Der Seneschall wandte sich um. Eine tiefe Verneigung. «Herrin.»

Verblüfft drehte Leyken sich ebenfalls um. Die Frau trat vor, die unscheinbare Frau aus den Reihen des Kronrats in ihrem nachtblauen Mantel von langem, geradem Schnitt, das Haar unter einem Tuch verborgen, welches ihr Antlitz in tiefe Schatten hüllte. Eine zierliche Frau, und etwas an der Art, in der sie sich bewegte, ihre Schritte setzte, die Geste des Regenten mit einem nur angedeuteten Neigen des Kinns erwiderte, machte deutlich, dass sie keine junge Frau mehr war. Leyken sah, wie Zenon einen Schritt zur Seite wich, mit einem Respekt, den sie an ihm noch nicht beobachtet hatte, nicht einmal Aristos gegenüber.

Fasziniert verfolgte sie, wie einer der Variags vortrat, der Frau den Weg leuchtete, an der Einfassung entlang dem Thronstuhl entgegen. Der zweite schloss sich hinter ihr an, bis sie gemeinsam den Sitz erreichten und die beiden Gardisten sich zur Rechten und Linken postierten, ihre Lichter hoben, sobald sich die Frau auf der Thronbank niederließ.

«Am Tag, da sie vom Himmel stiegen, setzten die Götter den Samen der Esche in den Boden», murmelte der Seneschall. «Sodass er gedieh in den sumpfigen Landen und der Heilige Baum in die Höhe trieb. Der Same ...» Er sah Leyken an. «Und das Gefäß.» Eine Geste, die das Bassin zu bezeichnen schien, am Ende aber auf die dunkel gewandete Frau wies. «Der Mann pflanzt seinen Samen in den Schoß der Frau, und nichts auf der Welt ist davon ausgenommen. Der Sitz der ßavar steht dem Stuhl der Esche, dem Thron des Kaisers, um keinen Fingerbreit nach.»

«Die ßavar.» Gebannt lag Leykens Blick auf der so unscheinbaren Frauengestalt. «Die Kaiserin.»

«Nicht in jener Weise, in der Ihr das Wort verstehen mögt», schränkte er ein. «Nicht für alles auf der Esche gibt es Worte, die ...» Er brach ab.

Die Hände der ßavar hoben sich, fassten das Tuch, das ihre Stirn verhüllte, und ließen es auf ihre Schultern gleiten.

Ein Laut kam über Leykens Lippen, ein Laut der Überraschung, den sie nicht vollständig unterdrücken konnte. Das Haar der Frau besaß die Farbe von gesponnenem Silber, aber sie hatte kaum einen Blick für das Haar. Es war das Gesicht der Frau, das im Schein der Lichter nun klar zu erkennen war. Ein faltenloses Gesicht, während aus den Augen ein hohes Alter zu sprechen schien.

Doch es waren auch nicht die Augen, auf denen ihr Blick

haftete. Es waren die Linien, nachtschwarze, verschlungene Linien, die sich von der Stirn über die Schläfen und Wangen zum Hals der ßavar zogen, bis sie unter dem Stoff des Gewandes unsichtbar wurden. Linien, die lediglich auf den ersten Blick dem Geweih eines Silberhirsches ähnelten.

«Die Esche», wisperte Leyken. «Sie trägt das Zeichen der Esche auf der Haut.»

Der Seneschall wandte sich zu ihr um. Er schien sie sehr genau zu mustern. «Nicht *auf* der Haut. Die Esche selbst hat sie gezeichnet, wie es einer Frau geschieht, wenn sie ßavar wird. Wenn sie den Erben des Throns in sich trägt und auf alle Zeit an den Baum gebunden ist.»

Leyken war kaum in der Lage, die Augen von der Frau auf dem erhöhten Sitz zu lösen. Die ßavar hob die Arme nun ein Stück an, um sie mit einer sehr bewussten Bewegung, wie es Leyken schien, auf den Lehnen abzulegen.

Was geschah ... Es schien nur unvollkommen möglich, den Vorgang mit Worten zu beschreiben. Der Kuppelraum schien sich zu verdüstern. Der Geruch nach Moder und Verwesung war die gesamte Zeit gegenwärtig geblieben, und sie hatte längst begriffen, dass er von ebendiesem Raum ausging, wenn der üble Duft unter dem weiten Gewölbe auch etwas leichter zu ertragen war. Nun aber wurde dieser Geruch durch etwas anderes abgelöst, wurde er überdeckt von einem durchdringenden Geschmack nach Salz und Tang, den sie noch hinten in ihrer Nase spürte. Und gleichzeitig war da ein Geräusch, ein Geräusch, wie sie es in Trebisond vernommen hatte, wo ihre Gefährten und sie den Segler an die Gestade der Rabenstadt bestiegen hatten und wo die Fluten des Östlichen Meeres sommers wie winters unermüdlich an den Felsen der Zitadelle nagten. Das Geräusch von Wellen, das Geräusch des Meeres, und es entstand unmittelbar zu ihren Füßen: aus einer Wasserlache, die kaum mehr als eine Pfütze war, umgeben von einer wadenhohen Einfassung. Doch als sie hinsah …

«Was ist dàs?» Sie war nicht sicher, ob sie die Frage überhaupt hervorbrachte.

Denn mit einem Mal war alles unsicher, waren die Entfernungen auf eine unmöglich zu beschreibende Weise *verschoben*. Über ihr war die Wölbung der Kuppel, und über ihr war düsterer Nachthimmel. Die ßavar thronte einige Dutzend Schritte entfernt auf ihrem sonderbar geformten Stuhl, und sie stand mit beschwörend erhobenen Armen an der Spitze turmhoher Klippen, den Rücken zu einer gigantischen metallenen Schale. Das Feuer von Phoras, die Feuerschale gegossen aus den Rüstungen der Uralten. Das Feuer über der Enge zwischen Südlichem und Westlichem Meer. Und alles dazwischen war …

Dazwischen waren tiefe Wälder und Flächen grünenden Landes, waren Steppen voll trockenem, kurzem Gras, waren schroffe Gebirgszüge und fruchtbare Täler mit eingestreuten Gehöften. Reiche Städte reihten sich am gewundenen Lauf des Makander, die Akademie von Vidin grüßte mit ihren Mauern von feurigem Rot, und weit zur Linken reckten Carcosa und Vendosa ihre Türme empor, schienen einander über die versehrten Lande hinweg zu belauern wie feindselige Riesen. Fern am Rande der Sichtbarkeit aber zog sich ein glitzernder Streifen über den Horizont: der Schnee, das Eis, die Erforenen Sümpfe am Randes des Reiches von Ord.

Und in der Mitte von allem thronte die Esche, Baum und Stadt und Sitz des Kaisers, Herz der Welt.

«Was …» Nicht mehr als ein Krächzen kam aus ihrer Kehle.

«Die Götter senkten den Samen in den Schoß der Erde, Leyken von den Banu Qisai.» Stand Aristos an ihrer Seite oder rief er ihr die Worte zu, über Weiten aufgewühlten Meeres hinweg, in denen ein Geschwader mit blutroten Segeln die Kiele nordwärts lenkte? «Und jedes Mal geschieht es von Neuem, wenn der Schoß der ßavar ihn aufnimmt. Denn sie ist das Land. Sie ist die Erde, die die Wurzeln der Esche durchziehen, und ein jeder Austrieb ist sichtbar für jene, die den Sitz der ßavar einnimmt.»

Konnte die Frau auf ihrem Sitz die Worte des Seneschalls vernehmen? Es war wie eine Antwort, als überall im Boden der Welt, die sich zu ihren Füßen bettete, die Wurzeln des Baumes sichtbar wurden. Verschlungene, phosphoreszierende Bahnen von Licht wanden sich den Provinzen entgegen, den breiten Straßen und Handelsadern gleich, von denen Aristos gesprochen hatte. Nach Panormos am südlichen Meer, nach Sirmion und Vidin im Tal des Makander. In die ferne Westermark hinein, nach Astorga und, schwächer glimmend, selbst in das Niemandsland um Carcosa und seinen ewigen Widerpart. Über den Schlund hinweg nach Opsikion, das größte zusammenhängende Landgebiet, das dem Reich auf dem Südlichen Kontinent verblieben war. Doch selbst über die Grenzen des Reiches hinaus: wie ein strahlender Fächer, der sich jenseits von Borealis über die Steppe legte. Und ebenso in den Norden hinein, in das Königreich Ord in Tausenden und Abertausenden winziger Verästelungen.

«Leuchtend wie die Sonne, Leyken von den Banu Qisai.» Mit einem Mal stand der Seneschall wieder unmittelbar neben ihr, sprach mit ruhiger Stimme zu ihr. Seite an Seite verharrten sie wie auf einem Berggipfel von unermesslicher Höhe, der sich weit im Süden erheben musste, im Reich von Sokota vielleicht, im Herzen des Südlichen Kontinents, während sich die übrigen

Lande der Welt nach wie vor zu ihren Füßen dehnten. «In den Tagen der Alten Kaiser hättet Ihr die Kuppel nicht betreten können, ohne dass das Licht Euch die Augen versengte.»

Leyken schwieg, kaum in der Lage, den Sinn seiner Worte zu begreifen. Schon *dieses* Bild, das Bild der Reiche der Welt, durchzogen von den Wurzelbahnen des Baumes, war schöner, war gewaltiger und ehrfurchtgebietender, als sie es jemals hätte ersinnen können als Gepinst ihres Geistes. *Wie muss es damals gewesen sein?* Ein flatternder Gedanke. *Wie muss es für sie, für die ßavar sein, die mit all dem eins ist?*

«Doch die Zeiten wurden dunkler.» Seine Stimme war ein Raunen an ihrem Ohr. «Der Gärtner hat nicht achtgegeben, und sie sind dunkler und dunkler geworden.»

War es der Klang seiner Stimme? Schien sich das Licht, das in den gleißenden Wurzeln pulsierte, wahrhaftig zurückzuziehen, das Geflecht, das alles mit allem verband, blasser zu werden und blasser, während sich ein fahles Dämmerlicht unter der Kuppel einstellte? Wurzelstränge, große Straßen zwischen den Provinzen, die unterbrochen wurden. Atemzüge nur, und Abschnitte des Geflechts, von der Wurzel getrennt, vergingen wie trockenes Laub im Feuer.

Leykens Lippen zitterten. Sie wollte etwas von der Schönheit festhalten, wusste nicht wie, spürte … Tränen? Tränen, die in ihre Augen getreten waren?

«Die Vergessenen Götter zürnen, sagt das Volk.» Die Stimme des Seneschalls war nurmehr ein Murmeln. «Doch was sind die Götter? Sie sind etwas, das die Menschen sich geschaffen haben. Solange die Menschen an ihre Götter glauben, ist die Macht dieser Götter groß. Stellen sie aber irgendwann fest, dass diese Götter blind und taub sind für ihre Nöte, so werden sie aufhören, an diese Götter zu glauben, werden aufhören, ihnen Opfer zu bringen und ihre Gebete an sie zu richten. Und, unmerklich zunächst, wird die Macht der Götter schwinden.»

Leyken blinzelte. Ihre Augen waren trocken. Das Licht der ßavar, das überirdische Licht der Heiligen Esche, war fort.

«Aber das Reich ist kein Gott», flüsterte sie. «Selbst die Esche ...»

«Das Reich wurde von Menschen geschaffen», unterbrach er sie hart. «Von ruhmsüchtigen jungen Kaisern, denen das Leben wenig galt, ihr eigenes so wenig wie das der anderen. Und die Heere in den Grenzprovinzen setzten sich aus den Aufgeboten ebenjener Provinzen zusammen, stark genug, den Frieden dort zu bewahren, solange die Barbaren keinen wirklich großen Ansturm gegen die Tore zur Steppe unternahmen oder aus den Weiten der Wüste heraus. Und sollte das dennoch geschehen, so war es den Herren der Rabenstadt möglich, binnen kurzem die Heere von diesem Ort an jenen zu verschieben auf den sorgsam gepflegten Straßen, auf Flotten kaiserlicher Schnellsegler. In Wochenfrist konnte das Aufgebot einem jeden Angriff auf die Grenzen mit seiner ganzen Stärke gegenübertreten, sodass erst gar keine Gefahr erwachsen konnte.» Er hielt inne, sah sie an. «Was aber, wenn die Macht des Reiches schwindet? Wenn die Menschen in den Provinzen begreifen, dass weder der Kaiser noch seine Archonten ihrem Wohl und Wehe rechte Beachtung schenken, solange nur das Korn, die Rinder, die Seide und die edlen Steine die Rabenstadt zu jenem Zeitpunkt erreichen, da die Abgaben geleistet werden müssen? Was, wenn nun ein kaiserlicher Rabe eintrifft in einer der Grenzprovinzen? Wenn er die Nachricht bringt, dass eine Provinz am entgegengesetzten Ende des Reiches von Barbaren bedrängt wird? – Werden wir nicht selbst von unseren eigenen Barbaren bedrängt?, werden die Menschen fragen. Wenn sich der Kaiser nicht um uns bekümmert, und wenn er sich genauso wenig um die Menschen an jenem anderen Ende des Reiches bekümmert: Warum sollen dann wir ihnen Hilfe senden?»

Er brach ab, wandte den Blick hinaus auf die Welt zu ihren Füßen, die keine Welt mehr war, sondern ein Bassin trüben Wassers mit einzelnen emporragenden Wurzelstücken, die die Umrisse der Kontinente bilden mochten, wenn man sie aus großer Höhe betrachtete – oder auch nicht. Ein Gestank nach Fäulnis stieg aus dem Wasser auf.

«Es hat im Norden begonnen», sagte er, nickte zur jenseitigen Wölbung der Kuppel. «Im Norden, wo sich die Wilden zusammentaten, um ein barbarisches *Reich* zu gründen. Der Seneschall, mein ferner Vorgänger, zog ihnen entgegen, war wohl eine gewisse Zeit siegreich, doch am Ende setzten die Wilden einem der Ihren einen Reif von Bronze auf und nannten ihn König, und nichts und niemand konnte sie mehr aufhalten. Selbst die Mauern von Thal nicht, das die Provinzen des Nordens geschützt hatte. Sie wurden verlassen und fielen der Öde anheim.» Eine Kopfbewegung auf einen Abschnitt unmittelbar zu ihren Füßen, wo ein Teil des Wurzelwerks an die Oberfläche stieß wie fahles Treibholz. «Und kurz darauf erhob sich der Süden unter dem Banner jenes Mannes, den man in Eurer Heimat Mardok nennt, den Propheten der Silbernen Göttin. – In welche Richtung sollte der Kaiser seinen Heerbann entsenden? Krieg im Norden und im Süden zugleich, das hatte es nicht gegeben, so lange die Aufzeichnungen zurückreichten.»

«Und was tat er?» Kälte hatte von Leyken Besitz ergriffen. «Was taten die Menschen in der Rabenstadt?»

«Was sie taten?» Da war ein Funkeln in seinen Augen, und für einen Moment, einen winzigen Moment nur musste sie an den Ausdruck in den Augen des Shereefen denken, als er von seinem wahnwitzigen Plan berichtet hatte: dem Plan, die Esche zu vernichten. «Sie taten dasselbe, was sie seit Jahrhunderten getan hatten: Sie führten Krieg, Leyken von den Banu Qisai. Einen Krieg gegeneinander, einen Krieg zwischen den Ästen des Baumes. Denn jene Provinzen waren fern, der Stuhl der Esche aber war nahe, und ständig kreisten die Gedanken der Alten Familien um diesen Stuhl. Wer träumte nicht davon, ihn in Besitz zu nehmen, die Nordländer ins Eis und die Südländer in die Wüste zu treiben? Wenn er den Stuhl denn errungen hätte. Ein Mann, so hieß es, der wieder ganz nach dem Wesen der Alten Kaiser wäre, würde das Reich zurück zu jener Größe führen, die es in ihren Tagen besessen hatte. Sodass bald jene Angehörigen des Hauses die besten Aussichten auf den Thron besaßen, die so viele jener vergangenen Herrscher wie möglich zu ihren Vorfahren zählten. Ihr könnt Euch vorstellen, was geschah? Sehr rasch begannen die Zweige der kaiserlichen Familie, ihre Kinder nur noch jenen in die Ehe zu geben, die selbst den großen Familien angehörten: Söhne und Enkel von Kaisern, die mit Töchtern und Enkelinnen von Kaisern neue Kaiser zeugten und so fort. Nur dass das Erhoffte niemals eintrat. Die Kaiser ähnelten ihren Vorgängern, ihren *unmittelbaren* Vorgängern, waren nur immer wieder eine Spur schwächer als diese, immer weniger geeignet zur Führung des Reiches, die mehr und mehr in die Hände der Seneschälle überging. Gärtner, Leyken von den Banu Qisai, die nicht mehr tun konnten, als den Baum zu wässern und zu pflegen, den Schädlingen Einhalt zu gebieten, wo immer es möglich schien. Als sie erkannten, was geschah, da war es zu spät.»

Verwirrt sah Leyken ihn an, sah hinüber zur ßavar, sah hinüber zur Esche, zurück zu Aristos. *Zu spät?* Sie befanden sich im Herzen des Kaiserreichs. Der Regent des Reiches stand vor ihr, die ßavar, die Kaiserin, thronte auf ihrem Sitz. Doch wo war der Kaiser, wenn dies das Herz seines Reiches war? Der Geruch, der Gestank nach Moder und Verwesung schien sich mit jedem Augenblick zu verstärken.

«In der Alten Zeit hatte eine ßavar ihrem Kaiser ein Dutzend oder mehr Kinder geschenkt», murmelte Aristos. «Rasch aber wurden es weniger. Drei oder vier, schließlich nur noch ein Sohn oder eine Tochter, die heranwuchsen und ein Alter erreichten, dass sie selbst Nachkommen hätten zeugen, neue Erben des Hauses hätten gebären können. Das war der Augenblick, in dem man den Fehler erkannte – und dem letzten Sprössling des Hauses eine Tochter aus minderer Familie in die Ehe gab.» Ein Blick nach links. Die ßavar hatte ihr Tuch wieder über das Haar drapiert. Ihr Gesicht lag im Schatten, und sie war nichts als eine unscheinbare, zierliche Frau. «Doch was aus dieser Ehe hervorging ...» Er schüttelte den Kopf. «Es konnte nicht leben. – Das Haus der Kaiser ist erloschen, vor Generationen Eurer Welt dort draußen.»

Sein Blick löste sich von ihr, ging zu den Angehörigen des Kronrats. Einen Moment schien er zu zögern, bis er Zenon mit einem knappen Nicken bedeutete, zu ihnen zu treten.

«Ich bin derjenige, der am meisten vom Blut der Alten Kaiser in sich trägt unter denen, die heute auf der Esche leben.» Der Höfling deutete eine Verneigung vor Leyken an. «Ihr habt gesehen, wozu ich in der Lage bin. Ich kann eine einzelne Wand verschwinden lassen. – Sie war noch nicht besonders lange da. Einige hundert Jahre.»

«Aber ...» Ungläubig sah sie ihn an. «Ihr sagtet, es wäre nicht der Rede wert, wozu Ihr in der Lage seid.»

«Weil heute niemand mehr zu etwas in der Lage ist, was der Rede wert wäre. Niemand, der geeignet wäre, den Stuhl der Esche zu besteigen.»

Leyken begriff noch immer nicht. Ratlos sah sie zwischen den beiden Männern hin und her. «Aber ... der Kaiser ...»

Sie konnte beobachten, wie der Seneschall Luft holte. Ein Schritt, und er stieg hinab in das Bassin, bot ihr die Hand, um ihr hinabzuhelfen, und mit einem satten Geräusch versanken ihre Knöchel im fauligen Schlamm. Der Sebastos gesellte sich ohne gesonderte Aufforderung zu ihnen. Die Variags, die zu Seiten der ßavar innegehalten hatten, traten ebenfalls hinzu, ihre Lichter vorgestreckt.

Er thronte in einer Höhlung des Baumes. Seine Gestalt war die eines alten, eines sehr alten Mannes. Eine Krone saß auf seinem Scheitel – oder waren es Zweige, die aus seinem Haupt hervorsprossen, sich in den Schatten der Höhlung verloren und dort eins wurden mit dem Stamm des Baumes? Ein dichter Bart bedeckte Kinn und Wangen, fiel über die Brust, schien sich über den Schultern mit der langen, wuchernden Mähne zu vereinen. Lang und wuchernd, in die Risse, Schrunden und Spalten der Borke hinein, eins mit der Esche, eins mit der Stadt und dem Reich und den Landen jenseits davon.

Er regte sich nicht. Seine Lider waren geschlossen wie die eines Menschen in tiefem Schlaf. War unter dem dichten Bart überhaupt auszumachen, ob seine Brust sich beim Atmen hob und senkte? War da überhaupt ein Mensch? Was, wenn da nichts als die Esche war, deren Wuchs an dieser Stelle auf sonderbare Weise die Gestalt eines gekrönten Mannes bildete? Man hätte an ein Werk der Schnitzkunst glauben können, von einer Fertigkeit, die unübertroffen war, seit Menschen die Welt bewohnten. Doch was Leyken sah, das war kein Kunstwerk, war kein totes Holz. Was sie gespürt hatte: das Flüstern, das lockende Flüstern. Es war nicht die Esche. Es war dieser Mann.

«Wir wissen nicht, wer er ist», sagte Aristos leise. «Einer der Alten mit Sicherheit, der ganz Alten. Vielleicht der erste Kaiser überhaupt, der Sohn der Götter. Doch er ist der einzige Kaiser, den die Rabenstadt in diesen Tagen besitzt.»

Leyken starrte auf die Gestalt. Jetzt konnte sie erkennen, dass der Baum ... der Kaiser ... dass der Baum dort, wo der Kaiser aus ihm hervorwuchs, nicht gesund war. Moose und Flechten überzogen das Holz. Fäulnis nistete, wo der Leib des Herrschers mit der Thronbank verbunden war.

«Es hat lange gedauert», murmelte Aristos. «*Zu lange*, bis wir begriffen haben. Alles ist mit allem verbunden, und wir alle, wir, die Eschegeborenen, sind Teil davon. Unsere Lebensspanne währt Generationen. Generationen der Menschen draußen in Eurer Welt. Seit Jahrhunderten aber ist in der Rabenstadt kein Kind mehr geboren worden. Das, was das Haus der Kaiser heimsuchte, hat von uns allen Besitz ergriffen, und heute können wir nur noch eine Möglichkeit erkennen, das Rad der Zeit zurückzudrehen: ein neuer Kaiser. Eine neue ßavar, die diesem Kaiser Kinder schenkt.»

Leykens Augen hafteten auf der Gestalt. Einer Gestalt wie ein Leichnam. Dieses morsche Stück Holz sollte *Kinder zeugen*?

«Die neue ßavar musste von außen kommen», erklärte der Seneschall. «Das war das Einzige, was uns klar war. Den Menschen aber, die zu uns kommen und die wir mit dem Mittel gegen die Krankheit versehen, die von jenen von außen Besitz ergreift, ergeht es wie uns. Sie verlieren die Fähigkeit, Kinder zu zeugen und zu empfangen. Uns blieb nur eins: Frauen von draußen zu holen und sie ohne den Schutz des Mittels der Esche auszusetzen. – Vergeblich. Wieder und wieder vergeblich. Sieben mal sieben Tage, länger hat keine von ihnen überlebt.» Tief holte er Atem. «Bis Eure Schwester kam.»

# POL

## DAS KAISERREICH DER ESCHE:
## DIE MARSCHEN ÖSTLICH VON CARCOSA

«Es heißt, die Sterblichen würden die Göttin nicht erkennen, wenn sie ihnen begegnet.» Teriq, der junge Korsar, hielt die Augen geschlossen. Seine Stimme war leise. Es war die Stimme eines Menschen, der in Wahrheit weit fort war, dachte Pol. Weit fort in einer anderen Zeit, in einem anderen Teil der Welt.

«Und ganz genau so ist es mir ergangen in jenem Tempel in Salinunt», fuhr Teriq fort. «In jenem Tempel, von dem ich bis heute nicht weiß, welcher Gottheit die Bewohner der Stadt ihn geweiht hatten. Denn ich habe die Göttin erkannt, möge ihr Licht die Sterblichen erleuchten. Ich habe sie erkannt – in jenem Augenblick, da sie fort war. Doch sie hat mir verkündet, dass Ihr und ich aufeinandertreffen würden, Gesandter. All die Jahre hindurch habe ich diesem Tag entgegengesehen, und nun ... Nun ist er gekommen.»

Teriq neigte das Haupt, führte die Hände in den Nacken. In tiefer Andacht streifte er ein dünnes Lederband über seinen

Schopf nach vorn. Feierlich streckte er Pol die geöffnete rechte Hand entgegen, auf der ein schimmernder Gegenstand ruhte.

«*Die Dinge sind auf eine bestimmte Weise verbunden*», erklärte er, und aus der veränderten Betonung der Worte ahnte der Junge, dass es sich um Worte handelte, die die Göttin an jenem Tag an ihn gerichtet hatte. «*Ereignisse treten ein. Sterblichen widerfahren Schicksale, damit wiederum andere Ereignisse eintreten können. Und es liegt kein Jammer darin, weil all das bestimmt wurde vor so langer – Zeit.*»

Das Stück auf Teriqs Handfläche besaß Maße und Form einer Silbermünze. Die kostbar spiegelnde Fläche zeigte einen Baum mit verschlungenen Ästen, die sich im Windhauch zu bewegen schienen, als der junge Mann die Haltung seiner Finger veränderte und Reflexionen der Sonne im fein geprägten Laubwerk spielten.

Doch er war kein junger Mann mehr, jener Teriq aus Taouane auf der Insel Mauricia. Gefangen hatte Pol seinem Bericht gelauscht, den Ereignissen beim Fall von Salinunt im Vierten Krieg gegen die Korsaren. Und während sie – der Erzähler und sein Zuhörer – durch die Gassen der brennenden Stadt gestolpert waren, das ferne Klirren von Schwertern im Ohr, die Schreie der Sterbenden, der geschändeten Frauen, hatte Pol im Geiste Berechnungen angestellt. Der Vierte Krieg hatte sich um die Zeit seiner eigenen Geburt zugetragen. Wenn Teriq sich damals unter den Kämpfern befunden hatte, musste sein dreißigstes Jahr heute hinter ihm liegen.

Es war ihm nicht anzusehen, dachte Pol. Als ob er tatsächlich unter dem Schutz seiner Göttin stünde.

Der Silbernen Göttin. Der Athane, die mit ihren göttlichen Geschwistern über das Meer gekommen war und die Vergessenen Götter aus den Herzen der Menschen von Carcosa verdrängt hatte. Jene Vergessenen Götter, deren Vergebung Pol auf den Höhen von Schattenfall erbitten sollte.

Immerhin, dachte er. Das Silber passte. Es passte zum Mond der Göttin, und es passte zu dem Umstand, dass Carcosas Athane-Tempel eine größere Zahl von Silbermünzen gehütet hatte als jeder andere Ort seiner Heimatstadt.

Und doch war es mehr als das. Noch in der Dämmerung hatten die Sumpfleute die Gesandtschaft über den angeschwollenen Wasserlauf gesetzt, mit besonderer Höflichkeit und Freundlichkeit sogar, nachdem sie das Gold gesehen hatten, das einmal den Vergessenen Göttern zugedacht gewesen war. Zumindest hatte ihr Gurgeln und Röcheln sich durchaus freundlich angehört. Arthos Gil aber hatte den Absichten der Dorfbewohner nicht trauen wollen. Die Reisenden hatten auf der Stelle wieder aufbrechen müssen, und die ganze Nacht hindurch hatte der Söldnerführer ihnen keine Pause gegönnt. Jetzt erst, am hellen Vormittag, hatten sie am Rande einer zerklüfteten Felsformation haltgemacht, die unvermittelt über den Marschen aufragte. Die Sümpfe lagen damit hinter ihnen, und man hätte erwarten sollen, dass das für den Machtbereich der Sumpfbewohner ganz genauso galt. Einzig der Söldnerführer war noch immer nicht zufrieden gewesen. Er hatte Wächter ausgesandt, die vom höchsten Punkt der klippenartigen Höhen aus das Umland im Auge behalten würden. Erst dann hatte er sich zurückgezogen, nachdem er Fra Théus mit düsterer Miene aufgefordert hatte, ihn zu begleiten.

Pol sollte all das recht sein. Er war rechtschaffen erschöpft nach der Anspannung des Abends und den Strapazen der Nacht, und er war eben dabei gewesen, sein Lager zu bereiten, als der

Korsar zu ihm getreten war. Der Junge hatte angenommen, dass er sich lediglich für seine Rettung bedanken wollte, stattdessen aber hatte Teriq mit seinem Bericht begonnen, dem Bericht über den Fall von Salinunt, und nun lag ein Kleinod auf seiner Handfläche, wie Pol es noch niemals zu Gesicht bekommen hatte. Denn es war mehr als bloßes Silber, dem man die Form einer Münze verliehen hatte mit dem Abbild des kaiserlichen Baumes darauf.

Pol trug den zeremoniellen Ring des Domestikos von Carcosa am Finger, und dieser Ring war ein Zeichen beträchtlicher Macht – der Macht, über Tod und Leben zu entscheiden, wenn in der Halle der Zwingfeste der Gerichtshof der Stadt zusammentrat. Generationen von Oberhäuptern des Rates hatten diesen Ring weitergegeben, einer an den anderen, bis er nun an Pol gelangt war. Der im Übrigen damit rechnete, dass man ihm das Stück wieder abnehmen würde, sobald er seine Mission erfüllt hatte. Ohne dass er deswegen großartig getrauert hätte. Der Ring war nichts als ein Ring mit einem nicht sonderlich hübschen, grünlichen Stein, in den der Greif von Carcosa geschnitten war, sodass der jeweilige Domestikos ihn in heißes Wachs drücken konnte, um einem Schreiben offiziellen Charakter zu verleihen. Den Ring als solchen aber machte das nicht zu etwas Besonderem. Man hätte den Greifen ebenso in jeden anderen Stein schneiden und jeden anderen Ring mit ihm versehen können. Doch irgendwann vor langer Zeit hatte man sich darauf geeinigt, dass es ebendieser Ring war, den das Oberhaupt des Rates am Finger trug, und damit war er zu einem Zeichen der Macht geworden.

Das Kleinod in der Hand des Korsaren war anders. Ein Amulett, dachte Pol, geweiht von der Macht der Athane. Er war auf der Hut und kam ihm nicht zu nahe, aber selbst aus der Distanz war sichtbar, mit welcher Präzision das Bild der Esche aus dem Silber geschlagen war. Der mächtige Stamm des Heiligen Baumes war zu erkennen, die einzelnen Äste, die sich in unterschiedliche Richtungen abteilten, verschiedenen Provinzen des Reiches zugeordnet, der Herrschaft dieses oder jenes der Alten Kaiser, der in glanzvollen Zeiten der Rabenstadt seinen Stempel aufgedrückt hatte. Doch zeigte das Bild nicht noch weit mehr? Waren da nicht gewundene Brücken und Galerien, die sich der mächtigen Krone des Baumes entgegenspannten? Waren da nicht Menschen auf diesen Galerien, Reisende mit ihren Gerätschaften? Hier bewegte sich ein Lastkarren mit Wein aus Opsikion langsam den Toren der Rabenstadt entgegen, ein einzelnes Maultier in die Deichsel gespannt, das Mühe hatte, die Last zu ziehen. Dort nahte eine Delegation aus dem Tal des Makander mit einer Eingabe gegen die Senkung der Flusszölle, die ihre Stadt ihrer wichtigsten Einnahmen beraubten. Irgendeiner aus dem Heer der *silentiarii* und *perilambrii*, der niederen kaiserlichen Beamten, würde sich ihrer annehmen, wie sie hofften. Stand die Erschöpfung der Reise nicht auf ihren Gesichtern geschrieben? Waren ihre Gewänder nicht ...

*Unmöglich!* Pol blinzelte. Es war vollkommen unmöglich, solche Details – und Details dieser Details – auf einem Silberstück von wenigen Zoll Durchmesser darzustellen. Kein Münzmeister der Welt konnte dazu in der Lage sein. Und doch war all das in dem Gegenstand enthalten, den Teriq dem Gesandten präsentierte. Als wäre die kaiserliche Rabenstadt mit all ihren Wundern und Geheimnissen, mit all ihren Günstlingen, Gardisten und gnädigen Herrschaften in dem Kleinod gefangen, bis in die geringsten Verästelungen des Heiligen Baumes hinein.

«Ich wusste, dass dieser Tag kommen würde.» Teriq sah den Jüngeren an. «Der Tag, an dem sich unsere Pfade kreuzen würden. Denn hatte sie mir nicht versprochen, ihre Hand über mich zu halten bis zu jenem Tage? Ich wusste, dass ich niemals in Gefahr sein würde, bevor sie ihr Versprechen erfüllt hätte.»

Pol nickte stumm. Er verkniff sich die Frage, ob dieses Wissen wohl Teriqs Entschluss beeinflusst hatte, das Gesetz seiner Göttin im hintersten Winkel der Sümpfe durchzusetzen, indem er den Verurteilten vom Leben zum Tode beförderte, *bevor* Insekten und Gewürm ihn verschlingen konnten.

Nur war das eben auch der Punkt, an dem ihm selbst unvermittelt unwohl wurde. Denn tatsächlich hätte es für den Korsaren ja nur noch einen Platz gegeben nach dem Gesetz der Sümpfe: Das Gedärm einer Molchskreatur in letzter Konsequenz. Und dennoch saß er dem Jungen jetzt gegenüber, lebendig und unverletzt. Die Göttin hatte also die Hand über ihn gehalten. Unbehaglich wurde die Vorstellung, wenn Pol sich vergegenwärtigte, *wie* sie das getan hatte.

Durch ihn. Durch den Gesandten in die Heimstatt der Vergessenen Götter.

Pol verspürte einen leichten Schwindel.

Er mochte auf die Strapazen des Rittes zurückzuführen sein. Oder auf den Umstand, dass er seinem Gast den Platz auf seinem Lager angeboten hatte. Im Schatten. Während er selbst auf einem Fleck vertrockneten Grases in der Sonne hockte. So nahe der Küsten des Südlichen Meeres hatte sie auch zu dieser Jahreszeit eine beträchtliche Kraft. Genauso aber mochte die Verwirrung in seinem Kopf auf das Amulett der Athane zurückzuführen sein, von dem sein Blick sich immer nur für Momente lösen wollte. *Bäume …*

Er kniff die Augen zu Schlitzen zusammen, um es besser erkennen zu können. Da waren Bäume. Da war ein stiller Hain am höchsten Punkt der kaiserlichen Residenz, und auf einer Lichtung inmitten dieses Hains hatte sich eine Gruppe von Menschen versammelt, einige von ihnen ein Stück abgesondert vom Gros der übrigen. Da war ein Mann in einer schneeweißen Robe, eine breite goldene Schärpe über der rechten Schulter. Da war ein anderer, jüngerer und deutlich stutzerhafterer Mann in einer dunklen und ganz wesentlich kostbareren Robe. Und da war eine dunkelhäutige junge Frau, barfuß und in einem Etwas, das er für ein Nachtgewand gehalten hätte – aber was wusste ein Dieb von der Rattensteige schon von der Mode in der kaiserlichen Residenz? Und da war eine zweite Frau, eine Frau in einem nachtblauen Gewand, ein Tuch von derselben Farbe tief ins Gesicht gezogen. Und *diese* Frau war es, die nun unvermittelt aufblickte, und Pol hätte schwören können …

Ein Geräusch. Er war sich nicht sicher, wo es herkam, doch es gelang ihm, sich vom Anblick des Kleinods loszureißen. Sein Herz pochte bis zum Hals. Sie hatte ihn angesehen! Doch wie war es möglich, dass er *sie* hatte sehen können? In einem münzgroßen Amulett. Auf der Lichtung inmitten eines Hains auf einem Baum auf einem münzgroßen Amulett.

Der Korsar betrachtete ihn. Er sagte kein Wort.

Pol holte Luft. *Dieser Mann kann jedenfalls nicht in meinen Kopf schauen.* Er schüttelte sich, war sich sicher, dass der Gedanke zutraf. Nur wo war er hergekommen?

«Ich vermute, dass das Leben ziemlich gefährlich ist?», erkundigte er sich heiser. «Als Krieger. Die Athane wird häufig ihre Hand über Euch halten müssen.»

Teriq neigte das Haupt. «Wir sind zur Flotte zurückgekehrt

mit der *Ra'qissa*», erklärte er. «Damals, nach dem Fall von Salinunt. Zur Flotte unseres Vizirs, die er eben in der Meerenge sammelte, unterhalb des Feuers von Pharos. Am westlichen Eingang der Enge allein, weil wir wussten, dass uns nur von Carcosa Gefahr drohte, während die Vendozianer sich ruhig verhalten würden auf der anderen Seite der Enge, um ihre Handelsverträge nicht zu gefährden. Wir waren gerüstet, Gesandter! Uns war klar, dass eure schweren Rahensegler uns auf den Grund des Meeres bohren würden, wenn wir ihnen Gelegenheit gaben, mit ganzer Macht in die Meerenge vorzudringen. So aber lauerten die wendigsten unserer Schiffe mit den kräftigsten Ruderern in ausgewählten Buchten und Verstecken, um sie von hinten, von der Flanke zu attackieren, sobald sie nur in unsere Reichweite gerieten. Wir würden ihre Formation ins Chaos stürzen, und ihnen, nicht uns, würde die Enge der Meeresstraße zum Verderben werden.»

Wieder war ein Geräusch zu vernehmen, und diesmal war Pol sich sicher, dass es von oben kam. Die Wächter, dachte er. Die Männer, die der Söldnerführer auf den Felsen postiert hatte.

«Und was geschah?», fragte er.

Der Korsar schien das Kinn um eine Winzigkeit vorzuschieben. «Ich habe es verschlafen», erklärte er würdevoll.

«*Was?*» Pols Augenbrauen bewegten sich in die Höhe.

«Die Flotte schien noch fern.» Pol konnte beobachten, wie die Lider des jungen Mannes sich schlossen, als er sich die Ereignisse ins Gedächtnis zurückrief. «Und nach der Einnahme von Salinunt hatten wir mehr Wein an Bord als Wasser, sodass ich es für klüger befand, das Wasser zu sparen. So aber, da ich den Wein nicht gewohnt war als Einziger an Bord der *Ra'qissa*, der Tänzerin ... Als ich erwachte, war alles vorüber.»

«Ihr habt die Schlacht verschlafen», murmelte Pol ungläubig. «Es war keine Schlacht», entgegnete Teriq leise. «Was tatsächlich geschehen ist, habe ich erst im Nachhinein erfahren, doch was die *Tänzerin* anbetrifft, so war es keine Schlacht. Arthos Gil ist im Schutze der Nacht gekommen, mit einer Flotille winziger Schaluppen. Warum er sich gerade die *Ra'qissa* ausgesucht hat für seine Mission, habe ich nie erfahren. Jedenfalls gehörten wir nicht zur vordersten Linie der Schlachtordnung, sondern befanden uns mitten im Aufgebot. Möglicherweise deswegen: weil die Herausforderung damit größer war und weil er Arthos Gil ist. – Die Söldner haben die *Tänzerin* geentert, und bis die Korsaren auf den anderen Schiffen begriffen haben, was vorging, befand sie sich bereits unter vollen Segeln mit Kurs auf das offene Meer.» Er schüttelte den Kopf. «Gils Gefolge verfügt über Männer, denen die Takelung des Südens nicht fremd ist, doch natürlich arbeiten sie nicht auf jene Weise Hand in Hand wie eine Mannschaft der Korsaren, die seit Jahren mit ihrem Schiff vertraut ist. Und natürlich hat der Vizir sofort die Verfolgung aufnehmen lassen, und kaum dass die erste Dämmerung über dem Westlichen Meer stand, war die *Tänzerin* in Reichweite der Häscher und damit der Ballistas und Katapulte an Deck ihrer Schiffe. Es hat weniger als eine Stunde gedauert, bis ihre Segel in Fetzen herabhingen und die Söhne des Mardok ihre Schiffe sammelten, um sich zu erkundigen, ob der kühne Gil bereit sei, sich zu ergeben, oder ob sie das Schiff nun ihrerseits entern müssten.»

«Aber er hat sich nicht ergeben», murmelte Pol. Der Ablauf des Geschehens war ihm nicht bekannt, doch hätte Arthos Gil damals die Waffen gestreckt, hätte er jetzt nicht die Ehrengarde aus Carcosa anführen können. Stattdessen hätte sein Schädel über der Hafeneinfahrt von Mênone vor sich hin gerottet, wo die Korsaren die Häupter namhafter Gegner zum Zeichen des Triumphes aufzupflanzen pflegten.

«Nein», sagte Teriq mit ruhiger Stimme. «Er hat überhaupt nicht geantwortet. Er ließ die Segel von neuem aufziehen, die sein Gefolge in aller Eile geflickt hatte – mit den abgezogenen Häuten der Männer, die auf der *Tänzerin* ihren Dienst geleistet hatten.»

«Der Männer ...» Pols Kehle schnürte sich zusammen. «Eure Besatzung?»

«Meine Besatzung. Der Re'is an der Spitze, an seiner Seite Avrem, der Aufseher der Ruderer. Sie waren an Deck gestürmt, um dem Enterkommando Widerstand zu leisten, während ich meinen Rausch ausschlief. – Als ich erwachte, war die Schlacht geschlagen. Die Flotte Carcosas hatte sich im Nebel verborgen, mit ihren mächtigen, aber schwerfälligen Rahseglern. Im auffrischenden Morgenwind hatten die Korsaren nicht den Hauch einer Chance, ihr zu entrinnen, draußen auf dem offenen Meer. Der Vizir konnte von Glück sagen, dass man ihm und dem Rest seiner Männer freien Abzug gewährte.»

«Und Euch hat der edle Gil nicht ebenfalls ...»

«Warum hätte er das tun sollen? Die Schlacht war vorüber.» Ernst betrachtete er den Jungen. «Die Göttin verfügt über eine Vielzahl von Möglichkeiten, jene zu schützen, über die sie ihre Hand hält.»

Wieder ein Geräusch. Eine Vielzahl winziger Kiesel begann über die Flanke des Felsens in die Tiefe zu rieseln.

Mit langsamen Bewegungen erhob sich der Korsar. «Gesandter!» Gezischt. Mit einer Geste winkte er Pol zu sich heran, tiefer in die Schatten des Felsens.

Das Herz des Jungen beschleunigte. «Die Sumpfleute?», wisperte er. «So weit draußen? Außerhalb der Sümpfe?»

«Auf keinen Fall.» Ein Kopfschütteln. «Aber der Lauf des Lysander ist nahe.»

«Das Land am Lysander gehört von alters her zu Carcosa», murmelte Pol. «Bis zu den Stapelplätzen bei Mylon.»

«Es gehörte zu Carcosa.» Der Korsar begann sich an der Flanke des Felsens entlangzuschieben, nach links, dort, wo Gil und der Prediger verschwunden waren. «Solange der Fluss bei der Stadt ins Meer mündete. – Heute mündet er bei Vendosa, und wie auf dem Meer wirft der vendozianische Löwe auch zu Lande immer größere Schatten.» Eine plötzliche Geste: stehen bleiben!

Geräusche. Männer, die sich leise unterhielten. Fragend sah Pol den Korsaren an, der ernst den Kopf schüttelte. Seine Rechte glitt auf den Rücken. Lautlos nahm er seinen Bogen von der Schulter, mehrere Pfeile aus dem Köcher.

«Ihr lauft!», flüsterte er. «Ihr beginnt zu laufen, sobald ich den ersten Pfeil verschieße, und Ihr werdet Euch nicht umsehen! – Ihr seht den Felsen, der geformt ist wie eine nackte Schönheit, die sich im Sande rekelt?»

Pol kniff die Augen zusammen. «Sie hat drei Brüste», wisperte er.

Der Korsar packte ihn an der Schulter. «Ihr lauft daran vorbei!» Beschwörend. «Unmittelbar dahinter biegt Ihr zwischen die Felsen und versucht sie zu erklimmen. Vom Kamm aus müsstet Ihr die Pferde sehen können. Ihr reitet los! Immer nach Norden, das ist der grobe Weg nach Schattenfall. Ihr wartet nicht auf mich! Ihr wartet nicht auf Gil! Ihr reitet!»

«Aber ...»

Teriq sprang aus der Deckung, den Pfeil auf der Sehne, die Sehne durchgezogen bis hinter das rechte Ohr. Ein Schrei, und aus Pols Augenwinkel, verwischt nur, eine Gestalt in Rot und Gelb, zurücktaumelnd. Dahinter weitere.

Vendozianer.

Pol lief, das harte Gras unter seinen Füßen. Er hörte Rufe, einen neuen Schrei. Flüche. Jetzt ein Laut, der anders war? Der Korsar? Der Mann, der sein Leben lang nach ihm gesucht hatte, wie seine Göttin es ihm befohlen hatte.

*Hatte sie mir nicht versprochen, ihre Hand über mich zu halten bis zu jenem Tage?*

Der Atem stach in seiner Brust. Er presste die Hand dagegen und spürte … Er spürte den Umriss nur grob, doch er wusste, dass es das Kleinod war. Das münzgroße Amulett der Athane. Ein kurzer Moment nur, in dem der Korsar nach seiner Schulter gepackt hatte. Er hatte ausgereicht.

Die dreibrüstige Schönheit! Jetzt musste Pol außer Sicht sein für die Vendozianer. Er bog zwischen die Felsen …

Die Söldner waren zu sechst. Vendozianische Söldner in Waffenröcken in roter und gelber Farbe.

Und Arthos Gil, der reglos zu ihren Füßen lag.

# LEYKEN

## DAS KAISERREICH DER ESCHE: DIE RABENSTADT

*Die neue ßavar musste von außen kommen.*
Ildris!
Der mächtige Stamm des Baumes, der Thron mit der schattenhaften Gestalt des Kaisers, das Bassin mit dem schmutzigen Wasser: Es war ein verwischtes Wirbeln um Leyken. Ein Wirbeln, das kein Links, kein Rechts, kein Oben, kein Unten kannte. Sie fiel, doch nein, irgendjemand hielt sie fest, ließ nicht zu, dass sie stürzte. – Zenon? Konnte es wahrhaftig der Höfling sein, der ihr stützend seinen Arm lieh?
*Uns blieb nur eins.* Die Stimme des Seneschalls schien in ihrem Kopf widerzuhallen. *Frauen von draußen zu holen und sie ohne den Schutz des Mittels der Esche auszusetzen. – Vergeblich. Wieder und wieder vergeblich. Sieben mal sieben Tage, länger hat keine von ihnen überlebt. Bis Eure Schwester kam.*
«Ildris.» Der Name kam von ihren Lippen.
«Wenn man bedenkt, dass Ihr die Reise aus der Wüste auf

Euch genommen habt und wahrhaftig glaubtet, heimlich die Esche betreten zu können, ohne dass der Kronrat davon Kenntnis erlangt ...» Der Höfling klang nachdenklich. «Alles nur, um Eure Schwester zu finden: Dann führt Ihr ihren Namen recht freimütig auf der Zunge.»

Mit einem Fauchen riss sie sich von ihm los. Der Schwindel war in ihrem Kopf, doch von einem Augenblick auf den anderen wich er kochendem Zorn.

«Was habt Ihr getan!» Sie fuhr herum zu Aristos. «Was habt *Ihr* getan! Alle diese Frauen mussten sterben – für Euren Baum? Für Eure Macht über diesen Baum, der in seinem Innersten langsam vor sich hinfault? Damit *Ihr* Eure Macht behalten konntet, über den Baum und über das gesamte Reich, über die ganze Welt. Deshalb habt Ihr ...»

Mühsam rang sie um Atem. Sie sah es so deutlich: Der gelassene Gesichtsausdruck des Seneschalls war wie fortgewischt. Stattdessen sein flackernder Blick. Sein Erschrecken. Seine Bestürzung, Scham, Betroffenheit.

«Meine Schwester!» Ihre Stimme überschlug sich. Sie war eine Tochter der Oase, geübt im Kampf mit dem Scimitar, wenngleich sie ihn niemals im ernsthaften Gefecht geführt hatte. Hätte die gekrümmte Klinge in diesem Moment in ihrer Hand gelegen: der Seneschall, sein Höfling, ihr halbtoter Baum von einem Kaiser ... Sie waren nicht dumm, keiner von ihnen. Sie mussten imstande sein, ihren Tod aus den Augen der Tochter der Banu Qisai zu lesen. «Ihr wolltet meine Schwester mit *dem da* ins Bett legen?», fragte sie scharf. «Ihr habt Hunderte, Tausende von Frauen verschleppt, damit *das da* sie begattet?» Die pure Widerwärtigkeit der Vorstellung ließ sie für einen Augenblick verstummen. «Und dann sind sie gestorben», flüsterte Leyken. «Und

Ihr wusstet, dass sie sterben würden. Bis Ildris kam.» Schwer atmend hielt sie inne.

Der Seneschall betrachtete sie, er sagte kein Wort. Deutlich stand nun der betroffene Ausdruck auf seinem Gesicht. Und es war noch mehr als Betroffenheit. Es war eine unbestimmte Trauer, es war eine Form von Mitleid, begriff sie.

*Ildris* ... Ihr Herz zog sich zusammen, doch, nein: Sie hatte Ildris gespürt, vor Stunden noch. Sie war in Gefahr, doch sie war am Leben, und sie war an einem Ort, der sich Wochen der Reise entfernt befand auch für die Menschen der Rabenstadt, selbst wenn ihre ßavar in der Lage war, die gesamte Welt auf eine unfassbare Weise sichtbar zu machen. Ildris lebte. Und irgendwie musste es ihr gelungen sein zu entkommen. Und gleichzeitig spürte Leyken, dass ihrer Schwester von diesem Mann keine Gefahr drohte. Von Ari, dem kleinen Gärtner, von Aristos, dem Seneschall der Heiligen Esche.

Mit einem Mal schien etwas, ein Teil ihres Zorns vielleicht, ihren Körper zu verlassen. Ihre Finger, zu Fäusten geballt, als hätte sie vorgehabt, mit bloßen Händen auf die Mächtigen der Rabenstadt loszugehen: Sie öffneten sich. Müde ließ sie die Arme sinken.

«Warum habt Ihr das getan?», flüsterte sie. «Warum habt Ihr die Frauen hergebracht?» Ihr Blick wandte sich zur schweigenden Gestalt des Herrschers. «Konntet Ihr ihn nicht irgendwie ... durch die Lande führen? Fort von der Esche, von Stadt zu Stadt. Mit Sicherheit hätten sich Frauen bereitgefunden, die sich ihm aus freien Stücken ...» Sie hielt inne. War sie sich da tatsächlich so sicher? «Oder auch nicht. – Jedenfalls hätten sie nicht sterben müssen! Hättet Ihr sie nicht auf die Esche verschleppt, hätten sie nicht sterben müssen!»

«Der Kaiser hätte sich also auf Brautschau begeben sollen?» Der Sebastos trat einen Schritt vor. «Schwierig.» Die Bewegung kam zu schnell, als dass Leyken sie genau hätte verfolgen können. Zenon hob den rechten Arm, machtvoll holte er aus und … Er *schlug* den Kaiser.

Leyken starrte ihn an, starrte auf die ehrfurchtgebietende Gestalt auf ihrem Stuhl. Das Kinn des Kaisers, mit dem Ansatz seines Bartes: Da war nichts mehr. Und doch war kein Blut zu sehen. Der greise Herrscher hatte sich nicht gerührt, rührte sich noch immer nicht.

«Was denkt Ihr? Schwierig in der Tat.» Zenon hielt etwas in den Fingern, einen Gegenstand von borkenartiger Struktur, faustgroß. Er hielt ihn auf der flachen Hand vor ihre Augen.

«Der Kaiser ist nicht sonderlich reisefreudig, fürchte ich.» Der Blick des Sebastos funkelte, und mit einer fast beiläufigen Bewegung schloss er die Finger zur Faust. Kein Geräusch, Staub lag in der Luft, ein muffiger Geruch stieg auf. Zenon öffnete die Hand, und mit Entsetzen beobachtete Leyken, wie dunkle Fetzen zu Boden tanzten, Krumen verschimmelten Brotes gleich, Flocken schwarzer Asche.

«Nein», murmelte der Höfling, rieb in sichtbarem Ekel die Hände aneinander, als müsste er sie reinigen. «Ich denke, das wäre auf gewisse Schwierigkeiten gestoßen.»

«Lasst den Unsinn!» Die Stimme des Seneschalls klang mürrisch. Aufgebracht klang sie nicht. «Er lebt.» Unwirsch. «Er lebt nicht.» Er wandte sich in Leykens Richtung, und der Ton veränderte sich. «Er ist der Kaiser. Und Kaiser und Esche sind eins.»

Vielleicht war es das, jener Ton der Achtung, der Ehrfurcht, der aus seinen Worten sprach. Nein, Leyken schämte sich ihres Ausbruchs nicht. Sie war weit entfernt davon. Doch sie verfolgte, wie er sich der gekrönten Gestalt zuwandte, die auf eine schreckliche, zugleich groteske Weise den Unterkiefer, einen Teil des Bartes eingebüßt hatte.

«Er ist verbunden», sagte der Seneschall leise. «Er ist mit dem Baum verbunden, der einzige Kaiser, den wir besitzen. Ohne die Esche würde er sterben, so wie ohne ihn die Esche sterben würde. Wir können sie nicht voneinander lösen. Wir wagen es nicht. – Und was wäre gewonnen? Das Blut des Kaisers sind die Säfte der Esche. Wenn wir mit ihm durch die Lande zögen …» Er schüttelte den Kopf, als hätte er Mühe, sich das Bild auch nur vor Augen zu führen. Und ging es Leyken nicht in Wahrheit ebenso? «Jede Frau, die sich im Versuch, einen Erben zu empfangen, mit ihm vereinigen würde: Sie würde ganz genauso von der Krankheit befallen. Es würde keinen Unterschied bedeuten. Der einzige Unterschied bestünde darin, dass die Menschen dann *wüssten*. Und haben wir nicht darüber gesprochen, Leyken von den Banu Qisai? Haben wir nicht darüber gesprochen, was mit einer Gottheit, mit einem Reich geschieht, wenn die Menschen aufhören, an diese Gottheit und an dieses Reich zu glauben? Hier auf der Esche vermögen wir der Schädlinge zu wehren. Doch in der Welt dort draußen wächst ihre Macht mit jedem Tag. – Und seht.»

Er machte einen halben Schritt zur Seite, und zögernd trat sie neben ihn. Mit einem Nicken wies er auf den Leib des Kaisers, und Leyken blieb die Luft in der Kehle stecken.

Es war ein unendlich langsamer Vorgang. Doch wer jemals einen Baum beim Wachsen beobachtet hatte – und festgestellt hatte, dass eine solche Beobachtung nicht möglich war, wenn man sich an einem sonnigen Nachmittag zu Füßen des Baumes im Gras niedersetzte: In rasender Geschwindigkeit schienen sich die Schatten über der kaiserlichen Brust zu vertiefen, schien sich das Licht unterhalb seiner Wangen zu verändern. Das Kinn, der Bart des Herrschers: Leyken verharrte mit angehaltenem Atem, während all das von neuem dieselbe Form annahm, die es vor dem Angriff des Sebastos aufgewiesen hatte.

«Er ist nicht tot.» Der Seneschall sah in ihre Richtung. Beinahe klang er flehend. «Er lebt. Er lebt nicht.» Der Blick, mit dem er die Gestalt auf dem Thron betrachtete: ein fast zärtlicher Blick. «*Er schläft.*» In einem flüsternden Ton. Wie ein Vater, der sachte eine wärmende Decke über sein schlummerndes Kind breitet.

Ari, dachte sie. Der Gärtner.

Der Regent des Kaiserreichs trat einen Schritt zurück, und sie alle entfernten sich – rückwärts. Rückwärts, bis man den Saal verließ, dachte Leyken. Es war ein Zeremoniell, das ihr nicht unbekannt war. Jahre zuvor war es ihrer Familie vergönnt gewesen, dem Statthalter in Sinopa ihre Aufwartung zu machen, und die Sitte dort war genau dieselbe gewesen. Weil es sich um eine Sitte handelte, die man aus der Rabenstadt übernommen hätte, wie Leykens Großvater später erklärt hatte. Eine Sitte, die als *vertrauter Abschied* bezeichnet wurde und die jenen Besuchern vorbehalten war, die dem Herrscher nahestanden. Alle übrigen hatte man einst im Anschluss an die Audienz rückwärts aus dem Saal geschleift.

Schweigend stiegen sie aus dem Bassin. Schweigend kehrten sie durch die Gänge im Innern des Heiligen Baumes zurück auf die Lichtung inmitten des Hohen Gartens. Als wenn sie darüber eine Verabredung getroffen hätten, jeder von ihnen tief in Gedanken versunken.

Ein Vormittagshimmel empfing sie, der sich ohne jede Wolke

über dem Geäst der Heiligen Esche spannte. Der Seneschall entfernte sich einige Schritte, hielt inne, schien diesen Himmel zu betrachten. Ohne dass Leyken die Position der Schatten hätte prüfen müssen, welche die Bäume auf das sprießende Gras warfen, wusste sie, dass die Richtung, in die er blickte, Norden war.

«Eure Schwester.»

Leyken schwieg. Ihm musste klar sein, dass sie hinter ihm stand. Dass sie die entscheidenden Antworten, Antworten zu ihrer Schwester, noch immer erwartete. Die ßavar, stellte sie fest, hatte sich an ihre Seite gesellt, ebenso der Höfling, der nun wieder jene ausdruckslose Miene auf dem Gesicht trug, die er beherrschte wie kein zweiter Mensch auf der Welt.

Ganz kurz war der Gedanke in ihrem Kopf, dass sein Ausbruch vor dem Stuhl des Kaisers, der plötzliche Schlag nach dem mit dem Baum verwachsenen Herrscher, am Ende doch sonderbar günstig gekommen war für Aristos' Absichten. Eine bessere Gelegenheit hätte sich kaum bieten können, Leyken klarzumachen, wie es um den Zustand des Kaisers bestellt war. Doch selbst wenn die beiden Männer all das von Anfang an gemeinsam ins Werk gesetzt hatten: Machte es einen Unterschied, wie oft sie die eine Wahrheit in einer anderen Wahrheit versteckten, bis Leyken am Ende feststellte, dass sich dahinter eine weitere, dritte, noch erschütterndere Wahrheit verbarg? Wie konnte sie urteilen über Männer wie diese, Männer, die die Heilige Esche zeit ihres Lebens nicht verlassen hatten?

«Ihr sollt wissen, dass niemand hier Euch zu etwas drängen wird», begann der Seneschall. Dann eine lange Pause. «So wenig, wie wir Eure Schwester zu etwas gedrängt haben, selbst wenn Euch das nach dem, was Ihr nunmehr wisst ...» Ein neues Innehalten. «Wenn Euch das sonderbar erscheinen mag. Um dieses eine möchte ich Euch bitten: Bitte glaubt mir, wenn ich Euch sage, dass sie – Ildris – zu nichts gedrängt wurde. Es war ihre Entscheidung, von Anbeginn an, nachdem sie erfahren hatte, was auch Ihr nun wisst. Kaiser und Esche und Reich und Welt – alles hängt mit allem zusammen. Auf unterschiedliche Weise, in einem bestimmten Zug ihres Wesens, sind sie eins. Und wir haben lange gesucht, und es sind viele Frauen …» Ein Luftholen. «Gestorben. Bis sie kam. Und ihre Entscheidung getroffen hat. Wenn … Wenn all das einen Sinn gehabt haben soll …»

Es kam wie ein Blitz. Leyken keuchte auf. Eine Vermutung, eine wahnwitzige Vermutung in ihrem Kopf. Doch lag sie nicht nahe, auf einen Schlag so selbstverständlich nahe, dass sie kaum begreifen konnte, dass der Gedanke ihr nicht längst schon gekommen war? «Ihr …»

«Bitte.» Ganz kurz drehte Aristos sich halb zu ihr um. «Lasst mich zu Ende sprechen. – Die Entscheidung lag bei Eurer Schwester. Und wir hatten diese Dinge noch nie erprobt, weil wir nie auf eine Frau gestoßen waren, die in der Lage gewesen wäre, der Krankheit standzuhalten. – Eure Schwester aber hielt ihr stand. Auch als sie zurückkehrte von jenem Ort, den Ihr heute gesehen habt und wo sie Tage und Nächte verbracht hatte an der Seite des Kaisers: Sie war unversehrt, voll der Gesundheit, und die einzige Veränderung war jene, die die Rabenstadt frohlocken ließ wie kein anderes Ereignis seit Generationen von Menschen in Eurer Welt dort draußen.» Ein letztes Luftholen. «Die Esche hatte sie *gezeichnet*. Es war geschehen, worum wir gebetet hatten, zu allen Göttern der Welt.»

Leyken rührte sich nicht. *Bei der …* Ihre Lippen bewegten sich lautlos. «Möge ihr Licht die Sterblichen erleuchten», wisperte sie.

«Dass sie fortging ...» Er wandte sich zu ihr um. «Niemand hat sie gefangen gehalten, Leyken von den Banu Qisai. Auch dies glaubt mir bitte. Niemandem von uns wäre das zugekommen – wenn wir denn überhaupt geahnt hätten, was zu geschehen im Begriff war. Und selbst dann ... Selbst wenn wir ...» Ein Kopfschütteln. Noch einmal, heftiger. «Wer hätte sie hindern sollen? Niemand hier besitzt noch mehr als einen bloßen Hauch der Kräfte, während *er* ... Doch nicht einmal das wissen wir mit Sicherheit. Niemand weiß zu dieser Stunde, welche Kräfte ihm zur Verfügung stehen. Wie viel von den Kräften der Kaiser der Alten Zeit.»

*Ihm?* Leyken sprach es nicht aus.

«Dem Kind», sagte der Seneschall. «Dem Sohn, den Eure Schwester unter dem Herzen trägt und den sie dem Zugriff des Heiligen Baumes entzogen hat, wie es noch niemals geschehen ist seit den Tagen der Götter. Dem künftigen Kaiser über das Reich der Esche.»

Leyken war erstarrt. Sie öffnete den Mund, wollte sprechen, konnte nicht sprechen und stattdessen ... Stattdessen sprach jemand anders.

«Er ... kann ... uns sehen.»

Der Seneschall fuhr herum. Nicht zu ihr, zu Leyken, sondern zu der zierlichen Frau in ihrem nachtblauen Gewand, dem Tuch von dunklem Stoff tief in der Stirn. Der ßavar.

«Sie spricht.» Ein Flüstern. Ein Flüstern, das von Zenon kam.

«Warum ...» Leykens Stimme klang seltsam verwaschen.

«Warum sollte sie nicht sprechen.»

«Sie ist die ßavar.» Nichts war zu hören von seinem überlegenen Tonfall in diesem Moment. Alles, was da war: Erschrecken. Blankes Entsetzen. «Darin liegt ein Teil ihrer Macht.

Sie sieht, doch sie spricht nicht. Keine der Hohen Frauen spricht.»

Hohe Frauen? Wie von selbst fiel Leykens Blick zwischen die Bäume. Irgendwo dort, in jener Richtung? Das freundliche, niedrige Gebäude aus weißem Marmor, aus dem zwei fremde Frauen ins Freie getreten waren, Leyken und ihre Begleiter lächelnd gegrüßt hatten. Lächelnd – und stumm.

Doch sie konnte das Gebäude nicht entdecken. Stattdessen war da etwas anderes, zwischen den Bäumen, hinter den Bäumen, am Himmel über den Bäumen, der bis zu diesem Augenblick in makellosem Blau geleuchtet hatte.

«Sie vermögen zu sprechen.» Noch immer kam nicht mehr als ein bloßes Flüstern über die Lippen des Höflings. «Aber in Jahrhunderten ist es nicht dagewesen, dass die ßavar im Kronrat ihre Stimme erhoben hat.»

Der Kronrat: die Herrschaften in ihren wertvollen Gewändern, Bagaudes, der Archont von Panormos, und die anderen, deren Namen Leyken nicht kannte. Sie drängten sich jetzt heran, unter besorgtem Murmeln.

«Er sieht uns.» Die ßavar. «Die Schleusen! Die Schleusen brechen!»

Aristos hatte kein Wort gesagt, seit die Frau begonnen hatte zu sprechen. Unvermittelt setzte er sich in Bewegung, hektisch, quer durch die Bäume des schweigenden Hains, streifte ihre Zweige beiseite, achtlos.

Leyken schloss sich an wie alle übrigen, sah jetzt deutlicher, was sie zwischen den Bäumen, hinter den Bäumen erspäht hatte: eine graue Farbe über dem Horizont, als wenn sich fern die Wolken ballten, ihre Form noch nicht kenntlich.

Der Rand des Hains. Hier gab es keine Balustrade wie in den

freundlichen Gärten des Palastes. Das Gras endete, und dahinter folgte der Abgrund. Geräusche aus der Tiefe, raue, klagende Laute, und nun auch dort eine Wolke. Eine Wolke von ... Raben. Die Raben der kaiserlichen Rabenstadt, die sich aus tiefergelegenen Wipfeln des Heiligen Baumes lösten, aufflatterten und unter markerschütternden Rufen begannen, den Hohen Garten zu umkreisen.

«Das kann sie nicht tun.» Aristos' Gesicht wies mit einem Mal dieselbe Farbe auf wie das Heim jener Hohen Frauen. «Das darf sie nicht tun.»

«Es ist schon einmal geschehen.» Zenon. Um einen Anflug des vertrauten, gleichmütigen Tonfalls bemüht. Eine Mühe, die enttäuscht wurde. Der Klang seiner Stimme mischte sich in das Krächzen der Raben. «Mardok, der sein Schwert in den Koloss von Elil stieß.»

«Es ist nicht vergleichbar.» Härte in Zenons Worten. «Mardok war unser Feind. Und man konnte es zum Stillstand bringen am Rande der Wüste, wo die Wurzeln dünn sind. Das hier dagegen ...»

«Was *ist* das?», fragte Leyken leise.

«Dies, Leyken aus der Oase ...» Es war der Höfling, der sich zu ihr umwandte. War es möglich, dass er zum ersten Mal ihren Namen aussprach? «Dies ist der Beweis, dass der Hohe Gärtner offensichtlich einem Irrtum erlegen ist. Wir wussten, dass Eure Schwester sich grämte, obwohl sie ihre Entscheidung doch aus freien Stücken getroffen hatte. Wir wussten, dass ihr das Bild des Kaisers vor Augen stehen musste mit jedem Atemzug. Dass ihr klar sein musste, dass ebendies das Schicksal war, das ihr Kind erwartete: Kaiser zu sein. Irgendwann eins zu werden mit dem Heiligen Baum, wie der Kaiser dort unten eins mit diesem Baum ist. Doch wie sollte sie, wie sollte ihr Kind diesem Schicksal entrinnen in einer Welt, in der alles mit allem verbunden ist? Das Netz der Wurzeln ist stark, noch immer. Eine Macht, die groß genug wäre, dieses Netz zum Zerreißen zu bringen: Eine solche Kraft gibt es nicht in dieser Zeit der Welt. – Und dennoch.»

Er schwieg. Laute waren aus der Tiefe zu vernehmen, andere Laute jetzt, berstende, brechende Laute aus dem Geäst des Heiligen Baumes und ... Schreie? Ferne Schreie?

«Eure Schwester scheint eine solche Kraft gefunden zu haben», bemerkte der Höfling. «Eine Kraft, die in das Netz gefahren ist und es zerrissen hat. Was es so lange Jahre zurückgehalten hat: Nun wird es frei werden.»

Die Welt schien zu schwanken unter Leykens Füßen. Die Welt, die der Heilige Baum war.

«So also beginnt es.» Die Worte des Seneschalls waren kaum zu verstehen. «So beginnt der Krieg.»

# DRAMATIS PERSONAE

### Der Norden

**Morwa, Sohn des Morda.** König des Reiches Ord.
**Morwen.** Morwas abtrünniger ältester Sohn und kühnster Krieger des Aufgebots.
**Mornag.** Zweiter von Morwas Söhnen; ein grüblerischer Charakter.
**Mortil.** Dritter von Morwas Söhnen; erfahren im wilden Hochland.
**Morleif.** Jüngster von Morwas Söhnen. Ermordet.
**Sölva.** Morwas Tochter mit einem seiner Kebsweiber.
**Terve.** Eine Trossdirne, Sölvas Freundin.
**Hochmeister Ostil.** Oberhaupt von Morwas Sehern.
**Meister Tjark, Meister Lirka.** Weitere Seher.
**Rodgert.** Waffenmeister. Anführer von Morwas Eisernen.
**Jarl Gunthram.** Ehemals Hetmann der Jazigen.
**Hædbærd.** Jarl von Thal.
**Hædbrynd.** Vierter (oder fünfter) Sohn Jarl Hædbærds.
**Hædbrand.** Fünfter (oder vierter) Sohn Jarl Hædbærds.
**Hædbjorn, genannt Bjorne.** Siebter Sohn Jarl Hædbærds.
**Nirwan.** Jarl von Vindt.

**Alric, genannt Krötengesicht.** Ein Anführer der Charusken.
**Fastred und Fafnar.** Brüder, Anführer der Vasconen.
**Tanoth.** Eine alte Kräuterfrau.
**Gerwalth, Sohn des Gerdom.** Hetmann der Charusken.
**Ragnar, Ragbods Sohn.** Ein Anführer der Hasdingen. Getötet.
**Die Hasdingen-Hexe.** Ragnars Großmutter. Getötet.
**Reinhardt, Meinhardt, Deinhardt.** Sölvas Leibwächter

### Der Süden

**Saif.** Shereef der Banu Huasin.
**Mulak, Ulbad, Ondra.** Begleiter des Shereefen.
**Leyken.** Enkelin des Shereefen der Banu Qisai.
**Ildris.** Leykens Schwester.
**Der Re'is.** Kommandant der *Ra'qissa*.
**Avrem.** Aufseher der Ruderer auf der *Ra'qissa*.
**Teriq aus Taouane.** Ein junger Glaubenskrieger.

### Der Westen

**Adorno.** Domestikos des Hohen Rates von Carcosa.
**Arthos Gil.** Ein Söldnerführer.
**Aspar.** Gils Stellvertreter.
**Fra Théus.** Ein Wanderprediger.
**Pol.** Der Gesandte. Ehemals ein junger Dieb.
**Athane, Atropos, Pareidis.** Die göttlichen Geschwister des neuen Glaubens.

## Die Rabenstadt

**Der Kaiser.**
**ßavar.** Die «Kaiserin».
**Aristos.** Seneschall der kaiserlichen Rabenstadt.
**Bagaudes.** Kaiserlicher Archont der Stadt Panormos.
**Zenon, der Sebastos.** Ein Höfling.
**Orthulf.** Anführer von Zenons Nordmännern.
**Nala.** Leykens Zofe.

# DANK

*Ich danke allen, die ich kenne,*
*damit ich niemanden verpenne.*

Das war der Vorschlag meiner Frau, und Holger sagt: *Hör auf deine Frau!* Ich denke dennoch, dass wir eine Spur ausführlicher werden sollten.

Eine große Geschichte hat bekanntlich viele Väter. Da unsere Geschichte vor allem eine Geschichte der Frauen ist, erscheint es nur angemessen, dass sie vor allem viele Mütter hat.

Grusche Juncker, ich danke Dir, dass Du diesen Stein ins Rollen gebracht hast. Nun liegt es an uns, ihn in der richtigen Bahn zu halten – und das ist gar nicht immer so einfach.

Marle Scheither und Anne-Claire Kühne, ich danke Euch, wie Ihr der neuen Kollegin da unter die Arme gegriffen und unsere Aktion gerettet habt. Das war klasse und rekordzeitverdächtig. Katharina Dornhöfer, wie Sie auf der Messe ausgeharrt haben, damit wir persönlich sprechen konnten: Das hat mich stumm gemacht. Glücklicherweise nicht, weil ich mir die Erkältung eingefangen hätte. Katharina Naumann, was Sie da vom Schmerzenslager aus alles in die Wege geleitet haben: Da hab ich Mühe bei vollständiger Büroausstattung. Und was ich inzwischen schon gelernt habe über Augen und Blicke, seit und seitdem und erhöhte Vorsicht im asiatischen Schnellimbiss: galaktisch.

Wie wir im «Reif von Bronze» erfahren, ist es vor allem die Bache, die ihren Wurf nicht aus den Augen lässt. Dass Ausnahmen die Regel bestätigen, sei dennoch vermerkt. Mein Freund

und Agent Thomas Montasser kann zum veritablen Keiler werden, wenn einer seiner Autoren in Not gerät. Ich danke Dir, lieber Thomas. Wie immer ist es Dein Buch mindestens so sehr wie meins. Malte Weber, dass ich für die Focus-Leser jetzt der Onkel mit dem Sex and Crime im Mittelalter bin – ich denke, damit können wir leben. Das hast Du gut gemacht. Stefan Kursawe: Das war gigantisch, ach, was red ich: hyperboreisch. Mir bleibt bis heute die Luft weg.

Die richtig großen Abenteuer, wie wir wissen, sind die Abenteuer einer Schar von Gefährten. Matthias Fedrowitz, Christian Hesse, Diana Sanz, Waltraud Rother, Antje Adamson und Herr Picknick, Rana Wenzel und V(f)olkard, Roli Wagner – und Reinhardt, Meinhardt und Deinhardt: Niemandem von Euch ist auch nur ausreichend zu danken.

Mein besonderer Gruß geht an dieser Stelle an unsere Leserunde. Ich freue mich diebisch darauf, wieder mit Euch auf die Reise zu gehen. Das wird ein Abenteuer, mein lieber Orden der Heiligen Esche.

Liebe Katja, wir hatten uns so sehr gewünscht, dass ich den Tagesablauf wieder hinkriege, dass ich Dir morgens nachwinken kann, wenn Du zur Arbeit fährst. Dass das kurz vor dem Zubettgehen stattfindet, hatten wir uns nicht so vorgestellt, aber Du wirst sehen: Am Ende wird alles gut, und wenn es noch nicht gut ist, ist es noch nicht das Ende.

Am Rande des Wahnsinns und der Lüneburger Heide im Januar 2018
Stephan M. Rother

Das für dieses Buch verwendete Papier ist FSC®-zertifiziert.